大洋上的绿洲

中国游轮这10年

AN INSIDE
LOOK AT
THE CHINESE CRUISE
INDUSTRY

刘淄楠 著

作家出版社

作者简介

刘淄楠，经济学博士，1992 年毕业于伦敦大学女王玛丽学院经济系，现为皇家加勒比游轮亚洲区主席。加入皇家加勒比之前，在伦敦有过 7 年的学术生涯和 10 年的协助跨国公司在华投资的商界经验。2009 年受聘于皇家加勒比国际游轮，为这家全球最大的国际游轮品牌组建团队、开拓中国市场。10 年后，皇家加勒比凭借成功的品牌定位、产品策略和营销模式成为中国市场上最有影响力的国际游轮品牌。皇家加勒比的发展，也推动了中国游轮黄金 10 年的爆发式成长。

目录
CONTENTS

序
Preface

人的一生可能有不止一份工作，每份工作都是一段历程，为你打开一扇窗，看到一个完全不同的世界。

十年前接手的这份工作，让我经历了一段极富戏剧性的历程，我要把它写下来，分享给大家。

2008年秋天，猎头打电话给我要求会面，说皇家加勒比游轮在找中国区董事总经理，看看我是不是有兴趣去面试。皇家加勒比是总部位于迈阿密的全球第二大游轮集团，筹划进入中国市场的是其旗下的皇家加勒比国际游轮品牌，就船队规模而言在全球排名第一。

在此前一年也有猎头找过我，说有一家欧洲游轮公司在找中国区的负责人，我没有接茬。我对游轮，除了电影里看过的、小说里读到的以外，一点概念都没有。记得读小学的时候，父亲让我一个人从上海坐客轮去青岛，看望山东老家的祖母。我只记得从公平路码头上的船，住的是四等舱，然后是无边无际的大海和船尾激起的雪浪，那是唯一的一次跟游轮相近的经历。

面试前我上网搜索有关游轮行业和公司的背景资料。案头调研让我惊叹不已，就像在茫茫的大洋中看到一片绿洲。直觉告诉我，这个产业能在中国火起来。

我不认为我是皇家加勒比的最佳人选，在游轮行业没有任何经验，甚至没有太强的跨国公司高管背景。1992年我从伦敦大学获博士学位以后，在英国做过7年经济学高级讲师，后去伦敦金融城为跨国公司CEO客户做过4年在华战略投资的高级顾问，然后回国为一家国际商旅巨头做过5年的合资企业管理和市场业务开发。但是，我很想得到皇家加勒比的这份工作。

猎头告诉我，外企高管人才市场发生了趋势性的变化，20世纪80年代派驻中国开发市场的主要是欧美公司的西方人高管，他们懂业务，但不懂中国市场；90年代，开始派驻新加坡或香港华人做高管，他们懂点业务，也懂点市场，但都不彻底；2000年以后时兴找有西方教育背景和工作经验的大陆华人，重在潜力的考察。猎头说，第三代外企高管不好找，皇家加勒比已经找了大半年，看了无数份简历，在我之前还没有安排过一次面试。

一个行当有一个行当的门道，猎头没有说错。面试有惊无险，基本顺利，我被要求在两个月内入职。皇家加勒比拟在2010年进军中国市场，竞争对手歌诗达邮轮已于2006年在上海开辟航线。朋友开玩笑说我是加盟"加勒比海盗"。我的感觉则是像军人，一入伍就要上战场，而且是带兵打仗。

就像大海涨潮时波浪一波接一波滚滚而来，你必须尽快掌握冲浪技术，否则，你要么错失良机，要么被大浪吞没。

接下来就是被称为中国游轮业爆发式成长的黄金十年。

很多人渐渐意识到，游轮在中国将是一片绿洲。上海、天津、三亚、香港、青岛、深圳、广州纷纷兴建游轮码头。继歌诗达和皇家加勒比之后，公主邮轮、诺唯真邮轮、地中海邮轮、星梦邮轮也先后加入了游轮淘金热的行列，接着合资和内资游轮公司开始出现。部署中国市场的船越来越大，越来越新，甚至出现了专为中国消费者定制的游轮。中国造船业也开始介入游轮修造业，并宣布第一艘国产游轮将于2023年下水。游轮成了媒体最为热门的话题之一。

上海、天津和香港不再仅仅是国际游轮的访问港，而是成为它们的母港（即始发和终点港），来自全国各地和世界各国的游客在这里登上去邻国目的地的豪华游轮。他们中的绝大多数是第一次乘坐游轮，平均年龄大约42岁，30%是50-60年代出生的银发族，40%是带着孩子的中青年夫妇，剩下的30%是情侣、新婚、亲友团、公司团、校友重聚、摄影俱乐部等等。90%以上的客人在行程结束下船时，对他们的游轮假期感到满意，这是其他度假方式做不到的。着迷的、尝鲜的、打卡的、从众的，游客人数就像滚雪球一样，越滚越大，从最初每年几千、几万人次，达到最高年份的近300万人次。

在2000-2019的十年间，中国游轮市场的年均增长率为30%，一跃成为仅次于美国的第二大游轮市场。由于中国市场的驱动，亚太游轮市场规模年均增长率为20%，成为北美和欧洲以后的第三大区域市场。

人口基数和日益增长的人均收入是游轮市场成长的必要条件，但并不是充分必要条件。日本有1.27亿人口，人均GDP在发达国家之列，有悠久的航运传统，还是目前亚洲唯一有实力制造豪华游轮的国家，但游轮市场开发了很多年都没有形成气候。

中国游轮市场爆发式成长的动力是什么？中国游轮市场能否可持续成长？中国会不会有一天超越美国成为世界上最大的游轮市场？为什么有那么多人上了一次游轮就会上瘾？游轮度假适合哪些人群？游轮的"游"字是"游"还是"邮"？游轮在历史上是怎样出现和演变到今天的？能容纳4000到5000名游客的豪华巨轮是如何设计和制造出来的？游轮的台前幕后是如何运营的？旅行社和游轮公司如何销售船票？国际游轮如何打开中国市场？如何在消费市场成功打造游轮品牌？本土游轮公司的挑战和机会在哪里？中国能不能制造游轮并成为游轮造船大国？

我有见证和参与中国游轮业发展黄金十年的亲

身经历，希望可以帮助解答这些问题。

在没有先发优势的情况下，皇家加勒比在十年中超越竞争对手，排除重重障碍，迅速成长为中国市场上最有影响力的国际游轮品牌。本书以纪实文学的笔法记录了皇家加勒比在中国市场从无到有的成长经历。鉴于自己的经济学专业背景，我在十年市场拓荒者的实践中，自觉和不自觉地运用掌握的理论去进行思考、表达和解决问题。所以，我希望本书可以在品牌定位、分销渠道、产品和定价策略方面为MBA教程提供生动的商战案例，揭示一个国际品牌在中国成功的秘密。

皇家加勒比不仅是中国游轮市场的弄潮儿，也是游轮消费大潮的推手，皇家加勒比的历程，折射了中国游轮业的坎坷和辉煌。我也希望本书能从国际视野出发，运用客观、翔实和具有可读性的第一手史实、资料和数据，深度剖析行业风云变幻、跌宕起伏背后的诸多推力和阻力，包括消费主义浪潮、国际游轮资本、政府监管、基础设施投资、地缘政治及不可抗力影响在内的交互作用。

最后，我还希望这本书也能成为有事业心人士的励志故事。松下幸之助有一句名言：热情是成功的原动力。光有经验，没有热情，不会成功。缺乏经验但有热情，热情会激励你去学习和摸索，激励你去百折不挠地努力。只要有非凡的热情，就会有非凡的成功。

1

制造"诺亚方舟"的产业
The Industry that creates Nova Ark

2009年12月，清晨。

很多迈阿密人还在熟睡之中，昨晚迈阿密热火队的超常表现令市民兴奋不已。连接市区和南海滩的大桥在晨曦之中、天际线之上划出一道简约优美的弧线。大桥上没有往昔的车水马龙。

这是我加入皇家加勒比游轮（Royal Caribbean Cruises）后第二次来总部出差，此行的目的是率中国媒体和旅业代表团前来参加"海洋绿洲号"（Oasis of the Seas）的首航庆典。

道奇岛（Dodge Island）的7个码头都已停满了从上一航次回来的游轮，从希尔顿酒店远望看不清船名，但能辨认出两艘是嘉年华邮轮（Carnival Cruises）的船，甲板上赫然矗立着红色的燕翅形烟囱粗放而又霸气；一艘是皇家加勒比的船，皇冠金锚的品牌标记雍容华贵；还有诺唯真邮轮（NCL）、精致游轮（Celebrity Cruises）等品牌的船[1]。客人大约在10点前下船完毕，中午12点下一航次的客人开始登船，傍晚5点所有游轮又将周而复始地满载游客

【1】英语中"cruises"一词是译成"邮轮"还是"游轮"有不同的看法。本书的译法以20世纪60年代到70年代为分界线，反映和尊重该行业的业态变化。在此之前，"cruises"以交通运输工具为主要功能，（接下页）

离开港口，驶往拥有最迷人阳光和沙滩的加勒比海。

和位于迈阿密北部的埃弗格雷德港加起来，迈阿密母港聚集了29家游轮公司，包括嘉年华、皇家加勒比、诺唯真、地中海（MSC）等占全球市场份额80%以上的巨头，全年向加勒比36个岛国目的地发送近2000多个航次，来自北美、欧洲及世界各地的游客高达900万人次，占了全球市场份额的30%。

这个位于佛罗里达州南端的城市，拥有500多万人口，70%是说西班牙语、以古巴人为主的南美移民。这个曾经创下美国最高犯罪率纪录、人口规模和江苏南通差不多的城市，是毫无悬念的"世界游轮之都"。

难以想象，繁忙的道奇岛在50年前只是大西洋比斯坎湾上的一片荒芜的沙洲。是挪威和美国人在20世纪70年代在迈阿密上演的三重奏，为濒临灭绝的游轮产业揭开了新的一页。三重奏的曲目是"挪威之歌"（Song of Norway）、"北欧王子"（Nordic Prince）和"太阳维京"（Sun Viking）三艘专为游轮度假定制的姐妹船，风靡美国，让中产消费群体验到了一种前所未有的度假方式和生活方式。从此，游轮产业开始腾飞，经过半个世纪的发展成长为今天每年游客2700万人次、产值400亿美元、投资回报最高的庞大产业（*Cruise Industry News*，2019）。

01. 跨洋传奇

故事要从150年前说起。

故"cruises"译作"邮轮"。在此之后当"cruises"成为度假方式，译成"游轮"。"cruises"在公司名称中的译法，尊重各个公司的习惯。

周游世界一直是人类的梦想，探索的冲动，让人们冒着生命的危险前往未知之地。在帆和桨为航海技术手段的年代，扬帆出海的都是最强悍和坚毅的特殊人群，军人、海盗、商人、僧侣、异教徒、太监、难民等等，因为某种信念和财富的驱动而与大海搏斗，得到的结果通常极为惨烈。随着蒸汽机的发明，人类终于可以随心所欲地跨洋过海，让人类周游世界的梦想变为现实[2]。

最早的邮轮是什么时候出现的？史学家有不同的说法。其中最有依据的是 P&O 和冠达轮船公司（Cunard Line）为邮轮先驱的说法（Dickinson and Vladimir, 2006）。19世纪初，P&O 轮船公司开辟从英国出发的远东航线，途经伊比利亚半岛（即今天的西班牙和葡萄牙），绕好望角进入印度洋，停靠加尔各答，穿越马六甲海峡抵达当时嘉庆年间的大清帝国，至于停靠哪个中国港口已无可考证。据说这是历史上的第一条邮轮。

邮轮和中国的渊源还有本·考斯比（Bing Crosby）唱的《慢船去中国》（On A Slow Boat to China）为证：

> I'd like to get you on a slow boat to China
> 我要带你乘上慢船去中国
> All to myself alone
> 我自己掌舵
> Get you and keep you in my arms evermore

【2】早期的蒸汽机船仍需装备一整套帆具以备不时之需。一是因为蒸汽机可能发生故障，二是因为风力不大时可以用帆以节省燃料。1821年企业号（Enterprizer）从伦敦到加尔各答的 11000 海里的行程走了整整 103 天，其中蒸汽机引擎只开动了 63 天。（Howarth and Howarth, 1986）

永远把你拥入怀里

Leave all your lovers weeping on the faraway

shore

让你其他的爱人在遥远岸上哭泣

Out on the briny with the moon big and shinny

海上的大月亮发着银光

Melting your heart of stone

融化了你的铁石心肠

I'd love to get you on a slow boat to China

我要把你带上去中国的慢船

All to myself alone…

船上只有我们俩……

　　除了这条航线，P&O另外向东行驶的航线还有"朝圣之旅"，前往希腊、马耳他、君士坦丁堡（即现今的伊斯坦布尔）、"圣地"耶路撒冷和埃及。1844年，作家威廉·梅克比思·萨克雷[3]曾经坐过这条航线，经历了十分难忘的异域之旅。他去了雅典古城、爬上了金字塔，在君士坦丁堡度过斋月，虽然旅途不尽如人意，他仍把这次航线誉为"每个人有时间和条件的话，应该尝试一次。"人们对远东、非洲、地中海古文明和宗教发祥地抱有浓厚兴趣，轮船把他们带出纽约和伦敦，在长达数月的航行中感受异域风情。

　　与P&O的长途航线的方向相反，冠达轮船公司的航线向西。1839年，山姆·冠达（Samuel Cunard）赢

【3】William Make-peace Thackeray，1811年7月18日—1863年12月24日，与狄更斯齐名的维多利亚时代的代表小说家。其代表作品是世界名著《名利场》。

得了从英国跨大西洋航运邮件的业务合同，次年便与苏格兰著名的造船家罗伯特·纳佩尔（Robert Napier）合作，造出了四艘蒸汽船，来往于利物浦—哈利法克斯—波士顿之间，运送皇家邮件。为此每年从皇家邮政（Royal Mail）领取8.1万镑的邮件运输补贴。当时轮船并没有时刻表，货物和人满载后，船长便下令开船。但为了邮件能准时送达，冠达轮船一改当时的行规，按照时刻表启航和抵达。而且作为创收之举，轮船还顺便载送了115名乘客，可说是班轮的雏形了。

根据皇家邮政业务合同的规定，凡是授权运送其邮件的公司均有权在其轮船前冠以RMS前缀。合同规定邮件运送最长时限，超过规定时限每分钟要交罚金1英镑1先令4便士。

1845年，英国白星轮船（West Star）在利物浦成立，主要经营英国至澳大利亚航线，在澳洲淘金热以后，转为经营英国—北美航线，成为冠达的劲敌。

邮轮的"邮"字很可能起源于冠达的邮政生意。我曾不止一次被问到，为什么皇家加勒比游轮公司在中文里用"游"而不是"邮"字，我的回答是，"邮"是行业的历史，"游"才是现在行业的业态。

在大西洋以外，太平洋上也出现了远洋客轮。19世纪末创立的加拿大太平洋公司（Canadian-Pacific Steamships）主业是建造铁路，为了完善欧洲到加拿大的路线、运送茶叶、丝绸和皇家邮件，该公司开始经营日本女皇号（Empress of Japan）、中国女皇号（Empress of China）和印度女皇号（Empress of India）等远东轮船。这个航线从英国启程，经过苏伊士运河，前往印度和中国，最后到达加拿大的温哥华。到了陆地上，乘客换乘同一公司的火车抵达蒙特利尔，在港口登上回程的轮船。这环绕半个地球的航线一直维持了50余年，在该公司1936年的海报上，以穿着明艳浴衣的日本孩子为主要形象，并印有鲜红的"Far East"（远东）字样（Dickinson and Vladmir, 2006）。

大洋航行在马克·吐温 [4] 的笔下充满了浪漫和诗意。1867年，他搭乘夸克城号（Quaker City），从纽约出发周游至地中海和耶路撒冷。在《傻子出国记》（Innocents Abroad）这本书里，他写下了对此行的爱恨交织。大海航行有无与伦比的魅力，他们在船上看小说、念诗，船舷边成群的水母在漂游，鲨鱼、鲸鱼等各种深海的"怪物"偶尔露出庞大的身体。夜晚他们跳舞，除了月光和星辰，没有别的灯光。长达6个月的船上时光有时也很单调。马克·吐温曾描述过当时乘客玩一种角色扮演游戏，一个乘客假装外套被偷窃，其他乘客扮演法官、检察官、律师、证人等，模拟法庭审判……乘客在游戏中加深了交情。

然而，这些早期的航线，并没有形成真正的产业规模。19世纪中期，欧洲工业迅猛发展，人口剧增、宗教冲突爆发、政治动荡不安，触发了大型移民潮。这些移民里有避难者、淘金者，有穷困潦倒而寻找活计的人，一批批地投奔美洲新大陆。

从1840年到1940年的100年间，这些移民和移民的后代成为横跨大西洋定期客轮，即"远洋班轮"的主要客源；作为运输工具，班轮按照时刻表运送客人和货物，往来于美洲大陆和欧洲之间。

彼时，大海航行很难说是一件舒适的事。想象自己在逼仄的船舱里，无事可干，耳边是引擎巨大的轰鸣与海浪声，北大西洋的海面变幻莫测，只有

【4】 Mark Twain，美国批判现实主义文学的奠基人，代表作品有小说《百万英镑》《哈克贝利·费恩历险记》《汤姆·索亚历险记》等。

19世纪末叶–20
世纪上半叶运送
移民和邮政包裹
定期客轮

平躺在床上，才能抑制住晃荡感带来的头晕恶心。邮轮晕船的印象就是那个时候给人留下的。

当时船只的甲板面积不大，更别论无敌海景。乘客恨不得忘记自己身在茫茫大海之上，以缓解自己对海洋的恐惧。乘客挤在4人或6人舱房，犹如简陋的学生宿舍。他们要排队使用公共卫生间，在狭隘的餐室共同食用单调的餐食——通常是土豆和各种熟肉。

由于运输是班轮的第一功能，船舶设计除了安全，都极其注重一个"快"字。

从19世纪60年代起，出现了一个约定俗成的惯例，船速最快的横越大西洋的轮船有权在桅杆上升起一条条长长的蓝飘带。这个源自赛马活动的习俗成为欧洲各家游轮公司和船长的最高荣誉。

蓝丝带（Blue Riband）在1900年前后开始成为被欧洲列强重视的奖项，颁发给跨越大西洋最快的客轮。由于载客班轮的路线不一，速度的计算基于平均航行速度"节"（knot）[5]。历史上，英国独占鳌头获得过25次蓝丝带，德国有5次，美国3次，剩下的是意大利和法国各1次。

由此可见，英国在跨洋竞争中处于遥遥领先的地位，英国轮船公司冠达更是其中佼佼者，获得过13次蓝丝带。在19世纪早期成立的蒸汽船公司里，冠达是唯一生存到20世纪的，这归功于英国政府的财政支持。有了充裕的资金，冠达频频刷新造船纪录，在19世纪初期到中期，"世界最快"的桂冠基本为冠达的轮船独揽。

直到19世纪末，同样获得英国政府支持的白星邮轮崛起，和冠达邮轮展开了竞赛。1890年，白星邮轮的庄严号（Majestic）下水，夺走了冠达的荣耀。但不到四年，冠达就推出了卢卡尼亚号（Lucania），航速达21.8节（即每小时21.8海里），打破了当时普遍十多节的纪录。在之后的几年里，冠达的世界第一地位稳若泰山，它的劲敌沉寂了。

这时候，另一个竞争者强势崛起。作为欧洲列强之一，德国在欧洲扩张版图之际，也在航海上显出了勃勃野心。19世纪末，德国皇帝威廉二世不满英国称霸海面，下令汉堡—美洲轮船公司（Hamburg-Amerika）建造新船。1900年，这家公司建造的德意志号（Deutschland）启航，速度达到了惊人的23.06节。为了提高速度，船上的很大空间让位给了引擎和蒸汽燃烧炉及锅炉房，只有8个船舱设有浴室，其他舱房的客人必须共用公共淋浴。而且因为高速造成的摇晃，使得船上所有家具都必须牢牢固定在地板上。最大的问题是，引擎的动力造成巨大的震动，超出常人能忍受的程度。德意志号由此得了个诨名——鸡尾酒调酒器（cocktail shaker），巨大的震动甚至还曾震坏了船艉部分。

这个航速竞赛，既是大国的"面子工程"，也是军事能力的暗中较劲。欧洲局势动荡，战争一触即发，在必要时大船可以投入军事用途。

不甘落伍德国的英国人发力了，1907年冠达推出世界上第一艘以蒸汽机为动力的客船卢西塔尼亚（Lucitania），航速高达24节。1909年毛里塔尼亚号（Mauretania），和之后下水的阿奎塔尼亚号（Aquitaine），以26.06点航速震惊业界，高于当时几乎所有军舰的航速。这三条冠达的旗舰以古罗马省份命名，船艏尖锐如刀刃，船形细长如剑鱼。这个纪录在船速竞赛起到了一锤定音的作用，22年无船能破！

各国摩拳擦掌进行的速度竞赛，对于乘客来说，却不是什么值得庆幸的事。在这种船上，晕船几乎是所有乘客逃不掉的噩梦。有些乘客只能全程平躺床上，甚至无法进食。如果不是为了前往目的地，很少人愿意上船受罪。多少年后，休闲游轮为了游客的舒适，将船速控制在 21 节以下，并且在船体两侧安装了平衡器，选择风浪相对平静的区域航行。但是，游轮晕船的成见并没有因此而消除。

当时班轮的船舱结构，可简单分为富人住的上层甲板和普通移民住的统舱，统舱是一艘轮船的基本收入，俗称为"面包和黄油"（bread and butter），是轮船赖以生存的基础。跨越大西洋不总是需求旺盛，在移民往来的淡季，轮船生意惨淡，大量的空舱无法填补，没有了"面包和黄油"，轮船亏损巨大。

适者生存，轮船公司开始意识到，要走出移民淡季的瓶颈，就必须增加轮船的功能，创造新的需求，特别是吸引头等舱的客人。

1870 年，在船速上败给了冠达的白星邮轮公司，在新建的大洋号（Oceanic）上引进浴缸。冠达用引进盥洗池作为回应。白星进而以中央空调替代火炉、自来水替代水罐、照明灯替代蜡烛、洗手间替代尿壶。这大大增加了轮船的舒适度。争夺跨洋班轮霸主地位的竞赛不再是单纯比速度，而是争相提升客轮的设施，搭建海上豪华酒店。

汉堡—美洲公司重新翻修了德意志号。轮船一半的锅炉和发动机被移走，改造成了宽敞的公共空间，健身房第一次在船上出现。这艘船还有一个创举：把船身粉刷成白色。白色能反射阳光，保持船内外的凉爽度。至今，白色仍是大部分游轮的主色调。尤其在加勒比海热带地区航行的船只，明亮干净的白色不但能降低温度，也是蔚蓝海上一道亮丽的风景。

至此，作为交通工具的轮船开始衍生巡游的功能。

在建造豪华邮轮上，英国依然处于领先地位。当冠达致力于造最

大西洋班轮：驶离南普顿前往纽约的情景

大西洋班轮：住上甲板的头等舱客人

快的船时，白星开始建造三艘世界最豪华的邮轮：奥林匹克号（Olympic）、泰坦尼克号（Titanic）和不列颠号（Britannic）。这三艘船每一艘都超过4万总吨，尽管这些船只比毛里塔尼亚号长不到100米，空间却宽敞得多。因为它们不是为快而设计的，所以没有重量和机械空间的限制，可以肆意加载设施。

1911年"奥林匹克"号首航时，幸运的700名头等舱乘客第一次见识到海上壁球场、能允许两人私密用餐的Ritz餐厅，以及大到可以遛狗的甲板！

1912年4月10日，奥林匹克号的"姐妹船"泰坦尼克号，载着2228名乘客及工作人员从南安敦顿港启航前往纽约。有了奥林匹克号的成功在先，泰坦尼克号一票难求，乘客都以能登船为荣。泰坦尼克号内部极尽奢华，第一次在轮船上建造了室内游泳池、桑拿房和备有划艇机的健身房，当年名流争抢上船的名额，以此为社交圈的荣耀。

泰坦尼克号和当时制造的跨洋豪华客轮一样，客房分成上甲板一等舱、二等舱和水线以下的三等舱。二等舱的配置和一等舱一样，但是用来容纳来自其他从南安普敦出发的豪华客轮上的头等舱客人。泰坦尼克号需要大量的煤炭作为燃料，为了首航，把当时停泊在港口所有客轮的煤炭都搜刮过来。三等舱叫"统舱"，但不是想象中的通铺，而是分成一间一间带上、下铺的舱房。

泰坦尼克号头等舱每张铺位票价30英镑（合今日的2515英镑），带阳台的套房票价870英镑（合今天的7.2万英镑）。这三艘船造成了巨大的轰动，上流贵族、商贾名人争抢船票，当时《华盛顿邮报》还会刊登某某名流准备乘坐哪艘船，方便想要结识名流的人上船"追星"。邮轮是富人的消遣，船票很昂贵，可能也是那个时代起给人们留下的深刻印象，一直流传到今天。尽管如今以游轮的性价比，它早已成为大众消费得起的度假方式。

关于泰坦尼克号悲剧发生的原因，有一段鲜为人知的史料是，煤舱从贝尔法斯特前往南安普敦的途中开始自燃，温度高达1000摄氏度，靠近煤舱的船体被烧红，从外部可以看到船体被熏黑的痕迹。在南安普敦，白星轮船公司熄灭了煤舱表面的火势，并将熏黑的船体重新涂上白漆。但是，自燃仍在继续。在到达纽约还剩三天时间、泰坦尼克将穿越冰山海区前，白星董事长和船长面临是维持全速前进还是减速的决择，减速可以降低与冰山撞击的概率，但是由于无法控制的自燃导致燃煤的短缺，泰坦尼克号很有可能无法按照预定日期抵达美国。这是大西洋两岸高度关注的泰坦尼克的处女航，船上有诸多名流人士。白星由于投入巨资建造泰坦尼克号及两条姐妹船，已发生财务困难，如果出现负面新闻公司将面临更大的压力。分析讨论的结论，是煤炭不够用的风险大于与冰山碰撞的风险，所以决定全速前进。当最后泰坦尼克不幸在高速下与冰山相撞，并在船体侧面拉开一个长长的口子，海水进入水面以下的船舱，海水的重力与部分钢制船壳因煤炭自燃升温而强度下降70%的综合作用，最终导致船体断裂。

准确地说，泰坦尼克事件是一个冰与火的故事。

泰坦尼克号给邮轮业带来的惨痛教训之一，同时这也成为之后邮轮业的一个规矩，游客和船员的安全是绝对在任何航行决策考量之上的，船长被法律赋予至高无上的保护游客和船员安全的权力和责任，任何人包括邮轮公司的高官都无权干预。

此外，鉴于泰坦尼克的教训，航运业制定和颁布了"索罗斯公约"（《国际海上人命安全公约》，简称SOLAS），其中的一项规定是每艘船都必须根据客人和船员人数配备足够的救生设施。这就是为什么现在游轮客舱第三、第四人加上第一、第二人的总数有一个所谓的索罗斯上限，每个客房都配有指定的逃生区域。救生艇及邮轮强行规定，在启航前所有客人都必须进行逃生演习。

在航海技术条件的限制下，追求速度和奢华的空间是一对不可调和的矛盾。蒸汽机船需要大量的空间储存足够的、整个行程需要的燃煤，及引擎炉、锅炉房和蒸汽发动机的空间。这就势必要挤压客房的空间，或不得不建造更大吨位的船舶，增加船票收入，但是更大的船需要更多的煤舱和锅炉房空间。

这种局面直到柴油机发动机（又称狄塞尔发动机）的出现，才逐渐消失。1912年，世界第一艘大型柴油机船雪兰迪亚号下水。燃料的使用技术在过去两个世纪里推动了远洋运输的发展，从最初没有污染的、不花钱的但受制于不可预测风力的帆船和划桨技术，到焚烧煤炭的蒸汽机，再到燃烧柴油的透平引擎，从烧重柴油到烧低硫的轻柴油。

两次世界大战的爆发，给远洋班轮也带来重创。轮船被征用、被扣押，甚至被击沉、被烧毁。英国最快的毛利坦尼亚号和泰坦尼克号的姐妹船不列颠号都开始"服役"，负责护送商船。更悲惨的是冠达的大船卢西塔尼亚号，直接被德国的鱼雷击沉。卢西塔尼亚号沉没那日，被德国官宣为公共假期。

战后的重建，又大大刺激了经济发展，也给邮轮业带来复苏和新的发展契机。很多美国人在战后对欧洲产生了旅游的兴趣，想去看看著名战役的遗址，横渡大西洋的需求再度旺盛起来。

这一类乘客显然与班轮移民不一样，他们是为了旅游和休闲而上船的消费者。这些消费者激活了轮船的巡游功能，船上增加了许多新的娱乐设施。早期轮船上只能吟诗、打桌球和扮法官玩儿，此时又加设了赌场和酒吧。

酒吧深受美国人的拥戴是有其特殊原因的，1920年美国开始实行禁酒令，百姓们苦不堪言，为了喝上一杯威士忌，各种暗度陈仓的手段层出不穷。轮船成了他们的乐园，不受陆上法律制约，能随便饮酒，而且因为免税的关系，酒卖得比陆地上便宜。酒吧文化在历史上就是游轮文化的重要组成部分。

有趣的是，美国人虽然是大西洋班轮生意的主力消费群体，但却一直没有加入造船的行列。建造轮船耗资不菲，欧洲的轮船公司都有政府的资金补助，然而美国国会对轮船却没有太大的兴趣。战争爆发，使美国意识到他们需要更多的海上交通工具。建造巨轮不但能彰显国力，在必要时巨轮还能快速转换为军用。1956年，美国号（United States）下水。从豪华程度和设备是否齐全的角度看，这艘轮船并不优秀，但它的速度非常快，达到了35.59节。即使是今日的游轮，行驶航速也基本维持在22、23节左右，可想而知在60年前的这个航速有多么惊人。美国号打破了世界纪录，成了世界最快的船，并且将这个记录保持了50年。

但是，历史上邮轮由欧洲人建造，邮轮公司由欧洲人运营，邮轮的乘客以美国人为主。今天游轮公司和游轮客源市场几乎被美国人包揽，游轮建造一直是欧洲人的天下的这一格局一直保持到现在。

美国号能保住"世界最快的船"之名，一方面是技术超前，另一方面也因为班轮的历史已经走到末路——追求速度，对于客轮来说毫无意义。

客轮的速度在一个半世纪里，由于柴油发动机技术的发展，确实有了长足的进步。1624年，五月花号（Mayflower）从英国到麻省的普利茅斯需要1584小时，即66天；1807年的太平洋号（Packet Pacific）从利物浦码头到纽约，用时408小时；1888年伊图里亚号（Etruria）提速惊人，在利物浦—纽约这条航线上花费了145小时；1952年美国号从英国的主教岩石灯塔到纽约，只需要83小时（Munsat, 2015, pp.10）。

两次大战期间，邮轮尚有一线生存生计，螺旋桨飞机从英国到美国需要14个小时。20世纪30年代，喷气机技术的出现，并开始运用到民用航空，但还缺乏长途飞行的能力，未能撼动远洋班轮的地位。然而不到二十年，民航喷气机技术无论是速度和安全性都有了迅猛的发展。

没有被战争摧毁的班轮遇到了它的掘墓人。1957年，喷气机波音707从纽约飞到巴黎只用了7个小时。

02. 加勒比三重曲 [6]

邮轮产业面临生死关口，只有转型，才有继续生存的可能。

20世纪60年代到70年代，一系列以度假为产业的游轮公司应运而生。实力最强并继续保持其强势地位到今天的包括：1968年成立的皇家加勒比游轮、1965年的公主邮轮（Princess Cruises）、1966年的NCL和1972年的嘉年华邮轮。在中文里"cruise"一直被译作"邮轮"。但是，从20世纪60年代、70年代起，更为准确的翻译是"游轮"。皇家加勒比是唯一的采用"游"字而不是"邮"字的公司。

1970年美国游轮产业是每年50万游客人次的规模。50年后的今天，国际游轮产业的游客人数增加了55倍（*Cruise Industry News*，Annual Report，2019）。

2019年全世界共有404艘游轮，全年游客人数2700万次，产值416亿美元。从地理的角度看游轮市场可以划分为北美、欧洲、亚太三大区域性市场，其产值份额分别为56.2%、28.9%和14.9%。这三个百分比数字成等比数列，亚太市场的规模是欧洲市场的一半，欧洲市场的规模是北美的一半。（见下表）

【6】关于皇家加勒比的早年历史详见 Kollveit and Maxton – Graham，1995。

区域	船（艘）	乘客（万）	收入（亿美元）
北美	227	1560	234
欧洲	137	800	120
亚太	40	420	62

来源：*Cruise Industry News*，2019

　　嘉年华集团和皇家加勒比母公司是业内的两大巨头，两家合起来占据70%份额以上的全球市场，引领了游轮产业过去半个世纪发展的潮流。

　　游轮的设施开始面向大众，而不是少数精英权贵，再加上佛罗里达州一年四季的阳光、全年不变的加勒比行程，从1960年起，美国大众对游轮度假的需求开始起步。

　　艾德·史蒂芬（Ed Stephan）进入了游轮业。这个来自温斯康辛的目光犀利、面容儒雅的大高个，梦想是创建一个专门为巡游而不是客运的船舶，以及加勒比一流的游轮公司而不是邮轮公司。当他梦想萌发的时候，这样的游轮和游轮公司并不存在。（Kovlltveit and Maxtone-Graham，1995）

　　从位于南海滩迈阿密棕榈树酒店（Miami Palm）的门童领班做起，他一路升迁到执行经理的位置。亚姆斯邮轮（Yarmouth Cruises）找上了他，请他主理公司的两艘船，亚姆斯号（Yarmouth）和亚姆斯城堡号（Yarmouth Castle）。

很遗憾他的运气不够好，1962年，亚姆斯的一艘船发生火灾事故。这个事故并没有吓退史蒂芬，他认为这个行业大有可为，于是拿着轮船的设计和构思，去航运业发达的挪威寻找新的金主。他用他的新船概念打动了挪威航运界两位知名人士，西格·斯考根（Sigor Skaugen）和安德斯·威廉森（Anders Wilhelmsen），三方同意成立一个新游轮公司。这就是皇家加勒比公司的雏形。董事会在奥斯陆，斯考根任董事长，威廉森任副董事长，史蒂芬在迈阿密比斯坎湾大街办公室打理游轮的营销和酒店运营。此后不久，一位新股东，郭达斯·莱尔森轮船公司（Gotaas Larsen）也来加盟，行业巨擘皇家加勒比由此诞生。

史蒂芬在游轮上有很多创新的想法，其中最为人津津乐道的，是在烟囱上建造观景台，让乘客可以在高处眺望无边无际的美景。在大西洋班轮时代，烟囱越多，意味着引擎炉越多，船速越快。在柴油机船上烟囱数锐减，皇家加勒比，以下简称皇家，在原来的烟囱部位建造维京皇冠酒廊（Viking Crown Lounge），其创意来自西雅图世博会的"太空针塔"（SPAce Needle），从外表看，让人联想到哥伦布的圣玛利号（Santa Maria）的主瞭望桅杆，从内往外看是甲板最高处的海景。在以后皇家新船的设计建造中，维京皇冠酒廊被拓展成360度无敌海景，这一传统一直被保持下来。

在20世纪60年代到70年代，游轮度假业从业者都是为了节省成本、降低风险，使用旧船改装。奥斯陆被迈阿密说服一下子下订单专为游轮度假打造三艘新船，总吨18461，双人载客量1200人。此后，出手阔绰造新船成了皇家的传统，没有一艘船是从旧船改装的。

挪威人和美国人为三艘新船的命名煞费苦心，"挪威之歌"源自描写著名挪威作曲家格利戈的电影，"北欧王子"象征皇家血统，

挪威之歌：第一艘专为巡游定制的游轮，风靡20世纪70年代的美国

"太阳维京"则是加勒比和挪威风格的融合。

　　这三艘新船也创下了当时游轮大船的世界纪录，从此开始，世界最大游轮的纪录几乎一直保持在皇家的新船手里。皇家喜欢使用"世界最大"的极限语言，但是名副其实。不断冲击行业和自己的极限是皇家赖以生存的DNA。

　　挪威之歌号下水后，从奥斯陆出发，横跨大西洋，经巴哈马抵达比斯坎湾，选择1970年10月5日电影《挪威之歌》上映那天做庆典仪式，演员和名人到场，道奇岛盛况空前，挪威之歌号船体外表性感，内装潢大胆又得体的色调让人过目不忘。所有到场的人都意识到，挪威之歌号拯救了濒临灭绝的游轮业。在整个20世纪70年代，挪威之歌号是全美最负盛名的游轮，为游轮度假业翻开了第一页。

紧接着皇家的第二和第三艘新船下水，在1971年8月5日北欧王子号发布仪式上，北欧著名影星英格丽·褒曼出任教母为北欧王子号洗礼命名。1972年太阳维京号下水起航。

此外，皇家加勒比还为行业开启了许多先例，例如提前一年预售下年航季，后来提前12至18个月部署和开启航线销售成为了所有游轮公司的惯例。另一个市场策略的革新，是将启航日期固定在周六。此前游轮的航行日期随航线改变，可以是一周内的任何一天，对于旅行社的销售来说复杂难记。皇家加勒比把航线规整得十分利落，因此销售代理知道每周六必有皇家两艘船从迈阿密港口出发，挪威之歌和太阳维京走7晚航线，北欧王子走14晚，便于销售代理记忆和向客人解释，不用打广告而依然预订强劲。挪威之歌提前6个月销售一空，北欧王子提前4个月销售一空。扣除旅行社佣金，船票价每人每天（APD）从1971年44.25美元上升到1972年的50.00美元。（Kolltveit and Graham-Maxtone，1995）

更大手笔的业界创新，是皇家促成了飞机+游轮的旅游套餐。皇家包下180座的波音707客机，红眼航班从洛杉矶收客，周五晚上登机，周六早晨抵达，迈阿密大巴半日游，中午用餐后登船，上一航次的客人则坐包机回洛杉矶，整个套餐只比船票贵50美元。皇家加勒比的客源有30%至40%来自加利福尼亚。

嘉年华游轮公司的创始人泰德·阿里森（Ted Arison）是个来自特拉维夫的年轻以色列人，在成立嘉年华之前，已经跟一个挪威人在NCL名下开过成功的游轮航线，虽然这个NCL公司并不存在。双方合作并不愉快，最后以对簿公堂收场。（Dickinson and Vladimir, 2006）。

受挫后，T.阿里森并不甘心，很快就跟同学兼投资人马斯乌兰姆·力克里斯（Meshulam Riklis）共同成立了嘉年华邮轮公司。1972年2月，他们的第一艘船狂欢节号（Mardi Gras）与嘉年华品牌名字正好吻合。狂欢节号的前身是加拿大太平洋公司在1961年建造的加拿大女皇号（Empress of Canada），几经易主后到了T.阿里森手里。嘉年华为旧船涂上新的颜色、做了内部装潢和设备升级，便推向市场。总吨27284的嘉年华号空间巨大，因此价格定得相当低廉，由此吸引了许多从没上过轮船的普罗大众。

创建这家公司，对T.阿里森来说是走钢丝的事业。没有挪威人的财力支持，嘉年华一开始过得捉襟见肘。有一次游轮驶到波多黎各，现金枯竭，供应商不再为他们提供相应的必需品，T.阿里森只能从轮船的吧台拿走所有现金，并且紧急调来全国的预售金，才凑够钱购买汽油，轮船得以返回迈阿密。

虽然过程艰难，嘉年华的策略却卓有成效。嘉年华系列的游轮被定位为"好玩的轮船"（Fun Ship），公司提升了食宿的标准、给每个舱房设立私人浴室，并且大量增加船上设施。

与皇家加勒比截然不同的是，嘉年华一开始就使用旧船改装游轮或控制新船的硬件配置来降低造价，并且通过严苛的运营成本控制来维持较低的定价。T.阿里森对皇家的战略是嗤之以鼻的，认为皇家出手阔绰的新船策略，不讲究性价比，终会尝到市场的苦果。

03. 谁是君主

皇家的三位挪威股东，遥控指挥坐落于迈阿密的运营总部，经验丰富的史蒂芬负责打理日常业务。史蒂芬跟挪威人的相处并不都是愉快的，挪威家族之间也有时意见不合。每个人都有自己的理念和利益，可谁都没法为皇家加勒比的未来拍板，也没有人能单独为公司发展负责。因此，在其他游轮公司都在锐意进取更大的市场份额时，皇家加勒比却束手束脚。

直到美国人杰克·希布鲁克（Jack Seabrook）入主郭达斯·莱尔森，这个局面才被打破。郭达斯·莱尔森原本是一家挪威公司，70年代被加拿大的International Utilities（简称IU）收购。1979年，他把郭达斯·莱尔森从IU独立出来，离开了IU并入主这家轮船公司。

希布鲁克对皇家加勒比最重要的贡献，或许是把年轻的理查德·费恩（Richard Fain）带进了企业。

比起希布鲁克，又懂航运又懂财务的费恩更被挪威人所信任。这并非难以理解的事，费恩性格谦和、圆润变通，很有绅士风度和人格魅力；他对游轮事业既有远见卓识又充满热情，一心想把皇家加勒比打造成一个科学的、有竞争力的现代化企业。

他生于波士顿的一个殷实之家，家族在房地产、零售等领域拥有诸多产业。耳濡目染下，费恩毕业于伯克利加州分校，后来又去沃顿商学院进修，获得MBA学位。他有出色的金融知识和资本运作才能，如果不进入游轮行业，他可能会成为优秀的华尔街金融家。

费恩称职地担任了挪威董事会和迈阿密运营公司之间的桥梁。费恩在调解和沟通上非常出色——太出色了，以致董事会要把皇家加勒比董事会主席

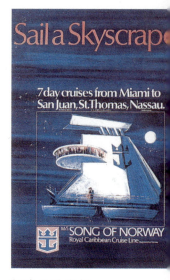

挪威之歌海报：从迈阿密去圣胡安、圣托马斯、拿骚的7天行程

一职交付给他。一开始费恩是谢绝的，他并不想离开郭达斯·莱尔森。董事局只好做出最大的让步，史无前例地让费恩担任董事会主席之余，继续担任郭达斯·莱尔森的CEO。

1982年，皇家加勒比的第四条新船"美国之歌号"启航，时任美国总统吉米·卡特到场祝贺，第一夫人任教母，卡特从此一直是皇家的粉丝。从1970年的挪威之歌号开始，皇家加勒比秉承挪威人对航运业的挚爱，在硬件上做足文章，美国之歌号比太阳维京号大一倍，是当时世界第三大船。

皇家加勒比员工在迈阿密码头迎接新船"美国之歌"的到来

迈阿密人心振奋，弥漫着向前冲刺的心气儿。身处迈阿密的史蒂芬有心建造更多的新船，比美国之歌号更大、更豪华，但他的表达方式不太能说服挪威人。

此时费恩发挥了作用，他知道股东想看什么。他把史蒂芬的计划做成严谨翔实的报告，有调查、有数据、有可靠的消费分析。挪威人信任他，在他的主持下，保守的董事会接纳了这个大船计划。

等挪威人醒过神来，蓦然发现，皇家加勒比已经在游轮业的第一线破浪前行了！

这艘被称为"海洋君主号"（Sovereign of the Seas）的大船总吨73529，双人载客量1850人，造价1.9亿美元，比从1960年以来一直保持世界最大游轮称号的挪威号（Norway，原名为法国号）大了10%。

可以说，海洋君主号在当时开启了一个"超级大船"（mega ship）的时代。从此，所有皇家舰队的新船船名都以"海洋"为前缀（在英语里为后缀）。君主号不但总量庞大，1850的载客量也比当时另一艘巨轮伊丽莎白女王二号多20%。为了安置这么多乘客，君主号首创性地在轮船上建了两所餐厅"Kismet"和"Gigi"，每间能同时容纳650人用餐。船上的Follies剧场有1050座，因为设计时尽量减少廊柱的运用，所以每一个座位都有很好的视野。

它最吸引人的地方，不只是大，而且还在设计上呈现的超前创意。这艘船是费恩上任后的第一艘新船，他对造船有极大的热情，密切关注每一个环节。有一天深夜，他收到了来自船厂的邮件，其中有一张照片是尚未拆除脚手架的游轮内装饰的一景。

这是游轮从未曾有过的设计，一个五层甲板挑高的中庭，配有两台连接3到7层甲板的玻璃直梯，以黄铜和玻璃为主材料的厅堂端庄恢宏、气派壮阔，甚至没法完全摄进照相机里。中庭作为社交场所，

海洋君主号：左图——中庭；右图——帆船自助餐厅

有三个维度：通向船艉，通向船艏，垂直上下。在中庭7层即中庭最高处可以观望君主号主干道上的人流。创意无意中来自对迈阿密酒店的一次造访，在岸上的商场和酒店建个中庭并非稀罕事，但在游轮的中央留出这么大的空间，要涉及很多棘手的工程技术问题，费恩对这个设计一直忐忑不安。

看到照片，他按捺不住内心的激动，不管已经夜深，立即打电话去询问船坞：这照片是实景吗？他怀疑有人在照片上做了手脚来哄他。

船坞那边回答：当然是。

费恩在最短的时间内赶到了君主号的建造厂。在那里，他看到心心念念的中庭气派又华美，抬头仰望，天空漫天星光闪耀，他快乐得和设计师跳起舞来。

促成超级游轮建造想法的，是1984年费恩主持的、由剑桥咨询顾问公司阿瑟·德·里特尔（Arthur

D. Little）提交的咨询报告，报告建议的关键词是"扩张"，包括运营规模的扩张和船只规模的扩张。当君主号驶入迈阿密，几千人前来一睹它的风采。

毫无意外，君主号的革命性设计，瞬即成了行业的新标杆。这个中庭不但在视觉上恢宏敞亮，而且是餐厅、商店、娱乐场所的连接点，也是船上的社交中心，乘客约在中庭见面，再前往餐桌或剧场。没多久，"有没有中庭"就成了一艘游轮设计优劣的评判标准。

这不是皇家加勒比唯一的一次推进游轮的设计了，从船桅上的半圆酒吧、中庭、皇家大道到中央公园，皇家加勒比的每次创举都要刷新行业标准和世界纪录，以至于不配备这些就不能称之为"豪华游轮"。

君主号上有20个公共区域，从运动体育到娱乐文化提供了许多乐趣和玩法，吸引了大批的年轻中产乘客，改变了游轮专属于老年人的概念。

这一年，海洋君主号大出风头，媒体纷纷冠之以"海上霸主"的名号，嘉年华终于坐不住了。对皇家大手大脚花钱颇不认同的T.阿里森，开始感觉到对手的威胁。

当君主号在大西洋上掀起层层海浪时，一股暗流也在涌动。游轮业两大玩家皇家和嘉年华的第一次正面交锋，一触即发。

04. 殊死搏斗 [7]

1987年10月19日，美国股市崩盘，在6.5个小时

【7】本节的资料部分基于 Garin，2005 和 Kolltveit - Graham - Maxtone，1995。

里，纽约股指损失了5000亿美元，其价值相当于美国全年GDP的八分之一。很多人的命运从此被改变——如果没有选择在那天结束生命的话。

股市不好反映的是美国的经济大势，游轮业也出现一些小问题。20世纪70年代，大批新船和旧船进入游轮业，运力年增长率20%，需求年增长率10%，供大于求，票价下滑，市场进入调整期，资本开始寻求兼并。

嘉年华虽然晚于皇家和NCL进入市场，但它抓住市场的机遇，凭借其出色的成本控制，成长为第一大游轮公司。它幸运地在股灾前刚完成了第一次公开招募，资金充裕。

T. 阿里森和他的儿子M. 阿里森（Michy Arison）一直有扩张的野心，对他们来说，这可真是一个千载难逢的好机会。

皇家加勒比的海洋君主号对嘉年华冲击不小，为了保住行业领导者地位，嘉年华准备建三艘大游轮。然而，作为精明的商人，T. 阿里森很快就转过弯来——造船环节多、风险大，为什么不买现成的大船呢？

阿里森父子毫不掩饰要并购其他游轮公司的意图。他们一开始的目标是高端的荷美船运（Holland America）。这家荷兰公司有百年传统，在阿拉斯加夏季市场表现非常强劲，拥有一大批高端的客户群，正好与嘉年华的大众市场形成互补。但这次并购夭折了，因为荷美在跟风星游轮（Windstar）

谈合作，对嘉年华并不感冒。

当他们被荷兰人拒于门外时，阿里森父子的目光转向皇家加勒比。

郭达斯·莱尔森的老板希布鲁克年届七十，已经到了退休养老的年龄。郭达斯·莱尔森是做原油和天然气运输的，对LNG船的兴趣高于游轮，变卖手中的游轮资产的想法由来已久。但他在皇家加勒比只有三分之一的股权，这些股权价格不菲，且没有绝对的话语权，很难吸引卖家。

与荷美相比，阿里森父子对收购皇家加勒比的股份是有顾虑的，他们认为皇家加勒比和嘉年华的目标市场太过接近，而且他们对皇家加勒比并没有好感，非常不看好这家对手屡屡制造新船、更新硬件的策略。

但希布鲁克是个聪明又有洞察力的行家，他最后成功地说服了阿里森父子。在后者的私人游艇里，他们有过数次秘密会面，避开了所有人的耳目。在会谈中，希布鲁克向嘉年华剖析利弊——皇家加勒比有很大的潜力，海洋君主号的成功就是明证。但这家老牌企业有个致命的问题，两家股东不和睦，常常意见不合，影响公司发展运营，挪威人的自尊强势，也让他们不能在合理的商业布局里利益最大化。如果嘉年华接手，通过嘉年华严谨务实的结构调整，增加数百万美元的利润绝对不是什么困难的事。

T.阿里森被说服了。1988年5月，他发出了购买郭达斯·莱尔森在皇家36%股份的报价。收购将以现金支付，可用于郭达斯·莱尔森在传统领域包括原油和天然气运输的投资。嘉年华的最终目的不只是希布鲁克的股份，而是要控制整个企业。费恩对此持反对态度，但董事会批准了收购。

在谈判秘密进行的同时，皇家加勒比的员工们正沉浸在海洋君主号这个甜美的果实中，公司上下溢满了激情、进取、蓬勃向上的气息。君主号的巨大成功，也使得费恩众望所归地被委任为董事长兼CEO。早在1985年，皇家还与埃米瑞尔邮轮（Admiral Cruises）达成合并协议，埃米瑞尔是当时最大的邮轮公司，拥有8条船、8900个床位，还有一条下了订单的船。收购工作在有条不紊地进行，一切看上去都那么美，没有人能察觉，嘉年华已然像撒哈拉沙漠上饥肠辘辘的猛兽悄然逼近了它的猎物。

当并购的消息再也无法遮掩时，所有人都被突如其来的"晴天霹雳"砸蒙了。1988年8月6日，嘉年华宣布以2.16亿美元收购皇家的36%股份，这笔交易的成功将使嘉年华掌握25%的美国游轮市场，拥有15条船、17000个床位，4条已下订单的新船包括8000个床位。

费恩大概是这些人里最痛苦的一个，作为郭达斯·莱尔森的员工，他没法阻止老板变卖产业，但此时的皇家加勒比如旭日东升，毫无疑问会拥有辉煌的未来——把它交给竞争对手？他实在不愿自己的心血落入未知不可测的境况里，但又不能背叛一手提携他的恩师，也不愿辜负信任他的挪威股东。于是，他只能被动焦虑地观望事态发展。

斯考根和阿尼·威廉森（Arne Wilhelmsen）（他是皇家加勒比创始股东 Anders Wilhelmsen 的儿子）早就知道郭达斯·莱尔森身在曹营心在汉，但这个消息还是让他们目瞪口呆。希布鲁克做得很隐蔽，他们事先完全没听到风声。挪威家族陷入了两难困境。他们怀疑阿里森父子并非真心想要购买皇家加勒比，而只是在制造混乱。况且，此时公司正在并购埃米瑞尔游轮，法务和财务上有许多问题亟待解决，此时易主恐怕会引起很多法务纠纷。

挪威人立马开始寻找新的投资者或股东。他们有充分法律武器：根据合伙的协议，其他的合伙人有优先购买权；只有当他们两家都放弃此权利，嘉年华才能染指。

然而阿里森父子还有更毒的一招，仗着已经上市，嘉年华手里有大把的现金，可以再策反一家皇家的股东。只要两家合伙人里，有其中一家愿意将股权转让给嘉年华，那么剩余的一家将成为弱势股东，此后在决策中再无话语权。

他们去找斯考根，要求把另外三分之一的股份也买下。

斯考根此时也有自己的算盘。郭达斯作为第三个股东有非常实际的表决作用，若皇家加勒比只剩两个股东，且永远意见不合，企业要怎样运营下去？更别提如何长远发展。

和希布鲁克一样，他跟嘉年华的谈判也在黑暗中进行，前几个小时还在跟威廉森商讨怎样夺回皇家加勒比的主导权，后脚就宣布也将股权卖给嘉年华。

威廉森猝不及防，孤立无援！

并购的事似乎无可挽回。所幸，斯考根在榨取最大的商业利益时，还留了一手来保住脸面。他在交易中强调，给予威廉森优先购买权，这其实也是种自我保护，避免陷入官司纠纷。

最后面临的局面是，威廉森有40天的时间来决定，是否行使优先购买权。如果要购买，他们必须在30天里筹到足够的并购资金：5.5亿美元。

这时，业内人士和大部分的金融媒体都认为并购已经尘埃落定。威廉森不可能在这么短的时间里冒着如此大的风险，去制止嘉年华并购的脚步。T.阿里森甚至打电话给阿尼·威廉森，预祝彼此合作愉快。

事态却并没有按着人们预想的方向发展。

阿里森父子考量的是最大的商业利益，他们或许并不明白，挪威人在内心拥有的航海家的情感和骄傲，会形成如此强烈的执念，甚至能让他们冒着风险，选择一条不那么符合商业逻辑的荆棘之路。作为家族继承人，威廉森并不想妥协。但他唯一的选择，只能是在极短的时间里找到另一种选择。

值得庆幸的是，除了嘉年华之外，还有一些人对皇家加勒比感兴趣，来自华尔街的雷曼兄弟，便是其中之一。

这家美国投行急切地想进入LBO市场，希望以皇家加勒比来敲开这扇门。LBO杠杆并购，一般指公司内部人士，从外界筹钱来购买公司的股份。股份由此转移到个人和某集团手中，举债者为了偿还债务和利息，会精简公司内部结构，削掉不赚钱的枝枝丫丫，等到企业转亏为盈，再度上市，就可以"空手套白狼"大赚一笔。

这对威廉森来说，是个挣钱的大好机会，但对于皇家加勒比，却不是什么好事。轮船公司势头大好，正处于大展拳脚的上升期，应该扩张业务，而不是紧缩节流。进入LBO，会冻结皇家加勒比的活力，甚至置其于死地。

作为商业领袖，威廉森心知肚明，更好的方案，绝不是拆房子烧火，而是寻找长期合作的投资者。这并不容易，游轮投资巨大，门槛极高，本来圈子就很小。

正当威廉森疲于奔命之时，机会却找上门了——法国银行家保罗·贝考特（Paul Bequart）加入了进来。他是少数几个服务于游轮业的银行家，在这场实力悬殊的并购战里，他站在了威廉森这一方是出于一个非常现实的理由：建造大游轮，他才能获利。

皇家加勒比的海洋君主号让他尝到了甜头，按照原本计划，海洋君主号的姐妹船也马上要开始建造了。如果皇家加勒比落入嘉年华手里，这个计划就算不终止，也会转移给另一个能接受T.阿里森苛刻条件的船坞。

为了共同利益，他为挪威人四处奔走，寻找买家。最后，他锁定了普利兹克家族。

普利兹克是美国最富裕的家族之一，旗下的凯悦集团在全球拥有735家酒店、公寓和度假村。从福布斯富豪榜在1982年开始发布以来，普利兹克家族就从没跌出"美国最富有家庭"的前三。在2015年的福布斯富豪榜里，共有11名普利兹克成员跻身"10亿身家以上"的行列，整个家族控制了29亿美元的资产。

实力超群的普利兹克家族也对皇家加勒比表现出了兴趣，杰伊·普利兹克（Jay Pritzker）不仅和威廉森进行了面谈，还特地打电话约费恩见面。他想向费恩了解皇家加勒比的策略和方向是什么。

费恩的日子很不好过。

作为公司高管，他不能插手并购的决策，也不能找寻嘉年华之外的买家。普利兹克的一通电话，无疑是孤船在沉沉的夜幕中看到彼岸的灯塔。

第二天，他乘坐最早的一班飞机到芝加哥，和普利兹克会面。费恩直接告诉他，郭达斯犯了个大错，皇家加勒比绝对是一门大好生意！费恩承诺会离开郭达斯，全职带领皇家加勒比，走它该走的通向罗马的大道。

离开郭达斯，这个决定是艰难的。希布鲁克对此大为光火，认为费恩背叛了他！但事难两全，为了保住皇家加勒比，费恩痛苦地做出了取舍。

在"优先购买权"截止的两周之前，费恩离开了郭达斯，全力处理反并购事务。

他要完成的事情太多了。首先是两家并购的竞争者，都需要准备

"尽职调查"的文件。时间对威廉森和普利兹克那一方，是非常不利的，因为他们必须在短短的40天内做出优先购买的决定，可是能购买的"产业"却根本不存在！这是因为皇家加勒比正在并购埃米瑞尔邮轮，只要交易没干净利落地完成，皇家加勒比作为整体的产业并不受法律承认。

他们在与时间赛跑。

1988年11月2日，离40天的优先购买权截止期不到两天，费恩在伦敦召开会议，将所有的环节综合梳理，做最后的冲刺。

一群群的律师走进皇家加勒比的办公室，等待他们的是堆积如山的文件，放满了一张张办公桌。陀螺似的法务人员，不眠的夜晚——没有人能睡得着，无论是威廉森，希布鲁克，郭达斯方面，还是嘉年华。

1988年11月3日的半夜2点30分，所有的案头工作都搞清楚了：文件签署、贷款落实、各种合伙协议整合。唯有最后一笔3.5亿的资金还没到账。

然而，银行却告诉他们，钱不见了！

纽约的银行解释说，他们每天都要处理巨量的汇款，每周遗失一笔钱，很正常。只不过刚好皇家加勒比这一笔钱数目比较大而已。

费恩对银行的轻率瞠目结舌！但他的团队没什么可以做的，只能等待银行方面，像找一只离家出走的小猫一样，把这笔钱找回来。

清晨5点，银行说已经有眉目了，但是银行系统要进行例行备份，系统关闭两小时。搜查工作要等两小时后才能持续。这时，离最后期限不到24小时了。

嘉年华认为已经尘埃落定，他们的律师愉快地打电话来说："你们输了，我们要来接手了！"

费恩坐立不安，离开会议室，他把《俄克拉荷马》里的几首歌曲都唱个遍（Garin，2005）。

当阳光洒在伦敦雾笼的街道上时，那笔钱找到了！

这个几乎没人看好的交易，居然得以按时完成！在短暂的庆祝后，员工们都瘫倒在凯悦酒店的大床上——这是他们的新东家，普利兹克家族给予他们的福利。

至此，皇家加勒比不但成功抵御了嘉年华，还找到了强大的投资者。普利兹克和以色列豪富的奥佛尔

皇家加勒比迈阿密
总部：1050大楼

家族（Ofer）共同买下了皇家加勒比50%的股权。

世界游轮的格局就此基本奠定了下来，皇家加勒比和嘉年华分庭抗礼，被阿里森父子视为铺张浪费、不懂经营的皇家加勒比，悍然成长为嘉年华不可忽视的强劲对手！

05. 从战略防守到战略反攻

挪威人和美国人在历史关键时刻拯救了皇家加勒比，也拯救了游轮行业。威廉森在两位股东变节的情况下力挽狂澜。普利兹克和奥佛尔挺身而出，英雄救美，从此皇家入盟强大的资本阵营，为日后上市打下了基础。费恩在最后的40天里的作用是至关重要的，他有效地执行了反并购行动。皇家的独立、自由和创新精神得到捍卫。如果没有皇家加勒比这个强劲对手，游轮业也可能是嘉年华独霸天下，游轮业在过去30年的走向会截然不同，至少游轮行业也不会出现那么多惊人之笔！

站稳阵脚后的皇家加勒比，开始谋求反攻的机会，企图超越嘉年华，问鼎行业巅峰。

2001年至2003年，双方多次正面对垒，而皇家加勒比却不再处于防守的弱势，呈现出犀利的全貌。

新世纪伊始，震惊世界的"9·11"事件在全球掀起惊涛骇浪，尤其对旅游业带来不小的打击。休闲游轮游也成了不合时宜的娱乐，经营惨淡。事件后我恰巧造访纽约，便顺道前往世界贸易中心的遗址参观。那是一个阴雨绵绵的早上，原双子座大厦所在地已经被围了起来，准备重建。朋友带我到附近的高楼，从玻璃窗眺望，遗址惨不忍睹。废墟已被清理，地面上存留了两个巨坑，像被粗暴拔掉的两枚巨齿，牙床上鲜血淋漓。

在这个时期，谋求生存的游轮公司开始了纵横捭阖的并购计划，一来分担运营成本，二来也为了应对乘客锐减的压力。

皇家加勒比瞄准了P&O公主邮轮（P&O Princess Cruise）这个收购标的。P&O这个英国的老牌邮轮历史悠久，可以说是客轮的始祖，历经多年的跌宕起伏，这家公司买下了风靡一时的公主邮轮，成为当时第三大邮轮公司。根据《纽约时报》的报道，2001年11月，皇家报价29亿美元收购公主。皇家加勒比和P&O公主邮轮两家公司规模相差不大，因此这次并购被称为"平等的合并"。并购过程前期可以说是顺风顺水，两家公司一拍即合，根据《华尔街日报》的报道，公主邮轮市值36亿美元，皇家加勒比是31亿美元，两家合并后，在新公司中P&O公主邮轮股东持股50.7%，皇家加勒比股东占49.3%。[8]

如果兼并成功，根据《纽约时报》这家新公司将拥有41条船和75000个铺位——接近市场份额的一半，超越嘉年华的规模。换言之，这其实是争夺全球游轮产业霸主地位之战。

嘉年华当然不会善感罢休。根据《华尔街日报》的报道，2001年12月，他们"主动"接洽公主董事会，提出要购买这家公司。嘉年华开出的价码相当诱人，现金加股票出价46.1亿美元，还答应承担公主邮轮14亿美元的债务。条件是这家公司不能与皇家加勒比建立以南欧为目标市场的合资企业。

【8】By Alan Cowell, Jan. 22, 2002, *The New York Time.* By Anita Raghavan, Robert Frank and Nicole Harris, Dec. 17, 2001, *The Wall Street Journal.*

出人意料的是，P&O公主邮轮董事会拒绝了嘉年华。该公司给出的理由是，根据英国和美国的反垄断法，与嘉年华的合并，比起与皇家加勒比合作会形成更大的市场份额，招来更大的监管风险。美、英两国的法律皆限制收购或合并而形成的市场垄断。只是法律对"市场"的定义有时是模糊而有争议的，英国的反垄断法主要限制垄断行为，而不是垄断结构。美国明令禁止垄断结构，如果嘉年华和P&O公主成交，新公司规模更大，更容易被大西洋两岸的监管部门否决。

　　在董事会上碰了钉子后的嘉年华，却不愿放弃。M. 阿里森在采访中对记者说："这是我们寻求扩张的最好和最后机会！"

　　M. 阿里森的话或许并非夸大其词，游轮行业的"战国时代"已经到了尾声，经过20年的并购和倒闭，业内现存的大游轮公司寥寥可数。如果成功并购公主，嘉年华将会创造坐拥62艘船和87020个床位的超级公司，其他游轮公司将无以望其项背。嘉年华势在必得！

　　M. 阿利森向纽约时报记者表示，嘉年华决定发起"委托书争夺战"（proxy fight），即绕开了董事会，直接和公主的股东对话，通过股东表决的方式来改变董事会的决定。

　　2002年，在P&O公主的坚持下，嘉年华同意新公司维持在纽约和伦敦同时上市的局面，在双重上市公司结构中，嘉年华持股74%，P&O公主持股

26%。这场游轮行业的世纪并购大战最终以嘉年华的胜利而告终。

皇家加勒比从P&O公主拿到了6250万美元的分手费，（Rebecca Tobin，2002）。费恩并没有气馁，在他的主持下，皇家加勒比先后买下了途易游轮（TUI）、普尔曼游轮（Pullmantur）、精致游轮（Celebrity）等，增持了市场份额。

经过这一轮的并购洗牌，产业体量份额暂成定局，嘉年华占46%，皇家22%，两家掌控了接近70%的全球市场。

这两家游轮巨头的发展策略截然不同，嘉年华的是豪买鲸吞，四处并购，主要通过无机增长，构建游轮帝国。而皇家加勒比则主要通过有机增长，不停地推出革命性的大船，凭借游轮的硬件实力和创新体验，来推动品牌在全世界的扩张。

在对内管理上，嘉年华对旗下几大品牌采取了分权式的区域性管理策略，由位于各区域市场的品牌自主经营管理。与此相反，皇家则主要在迈阿密总部对各大品牌实行中央集权式管理。

在市场定位上，两家公司的风格也截然不同。皇家加勒比从创业初始的第一艘船挪威之歌号开始，就坚持建造新船、造大船，不仅是尺寸和总吨越来越庞大，而且每艘船在设计上都有颠覆性的革新和巧思。嘉年华则注重造船和运营的成本控制，在消费者面前打性价比牌。在大众游轮的产品金字塔里，嘉年华占据了相对较为底端的、流量庞大的中下层市场，而皇家加勒比则以更精致产品主打体量较小的相对高端的市场。

人们对皇家加勒比的大船通常印象深刻，因为每次推出新船，都会被媒体广泛关注报道。例如，1999年推出的13.8万总吨的航行者号，2006年的16万总吨的自由系列，2009年的22.5万总吨的绿洲系列。

每当人们都认为已经达到游轮规模的极限时，皇家加勒比又会推出另一艘更大的船来刷新人们对巨轮的想象。为什么费恩对大船如此执着？因为他考虑的永远是未来，而非当下。

海洋绿洲号下水，再次刷新豪华巨轮的世界纪录，把总吨的标杆提升到225000，比总吨16万的自由系列的世界纪录提高了40%。绿洲号的新船发布对行业价格的复苏起到了正面的作用。绿洲号在财务上的成功，表明皇家加勒比主打的硬件质量和创新策略，并非纸上谈兵。但我们不能忘记，新船的造价是很昂贵的，皇家加勒比新船每个舱位的造价要高于嘉年华。在低迷的价格环境中，投资显得更为昂贵。

费恩说："我们的挑战是，我们的产品定位在相对高端的市场，而在虚弱的市场环境中，人们倾向选择低价。但是，当市场复苏时，我们收益的提升则超常表现，超出行业的平均水准。"

从某种意义上来说，皇家加勒比选择相对高端的市场也是不得已而为之。与其在较为低端的市场，与嘉年华拼价格、拼成本，还不如在较为高端的市场寻求差异化空间。走高端路线也更符合皇家加勒比的基因和风格。

换言之，皇家加勒比是赌赢不赌输；赌高不赌低。在最初的阶段里，M.阿里森的策略是占上风的，财物指标更为出色，由此引来更多的资本来扩张企业，以致嘉年华的市场总规模与皇家加勒比拉开差距。

费恩和M.阿里森都是伟大的商业领袖，他们的商业策略可能都是正确的，只是皇家加勒比的策略执行难度要更高一些。皇家的胜数在于多大程度可以从大船的规模经济获益，以及在多大程度让大船卖出更好的价钱。一旦突破这个极限，皇家加勒比将实现令人畏惧的竞争优势，可以避免像嘉年华那样，必须在品质和成本之间做出取舍，品质上去了，成本也会跟上去，如要控制成本，就要在品质上做出牺牲。

每次新船下水，皇家加勒比都以规模和创意刷新纪录，每一次费恩的惊人之笔都是一次成功的公关杰作，皇家加勒比的品牌价值也随之水涨船高。嘉年华的高管对M.阿里森说："我们不能让皇家频频得手。"

阿里森不以为然地反问："你们是要钱，还是要船？"对他来说，答案是不言而喻的。

理查德·费恩，算的是一笔完全不同的账。北美游轮的市场渗透率只有3.6%，意味着3亿多美国人之中，每年只有1200万人乘坐游轮；全美国只有18%的人真正体验过游轮，80%以上的美国人对游轮不甚了解。显然，这还是个小众市场。虽然游轮在休闲旅行业中发展最为迅速，但只占旅游业总产值的1%。

在有限的市场打价格战、搞成本控制的行业是不会有前途的。行业的前途在于用超乎想象的新船设计创造新的需求，吸引从未坐过游轮的消费者、对游轮抱有误解和成见的人坐游轮。这就是所谓"业界的良心"。

和两千多年前的中国哲学家孟子一样，费恩深知，得人心者，得天下。

06. 大洋上的绿洲

中国媒体和旅业代表团一行40人上了大巴。

由皇家加勒比斥资13亿美元建造的世界上最大的豪华游轮被外媒吵得沸沸扬扬，国内媒体也开始转载，代表团成员都非常期待一睹海洋绿洲号的芳容。这对皇家来说，是一次绝佳的市场宣传活动。

庆典航次12点才开始登船，导游说先去海滩转一转。比斯坎湾异常的平静，像一张巨大的明镜映照着蓝得不可思议的天空。棕榈树摇曳，阳光下的沙滩格外耀眼，加勒比女孩身材火辣，蓝蓝的海面配上数以千计的乳白色游艇，随便一照就是一张明信片。

路过明星岛，一座座价值在5000万美元上下的、被用来彰显身价的别墅映入眼帘。伊丽莎白·泰勒的豪宅前草坪上一只奔跑兔子的雕像，似乎在诉说她八次婚姻的故事。威尔·史密斯和成龙的别墅相依而建，拉丁天王胡里奥·伊格莱西亚斯的豪宅处处散发着拉丁风情。靠伟哥致富的制药大亨菲利普·弗罗斯特的豪宅最吸引眼球，全部从非洲运来的植物，映衬大气不凡的白墙红顶建筑。

大巴离开迈阿密市区，上了高速，我们的目的地是位于迈阿密北部的一个小镇——劳德代堡，那里有另外一个游轮码头叫作埃弗格雷德港。

舟车劳顿了二十多个小时，再加上时差，车上许多人即使开始瞌睡，却仍有一丝的兴奋感扣住了大家的心弦。

12月的迈阿密20摄氏度，凉爽宜人，窗外风景仍在不停变更，直到埃弗格雷德港18号码头终于出现在视野中。

时间突然凝固了。刚刚还在打盹的乘客，缓缓地站了起来，挤到面向港口的车身的一侧。

慢慢地他们瞪圆了眼睛！

尽管大家已经从媒体知道绿洲号如何之大，但他们初次目击它的一瞬间，仍然不敢相信自己的眼睛。人们的表情就像电影《侏罗纪公园》中的艾伦·格兰特博士看见恐龙，或许更像《独立日》里的陆战队航空兵上尉史蒂芬·希尔看见巨型外星母船降临城市上空。

晕染在淡淡的金色阳光里，惊鸿照影，绿洲号就像一座大山横亘在眼前，挡住了大海，遮住了天际。从远处看船甲板上的行人就像蠕动的蚂蚁。与停泊在附近码头的其他豪华巨轮比肩，就像在巍峨的泰山上一览众山小。

作为有史以来人类建造的最大移动物体，绿洲号总吨22.5万。有些在游轮相关产业从业多年的人士仍常常把总吨误解为排水量。总吨不是重量的概念，而是容积吨的概念。每个总吨相当于2.83立方米，总吨度量的是游轮封闭空间的大小。

绿洲号有2706间客房，相当于5个君悦大酒店的客房数；双人满员载客5412人，最大载客量为6400人，相当于24架波音777载客量；全长361.6米，宽67米，长度相当于埃菲尔铁塔的高度；长度乘宽度相当于3个国际标准足球场的大小。

游轮行业用总吨除以最大载客量来度量空间和乘客的比例（SPAce Ratio）。绿洲号的空间乘客比等于35.2，沃德·道格拉斯（Ward Doaglas，2018）认为，空间比在30-50之间，是空间非常宽敞的船，空间比在20-30之间是不太宽敞的船。

根据索罗斯公约，每条游轮的救生设施的容量要超过乘客和船员总人数，绿洲号上配备了16艘救生艇，每条救生艇可容纳370人，加上海上疏散系统（MES），绿洲号的救生系统可以容纳全部6400名乘客，2150名船员，还有余量。

在绿洲号的心脏有六台发动机，总马力为98160千瓦。在船艉有3台可作360度旋转的吊舱式螺旋桨推进系统，叶片直径达6米。船艏还有4台侧翼推进器。

浩浩荡荡的人流和车流涌向这座漂浮的都市，但是通向登船大厅的道路秩序井然。没有塞车和人挤人的迹象。前来登船的游客的平均年龄出乎我们意料，在婴儿潮时期出生的60岁以上的长者约占三分之一，乘客的年龄多半是在30至50之间。很多的年轻家庭游客，带着十几岁的孩子，或推着婴儿车。游客穿着时尚，举止得体、彬彬有礼，口音听上去大多是美国英语或西班牙语，也有英式英语或德语或法语的。

在宽敞明亮的登船大厅，迎接络绎不绝的游客的是和蔼可亲的工作人员。游客们也报以微笑致意。登船流程非常简单迅速，我用腕表测算了一下，从下车托运行李开始算起，到登上连接登船大厅和游轮的廊桥，只需15分钟。所有人都沉浸在喜气洋洋的气氛中，游客们兴致勃勃地快步走向登船廊桥。

绿洲号岂止是有别于任何在海上漂浮的物体，它俨然是海上大都市，这里可以找到任何在陆地上可以想象到的餐饮、休闲和娱乐设施。从船艉或从高空俯瞰，绿洲号的上层建筑沿中轴线一分为二，形成深度为7层甲板的一个"大峡谷"。谷底是与曼哈顿绿地同名的中央公园，环抱12000棵大树、植物和花卉。为了使海上植物存活成为现实，公园的地底下铺设了特种的灌溉和下水道系统，该工程荣获2011年"美国工程卓越奖"。

在中央公园遇到了几位一起登船的旅行社和媒体成员，他们忙里偷闲光顾了几家免税店，疯狂购物，拎着大包小包，正在找地儿歇息。我们在中央公园咖啡馆（Centre Park Cafe）一起坐下共进午餐。天南地北地聊了起来，船上的见闻让大家非常兴奋。一位从北京来的旅行社经理是负责卖长江游轮船票的，苦于船总也装不满，价格总也卖不上去。她用一口轻快的京片子道："看了绿洲号，知道问题在哪里了。关键是你有没有让消费者喜欢的产品。"

用完午餐，我们一起朝与中央公园同层的第6甲板的尾部走去，来到类似旧金山渔人码头的百达汇广场（Boardwalk）。这里是家庭的乐园，孩子的天堂。到处是色彩缤纷、充满童趣的装饰，标志性的甜甜圈店前围了一群人，挑选着玻璃柜里覆盖着巧克力、糖浆、糖粉、坚果、蜂蜜和果酱的甜甜圈。在这让人童心萌动的乐园里，我们找到

绿洲号上的中央公园

了著名的旋转木马，重5000公斤，高7米，有21尊木马，由不锈钢柱支撑，其中还有可供残障人士专用的木马和通道。

在闪耀着200盏七彩灯泡的旋转木马旁，有个小小的展示厅，讲述了木马从设计、木头切割、手工打磨到上色的全过程。这手造的木马历时8个月才造成，除了木头和钢件，还镀上130米的镀金，色彩斑斓、流光溢彩。我们纷纷感叹这手艺和匠心，旅行社朋友笑道，看来有创意不够，还要能耗得起时间和耐心，才可以做出与众不同的细节。

在百达汇欢乐城的尽头，我们看到了传说中的"水上剧院"（Aqua Theatre）。夜幕降临，背朝大海，水上剧院巍巍壮观。类似古希腊弧形阶梯式的剧场已经坐满了观众。这是船上最热门的娱乐场所之一。演员出来了！在10米高的跳台上，体形健朗的运动员一个接一个在跳板上弹了几下，纵身一跃，在空中向前翻腾一周半屈体，然后像一支利箭插入水中。音乐骤起，喷泉猛地喷出高达22米的绚丽水柱，在观众席中激起阵阵的欢呼声和掌声。这些运动员都来自奥林匹克与美国国家田径协会，当然技能高超。但这不只是跳水表演，还配合了镭射灯、特效和音乐及喷泉，使得演出高潮迭起。

在表演的空隙，我转身打量剧院的周边环境，在观众席后面，意外地发现水上剧院的"VIP包厢"——一排排面向水剧场的大阳台。那是全船最大的套房，面积76.2平方米的房间，居然配了几乎同等大小的74.6平方米大阳台。那是绿洲号最受欢迎的房型之一。

当晚，我们到中央公园，150号餐厅用晚餐，吃的是"詹姆斯大胡子奖"得主迈克尔·舒赫瓦提（Michael Schwarty）精心设计的6道式菜单。

席间一位媒体朋友聊起他看到的对绿洲号批评的声音，嘉年华的CEO M.阿里森调侃道："绿洲号就像明尼苏达州占地420万平方尺的

美国商城（Mall of America），大而庞杂。"（Saunders，2013）

的确，绿洲号对寻常的游轮度假概念是颠覆性的，但这正是从未坐过游轮的消费者，特别是家庭消费者所喜欢的。绿洲号建造项目上马之时，曾经向大众发起过有奖征名活动。反应非常踊跃，最后从几百条建议中脱颖而出的是"绿洲"，理由是拉斯维加斯就被誉为沙漠上的游轮，那世界上最大的游轮就应该是大洋上的绿洲。

《弗罗默旅行指南》（Frommers）的创始人阿瑟·弗罗默（Arthur Frommer）也批评说："绿洲号太大了，很难找到合适的停靠码头，致使游轮的目的地体验降级。"（Saunders，2013）

广州的一位旅行社老总说："弗罗默讲得没错，但问题是绿洲号已经让目的地变得多余。绿洲号向消费者诠释一个道理：游轮本身就是目的地。"

一位旅行社老总也同意地点点头："以目的地为亮点的地面出境游大家最怕什么呢？航班延误打乱行程、好餐厅大排长龙吃不上饭、看演出找不到地铁口、生病去到诊所发现语言不通，这种问题不会在游轮上出现。比起陆上旅行，游轮的环境是安全可控的，并且有一支庞大的专业团队的呵护。"

吃完饭，我们就走进了那家不停升降的"涨潮酒吧"。大家一边品酒，一边欣赏"大峡谷"里变换的景色，以及"峡谷"两边高层数百间带公园景观的客房。游轮除了海景房，还有园景房，这也是皇家的创意。夜幕时分，灯光交织出五光十色之网，游行表演热闹地穿梭在游人当中，有人从园景房走到露台，和底下的杂要小丑打招呼。

"潮汐酒吧"下到5层，又是另一番天地。这是被称为"皇家大道"的一个主题社区，长达150米3层挑高宽52米的大街，时尚品牌商店和各色餐馆鳞次栉比，例如尊尼火箭餐厅（Johnny Rocket）、海鲜

绿洲系列水上大
剧院

休闲餐厅（Seafood Shack）、索伦托比萨店（Sorrento'
s Pizzeria）、思古诺酒吧（Schooner Bar）等，空气中
弥漫着咖啡和烘焙的香味，神采飞扬的侍应生为客人
送上香槟。梦工场"人物"大游行的队伍载歌载舞，
功夫熊猫、怪物史瑞克、美女费菲奥娜、穿靴子的
猫、马达加斯加狮子招摇过市。

　　过了午夜，客人渐渐散去，回到2706间中的一
间客房或套房去休息，其中有1956间私人带露台
的、254间带固定窗户的海景房，196间内舱房。与
传统游轮不同，在将近2000间带露台的客房中，有
专为"非游轮"消费者主打的中央公园景观房、百

达汇广场景观房、皇家大道景观房。这些客房和陆地上的度假酒店一样，带露台但看到的不是海景。可能最令人赞叹的是在17层和18层的皇家复式套房，面积149平方米，露台81平方米，楼上是主卧带卫浴，底楼是客厅，也带浴室和淋浴设施。

船上娱乐节目的选择让人应接不暇，除了皇家大剧院百老汇歌舞《发胶》（Hair spray），还有Studio B冰上秀。在真冰上高速滑行，演员优雅地跳跃起来，做出了好几个漂亮三周转体。精湛的表演，又引起旅行社和媒体朋友的热议：

"如果在平地这种表演没什么好惊讶，可这是航行在大洋上的游轮上啊！"

"这船真稳啊。"

"说起来，有人觉得晕船吗？我都想不起自己在船上了。"

大伙儿都有同样的感受，在船上如同身处平地，一点都不影响行动，也没有人反胃或头晕。有个随行的记者在环绕甲板的跑道跑了7公里，还创下了匀速4分30秒的个人纪录。

在绿洲号的7个主题社区里，运动和泳池社区的设施最丰富，带滑梯和喷水枪的儿童泳池、按摩泡池、冲浪池、只允许成人进入的日光浴场等等，大大小小戏水的场地多达20余处。在运动社区里，皇家加勒比首创的海上9洞高尔夫球场是打高尔夫的游客喜欢去的地方。虽然不能像地面上可以那样挥杆，但那种在海阔天空的背景下击球入洞的感觉是独一无二的。

皇家加勒比的宣传口号是"Nation of Why Not"，这个充满美式自信的标语很难翻译成中文，但我在船上找到了对应：在这个漂浮的国度里，有什么是不可行的呢？要寻求刺激，还有甲板冲浪、7层高的甲板攀岩墙，以及飞天。

惊心动魄的空中吊索（Zip Line），位于9层甲板的高空，虽然从一头飞往另一头只有20秒的时间，但对初次体验者是惊心动魄的挑战。在空中呼啸而过时，心跳到了嗓子眼，这时最好是闭起眼睛。但如果敢睁开眼睛，在凌空"大峡谷"30米的高度，中央公园的绿色植被、熙熙攘攘的百达汇，尽收眼底。

绿洲号，不仅是在测试和验证人类在建造游轮技术上的物理极限，而且重新定义游轮的度假体验。

《新民晚报》的记者说，此前大家对游轮的印象大都来自影视剧，《泰坦尼克号》里上甲板餐厅金碧辉煌的装潢，绅士穿着燕尾服侃侃而谈世界局势，贵妇戴着名贵的首饰遛狗、喝下午茶、跳华尔兹……

"但是，绿洲号展现的游轮生活是我们所不知道的一面。游轮已经成为欧美中产大众的度假方式，特别适合跨代家庭出游。"

07. 几何级数

我是于2009年2月加入皇家，负责中国市场的开发。

人生真是三十年河东，三十年河西。

1988年我拿到部委文件，被批准赴英国伦敦大学攻读经济学博士学位。在英国的经历可以说很顺，四年后毕业，随即拿到伦敦都市大学经济系做高级讲师的差事，买了车、置了房，和家人过起了英国中产的生活。

但是，1997年，出国10年后回国的那段见闻又让我再次改变人生的轨迹。

我生在上海，长在上海，但眼前的上海我已经难以辨认。我记忆中的徐家汇，还是10年前狭窄的肇家浜路花园，而现在道路被拓宽，两旁的新建大楼林立。站在美罗城巨型玻璃球体对面，只见车水马龙，灯火闪烁，习惯了英国从右往左的车流方向，我迟疑了好一会儿才过了车辆不停的斑马线。

中国在邓小平南行以后的变化，我早就通过媒体了解，但是亲眼看到短短10年时间里的巨变所感受的冲击还是不一样的。

回伦敦以后，我辞去了在大学教书的铁饭碗，系主任不解地问我："你已经工作7年，是系里最年轻最受学生欢迎的老师，每年在学术杂志都有数篇论文发表，我们正在考虑提升你做Reader。"

我还是一点没有犹豫地走了，我无法抗拒中国的机会。不久，我去伦敦金融城加入了一家专为跨国公司开拓中国业务的咨询公司，工作了4年，频频陪同CEO客户去北京出差，跨国并购、合资企业、政府公关，什么都干。这段经历帮助我完成了从学术界到商界的转型，特别是培养了学习能力和跨行业的视角。

2004年，在帮助国际商旅巨头BTI组建了与锦江集团的合资企业之后，我被BTI总裁说服留在上海为他们打理市场初创时期的市场开发，用了两年的时间打开了局面，在行业小有名气，引起了猎头的注意。

2008年9月，我回伦敦休假，和家人在伦敦西区的一家中餐馆用餐，这是我留学生时常常光顾的餐馆，烧鸭做得特别好。吃完饭，跑堂的照例端上切好的鲜橙和 lucky cookie（幸运饼干）。

女儿眼疾手快，拿起属于我的那一份 lucky cookie，打开后读了起来：

"Your life is about to change."（你的生活将发生变化。）

一周后我接到了猎头的电话，说是全球最大的游轮品牌皇家加勒比要找中国区董事总经理的人选。

10月，我飞迪拜参加面试，在酒店面试我的是皇家加勒比负责国际业务的行政副总裁迈克·贝利（Michael Bayley）和亚洲区副总裁拉玛（Rama Rebbapsagada）。我为面试事先做了PPT，展示我在BTI开拓中国业务的业绩。

不料，迈克因为长途出差加时差，昏昏欲睡。一旁的拉玛非常尴尬。

我对迈克说："我也有些累，要不要我们都休息一会儿，晚上再聊？"

晚上，在餐厅又见到睡了一觉的迈克，穿红色毛衣，精神很好，面带笑容。这位公认长得很帅的英国人，毕业于伯恩茅斯大学工商管理专业，后又去哈佛商学院（Harvard Business School）和密执安罗斯商学院（Ross Business School at Michigan）进修。他在皇家工作了30多年，从最基层做起，曾做过船上的purser，即前台经理，处理客人的投诉和询问，并管理船上的财务和行政。他凭着自己的才华和业绩，一步步走到皇家高层的位置。

我知道，迈克对规整的PPT不感兴趣，他要在短短的一两个小时里，用直觉了解我是怎样一个人。

坐下后，大家要了红酒点了自己的菜，迈克对我说：
"我看了你的简历，发现你的公司经历不是很丰富。"

这个问题非常犀利。如果我回答说不对，那我是在撒谎。如果我说对，那等于承认我缺乏经验。

我灵机一动："迈克，你知道孔夫子吗？"

"他是中国古代的哲学家。"

"孔夫子说：三十而立，四十不惑，五十知天命。我已经早过了而立和不惑的年龄，快到了知天命的年龄。"

迈克和拉玛和我都是同一年龄段的人。这句话一下拉近了我们的距离。

下面的谈话就非常顺畅，我们像朋友一样聊了很多打开中国市场的设想。

临末，我感觉迈克对我有兴趣，于是问：

"迈克，如果我得到这份工作，你对我的期望是什么？"

"我的期望是中国的业务量每年翻一番。"

从绿洲号下来后，我去见迈克和费恩。

在费恩办公室见到这位传奇人物。他首先祝贺我接任皇家中国的董事总经理。

当我说我的职业生涯变换了好几次，从学术界跳到金融业，然后进入游轮行业时，他对我说："我从未梦想过进入游轮行业，一直期待从事金融业。你和我都有一份世界上最好的工作，每天都是激动人心，好事坏事纷至沓来。这个行业给很多人很多的压力，但我感觉到无比自豪。我想你也是，我能感觉到你是个充满热情的人。"

我提到在前来迈阿密的航班上，读了《蓝海战略》（Blue Ocean）这本书。这部两位波士顿高级顾问写的专著提到，企业要赢得明天，就不要挤在狭隘的市场里互相残杀，而是去开拓蓝色海域，创造没有竞争的市场空间。

费恩点头笑道："造大船就是试图创造蓝海。中国也是一个蓝海，我对你寄予厚望（I count on you）。"

和费恩的会面是简短和愉悦的，但是和迈克·贝利（Michael Bayley）的谈话让我感到压力倍增。

2009年，迈克任主管国际业务的行政副总裁。当时皇家加勒比国际游轮有21艘游轮，6个船系，包括君主、梦幻、光辉、航行者、自由和绿洲。最大的区域市场是北美，每年业务量250万游客人次。迈克分管的国际业务囊括欧洲、南美、澳洲和亚洲；被确定为战略市场

费恩、迈克和我

的包括英国、巴西、澳大利亚、西班牙、北欧、中国，业务量加起来不足100万游客人次；最大国家市场是英国，每年的业务量是25万人次。而迈克为国际板块设定的目标是三年内达到250万人次，与北美业务市场比肩。此外，迈克还分管母公司的其他品牌。

迈克对皇家的贡献是巨大的，在他主管国际业务期间，他建立了包括澳大利亚、巴西和中国在内的11家地区分公司，在皇家的北美市场以外开辟一个业务规模等量的新天地，把皇家加勒比真正打造成了全球化的游轮公司。

迈克很忙，每次和我会面只有30分钟，直到现在还是这样，除非在中国出差期间我们才有充分的交谈时间。他是非常注重结果的行政高管，坚信任何雄伟但可实现的目标都可以找到最佳策略，而最佳策略都可以通过有效的执行予以实现。

他的下属都有点惧怕他。我对他更多的不是惧怕，而是尊敬。我不需要他给我压力，因为我自己给自己的压力超越了任何来自外部的压力。这是我在职场上的一次赌博，赢面只有50%。选择我，迈克的赢面也只有50%。

在他的办公室，迈克照例直入主题：

"海洋神话号明年夏季部署上海，提醒你第一年的业务目标是25000人次。我记得面试时你承诺中国业务每年翻一番。"

翻一番，就意味着几何级数的增长，公式是 $A^n = 25000*2^n$ 次方，也就是

2010 年，25000 人次

2011 年，50000 人次

2012 年，100000 人次

2013 年，200000 人次

2014 年，400000 人次

2015 年，800000 人次

我回答迈克："我记得我的承诺。"

我们预设好了跳高的高度，然后再去考虑是通过跨越式还是背越式从横杆上飞跃而过。

此刻，我只想尽快结束只有30分钟的会议，恨不得立刻从迈阿密飞回上海，准备2010年的那次试图飞跃横杆的一跳。

我心里也很清楚，皇家加勒比要的不是区区2.5万人这个小数，公司把中国看作美国以外的第二大战略市场，是希望看到皇家在全世界叫好、叫卖的度假产品也能得到中国消费者的认可。

如果皇家的发家源于挪威人和美国人的共同努力，那么现在是中国人和美国人共同努力的时候了！

2

登陆北外滩
Landing the North Bund

当皇家加勒比正紧锣密鼓地忙于海洋自由号
(Freedom of the Seas) 的新船下水，以15.8万总吨
的数字、击败玛丽女王2号（Queen Mary 2）、再次
刷新大船的世界纪录时，嘉年华旗下的游轮品牌歌
诗达已于2006年捷足先登，进军中国市场。嘉年华
集团作为母公司，旗下拥有的品牌，包括嘉年华
（Carnival）、公主（Princess）、歌诗达（Costa）、
爱依达（Aida）、P&O、荷美（Holland America）、
世邦（Seabourn）、冠达（Cunard）、P&O 澳大利
亚（P&O Australia）等。皇家加勒比母公司旗下拥
有7个品牌包括皇家加勒比国际（Royal Caribbean
International)、精致（Celebrity）、精钻会(Azamara)、
银海(Silver Sea)、TUI、CDF、普尔曼（Pullman）。

皇家加勒比开始试水中国市场时，已经是两
年以后的事情，正式部船中国的时候也是四年以
后的事情。先下手为强是竞争策略中的上策，尽
管在尼尔·阿姆斯特朗之后有很多宇航员在月球
上待的时间更长、走过的地方更多、带回的样本

更有价值，但人们记住的永远是登月第一人。

这就是新组建的、没有经验的皇家中国团队在2009年面对的现实。

01. **先下手为强**

歌诗达（Costa Crociere S.P.A）创立于1854年，以经营货轮运输起家，1947年开始涉足客运业务。1959年，它推出了世界第一艘完全为海上旅游设计的游轮Franca.C.之后，歌诗达明黄色的标志性烟囱开始活跃于地中海和加勒比海。曾经拥有欧洲最庞大船队的游轮公司，歌诗达的现役游轮多达12艘，每一艘船都配有数百万美元的油画、雕塑、壁饰等，炫耀着其根红苗正的意大利血统，是为数不多的没有被美国文化同化、仍然保持着欧洲气质的游轮品牌。

1995年，歌诗达被收购，成为嘉年华旗下的品牌，由位于热那亚的总部负责运营，那里曾经也是皇家加勒比收购目标，现被嘉年华派为急先锋抢滩中国市场。

在进入亚洲之前，歌诗达主要的客源市场在欧洲，其余业务部分在加勒比、南美、印度洋和红海。在与其欧洲劲敌MSC角逐中拼得你死我活，急需在亚洲寻求生存和发展空间。

2006年，歌诗达爱兰歌娜号（Allegra）在上海试水三个母港航次，可以说这个历史事件开创了中国游轮产业的元年。

在爱兰歌娜号承载第一批中国游客之前，中国港口也曾在历史上见到国际游轮的身影，只不过这些航线都把中国沿海城市如上海和香港当作访问港，或许还会运营半天的观光游，游客主要来自欧美和亚洲其他国家。这些都是零零散散的过客航线，不成气候。

而母港航线则以本地码头为起始和终点制定游轮行程，客源以本土消费者为主。一家游轮公司在某个国家开辟母港航线，意味着这个国家被定性为该游轮公司的战略市场。

在挺进全球市场的策略上，歌诗达颇具锐意进取之心，为了在中国市场首战告捷，歌诗达做出了许多亚洲化、中国本土化的努力，配备了讲中文的服务人员。爱兰歌娜号由1992年在意大利第一次下水的一艘货轮改装而成，28500总吨、8层甲板、188米的长度和1000人的载客量，以现在的眼光来看，不足为道，但在2006年的4月，停泊在黄浦江上的爱兰歌娜号却在上海滩引起了不小的轰动。

爱兰歌娜号的中国首航占据了诸多大众媒体的娱乐版头条。船上30%的服务生是中国人，游客在船上基本不会遇到语言隔阂，为了将不熟悉游轮的中国乘客吸引到船上，5夜6天的船票促销价一度低至2999元人民币，包吃包住，含往返交通费用，这可说是"白菜价"了，与市场上从上海飞东京成田机场的来回3000元机票相比，性价比颇有吸引力。

爱兰歌娜号的中国首航场面盛大，嘉年华的首席执行官 M. 阿里森亲临现场。作为迈阿密热火队的老板，他兴奋地向中国媒体展示了热火队刚斩获的NBA总冠军的奖杯，以一副王者的姿态，淋漓尽致地展露出嘉年华逐鹿中国市场的进击之心。

在歌诗达进入中国市场的第二年，皇家加勒比才在上海设立了办事处。这是一个只有5位员工的小团队，彼时，歌诗达的中国团队已经达到30人的规模。

既然狭路相逢，必然勇于亮剑。

2008年，后来者皇家加勒比，亮出了他们的第一剑——派旗下六大船系之一"梦幻系列"中的海洋迎风号（Rhapsody of the Seas），执行从上海出发的三个试水航次。

2008年，也是中国进入新世纪后最为跌宕起伏的一年。

坏消息很多，南方的惊天雪灾、汶川8.0级特大地震和美国次贷危机的经济影响相续袭来。庆幸的是，一枚硬币总有两面，令人振奋的消息也不少。除了2008北京奥运会、神舟七号载人飞船飞入太空之外，绚烂的上海世博会也拉开了神秘的面纱，在5.28平方公里的用地上，154间场馆开始搭建，带来约800亿的旅游收入。上半年北京的境外游客增加到6500万人次，五星级酒店房价急速飙升到了4000元人民币以上，却还一房难求。

在金融危机导致世界经济低迷的大背景下，中国经济仍持续着喜人的增长，这一年中国的GDP达到了44929亿美元，超越德国和英国成为全球第三大经济体。

这是中国改革开放的三十周年、加入国际贸易组织的第八个年头，皇家加勒比的海洋迎风号选在了这个时机，缓缓地驶向上海。海洋迎风号的到来，意味着世界最大的两家游轮公司——皇家加勒比和嘉年华，即将在新兴的中国市场吹响角逐的冲锋号！

彼时中国人对游轮还很陌生，中国出境游的游客超过了4000万人，而乘坐过游轮的游客大约只有两万人，比每年攀登珠穆朗玛峰的游客还少。中国市场对两家巨擘而言，是资源丰富的"新大陆"，从未被开垦，裹挟着巨大的机遇和风险挑战。

第一个进入中国游轮市场的歌诗达，拥有先发者优势，如同第一个登上月球的阿姆斯特朗，在蛮荒沙地踏上的第一个脚印，无论多么微小，印迹却无比闪耀。尽管阿姆斯特朗之后的登月者，逗留时间更长，创造纪录更多，人们能够记住的往往只有阿姆斯特朗这个登月第一人。

然而，世界上任何道理都有反例。中国五星级酒店的沉浮展示了如何在服务行业登上和坐稳行业第一把交椅的不同诀窍。

1987年开业的华亭宾馆，是上海第一家与外资合作的五星级酒店，雇用了国际知名品牌喜来登的团队来做管理方。这家酒店甫一面世，就惊艳了上海滩，规模上，80000平方米的主楼气势迫人，细节处，就连酒店员工的制服都有24种不同样式，可见极致用心。华亭宾馆首创了24小时客房送餐服务，69名外籍员工确保外宾们获得最妥帖的服务，它成为当时中外高端游客入沪下榻、当仁不让的首选。由于格调高雅，上海人在里面喝杯咖啡、吃块蛋糕就足以作为当时社交炫耀的资本。

然而，酒店管理五年合同到期后，作为中方老板的锦江集团，认为自己已经从外国师父手里学会了管理五星级酒店的流程和手段，决定不再与喜来登续约，选用自己的班底继续经营。没有了喜来登的品牌效应，华亭先是逐步失去国际客源，而后由于外宾稀少，国际氛围散去，本地高端客人也开始很少问津，客房出租率和房价一路下滑。酒店收益不佳，公司囊中羞涩，无力拨出足够的预算来翻修陈旧的酒店设施，进而导致客房价继续下滑。与此同时，其他新的五星级酒店，如静安寺的希尔顿、南京西路上的波特曼丽思卡尔顿大酒店、浦东的君悦大酒店等，以崭新一流的硬件设施如雨后春笋般的拔地而起，曾几何时在上海西区不可一世的华亭宾馆逐渐淡出人们的视线。

华亭宾馆故事的启示是，中国市场很大，但竞争也异常激烈，行业领导地位变更频繁。想要在中高端服务业名列榜首，必须保持硬件的优势，永远做皇冠上那颗最熠熠生辉的钻石。

2008年，迟了一步的皇家加勒比，派遣到上海的是亚太地区最大的豪华游轮——1997年下水的海洋迎风号，总吨78491，载客量为2416人，几乎是爱兰歌娜号的2.4倍，创下了当时停靠中国港口最大游轮的历史纪录。

首次登上迎风号的游客，第一眼必定会被7层高的气派的开放式

中庭所吸引，从中庭往上看，是高耸的穹顶，气势恢宏、富丽堂皇。往下眺望的景观同样让人迷醉，船上有两个瞭望海景的绝佳之处，一是位于船上最高甲板的维京皇冠酒廊，可以让乘客惬意地喝着威士忌眺望蔚蓝地平线；另一处是别出心裁的海上攀岩，攀爬上30米高的岩壁后，转身俯瞰大海。位于船中的日光浴场，采用了罗马建筑风格装饰，这也是迎风号的亮点之一。

游轮就是应该让乘客叹为观止、情不自禁地发出wow的惊呼。这声"Wow!"，甚至是皇家加勒比的广告词。海洋迎风号身姿伟岸，采用玻璃材质的船体剔透华美，当巨轮驶入黄浦江时，势必会引起市民的啧啧赞叹声。

2008年也是上海第一个游轮专属码头落成的年份。上海港国际客运中心坐落于北外滩，坐拥1200米长的江岸，因其海蓝色的橄榄球形状，被昵称为"一滴水"。与"一滴水"一江之隔的是东方明珠塔、金茂大厦、环球金融中心等上海标志性建筑，抬头仰望，如面对巨人之林，雄伟壮观，气势磅礴，令人屏息静气。

上海北外滩"一
滴水"游轮码头

客运中心原址是建于1873年的公和祥码头。从上游而来的黄浦江在陆家嘴转了个大弯，受阻的江水在靠近陆家嘴的公和祥码头的位置处冲出了9米以上的深度，是黄浦江上绝无仅有的深水码头。

当年李鸿章出访英国是在这里上的船，庚子赔款资助的第一批华人留学生是在这里离开中国，留学法国勤工俭学人士是在这里登船去的巴黎。一百多年来，外国游轮来华都是在这里停靠，给国人留下了深刻的游轮印象。

"一滴水"游轮码头由上海国际港务集团（SIPG）斥资2.6亿美元建造并运营。作为中国最大的港口企业，SIPG经营集装箱、大宗散货和件杂货的装卸生产，以及与港口业务有关的引航、船舶拖带、理货、驳运、仓储、船货代理、集卡运输等业务，货物吞吐量全球第二，货柜吞吐量全球第一。

过去二十年里，船舶大型化驱动了港口码头的深水化和海口化，SIPG的黄浦江内港区逐渐转为其他用途，货柜码头迁移到外高桥和洋山港，港区从长江南岸延伸到杭州湾，仍然是名副其实的港老大。

然而港航业竞争激烈，未来变幻莫测，这家上交所市值1200亿的国有企业虽然在全国乃至亚洲坐第一把交椅，却有着强烈的忧患意识。香港、新加坡都在觊觎亚洲第一大港的位置。SIPG没有固守城池，一直积极地寻求新业务的发展契机。

2004年6月的一天，一位不速之客登门拜访时任虹口区委书记孙卫国。客人穿了一件黄色的T恤，戴着一副金丝边框的深度近视眼镜，风度翩翩。他自我介绍，是马来西亚丽星邮轮集团总经理助理俞建萌。

丽星邮轮总经理是林国泰，其父林梧桐。林梧桐是马来西亚和新加坡妇孺皆知的巨商，这位东南亚商界的传奇人物于1918年生于福建安溪，19岁攒了点路费，漂洋过海下南洋，来到马来西亚的吉隆坡寻觅生计，投靠做木匠的叔叔。

打工两年后，脑子活络的林梧桐开始独立做建筑承包商。二战结束，当时仍名为马来亚的马来半岛亟需重建，林梧桐抓紧商机，从英军手里买下用于城市重建的起重机、推土机、混凝土搅拌机，经过翻新后，以两三倍的价格转卖给锡矿和橡胶园园主。战后的马来半岛百废待兴，林梧桐的生意好得应接不暇，他掘到了人生的第一桶金。

尽管生意顺风顺水，秉承着福建人拼搏精神的林梧桐并没有固守在传统产业里，1965年他独排众议在距离吉隆坡58公里的云顶山建造酒店和游乐场。他为此投入了所有资本，开山拓荒的工程异常缓慢艰苦，七年里他没有任何收益，濒临破产边缘。

但回报是惊人的，云顶娱乐城建成后，一跃成为东南亚最著名的旅游胜地之一。云顶最大的号召力是赌场——这是新加坡和马来西亚唯一有赌牌的娱乐场所。当时新加坡仍未开放赌博行业，马尼拉的赌场也在20世纪70年代后才陆续建成，云顶是东南亚区域唯一能与澳门媲美的赌场，因此人气极盛。

林国泰是林梧桐的次子，他把赌场游乐园的概念延伸到海上。1993年，林国泰以1.625亿美元的价格从一家瑞典从业者手里买下两艘刚刚造好的游轮，成立了丽星邮轮公司。

游轮产业是欧美人的天下，林国泰确信西方人能做到，亚洲人也能做到。丽星邮轮把目光瞄准亚洲最大的客源市场——中国。

俞建萌说，他代表丽星集团在上海寻求合作发展机遇，他认为上海是特大型城市，又有良好的地理位置和优越的港口配置，发展游轮经济是绝佳条件。这番话让孙卫国茅塞顿开，是啊，虹口区经济发展的定位是建立航运的要素市场，而且北外滩规划布局中已有客运码头的设施，但没有找到合作伙伴，更何况发展国际豪华游轮真是水到渠成、天赐良机。如果发展了游轮经济，上海这个国际大都市不更是锦上添花、如虎添翼吗？他们不自觉谈了近两个小时。

孙卫国回忆说：

"我们开始搜集国际游轮材料，又专程拜访上海海事大学校领导，了解国际上豪华游轮发展趋势。还向时任市委主要领导做了汇报，当讲到上海要发展游轮时，领导脱口而出：'黄浦江上现在已经有不少游轮了。'我连忙纠正：'现在浦江游览的不是游轮，那是游艇。'领导才'噢'的一声，若有所思。我比喻说，游轮在水上是巨型客轮，竖起来就是有二三千客房的五星级宾馆。领导立即鼓励说，虹口区北外滩完全有条件发展游轮，这也是为上海增光添彩，可以放手大胆干，市政府有关部门都会大力支持。"

为了普及游轮，港务集团、上海市旅游局和丽星邮轮做了一个盛大的推广活动"丽星之夜"，把SIPG的高管和虹口区政府人士请上了船，坐了一晚的出公海游。这次经历推开了一扇窗，让上海人看到了一个潜力巨大的产业。作为游轮在中国的最早推手之一，孙卫国回忆：

丽星集团专程调动了万吨巨轮停泊在北外滩码头，虽然是模拟式活动，但严格按照出关出境程序登轮。活动邀请了全市各界人士出席，高朋满座、盛况空前。

丽星老总林国泰向来宾介绍了丽星集团要挺进上海的雄心壮志。傍晚，丽星邮轮解缆起锚后在汽笛声声中缓缓离开灯火璀璨的北外滩，驶向吴淞口。外来宾们虽然都身在上海，但如此登上豪华游轮领略浦江夜景，几乎都是首次。游轮在吴淞口外周游后抛锚，次日阳光从东方冉冉升起时又返回北外滩。

孙卫国在船头上满怀信心地对林国泰说：

"这次的活动具有重要的历史意义，不久的将来中国的游轮发展将从北外滩启航。"

虹口区聚集了一大批外商航运企业，唯独没有游轮公司。雄心勃勃、一心要打造上海航运中心的虹口区政府联手SIPG，筹划在北外滩原公和祥客运码头旧址上，建造国内第一座国际游轮专属码头。

政府想打造的不仅只是一座游轮中心，而是游轮经济圈。游轮不只会带来港航企业的投资，一系列相关企业，包括造船、修船、建筑、重工业、轻工业、服务业等等，都会围绕游轮产业成长起来。游轮的收益也远远不限于船票、船上消费和码头服务商的收入，它会连锁性地激发旅游、商贸及各种服务业的交易和消费，创造巨大的商机及利润。

根据国际游轮产业协会（CLIA）提供的数据，2017年游轮的乘客量为267万人，创造了110万的就业机会，创造了456亿美元的报酬和工资收入，为世界经济的贡献高达1340亿美元。

从2000年开始，虹口区政府开始出访迈阿密，意图说服皇家加勒比和嘉年华来华投资，开辟游轮航线。他们向美国人展示中国游轮行业的前景——对当时的迈阿密总部来说，这些访客与他们带来的信息是新鲜的、让人心动的。他们不是没有考虑过中国庞大的消费市场，但始终找不到切入口。虹口区政府伸出的橄榄枝，正中他们的下怀。

"结果始作俑者丽星邮轮因为布局上的考虑，迟迟没有启动母港计划，而太平洋对面的皇家加勒比、嘉年华以及其旗下的歌诗达公司却率先登陆上海及中国游轮市场。"孙卫国说。

作为中国游轮行业的起点，"一滴水"的码头和商业设施的规划达到5万平方米，比当时亚洲最繁华的香港海运大厦码头，还要大7倍。由此可见政府和业界对游轮行业寄予的期望和信心。

皇家加勒比之所以选定2008年试水中国市场，也是为了凑上中国第一个游轮专属码头开张的良辰吉日。

然而，没有人想到，海洋迎风号居然会出师不利。

海洋迎风号被拦在了杨浦大桥之外！从公海进入上海港，要驶进长江口，沿长江深水航道（北槽）行驶5个小时到达吴淞口，即长江与黄浦江的交汇处。然后，再沿黄浦江航行3个小时才能到达"一滴水"游轮码头。

20世纪90年代，上海市政府在黄浦江上架设了杨浦大桥，主桥全长1178米，北外滩在大桥的上游一侧。从吴淞口沿黄浦江逆流而上并停靠"一滴水"码头需要从桥下穿行。从江面最高潮位到桥顶净高49米，黄浦江潮差3米，即使在最低潮位，从江面到桥顶的高度只有52米。

当初"一滴水"码头是参照丽星邮轮的规模选址的，并没有考虑到杨浦大桥净高对游轮的限制。海洋迎风号已经是皇家加勒比船队总吨最小的游轮之一，从吃水线到烟囱的高度达53米，根本无法通过杨浦大桥。无奈之下，这艘游轮只能停靠在吴淞口附近的外高桥货柜码头。游客需要乘坐1.5个小时的大巴，从繁华市区驶到建筑稀落的外高桥，穿过集装箱的堆场，迎着江面的大风，才能登上江边停泊的迎风号。游轮虽耀目又华美，却与周边简陋的环境格格不入。

迈克·贝利曾经遗憾地跟我说："原本我们想借'一滴水'码头落成之际，为中国游客创造wow（惊叹）效果，却变成了hour（费时费力）效果。"

在皇家加勒比登陆北外滩失败之时，歌诗达却顺风顺水。2008年8月5日上午7时，带着标志性的明黄烟囱，爱兰歌娜号缓缓靠上位于北外滩的"一滴水"，这也是歌诗达在中国母港运营的第100个航次。

皇家加勒比被歌诗达远远地甩在后面。

02. 神话行动

2009年，皇家加勒比再次亮剑——派遣海洋神话号在上海执行7个母港试水航线。

作为皇家加勒比进入中国的第二艘游轮，总吨69130的海洋神话号，比同属"梦幻系列"的迎风号吨位略小，水线以上最大高度为50米。黄浦江最高潮位时，神话号水线以上的高度比大桥净高高出1米，在最低潮位，有2米空隙可供游轮安全通过。

所以，神话号要想顺利停靠北外滩，必须算准潮位时间，就是在最低潮位那一刻从杨浦大桥底下穿行。

2009年2月9日，中国春节刚刚过去，城里弥漫着节后的疲惫感和新年新气象的期许。大多数行人还没有注意到，街心花园的小绿草已从土里崭露头角。

上海依然很冷。我翻起大衣的领子，穿过人民广场，途经上海大剧院。抬头仰望，大剧院六根透明柱子支撑的反翘屋顶，竟跟游轮有几分相似。世博会临近，越来越多的国外著名演艺团体进驻上海。6月将要上演的热门音乐剧《歌舞青春》（*High School Musical*）平均票价是380元人民币，跟伦敦西区的45英镑（约合396元人民币）已经持平了。中国城镇的平均消费达到了13526元，花在娱乐和旅游上的比例越来越高。

中国整个消费市场处于昂扬向上之势，应该是开始在市场大施拳脚的好时机。

我走进上海大剧院对面的中区广场。这栋26层高的写字楼驻满了外企的办公室、国际律师事务所等。这一天，是我在皇家加勒比报到的第一个工作日。8层，电梯门向两旁洞开，我好奇地走进公司驻上海办事处。

办公室90平方米左右，在这个寸金尺土的黄金地带算不上拥挤，因为我们满打满算只有五名全职员工。员工区域没有窗户，光线略显暗淡，员工见到新来的领导，略微撑起身，露出谨慎的笑容示意，空气似乎有些沉闷。

上海代表处在2007年成立，开始筹划在2010年从上海和天津开辟前往日本、韩国的航线。这是当时外资游轮公司可以开发业务的唯一合法机构，代表处不能直接向消费者销售包括船票和岸上游在内的度假产品，也不能为游客办理前往日韩的签证，只能通过具有出境游资质的旅行社进行代理。在我来到之前，已经到任的员工，包括营销负责人、销售经理、后台系统操作、港口运营经理、行政秘书。

我被引进经理室。冬日的阳光从窗户流泻进来，让人的心情稍微振奋一点。员工告诉我一个好消息：总部在台湾的安利（中国）公司要包下神话号的7个试水航次，组织"安利心印宝岛万人行"。这是从大陆赴台湾的奖励旅游团，客人是安利大陆公司的12000名优秀销售人员。

在政治意义上，这是1949年以来大陆与台湾之间两岸大规模民众交流的破冰之旅。2008年11月8日，海协会会长陈云林与海基会董事长江丙坤在台北达成了海运、空运、邮政、食品安全等四项重要协议，意味着分离了五十年之久的两岸民众的直接通航、通邮、通商成为现实。一时间公众和媒体目光都在关注"两岸三通"，赴台游成了热门的话题。神话号是"两岸三通"以来，第一艘直航前往台湾的轮船。

安利在公关上做足文章，计划于2009年3月14日在"一滴水"码头举办安利包船首航庆典仪式。上海市副市长、安利高层和媒体记者等500人即将到场观礼。

万事俱备，只欠东风，现在就看神话号在3月14日，能否从长江口驶入黄浦江，顺利通过杨浦大桥，启动已被媒体炒得沸沸扬扬的安利包船的首航。

3月14日凌晨1点30分，主管港口业务的总监童剑锋向我报告，从新加坡驶来的神话号满载1800名国际客人，已经驶抵长江口锚地，两名身穿制服的中华人民共和国的引航员，登上神话号。

这次掌舵神话号的是资深的瑞典船长恩瓦尔·耐克森（Yngvar

Knutsen）。他有几十年的航海驾驶经验，胆大艺高，曾经驾驶神话号前赴南美、过巴拿马、走大洋洲、穿越英吉利海峡、横跨大西洋。

凌晨4点34分，神话号经过3小时的长江深水航道的行驶，在吴淞口左转，驶入黄浦江。

从吴淞口到北外滩，沿黄浦江航行长度只有20公里。但是，因在狭水道行驶，神话号只能以每小时8海里的速度缓行。

黄浦江已经开始退潮，潮差3米，从最高潮到最低潮持续6个小时。

神话号必须在最低潮位时段前后，从杨浦大桥下穿行而过。

清晨6点40分，天蒙蒙亮，大桥立桥附近已聚集20多名媒体记者，都架起长枪短炮各种摄影器材，准备拍下惊心动魄的一幕。

向吴淞口方向望去，江面上雾气蒙蒙，货轮和驳船络绎往来，唯独没有看到神话号的身姿。

时间好像停滞了！

终于，神话号从远处显现了她性感的身影。

缓缓驶来，风姿绰约。

恩瓦尔船长和其他穿白色短袖制服的高级船员，在驾驶台向记者挥手。有几位媒体记者从大桥仓皇跑开，可能是担心船与大桥相撞。

清晨7点05分，神话号以1米之差的空隙，从杨浦大桥底下安全驶过。

清晨7点40分，神话号靠泊"一滴水"码头。

几十名百事活工作人员一直守候在"一滴水"，大家不约而同松了一口气！

3月14日下午5时，满载1800名安利客人的神话号缓缓驶离北外滩，码头上彩色烟弹升起，狮子群舞。媒体铺天盖地地报道了这次航程。作为"两岸三通"以来，大陆前往台湾的第一次海上直航，它意味着隔海相望的同胞们终于得以团聚，是历史性的，也是情感性的！

因此，关于此行的所有评价和纪念文字，几乎都带有浓烈的两岸同根同源的情谊。游人参观台北故宫，惊讶于馆藏的丰富和华美，为文物的完好保存而深受感动，"翠玉白菜"的纪念品卖了11000个；谈及台湾的各种小吃时，游人讲得更多的是台湾人待客的热情和周到；很多游客永生难忘的一个场景是：神话号在台中港启航时，几十位导游们打开手电筒，一边挥舞一边沿着码头奔跑，呼喊着"欢迎再来台湾！"

至此，神话号的中国首航，可谓大获成功。京剧讲究"亮相"，

海峡两岸的破冰之旅：海洋神话号安利之船

而神话号的亮相被定格在历史的聚光灯下，成为值得铭记的瞬间。

在这次"安利心印宝岛万人行"中，共有12000名安利员工赴台，是当时历史上最大的陆客团。安利公司分了9个航次把员工带到台湾，其中皇家加勒比的神话号贡献了6个航次。

实际上，安利本来打算包下神话号所有的7个航次，但我们对他们的负责人说："只能给你们6个航次。"

对方大惑不解，上门的生意不做？我们回答说："明年我们有36个母港航线要卖，剩下的这一个航次，要用来练兵，看看现有团队能不能把它卖掉。"

于是，安利只包下了神话号的6个航次，那些没法登船的员工，退而求其次去坐了歌诗达经典号。

03. 绑桩

　　安利包船让神话号名声大振，但是神话号留下的那条自己售卖的船次，却把正在组建的中国团队折腾得焦头烂额。

　　一方面，团队中除了个别一两人做过丽星邮轮的销售外，绝大多数人包括我在内都没有游轮销售经验。我们合作的旅行社也大多不会卖游轮船票，而且从迈阿密总部制定下来的销售政策十分复杂，团队经常是一头雾水。

　　我们几乎使尽了吃奶的力气去售卖一条航次上的900间舱房——这么一点销售量，几年后，可能只要花半天的时间就可以用一纸包船协议搞定了。

　　除了旅行社，团队尝试了所有可以想到的渠道，包括欧美同学会、高尔夫球俱乐部、摄影协会、高端居民小区、咖啡连锁店、老年大学等等。最后，只好把爸爸妈妈、爷爷奶奶、外公外婆、兄弟姐妹、七大姑八大姨都搬出来了。

　　2009年，歌诗达进入中国市场的第三年，认识和了解游轮的消费者还是凤毛麟角。说到游轮，很多人第一个令人哭笑不得的联想是"油轮"。好不容易分辨出此"游"非彼"油"，联想到的却是上海到青岛去的客船，或三峡上的内河游船。

　　中国人对游轮的顾虑和误解与西方人如出一辙，"晕船、无事可做、乏味、只适合老年人、价格太贵"，等等。卖出一张船票经常要花一个多小时的口舌。

　　10年前游轮对于中国人，就像100多年前有轨电车对于上海人。当1908年1月21日，上海第一辆有轨电车从静安寺站驶出，市民对这一新鲜之物不太敢尝试，传说"电车"通身带电，坐上去难保不触电而亡。所以一开始电车是免费乘坐的。电车公司使出了绝招，乘坐电车不仅免费，乘客还可以获得花露水、牙膏、香皂，甚至法国面包等赠品。

要突破消费者对游轮的认知障碍，就像要融化一座巨大的冰山。

另一方面，国际总代理（International Representative，下文简称IR）也给中国团队制造了不少麻烦。皇家加勒比在开辟一个新的国家市场之初，一般先是找一两家第三方公司，称之为IR（国际总代理），全权独家代表皇家加勒比分销游轮产品。IR将船舱批发给分销，等于说游轮公司既要承担旅行社的佣金成本，还要支付IR的佣金。

当一个国家市场的业务量在5万游客以下，IR模式是最为经济的。但如果超出这个规模，IR的弊端就会显现出来。IR没有动因建设游轮公司的品牌，也不会积极去拓展市场，因为它们的目标是短期内达到利润最大化。

这就是为什么一旦总部确定了中国的长远发展策略，就要在这个市场上建立自己的团队，取代IR。我上任时，国际总代理在中国的使命已经结束，从全权总批发商变成了与其他旅行社一样的分销商。不难理解，大江东去，IR的心情是十分失落的。

他们有无可挑剔的游轮产品知识、经过十几年培养出来的销售团队，以及精心培育的旅行社关系。看到两手空空，一无所知但有总部支持的中国团队，他们是不服气的。从旅行社那里，团队常常听到IR对我们的微词，挑战我们的合法性。旅行社夹在两者之间，无所适从。

最终，团队跌跌撞撞把神话号航次售卖出去了，但是团队依然忧心忡忡。一个航次就困难至此，明年的36个航次该怎么办？

团队里甚至有人灰心地预言，明年神话号最多在上海走两个航次，总部就会鸣金收兵，草草收场。

雪上加霜的是，在神话号安利包船首航后一个月，歌诗达在同一码头为其中国船队的第二位成员经典号（Costa Classica）举行了首航庆典仪式。歌诗达已经在上海、天津和香港开辟了母港航线，随着经典号的到来，歌诗达全年总航次达到36班，是唯一在华一年12个月都有航线的国际游轮公司。歌诗达同时宣布，在2010年还将派遣新浪漫号（Costa Romantica）取代爱兰歌娜号。显然，为了应对神话号，歌诗达加快了开拓市场的步伐，新浪漫号的53049总吨和经典号的52926总吨都不如神话号大，但是对神话号形成了二打一的局面。

2008年歌诗达还有一个市场炒作的大手笔，与华谊兄弟合作，在电影《非诚勿扰》中植入爱兰歌娜号作为电影故事结尾的场景。这部冯小刚导演的贺岁喜剧片，票房超过了3亿，成功地将爱兰歌娜号与浪漫爱情的想象勾连起来；此外，歌诗达顺势邀请了舒淇作为经典号游轮的起航女神，粉丝效应立竿见影。

然而，我从旅行社了解到，在光鲜亮丽的外表下歌诗达的日子也不好过。和我们一样，歌诗达也同样遭遇开拓新市场的困难。虽然进入中国已达三个年头，从歌诗达高管的新闻采访中得知，他们在中国还未实现盈利，仍处于"战略投资阶段"。事实上，歌诗达的中国老大在三年内已经多次易人。

2009年夏季来到之前，皇家加勒比中国上海办公室迁址北外滩刚落成的国际港务大厦。

在新办公室开张之际，SIPG高层和国际客运中心总经理王迟前来送花篮并祝贺。SIPG是我们的合作伙伴，又是业主。在同一大楼，我和王迟的办公室只有两层之隔。

员工们在宽敞明亮的新办公室异常兴奋，从落地玻璃窗可以俯视

"一滴水"码头，江对面映入眼帘的浦东地标性建筑就像明信片上的景色一样优美。

20年前离开上海去伦敦读书时，黄浦江是上海城的界河，浦西是现代都市，浦东是穷乡僻壤；20年之后，黄浦江成了城中河，把新旧两个时代的上海连接在一起，风格迥异，相得益彰。

上海游轮母港无疑拥有中国乃至亚洲最大的客源市场，以上海为龙头，长江三角洲包括江苏、浙江、安徽在内的26个城市面积21万平方公里，人口1.5亿，2009年人均GDP为5154美元，是中国最富庶和最开化的地区。从长江三角洲任何一个城市到上海坐游轮，高铁和高速公路的距离在1.5小时之内，航空距离不超过1个小时。

游轮从上海出发，5晚可到达日本和韩国的两个港口城市，7晚可到达东京、大阪，8晚的行程可抵达俄罗斯海参崴和日本的北海道。70%的中国公民出境游集中在亚洲境内，而日本和韩国一直是中国人的亚洲首选目的地。

黄浦江可能是世界上最繁忙的水道之一，望着黄浦江上频繁来往的驳船，我心里一次又一次地对自己说：

"市场潜力应该没有问题，现在就看你自己的本事和运气了。"

5月的上海，杨柳飘絮。"一滴水"码头正好靠泊着经典号，与神话号相比，露天甲板除了泳池，设施十分单调，明黄色的带"C"字的烟囱在阳光下格外刺眼。

和歌诗达的竞争，并不是在消费者市场上直接的竞争，而是关于寻求分销渠道的竞争，是看谁能先找到渗透市场的捷径，看谁先向总部证明中国市场的价值。

无数个不眠之夜，在黑暗中求索而不得其解的时候，我的学术背景派上了用场，为我捋清了思路。

销售之道，可以分为拉进（pull）和推出（push）两个策略方向。"拉进"是指通过在大众媒体做广告等传播方式，把终端消费者吸引到渠道口，引导他们关注游轮产品，促成购买的行为。"拉进"非常耗费资金，国际上各大消费者品牌已经齐聚上海，电视和户外媒体充斥大量的广告，1秒钟电视广告的费用是7万元人民币——上海已经成为世界上媒体成本最为昂贵的城市之一。除非资金雄厚，否则用有限的资金去做广告等于散弹打鸟、大海捞针。

"推出"是指通过渠道让旅行社把产品推向消费者，激发旅行社的积极性，培训旅行社的销售技能，去主动积极地销售我们的产品。

品牌尚未建立之时，又需要赶时间完成销售任务，push显然是上策，渠道为王。

事实上，在旅行社的渠道里，已经聚集了大量的未来客户前来咨询出游度假产品，如果能把一部分已经走进门店的客人进行成功的转化，就可以装满我们的船。这比打广告更有的放矢，否则被游轮广告吸引进旅行社的潜在消费者，在没有旅行社代理的引导推销下，也有可能会选择其他游轮品牌，前期的投入等于花篮打水，毫无建树。

我听从迈克·贝利的建议，去英国伦敦做了一次考察。这次考察的结果，更坚定了我的想法。

皇家加勒比于1998年开始在英国实施母港航线计划。这对中国市场没有太大借鉴意义。和在中国一样，皇家加勒比在英国没有先发优势，P&O邮轮公司早在皇家加勒比进来之前占好了地盘。皇家加勒比在英国首发的船也是神话号，英国团队与更为老到的竞争对手交锋打拼，用了10年的时间才做到20万游客市场的规模。

第一年，迈克给我的指标是25000人，我承诺业务量每年翻一番，这意味着我必须在4年的时间内做到20万人。

英国市场有一个中国没有的优势，英国人对游轮有一定的认识。游轮的发端始于英国，从19世纪开始，英国P&O就经营跨洋客轮服务，后来的冠达和白星，更相继制造出世界最快、最豪华的客轮。从早期的贵族名流，到今日的普罗大众，英国游客对"海上假期"这种出游方式已经有了150年的传统。

因此，英国的散客市场相当成熟，游轮乘客更多是FIT，即乘客以个人而不是团队的方式预定舱位，旅行社只是作为游轮公司的代理，在游轮公司预定系统为游客预定舱位，从交易中收取佣金。

由于历史与行业结构原因，中国没有FIT（散客）市场，只能依赖团队市场。国际游轮公司也没有直销的资质，公司不直接与终端消费者交易，而是把舱位用团队形式批发给旅行社，由旅行社来定价和售卖。这在游轮的术语里，称为"切舱"。旅行社同意切舱后，要先支付一部分定金，然后按照期限陆续把款项缴清。如果舱位卖不出去，启航日49天前返航免收罚金，这是游轮公司在团队市场面临的风险。

对于旅行社来说，切舱需要一定资金量，面临资金不能回收的风险。我们开始销售神话号时，打交道的都是上海的中小型旅行社，他们对游轮信心不足，也没有开拓新产品的魄力，都不愿意冒险切舱。

这是我们面对的最大难题。我在英国和同事们深聊，发现英国虽然是散客市场，但对分销渠道依然非常重视，制定了极为完善和复杂的销售激励机制，通过前端代理费和后端返佣激发旅行社的销售积极性。

渠道——是关键词。我意识到把重心放在渠道上是对的，而且渠道销售是风险决策的博弈，解决方案是通过激励机制让旅行社的风险和利益对称。

但是如何找到风险和利益的对称点呢？我不得而知。

就在我手里拿着一堆拼图、千头万绪之时，一个契机悄然临近。在安利包船的项目中，我认识了台湾旅游杂志TTG的主编陈女士。我们在酒吧里喝酒，谈到渠道的问题时，她给我出了一个主意："博士，你要考察市场，不一定要去到伦敦那么远。台湾市场做得也蛮不错。台湾游轮做了很多年，现在市场每年做到10万人了，去日本、去迈阿密的团都有。台湾的状况，搞不好跟大陆更接近，你要不要去看看？"

我当然要去。请她代为引荐后，第一时间我就飞去了台北。

在台北的101大厦，我在最顶层的旋转餐厅里和一位多年做游轮的旅行社老总吃饭。他语气和蔼，带着点闽南口音，和许多我认识的台湾人一样，思路清晰而有序，擅于用准确和生动的词汇表达想法。

台湾游轮市场已经初具规模，从台北去冲绳等地的航线相当成熟，还有少量的飞机加游轮的海外市场。

那晚他说了很多，我已经记不清他说了什么，只记得他说的台湾人绑桩的故事。

"桩脚"为方言"柱仔脚"演变而来，意指台湾选举中在基层为候选人拉票的工作人员，多为对该地方的政治情况熟悉且有影响力的人士。在台湾大选或地方选举中，"桩脚"会利用多种手段，动员街坊邻居或家族成员参与投票。

我的思路似乎瞬间清晰百倍，众里寻他千百度，绑桩——就是它！在他还没解释这个词之前，我的脑海里已经鲜活地出现了画面：华东市场、华北市场、华南市场，每个市场都是皇家加勒比要建造的房子，每座房子都要有坚实的桩脚，才能稳稳地竖立起来。我已经辨识出哪些批发商可以作为皇家加勒比的"桩"，为我们到零售商那里去拉选票，零售商再到消费者中去拉选票。

"一个好汉三个帮，一个篱笆三个桩。"台湾人说，"背靠有实力的人，才能做大。"

目标明确，下一步，首要之务，就是和旅行社的几个大龙头结盟，缔结共同的利益链。

从伦敦和台北回来后，我在又长又黑的隧道尽头看到一丝光线。中国还不是一个消费者驱动的市场，我们的策略是渠道为王，要把人力和金钱、时间和精力主要投放到渠道建设上。首要之务是培训旅行社和媒体，再让旅行社和媒体向消费者普及游轮。

招兵买马花费了我5个月的时间，一支20多人组成的营销团队已经建成，全国营销总监同时分管华东市场，华北销售总监已然到位，市场总监也上任了，后台预订服务团队已经成形，不到半年的时间，团队初具规模。办公室从缺胳膊少腿的窘境，变成五脏俱全的营销机构。

有人戏称我是"非典型职业经理人"，因为我不只是坐在办公室里看报表、听汇报，而是和销售经理一起去旅行社跑销售，在第一线收集信息，分析问题，寻求解决方案。我更像足球队队长，而不像教练，因为我并不清楚最佳踢法，必须上场和队友一起在实践中摸索。

2009年7月1日，在上海四季酒店举行的旅行社合作伙伴晚宴上，皇家加勒比中国团队第一次正式亮相。在这盛大的晚宴上，我们播放了一个介绍皇家加勒比品牌的视频，从视频脚本、旁白、剪辑到配乐都是我亲自操刀。这个大气磅礴的视频在晚宴上先声夺人，给在场的旅行社嘉宾留下了深刻的印象。

经过和团队的反复讨论，一场在国庆长假将要打响的、以旅行社为受众的2010年营销计划在我胸中成形，该计划覆盖北京、上海30家旅行社和100家门店，以迅猛的火力、一波又一波的宣传攻势，加上路演，把旅行社动员起来，销售皇家加勒比2010年的36个船次。之后每年皇家都要做路演的传统，就是在2009年形成的。

2009年11月，我和迈克·贝利一起赴三亚参加一年一度的中国邮轮产业发展大会。组织者是中国交通运输协会游轮游艇分会，会长是前交通部部长钱永昌，秘书长是郑伟航。游轮游艇协会是游轮行业有影响力的组织，游轮产业大会也是重大的行业活动，是政府为游轮公司鼓与呼的讲台，也是游轮公司的公关秀场。

三亚位于北纬18度，与迈阿密的北纬25度有7度之差，也是热带海洋性季风气候区，年平均气温25.7摄氏度，被誉为全球最适合海滩度假的区域。三亚拥有209公里的海岸线，19处海湾和大小岛屿40个，海洋旅游资源全国首屈一指。2007年，在三亚湾人工填出的凤凰岛上，海南的第一个国

2009年三亚中国邮轮产业大会：迈克·贝利宣布皇家加勒比将于2010年在华部署海洋神话号

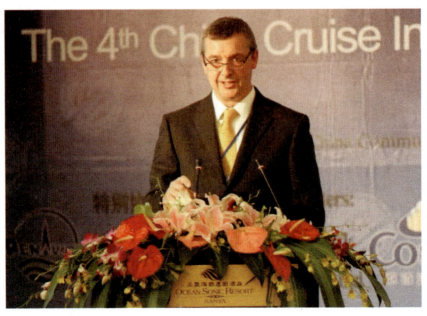

际游轮港正式通航，标示着这个全国最南端的旅游城市正式开发游轮旅游业。

上海和天津都在建设专用游轮码头，分别计划于2008年和2010年落成。海南政府认为三亚有沙滩、大海，纬度和气候与迈阿密差不多，又是旅游胜地，应当比上海和天津更有条件成为游轮港。

一个港口城市是否具备开发游轮港的先决条件是客源和目的地。中国最有潜力的游轮客源市场是中国经济发达的长江三角洲、京津冀和珠江三角洲，对应上海、天津和广州三个海港城市，海南远离这些主要客源市场。理论上，游轮公司在三亚可以像在迈阿密那样通过飞机加游轮打包从全国和全世界各地收客，但是除了基础设施和航班的开发，还必须具备有足够吸引力的目的地。从三亚出发，5晚或7晚航次半径所能覆盖的目的地的选择和吸引力都要低于迈阿密。游轮经济圈的发展，不论是像迈阿密那样运用市场机制，或者像中国那样通过政府支持，都要遵循经济规律。

游轮在中国仍是起步阶段，在这个时期，只有歌诗达在中国有母港航线，歌诗达格外受到政府和媒体的关注。大会选在爱兰歌娜号上开幕，聚光灯下其高管做主题性演讲，以领军人物的姿态，侃侃而谈中国游轮市场的部署与计划；政府会见，歌诗达也是座上宾，其他游轮公司敬陪末座；歌诗达故意把迈克安排在次要的位置，而我则根本没有进入会见厅。

俨然以行业领军者自居的歌诗达，让我们真切感受到了同业竞争的压力，必须承认，比我们早行动三年的歌诗达所拥有的先发优势是不可忽视的。

大会休息期间，我和迈克一直在聊关于皇家加勒比明年在华的第一个航季的工作，包括人事安排和营销计划。在谈话之前我是有顾虑的，今年试水，销售不算顺利，我担心迈克否决人事方案。所以我先讲营销方案，再提出人事变动的想法。迈克很喜欢我的营销方案，他认为有明确目标、有可执行的行动，也有清晰的KPI（关键绩效指标）。关于人事安排，他也一口答应了。他说："这是你的决定，想清楚了，就速战速决。"

但是，我能看出，迈克对明年能否一炮打响，实现零的突破是有忧虑的，他只是不想影响我的情绪而已。

回到上海，我为迈克在办公室附近的茂悦酒店举行了一个公司内部酒会，让他检阅刚组建的团队、鼓舞员工的士气。

席间，迈克离开现场20多分钟。他告诉我，他要和全国销售总监聊一聊。

这20多分钟，感觉稍微有些长。

游轮在中国是新兴产业，基本上没有现有人才。入职9个月以来，我只能在酒店、航空公司、消费品等相关行业招兵买马，将团队从原来的4人扩大到20多人，形成销售、市场、后台运营各个关键部门。他们年纪都在20-30岁之间，满腔热情，缺乏经验。迈克是游轮行业的老兵，他能一下子掂出这支团队的份量。

迈克回来时，我感觉他的脸色有几分忧郁，可能这支团队在他看来更像一群学生在教授的带领下做作业。在吧台边，他抿了一口酒说："就像足球赛哨声已经吹响，球员都已上场，你是队长，我是教练。我只能坐在场边的板凳上静观比赛的进行。不管你做什么，我全力支持你！"

迈克是个睿智的人，一个清醒的现实主义者。俗语说：疑人不用，用人不疑。在现实生活中，要真正做到这一点，是需要下一定

万事开头难：迈克和皇家加勒比中国区负责人（作者）策划皇家如何在中国破局

赌注的。但押宝押对了，回报则是不可估量。信任比薪酬对下属可能更为重要，员工常常是因为对领导的信服而为企业尽心尽责地工作。

迈克对我的信任，于我是一剂强心针。

我们的"全国旅行社合作伙伴晚宴"、三百多家门店展示，开始引起上海和北京的旅行社行业对皇家加勒比的关注。

迈克提议了一个营销绝招，对外公布用轿车作为下一年旅行社销售冠军的年度大奖。此举就像在街头卖艺之时，先敲一阵锣，把路人吸引过来。

晚宴、路演和轿车大奖就像空军轰炸一轮，下一步的军事行动就是步兵出击了。

我们开始寻找行业里最强大的"桩"。当时，旅行社也在经历洗牌时期，新势力相继崛起。这对皇家加勒比而言，正是好时机。

2009年，中国有两万家旅行社，出境社一千多家，愿意切舱卖游轮产品的，北京也就3到5家，上海7到8家。

中国传统旅游行业一直由三大央企主导，分别为中国国际旅行社（国旅）、中国旅行社（中旅）和中国青年旅行社（中青旅）。这三家巨头的总社在北京，靠着资源优势独揽了入境业务，在全国各地都有分公司。国企有稳定资源，尝试新产品的动力不足。

随着历次旅游业改革，私人资本开始介入行业，跟迅猛增长的游客人数一起壮大。最有代表性的北京两大批发商，是凯撒旅游和众信旅游。

众信旅游比凯撒旅游成立稍晚，是在2005年才注册的公司。趁着出境游这波热潮，两年后，众信旅游就覆盖了全球目的地。众信旅游的老总冯滨是皇城根下长大的地道北京人，留着标志性光头，眼睛不大，笑的时候眯成一线，很有男人魅力。

北京人谈事情的时候，不会摆出正经严肃的模样，心思都藏在玩笑里。他第一次见我就说："老哥，您不像上海人呐。"这话，我听出里头不含贬义，他这是把我当哥们儿了。

旅行社行业的从众效应十分明显，继众信和凯撒之后，国旅总社、中青旅、天津国旅也加入了皇家加勒比的合作伙伴的行列。多年之后，许多旅行社回忆这段经历，戏言"上了皇家的贼船"。上船容易，下船难。

平心而论，皇家加勒比的船确实有吸引力，更大、更新，卖点非常直观、清楚。对刚刚开始接触游轮的中国人来说，硬件是第一位的。

与北京的旅行社相比，上海的旅行社要更加谨小慎微。北京旅行社切舱，一切就是几百间，上海旅行社切舱大都在几十间。就像买苹果，北京人是一筐筐的买，上海人是几个几个的称。

合作久了，大家自然就成了朋友。平时见面，谈笑风生、相互取经；同时我们却也是对手，在谈判桌上刀光剑影，维护各自企业的利益。

跟这些"龙头"的关系，或许还可以归纳为"共同理想者"。与传统国企的保守风格不同，众信和凯撒都雄心勃勃地想要开拓更大的市场份额，他们有做大的野心，都看好游轮产品的潜力。

在北京也有绑错桩的故事。华北销售总监找到他的一个哥们儿合作，那人经营一家做日本游批发的旅行社，豪爽地在天津航次上切了600间舱。按理说，这是个理想的"桩"，现成的批发体系，类似的产品，操作起来驾轻就熟；两人又是老朋友，相互知根知底，这应该是个板上钉钉的交易了。

因为是熟人，华北销售总监没有追定金。

一直到航次出发前一个月，批发商把舱都甩了回来，他说游轮产品比地面游产品难卖多了，虽然都是去日本，皇家加勒比的船票价格较高，零售商和消费者又对游轮不了解，两眼一抹黑，都不愿买单。

难怪有人说，北京人哥们儿的时候是真哥们儿，不靠谱的时候也真不靠谱。

正当紧急关头，北京的华北旅行社出现了一位"英雄救美"的女中豪杰，此处的"美"，指的是美国皇家加勒比公司。

这位女中豪杰是挂靠北青旅的张丽和她的娘子军团队，即今天的恒信旅行社。张丽接过了这600间被甩回来的舱，并在不到1个月的时间，把这600间舱统统卖了出去。

这位来自四川的女子生性泼辣，是做游轮业务的能手，人称卖舱

"猛张飞"。

帮助我入门游轮行业的，有一本前嘉年华销售副总裁鲍勃·狄金森（Bob Dickinson）写的一本关于游轮营销之道的书，书名是《推销海洋》（*Selling the Sea*）（Dickinson and Vladirmir, 2006）。他在书里也强调渠道为王的道理。他说的一句话让我永远都不会忘记：赢取旅行社的心和脑（win hearts and minds of travel agents）。心是关系和情感，脑即理性和利益。

所谓"win hearts"，就是让旅行社接受和认可你的为人处事的风格，建立并拥有共同的愿景。

而"win minds"，则是让旅行社信服你产品的卖点，让旅行社赚钱，或者相信你的产品可以帮助他们扩张市场份额，带来其他商业利益。中国的旅行社是微利行业，加上所有制混杂，旅行社经理人经常追求的不是利润最大化，而是规模最大化。前提是不亏就行。

表面上看，北京旅行社是快热型，攫取了他们的心，也就征服了他们的理性；上海旅行社是慢热型，都是一颗"冷酷的心"，要让他们打从心眼里相信你，不容易。

其实也不尽然。北京的旅行社，一边是国、中、青三大央企，一边是众信和凯撒两大民营批发商，财大气粗，各自都有强大的分销网络。

上海的旅行社相对规模不大，势均力敌，也没有很强的跨地区分销网络。唯一在全国十大旅行社名列前茅的锦江旅游集团，也是靠行政力量，将上海国旅、华亭旅行社、上海旅行社拼凑在一起，貌合神离。加上国企的体制问题，虽然人才济济，却没有形成应有的气候。

在上海，皇家加勒比只能依靠20家旅行社切舱，积少成多。

有敏感触觉和敢于拼搏的旅行社，都对我们伸出了橄榄枝。我们捆绑住的一批优质旅行社，有北京的众信、国旅总社、中青旅、北青旅、华远、天津国旅等。初创时期"桩"不能太多，旅行社之间彼此竞争，关系复杂，关键是要抓住龙头，纲举目张。

在华东的绑桩呈现的是一幅截然不同的景象。除了上航国旅全年切舱1000多间，携程和春秋500间左右，上海旅行社包括上海中旅、锦江、东方明珠国际旅行社、职工旅行社、巴士和中青旅等等的切舱规模都在100间至500间。还有12家上海和外地旅行社谨小慎微，只敢切50间舱以下。

2010年，华东切舱旅行社总计26家左右。中国旅行社都是批零结合，比起北京，上海的旅行社更偏向于零售端。

2010年是皇家加勒比开拓中国母港的第一个航季，旗开得胜，这一年是相当成功的，所有的航次都销售一空。

当年6月，天津国际游轮港开始运营。7月31日，海洋神话号作为第一批驶入天津港的游轮，开始了7晚8天的日本航线。

众信切了500个舱位，做了一次轰动京津的千人首航活动。北京游客在工体集合，由警车开道，一路护送到天津港，在气势磅礴的管弦乐声中，上千名游客欢快地登上了这艘豪华游轮。

迈克远渡重洋参加了这次天津的首航仪式。我和迈克在新近落成的游轮码头大厅里，遇见迎面而来的一群群欢声笑语的乘客。男女老少，体面鲜亮，脸上带着度假的轻松情绪和喜乐气息。占游客大多数的北京人穿着色彩绚烂的衣服，里面有精神矍铄的长者，更有不少活力蓬勃的中青年人，身边活泼好动的小孩子迫不及待地要进入宫殿般的游轮，拿着房卡欢欣雀跃地催促大人快点往前走。

迈克身在其中，被抑扬顿挫的中文包围着，虽然不明其语义，但能听出饱满的愉悦。灿烂的阳光下，迈克感受到他们真实的快乐，那么近那么令人感动。

回到北京后，他还沉浸在兴奋的情绪里，建议我把船上拍摄的录像，传到迈阿密总部。他希望总部能看见一张张中国游客欢愉的脸，知道我们正在为一个鲜活而充满了生命力的市场奋斗。

这段题为 *The Best Move* 的视频传到迈阿密后，总部的高层和同事都被热烈的场景感染了。诚然，从数据看来，中国市场的潜力不容置疑，但数字终归只是数字，没什么比画面中游客的真实反应，更具有说服力和冲击性了。

费恩和董事会喜出望外，中国市场的开发是董事会议论最多的一个议题。虽然中国业务只占全球业务的一个可以忽略不计的比重，但90%以上的时间里董事会却在讨论中国的发展。

他们终于欣喜地看到，游轮产品是可以为中国老百姓所接受的，他们欣慰地看到组建不到一年的中国团队旗开得胜，开天辟地完成了天津、北京和上海36个航次的销售。

首战告捷，总部提升了对中国市场和刚刚组建的中国团队的信心。

2010年的舱位全部售罄，销售渠道也梳理通畅了，我多少松了口气，砥砺前行，有了成果。迈克对我们的成就很赞许，他以认同的口吻说："你们做得很出色，我为你们感到骄傲，"然后话锋一转，"只是我不明白，船舱都超售了，为什么APD却不高呢？"

04. 挑战总部

游轮不只要卖出舱位，而且要从每张船票中获取最大的收益。APD简而言之就是每位游客每晚每个舱位的均价，举例说，如果一张5晚航次的船票均价为6000元，APD即为1200元。

神话号一整条船，包括内舱房、海景房、阳台房和套房共有900间客房；每间客房至少可以住两人，很多客房可以住第三人，甚至第四人。全船满员最多可容纳2070人。超售，意味着我们实际卖出了多于2070人的船票。超售表明需求旺盛，但APD偏低的事实同时存在。这是个悖论。

如何解释这个悖论，原因得从皇家加勒比的销售政策和定价体系说起。

皇家加勒比的定价体系是Breakthrough Pricing，是根据销售进度和进度之间的差异而预期定价的系统。游轮是"易腐产品"，需要提前开卖，初始价位较低，称为BRKA，然后按50美元的幅度，一级一级往上跳，即BRKB、BRKC、BRKD，以此类推。如果售卖进度超出预期，价格就从BRKA跳到BRKB，逐级递增，一直到进度与预期相符。如果售卖进度低于预期，理论上价格要往下走，或者做消费者端、旅行社端的促销。成功的收益管理，是确保价格往上走，而不是往下降，直到开航前正好把最后一间舱房销售出去。

如果过早完成销售，表明价格上涨太慢。如果到了开航时，还有客房没有卖出去，则表明价格上涨太快。

游轮对客房的出租率（Load Factor）比酒店的要求苛刻。酒店如果当天没有住满，还有第二天、第三天可以卖。而游轮有空房，就会空一整个航次，没有弥补的机会。所以，酒店的出租率在70%以上算是不错的业绩，但对于游轮而言，由于船员工资、燃油和食品等固定成本，70%的客房出租率可能只是盈亏平衡点。

游轮的客房出租率常年达到100%，甚至达到100%-120%之间。这是因为100%的出租率是按每间客房两个床位（Lower Berth）计算，而每间客房可以住第三人甚至第四人。出租率的上限则是由船上救生艇的数量决定的。索罗斯公约规定每一位乘客和船员都必须在救生设施里有一席之地。

出租率高，还可以带动更多的船上的餐饮、酒水、SPA等消费。所以游轮公司为了达到更高的毛利（Topline），会通过追求高APD和高出租率来实现收益的最大化。

但是，APD和出租率可能是相互矛盾的，船方真正要追求的是收益，即APD与出租率的乘积。

中国市场与欧美市场不同，是团队市场而不是散客市场。动态定价体系是为散客市场而制定的，不适合团队市场。在散客市场上，交易一步完成，游客预订，旅行社作为代理，将从客人收到的船票价格扣除佣金，通过游轮公司的B2B预订系统，转给游轮公司；同时为客人在系统订好所需舱位。

而在团队市场上，旅行社先从游轮切舱，预付定金，然后分期付款，这个过程叫作sell in。旅行社还要进行的下一个动作是sell out，即把舱位包装加价后卖给客人。团队销售分为sell in和sell out两个阶段。

至于中国为什么是团队而不是散客市场，简单地说，这和目的地国家最初只向中国公民颁发团签而不是个签有关，和中国游客的出行方式、需要语言支持、需要领队等有关，也和中国旅行社的批零体系有关。

2010年皇家加勒比首个中国航季36个航次，从2009年7月开始向旅行社sell in。在缺乏经验的大陆旅行社还没有反应过来之时，中国台湾、中国香港、日本的国际总代理一夜之间都在最低的价位（BRKA）上让他们的旅行社把一些最旺季和最好卖的舱型切走了。大陆旅行社醒悟过来以后，也渐渐学会了和皇家加勒比博弈。因为皇家加勒比的价格一般会往上走，低价进舱，高价出舱。如果价格有往下走的趋势，旅行社大可在没有全额支付票款之前，损失一点定金，把舱位退回。

很显然，在团队市场上玩动态定价，旅行社是博弈的赢家，皇家加勒比是输家。

早期销售政策的问题，还不止这一点。

由于团队销售的二阶段过程，游轮在库存管理中没有透明度。旅行社支付了定金，全额要在49天前才需支付。也就是49天前免受罚金，舱位随时可以退回来，这就是所谓的退舱（retention）风险。

在散客为主的欧美市场，团队因为预订有退舱风险和缺乏透明度，是不受欢迎，是在控制之列。所以销售团队政策中，限制每个旅行社在每个航次最多只能预订50间舱。这个团队规模的限制，在散客为主的市场是合理的，在团队市场则会出现很大问题。

一个航次900间舱，每家旅行社最多切50间舱，这意味着我们要找18家旅行社来分担一个航次。但在北京我们只有5家，上海只有

15到20家，而且旅行社不是每个航次都愿意切舱。

另外一个问题，为了限制团队退舱风险，销售政策要求切舱旅行社提前30天提交乘客姓名。但是，和欧美市场不同，中国游客一般没有提早半年一年来预订行程的习惯，是个"晚预订"（late booking）市场，订票高峰通常在30至40天。其间旅行社sell out要持续到最后一刻。逼迫旅行社交名字，就是逼着旅行社要么返舱，要么对按时提交名字的要求置之不理。

团队销售政策完全不符合市场的实际，免收罚金的日期太晚，要提交名字的时间太早。

最为头痛的问题是如何控制退舱的风险。海洋神话号共有900间客房，如果退舱率为30%，那么需要超订386间。[1]

估算退舱率谈何容易。一方面，旅行社不愿透露销售进度的实情，以便逼迫游轮公司降价或提供更多的市场支持。另一方面，旅行社经常自己也不知道实情，因为作为批发商，他们的分销商也会跟他们博弈。过低估计退舱率会导致空舱。反之，过高估计退舱率，会出现超售。

在信息经济学里，这叫作"信息垄断"，是获取博弈中的不公正优势的资本。

皇家通过"叫舱"和"叫名字"来获取销售进度的信息。所以当超售的风险增加到一定程度时，切出去的舱位呈黄色预警，这时皇家加勒比就会要求旅行社支付全额票款，否则就追回舱位（叫舱）。

【1】超订数=900/（1-30%）-900，也就是需要旅行社切舱1386间，而不是900间。

如果黄色预警之后，全额支付的舱位超过库存，那就要启动红色预警，即要求旅行社不仅支付全款，还要提供客人姓名（叫名字）。

如果提交上来的客人姓名数目大于实际库存，那就意味着令人恐惧的超售发生了，也就是说一个航次上出现多于900间舱最多可容纳的客人数交了全款、并且有名有姓，这就是超售。如果超售在50间以下还好处理，超售上百间或几百间，噩梦就发生了。

客人会到旅行社维权，旅行社会到游轮公司吵闹，一直到皇家加勒比同意高额赔偿，才能息事宁人。

还有另一个可能是，黄色预警或者红色预警叫早了，旅行社的退舱过多，导致库存里出现太多空舱，就会出现昨天逼着旅行社退舱，今天逼着旅行社把吐出来的舱位再吃回去的哭笑不得的局面。

从2009年7月至2010年中国航季开航之前，定价和库存管理成了迈阿密收益管理部门与中国办公室的冲突的焦点。迈阿密批评中国团队对销售政策执行力差，反复强调要严谨遵守规则，限制团队规模，按时付款，按时交名字。中国团队抱怨总部销售政策不符合中国国情。

冲突的实质则是中美国情的差异。

我的收益管理经理曾在美国联合航空做收益管理工作，是在市场上不可多得的人才。但她在我和总部之间无所适从。对她来说，不守规则是缺乏专业性的表现，在我面前没少掉眼泪。

凭着自己经济学方面受过的训练，我逐渐明白了问题的所在。

以政治经济学的理论来分析，这是生产关系和生产力之间的错位问题。总部销售政策所体现的生产关系，制约了旅行社的生产力的发挥。

从微观经济学的角度看，这是个信息不对称问题，必须从根本解决旅行社的信息垄断和动因结构问题。

当迈克问我"为什么舱位超售了，却没有理想的收益"时，答案已经在我脑子里成形。

趁着这个机会，我对迈克说："你的问题切中了要害，迈克，我也想尽早解决它，我会给你一个完整的方案。"

事实上，总部的销售政策与中国市场的不兼容，我已经多次向总部说明了。为了限制团队市场，总部规定每家旅行社或代理，最多只能切50间舱。我希望总部能放宽限定，让我把团队的规模做大，能容许100间、200间甚至更大的规模。

总部政策要求最晚在起航前30天交上乘客姓名，这项规定中国旅行社也很难做到。如果逼迫旅行社交名字，那旅行社可能就放弃切舱了。为了适应中国的销售模式，交名字的期限必须缩短到7日。与此同时，旅行社切舱交付的定金，如果返舱的话不予退还，以此牵制旅行社随意退舱的行为。

然而，总部收益部门对我的提议顾虑重重。总部回复说：中国的销售政策不能有别于其他市场，一条船不只是中国大陆市场在卖，日本、韩国、中国台湾、中国香港等地的代理也在销售，总部不能允许两种不同的体系同时出现，这样不具有可操作性。

总部销售政策与中国市场的现实矛盾一天不解决，皇家加勒比就一天不能在中国建立起强有力的渠道。于是，做好充分的准备后，我飞到伦敦跟迈克见面，并且拿出了我为中国市场制定的"中国配额模型"（China Allotment Model）。

这个销售模式的核心是：作为一个特殊的和重点要开发的市场，中国应该被区别对待，免于某些条条框框的限定。我要更大的自主权，避免在沟通方面浪费过多的精力，制定符合市场实际情况的销售政策。

我要求总部把90%的库存交与中国团队管理，按照中国市场的特色和国情，由我们中国团队来定价和销售。交名字和建舱团队大小，也按照旅行社的现状和需求，做出相应变更。当然，权力伴随着责任，我承诺迈克会做到总部想要的APD。

为了这个会议，我做了二十几页PPT，用经济学理论来充分论证这个方案的必要性。尽管对方案胸有成竹，但事实是，我进入游轮业不过区区一年不到，我以一年多的经验，去挑战总部运行多年的规则，本身就是一种历险。

但是我的性格决定了我喜欢挑战现状，不一定要按常理出牌。

谁知道迈克听到半道，就制止了我摆弄经济学理论的机会。他说："你不用再讲这些理论了，你的需求我听懂了——就按你说的办！"

迈克回应得干脆利落，我反而迟疑了："我和收益经理之间的分歧……"

迈克有点不耐烦了："收益经理当然是听你的，不是听迈阿密总部的！"

心头大石重重落下。

迈克对我的相信和支持，让我信心大增，正因为他的信任和放权，中国团队才能在重重的阻碍中在中国市场杀出一条血路。歌诗达在欧洲成功，是因为嘉年华的放权管理模式，同理，在中国生机勃勃又乱象频生的游轮市场里，自主性是中国团队披荆斩棘的利刃。

我兴奋地离开位于伦敦近郊的英国总部办公室，坐车去希思罗机场，搭乘返回上海的航班。

在途中，我突然收到了迈克的一封邮件。我打开邮件，看到了一段让我铭记至今的话：什么是好的领导呢？好的领导就是能另辟蹊径，在没有路的时候开辟出道路。你就是这样的领导。

在四车道的M25高速上，司机把车开得飞快，两侧的田野、村落、树林、河流向后退去，我的耳边突然响起Vangelis（范吉利斯）的《征服天堂》（*Conquest of Paradise*）：

In noreni per-i-pe（理想让我们坚强）

in noremi co-ra（冲破黑暗的阻拦）

tira mine per-i-to（理想让我们坚强）

ne do—mina（决不放弃希望）

In noreni per-i-pe（透过泪水能看见）

in noremi co-ra（闪烁的星光）

tira mine per-i-to（穿越风和雨跟随）

ne do—mina（生命的光芒）

低沉浑厚的鼻音与混声合唱、恢宏大气的旋律、铿锵有力的金属打击节奏，让我周身的血液在沸腾。

很快希思罗机场映入眼帘，这个世界上最繁忙的机场果然是每两分钟就有一架飞机起飞或降落。

隔着车窗我能听到飞机起飞的轰鸣声，很快一架飞机钻入云霄，在视线中消失。

3

从狭水航道到大江大海
From narrow water to great rivers and great seas

在金庸的小说《神雕侠侣》中，侠客杨过登上一座无名野山，发现了绝世高手独孤求败的剑冢。在荒草掩埋的土坑里，找到了一把黑黝黝的剑，两边剑锋都是钝口，剑尖也是圆圆的半球，一提起来，重逾七八十斤，当世武器无有匹敌。

这是他命运的转折点。重剑神器，威力无边，他先在神雕的指引下习得使用重剑的剑法，然后在瀑布中每日习剑获得内功和外功，最后以重剑击败了当世第一高手，一战成名，成就一代武侠传奇。

皇家加勒比的大船策略，就是在中国游轮市场上无有匹敌的重剑，可以把皇家引向独孤求败的境界。但是，玩好这把重剑，克敌制胜，中国团队需要有剑术和功夫，还要有耍剑的平台。

01. 尚方宝剑

迈克批准了"中国配额模型"，意味着他为中国团队破除了束缚施展"绑桩"剑术的条条框框。

回到上海，我立即着手实施这个"中国配额模型"，给中国团队松绑，我们已经准备好在本没有路的地方走出一条路来。

游轮是"易腐品"，早早开始售卖是收益最大化的诀窍。早在20世纪70年代皇家就在业内首创了提前一年预售的策略。中国是个"晚预订"市场，不断扩大预售窗期的做法经历了几年痛苦磨炼的过程。在下一个航季开始的6个月之前，公布销售政策，启动销售流程，2011年皇家中国团队用3个月的窗期的做法将库存sell in（售入）给旅行社，这样可以给旅行社3个月的窗期将舱位sell out（售出）给消费者。

当时，中国航季在上海走三分之二的时间，然后移师天津接待京津乘客，走完剩下的三分之一航季。彼时是日本、韩国红叶遍山的美丽时节。等过完十一黄金周，最晚截止到10月25号，航季结束，游轮驶离渤海湾，途经香港，前往新加坡或澳洲执行冬季航季。

2010年航季结束，当游轮离开天津时，我们的销售团队不敢懈怠，继续披盔戴甲，开始为2011年的夏季航次而战斗。团队士气高涨，对比上一年航季时的无奈、不知所措、信心不足的窘况，犹如在黑暗隧道看见一线光亮。中国团队摆脱了套在身上的不符合国情的销售政策的枷锁，在控舱和收益管理方面，被赋予了充分的自主决策权。收益经理实线向我汇报，虚线向总部汇报，如双方意见不一，则由中国团队拍板。

2011年航季的预售之战，紧锣密鼓地拉开了帷幕。

团队的创新精神得以充分发挥，2011年的销售政策是第一个更迭，在经过无数次的实践、沟通和调整后，每年的销售模式根据市场的实际情况调整，一代代地优化升级。

Vogel（2005）曾对嘉年华和皇家的组织结构进行分析比较。嘉年华集团一直实行品牌分权管理模式，像意大利的歌诗达、德国的爱依达（Aida）、英国的P&O，产品在定价、营销决策方面都有自主权。分权管理没有沟通成本，品牌可以根据各地市场的实际情况迅速做出正确的反应。

皇家加勒比对各个市场实行中央集权式管理，一切决策由迈阿密总部操控。从理论上讲，集权式管理可以确保船队部署、产品、定价和营销决策的整体考量，从而实现数学里优化计算的global optimum（全局最优），而不是local optimum（局部最优）。Vogel认为，在实际的商业环境里，优化过程常常因为不能及时获取完整的资讯和高昂的沟通成本，而不能实现（Vogel, 2009）。

如果业务重心在美国，其他市场规模相对较小，集权模式可能是最佳选择。但是，如果中国也是举足轻重的战略市场，需要长足的发展，给中国市场以足够的授权就变得尤为重要，特别是在市场实际情况差异很大的情况下。

迈克是当时国际业务的负责人，肩负欧洲、澳洲、南美洲和亚洲业务开发的重任。他的目标是要在任期内全速推进国际业务，赶超北美市场。然而，北美市场每年登船人数达250万人，对国际市场是一个极富挑战的数字，何况可能还要受到来自总部的不符合地方市场规律的政策的约束。迈克深谙体制的弊端，对下属充分放权，尽力帮助各国市场建立自己的合理体系。

他对中国市场的放权更为果断。究其缘由，或许正是因为包括中国在内的亚洲市场，在公司内部处于边缘地位，业务量规模和市场份额可以忽略不计，决策错误的风险几乎为零。与其墨守成规，不如放手一搏。

在他的心目中，欧洲市场应当更有可为，因此他将注意力更多放到了欧洲，出资聘请咨询公司做"欧洲策略"。没承想，有心栽花花不开，无心插柳柳成荫，突然有一天，松了绑和富有创新精神的中国团队，以黑马之姿显出了巨大潜能。他重新审视中国市场，喜出望外。他对别人说：

"我发现我对'中国策略'的兴趣与日俱增。"

在他的庇护下，在上海的中国人就像在热那亚的意大利人一样，自主自治，天马行空。而歌诗达的中国团队却没有我们那样幸运，从不同的信息渠道了解到，歌诗达上海代表处事事要向总部报告，举步维艰。

决策体制上的差异，和中国团队的自主话语权可能是后来皇家加勒比最终赶超歌诗达、并拉开差距的重要原因之一。

放权只是迈克领导风格的一个侧面，另一个侧面是他对绩效极为严苛的要求。他经常对我强调的一句话是：Make sure you deliver！（别忘了履行你的承诺！）什么承诺呢？就是面试时他向我提出的业务目标，即中国市场上游客人数必须每年翻一番，也就是所谓按几何级数增长。在中国配额模型里放权也是有条件的，中国团队必须实现既定的APD目标。

可以说中国团队是从迈克手里接下了军令状，做好了不成功便成仁的思想准备。但是在迈克手下工作，目标设得很低，在国际市场业务的整盘棋局里做一枚无足轻重的小棋子，就能保住脑袋吗？上海有句俗话：伸头是一刀，缩头也是一刀。不如设定一个宏伟的目标，拼搏一下，就是失败了也是个悲壮的尝试。

别人在设置目标时通常是留有很大的余地。我的想法则相反，是目标设得更高，可以获得更多的资源，在市场赢得更大的优势。为了兑现目标，就只能拼命地干，用一天的时间完成别人三天才能完成的任务。而且不能光玩命，还要不断改进工作方法，提高效率。

那些年我给别人留下的印象是，白天干活，晚上写邮件。同事经常在深夜2点至4点收到我的邮件。我的本意其实也不是要中国同事半夜回复我的邮件，我是希望他们能一早看到我的指导和指令，马上可以付诸行动。同时，迈阿密与上海的时差正好12个小时，上海的午夜12点是迈阿密的中午12点。我想把与总部的邮件沟通在夜间处理，白天可以集中精力处理国内的事务。

费恩跟别人提起我时说："这家伙回复你的邮件，即使在半夜也只要两分钟。"

费恩有所不知，我们从小熟读毛主席的诗句：

"一万年太久，只争朝夕。"

因为旅行社负责把舱位分销给消费者，华东和华北销售团队的任务是把舱位 sell in 到旅行社渠道中去。销售经理们把这个动作叫作"压舱"，每位销售都有明确的指标和对口旅行社。

压舱的谈判过程，是十分烦琐复杂的。酒店的房型较为简单，一般分为标准房、行政房和套房三种。游轮舱型众多，先是分成内舱房、外舱房、海景房和套房4个大类，然后大类下面还有4至5个小类，而海洋神话号共有22种舱型。还有比较麻烦的是，有的航次和舱型可能更受欢迎，有些则不然；销售经理在压舱的时候，必须具体到航次和舱型，不同旅行社喜欢不同的航次和舱型，销售经理、旅行社和收益经理天天为挑肥拣瘦、讨价还价而争吵。这些过程之后才是最后在系统里预订。还没有收到定金时，这些被预订的舱房在系统上会显示"OF"的标志，这是留位，不算最终预订成功，旅行社必须在OF后的3天内交付30%的定金，系统才会显示"BK"的已预订状态。

有了新的销售政策，旅行社的积极性被调动了起来。旅行社在一个航次内可以突破50间舱的上限，最多可以切100间舱，后来规模逐渐扩大到200间，出现所谓的"Super Normal Group"（超大团队），交名字的期限也从原来的15天，变成书面文件中的10天，实际操作过程中的3天。

"交名字"是销售团队与旅行社的一大矛盾。即便宽限为10天，很多旅行社依然交不出乘客姓名。因为中国消费者不像欧美消费者那样，会提前半年甚至更久的时间安排假期出游，同时由于船票不是直接卖给消费者，可能要通过下级、甚至三级代理层层分销，消费者端的名字一层层呈交上来，要通过一长串的人手，过程极其拖沓。

交名字政策原本是为了降低团队预订的退舱风险，但基于中国是个"晚预订"市场，不切实际的交名字政策，会将生意扼杀于襁褓之中。

几经考虑，我们决定放松对"有名有姓"的坚持，主抓交定金。

比起交名字，定金对旅行社更加有切实可行的约束！旅行社是微利行业，平均利润率在1%至3%以上，30%的定金交付出去，旅行社肯定会拼了命地卖舱，以免损失定金。一旦把舱卖出去了，旅行社一定会支付余款，因为我们有严格的登船控制。

我们对付款盯得极紧，死守着两个付款的隘口：第一，旅行社一旦压舱，就必须交齐定金；第二，在开航之前，务必把全款缴清。上船前付清票款是不可逾越的底线，我们的政策是毫无回旋余地的"no payment no sail"（不交钱，不登船）。我一直反反复复跟旅行社老总强调："世界上所有的关系都有底线，出发前结清票款是我的底线。"

当其他游轮公司酌情允许旅行社在航次出发后才付款，皇家加勒比却从不姑息，不缴费就不能登船。后来几年，一些游轮公司果然因为票款收不回来而遭遇财务危机，而皇家加勒比从一开始避开了这个泥沼，从未被欠款拖累。

放开"交名字"的限制也会产生一些问题。由于我们经常不能按规定，在出发前提前72小时提交完整和正确的游客名单，船上的酒店管理部抱怨连连。游轮用餐人数动辄几千人以上，为了有序安排乘客在主餐厅用餐，需要根据名单，给每位客人安排固定的用餐时间和桌号（tagging），同时还确保同一家庭或亲朋好友团不会被拆散到不同的时间和餐桌。固定的桌号，也是为了给每一桌分派固定服务员，以确保个性化的服务。

由于名单不正确或递交得太晚，tagging 发生错误，船上用餐秩序发生紊乱，等候重新安排餐桌的队伍长长地排在主餐厅门口，客人投诉，酒店总监向中国办公室提出抗议。后来我们不得不将tagging的做法改成"轻松用餐"（Easy Dinning），只给客人分配用餐批次，让同行的客人先在门口集合，再一起进入餐厅。入座后，服务员会帮助每位客人记下桌号。

在中央控制的系统里，这类服务流程的变更几乎是不可能的。

原来总部的销售政策对团队预订是不友好的，团队的价格比散客高，买得越多，价格越贵，完全不符合中国的市场逻辑。而我们自主定价后，给予团队优惠政策，鼓励大规模切舱，成效初显。我们将旅行社按切舱量分级，每年切舱800间以上者为一级代理，以下者为二级代理。一级代理在舱位分配、佣金和后返上比二级代理享有更为优惠的待遇。

北京的销售干脆利落，在开始压舱时，5家旅行社直接把一年的航次预订好，甚至包下整艘船。这就是包船模式的开端。

上海的旅行社相对没有这么大的实力和魄力，都是普通团队按照开航的日期早晚，一块一块地切舱。在销售团队的努力下，我们聚集了几家愿意切舱的旅行社，包括上航国旅、上海青旅、上海中旅、上海国旅、巴士、仲盛等。但切舱是有风险的，切舱的定金对旅行社来说，也是相当大的一笔投入。第一个航季，我们奖励了一辆大众轿车给2010年的华东销售冠军上航国旅，以为能起到激励作用。岂知第二年这家旅行社反而偃旗息鼓，因为切舱量越大，风险越高。

即使旅行社愿意切舱，也并不意味着航次的销售就完成了，全部票款进账，才算交易成功。每到最后付款的日子，销售的心都提到了嗓子眼儿里，只有付了款才能证明旅行社把舱全部卖出去了，所以我们称之为moment of truth（关键时刻）。如果票款都按时收回来，那么这个航次就算是真正意义上的高枕无忧了。

销售例会的主要议题，往往围绕在"追定金""追尾款"这两大命门上。销售经理要是没把相关款项收回来，就会编个理由，说"某某旅行社负责签字的总经理出差了""钱已经on the way（马上要到了）"等等。每次开会，我见销售经理们支支吾吾、结结巴巴的模样，不等他们开始编故事，就会板起脸就直接顶上一句："是不是on the way?"他们立马就脸红了。我们不得不适当地给经理们施加压力，让大家绷紧神经，盯着旅行社把账结清。

02. 包船模式的诞生

2010年还遗留了一个没有解决的销售政策问题：为了规避退舱风险，必须根据退舱率超订，而退舱率预测错误会导致超售。旅行社压舱时，通常犹犹豫豫、拖拖拉拉，但是当他们真切了舱，却在开航前被告知舱位超售了，就会换上雷厉风行的面孔，不依不饶地跟游轮公司争闹。按照他们的说辞："消费者知道上不了船，还不得跟你拼命！"接下来就是无休止的赔偿谈判。

皇家加勒比中国团队的华北销售总监，长期在旅行社行业工作，经验丰富、人脉宽广。他找到了一个解决超售的方法。在一次视频工作会议上，他向我汇报说：

"北京旅行社第一年赚了钱，第二年都想做更大的手笔，就像包机一样，他们想包船。"

在中国，这是第一次出现"包船"的概念。

这里的"包船"不是指企业出于会议和员工奖励的目的，向游轮公司包租一个或若干航次，企业包船一旦签约之后，交易完成，不再涉及二次销售。而是指旅行社与游轮公司交易的散卖包船，即在与游轮公司交易签约后，旅行社还要进行二次销售，将舱房卖给下一级批发旅行社、零售旅行社或终端消费者。在旅行社执行包船合同中付款条件的前提下，旅行社完全掌控包租航次的库存和定价管理，并对航次售卖盈亏完全负责。

2011年航季，北京5家旅行社提出了各包一个7晚的天津母港航次的要求。

除了众信，提出包船的旅行社中还有凯撒、国旅总社、中青旅、北京青旅、天津国旅。

20世纪90年代，陈小兵及其兄长在德国成立了"凯撒旅游"。他们一开始的业务是带领中国游客在欧洲游玩，之后渐渐做出了规模。2003年，中国出境游人数第一次进入世界十强，从德国开始，29个欧洲国家开始对中国游客开放。凯撒看见了商机，是年与保利集团共同成立了北京凯撒国际旅游有限责任公司，凭着多年在欧洲的耕耘，很快就成为中国市场欧洲游的领军者。

我们的华北销售总监，在麻将桌上认识了陈小兵。与保守的国企不同，凯撒旅游一直在寻求拓展市场的增长点，华北销售总监敏感地意识到，陈小兵会是个理想的合作者。

要怎样说服陈小兵呢？华北销售总监建议请陈小兵去海外体验我们的游轮航线，我说好，我们不推销，让产品自己说话吧！第一时间，给他安排了阿拉斯加的游轮之旅。

从阿拉斯加回来后，很快，陈小兵就约见了我。他个子不高，嗓门也不大，但言行举止间充满了正能量。初次见面给人印象深刻的是，让他平添秀才气质的眼镜，和富有感染力的笑容。他笑道："刘博士，我很喜欢阿拉斯加，河泊冰川纯净得让人心旷神怡。但是，让我真正念念不忘的却是你们的游轮产品。"

理解旅行社为什么要做游轮业务的动因很重要，我问道："先说说您为什么对游轮产品有兴趣，它和其他出境游产品有什么不一样？"

陈小兵很认真地说："游轮的特点在于它是标准化的产品，从天津母港出发，旅行社不需要整合航班机位和酒店客房，基本上是一价全包，产品包装容易。不像出境游线路，每条都需要设计产品、做包装，和诸多供应商打交道。做游轮我只要跟你刘博士拿舱，马上就可以售卖了。"他很实在地分析了游轮产品优势，让我清晰地认识到游轮的卖点。此后，我更热衷于和旅行社交流，不光是为了亲临一线抓销售，同时也为了向旅行社学习，同步了解他们的需求，从而调整销售策略。

回顾过去的十年，旅行社是我入门游轮业务的大学校。

天津国旅也是第一批包船的旅行社之一。作为天津最大旅行社的老总，张大伟虽然身在国企，却不想守着一亩三分地吃公粮。他敢想敢干的气魄是由内而外的，初次相见，我们俩就性情相投，进而成为惺惺相惜的好友。

"我只跟皇家干，"他直率道，"我喜欢你们的品牌，也喜欢您刘博士的为人。"

包船模式会率先在北京出现，这跟北方这些龙头旅行社老总爽快、豪迈、视野远大的性格息息相关。看到众信、凯撒和天津国旅都在包船，国旅总社和中青旅也不甘落后，加入了包船的行列。

包船顺应了中国旅行社的批零结构。

中国旅行社分销体系从沿海到内陆，从一线城市到二三线城市，呈现自上而下的阶梯结构。北京、上海、广州等一线城市聚集了航空公司、海外度假目的地、游轮公司等顶尖旅游资源供应商，位于一线城市的旅行社相对二三线城市的旅行社信息通达、管理水平高、人力和资金资源雄厚。

为旅游资源供应商做批发的旅行社，便在一线城市应运而生。批发商从供应商手中获得合适的产品资源，通过其在本市、本省和其他省市的网络批发到下一级、二级甚至三级分销商手里，像河流的源头一样聚合各路水源，再往下分流到无数的支流里，漫延到幅员广阔的大地。游轮产品随着这条脉络往下渗透，最终抵达终端消费者。

前嘉年华总裁兼CEO鲍勃·狄金森回忆，在20世纪70年代美国游轮市场起飞的时候，嘉年华最初也是依赖批发商（tour operator）来开拓市场的[1] 美国批发商只承诺分销，但没有合同约束，

【1】 Dinkingson and Vladir，2006.

一旦舱位卖不出去，就可以把舱位返回给游轮公司。游轮公司承担退舱风险，临开航前退回的舱位船票价格大跌，一个5晚的加勒比行程只卖100美元，甚至还出现游轮公司的船上员工通过倒卖船票而牟利的恶性事件。嘉年华痛定思痛，不得不绕过批发商，直接和零售商打交道。今天，北美市场以零售为主的分销渠道，就是这样演变而来的。

中国游轮一开始就走零售模式很可能不会这么快发展到今天的规模。与美国的批发模式不同，中国的批发模式是包船。包船模式，有效地避开了批发系统的退舱风险。通过包船合同，游轮公司和批发商牢牢地绑在一起，游轮公司放弃自己对航次的控舱和控价权，给予包船商独家的航次销售权，作为回报，批发商在签约之后，必须按期分批付款，舱位卖出去或卖不出去，赚钱或亏损都由旅行社自行承担，理论上游轮公司一旦把船包出，或迟或早都会收到全款，没有任何退舱的忧患。

在最完美的情况下，包船是双赢的，只要严格执行合同，游轮公司的收益铁板钉钉，空舱及由此引起的财务风险，通过契约的方式从游轮公司转移到旅行社；风险和利益对称，旅行社由此独揽一条船的定价和批发，避免了同业竞争。对于旅行社和游轮公司来说，风险和利益都是对称的。

同业竞争比消费端竞争对渠道更具杀伤力，这意味着产品还没抵达消费端，就为了夺取分销商而降价抢客。最终结果是利润被削薄，旅行社和游轮公司都不赚钱，游轮船票市价下跌，满盘皆输。

行业龙头们深谙这个道理，因此包船虽然有风险，他们却愿意孤注一掷，用他们的话说，"不愿跟别人在同一个澡堂里洗澡。"

旅行社的游轮销售部门也欢迎包船模式，包一个神话号航次，相当于卖5架波音747飞机或3家五星级酒店的业务量，大大提升该部门在公司的地位。为了卖掉这些船票，公司会上下动员一起销售，游轮产品跃升为公司核心业务。要是能完成任务，升职加薪指日可待。

追根究底，产品过硬给了我们充足的底气。相比地面游产品，游轮收获了极高的满意度，旅行社不愿错过扩展市场的机会。

上海旅行社包船从2012年开始，比北京晚了一年。与后者不同，前者都是中小规模的旅行社，销售渠道是以零售为主批发为辅。旅行社门槛低，竞争惨烈，逆水行舟，不进则退。为了在市场上寻求一席之地，精明的上海人向大大咧咧的北京人取经，发现通过批发来扩张才是上上策，而游轮作为标准化的产品为他们提供了绝佳的切入点。

很快，有抱负、敢于冒险、有实力的上海旅行社，包括巴士、仲盛、上海青旅、上海国旅和锦江逐个加入了包船的行列。其中巴士、仲盛、上海青旅成了只做皇家加勒比的铁杆。

2011年，仲盛成为上海第一家包船的旅行社，包了一个4月份的整航次。这是一家以商务机票业务为主的旅行社，有较雄厚的资金资源及直客资源，大股东兼总经理郑建平想做事情，是性情中人，我和他一拍即合，非常投契。仲盛从未涉及游轮业务，阴差阳错，郑建平推荐了一个与上海世博会有关的包船。虽然后来这个包船黄了，但郑建平被我一番鼓动后开始包船，他想通过游轮寻求新的业务增长点。这之后一发不可收拾，仲盛后来成了独家做皇家的包船商。

携程也在2011年开始做包船，一个6月份去济州岛的3晚4天航次。具体是神话号移师吴淞口，在黄浦江的航行时间减少了5到6个小时，这样就可以3晚4天为来回完成去济州岛的航线。

上海青旅随即也加入皇家的忠诚代理的行列。这家旅行社有丰富的门店资源，作为国企，资金也游刃有余。总经理刘明华团干部出身，富有理想和激情，是位个性爽朗的女士，我们也很投缘。上海青旅是她一手拉扯大的孩子，她在公司内极有威信和话语权。虽然游轮是新兴产品，盈利潜能是个未知数，但她还是一改国企的保守作风，大胆地与皇家加勒比喜结良缘。

一开始只销售歌诗达邮轮，巴士因有母公司久事集团的资金支持，实力雄厚。这家公司的总经理徐放胆大有魄力，游轮部经理曹曦思路清晰，脑子活络，很欣赏皇家加勒比言必行、行必果的做事风格，数度交往后，我们把巴士从歌诗达手里争取过来，收编为"保皇派"。

皇家加勒比的包船模式开拓了行业新风。2012年，歌诗达第三任中国区总裁上马，也开始力推包船。在上海独家做歌诗达的旅行社只有上航国旅一家，其他敢于包船或切大舱的上海旅行社基本都在皇家手里，包括只做皇家的仲盛、巴士和上海青旅，因此，歌诗达便去南京开发"农村根据地"。

作为上海的"后花园"，江浙地区也是上海母港航线的重要客源地。当歌诗达在南京有所动作时，我们也开始部署江浙地区的"绑桩"。南京、杭州和温州并没有那么多实力强大的旅行社，我们的策略是，要找就找行业的制高点。在南京，我们把歌诗达的铁杆江苏舜天发展成了皇家的忠实伙伴。

这家旅行社的大股东是江苏财大气粗的畅空集团，以李英出为首的管理层果敢决断，攻下了南京和江苏的半壁客源江山。李英出的性格和能力就像他的名字，情商高、胆子大、天天做创新梦，在业务扩张的魄力上，非常对我们的胃口。虽然他倒戈为皇家加勒比的铁杆，但总将皇家加勒比口误说成歌诗达，而且好长一段时间改不过口来。

浙江光大也加入了"保皇派"的行列。光大的刘蒙松留着一撮山羊胡，戴着一副中式黑框眼镜，业余爱好斗蟋蟀，举手投足一副苏杭文人的做派。在生意上他却毫不优柔寡断，一心一意地把皇家加勒比在浙江做大做强，指示手下的蔡建煌和骆彤一心一意跟皇家加勒比干。

温州富商云集，也是我们不能小觑的客源市场。我们选了温州海外旅行社做独家代理。这是一家由陈丽丽母子拥有的家族企业，资金虽然有限，但陈丽丽是个很有魄力、理想远大的女企业家。她卖包船航次很有特点，针对长者、家庭、情侣、公司等不同细分的市场，分别做一套市场宣传材料，文案也做得很漂亮。

包船模式横空出世，很快就被各大旅行社接纳。包船模式优化了游轮和旅行社的生产关系，激发了旅行社的生产力，推动了早期游轮市场在消费者认识度很低的情况下的渗透和迅猛发展。美国游轮市场达到50万到250万人的规模，用了20年的时间，而中国只花了一半的时间。

必须指出的是，在市场开拓初期，渠道营销比消费者端营销要更为精准和有效。我们把市场经费的一半甚至三分之二用于渠道，我把从航空公司那里学来的市场支持费概念发扬光大，把它用于包船谈判方案的一部分。一石投双鸟，既可以激发包船积极性，同时又提高了市场宣传的精准度和市场投资的回报率。

游轮虽然是在商言商的买卖，但合作者也需要性情契合，才能并肩携手共谋蓝图。这些龙头都成了皇家的朋友，对游轮业的未来都满怀共同的愿景。

皇家加勒比有最优秀的产品，又有最优秀的合作伙伴，这些都是皇冠上的钻石，交相辉映。

至此，我们算是真正掌握了台湾人传授的绑桩秘诀。

03. 移师吴淞口

皇家加勒比有大船，就像杨过有重剑；有了包船模式，就有了施展重剑威力的剑法。但是，皇家中国团队还需要施剑的平台。

这个平台必须是大江大海、崇山峻岭，而不是束手束脚的羊肠沟壑、狭水河汊。

皇家加勒比的大船要进来，就得找到合适的舞台，一个能停泊10万总吨以上超级游轮的码头。

"一滴水"是上海唯一的游轮码头，而这码头有一个先天缺陷——杨浦大桥净高限制，停靠北外滩的游轮总吨只能在7万以下。在皇家加勒比六大船系中，7万总吨梦幻系列之下有君主系列，之上有8万总吨的光辉系列、13.8万总吨的航行者系列、16万总吨的自由系列和22.5万总吨的绿洲系列，吨位和硬件水准层层递增，一艘比一艘宏伟。

全球游轮的平均吨位在9-10万总吨之间，10万总吨以上称为"大船"。中国团队的心理价位是10万总吨以上的大船，在皇家加勒比的船系中，航行者系列、自由系列和绿洲系列都属于"大船"级别。相比歌诗达5.3万总吨的经典号和5.7万总吨的新浪漫号，皇家加勒比的这些船毫无疑问是无可匹敌的重剑。无奈杨浦大桥限高和黄浦江狭水航道，让我们无法像杨过那样潇洒挥剑。

与此同时，北外滩码头反而对歌诗达有天时地利之便。这家游轮

吴淞口——上海
的对外门户

公司主打成本控制，派遣来华的都是5万总吨左右的游轮，可以毫不费劲地通过杨浦大桥，在黄浦江的狭水道航行，并且可以借此遏制皇家加勒比的硬件优势。

命运不负有心人，属于我们的契机终于降临了。宝山区政府和长江航运公司决定联合出资，计划投资15亿人民币在吴淞口建立上海另一个专用的游轮码头。

吴淞口距离长江口与东海的交汇处30公里，位于长江与黄浦江的汇流处。从吴淞口驶进长江支流黄浦江抵达北外滩，这段狭水道航行船速缓慢，来回要耗费5到6个小时，既费时又不安全。相比狭水道航行，游客从市中心坐车或乘地铁前往吴淞口，虽比到北外滩要多出40至45分钟，但却节省下6个小时的狭水道航行，可以用于延长目的地岸上游的时间，并可以在同样时长的航线里到达更多的目的地，例如4晚5天的航程可以比原来多停靠一个济州港。5晚6天的行程可以从原来的两个港口变成三个停靠港。

最重要的是，吴淞口没有大桥限高，水深也不是问题，可以停靠10万总吨以上的游轮。事实上，码头一期工程两个泊位，一个可以停靠20万至22万总吨，另一个可以停靠10万总吨，皇家所有六个船系包括绿洲系列的船都可以停靠。吴淞口是皇家大船重剑可以孤独求败的平台。

吴淞口在上海宝山区境内，这片距离市中心20余公里的城区，曾经是被称为"宝山县"的农村。1978年，中日合资在宝山建立了上海宝山钢铁总厂，是中国最大的现代化钢铁联合公司。随着工业搬离城市的大势，位于吴淞工业区的宝钢一厂和五厂计划迁离宝山，该地区的产业结构面临调整，从对钢铁厂的依赖，慢慢转向第三产业。旅游服务业受到了重视，游轮业趁势而起。宝山区政府雄心勃勃，要把"钢花"变成"浪花"，把灰色经济变成蓝色经济。

中国地方政府在游轮基础建设上的远见和决心，是值得赞颂的。从2006年到2011年短短的五年内，沿海城市相继建成了5个国际游轮码头，能停泊超过10艘大游轮，而此时中国游轮乘客还不足百万。

基建的魄力决定了城市的发展速度，以上海为例，浦东和浦西一水相隔，多年来都是靠渡轮流通，交通极其周折不便，直到20世

90年代才开始先后建造4条跨江大桥、2000年地铁2号线首次跨越黄浦江，人们才得以方便地在两岸通行。没有浦江大桥和轨道交通，浦东不可能成为中国最大的金融中心。此举直接推动了经济发展，1997年到2003年黄浦江的跨江交通蓬勃发展时期，上海的GDP翻了倍，达到了6700亿元人民币。如果能早点发展轨道交通，上海的繁盛或许可以更早地到来。

停泊在码头的漂亮游轮不但是城市名片，振兴港口服务业、带动旅游产业，更会启动包括造船修船、餐饮服务、房地产、周边商贸等一整个产业链，如一石入水，激起千层浪。日后的发展证明，没有宝山，皇家加勒比的大船策略无法实现；没有皇家加勒比巨轮的带动，吴淞口也不会在日后进入世界第四大游轮港的行列。

2010年7月，我和港口业务总监童剑锋、迈阿密的同事在吴淞口见到了吴淞国际游轮码头的第一任董事长陆明琪。吴淞口扼长江深水航道翼侧，长江由西而来，浩浩荡荡从吴淞口码头面前流过，汇入东海。浑浊的江面上，集装箱船、散货船、油轮、装煤或黄沙的驳船编队来来往往。在滨江区陆地上，即将建起24463平方米的客运楼和配套设施。但在我们考察的当时，两岸除了黄土和杂草，什么都没有。

江面水急风大，陆明琪穿着红色的救生衣伫立在岸边。他是宝山本地人，看上去就像一位淳朴和经验丰富的乡村干部，但跟他交谈后会很快发现，在他浓厚的宝山口音里，透露着有条有理的思维和智慧机敏的反应。我问他："码头什么时候能建成？"

他回答："一年内。"

我吃了一惊："一年内？现在片瓦只砖都看不见啊，四周也没有任何开工的痕迹。"

他指着连接码头前沿和陆地的一片水面:"这里要建引桥,水工部分已经完成。"

我将这个码头的情况汇报到迈阿密时,总部的同事们都觉得不可思议。以2007年皇家加勒比在迈阿密埃弗格雷德建的18号码头为例,整个工程耗时22个月,在长江建一个完整的游轮码头只需要12个月的时间?此后迈阿密总部流传开了一个热门词:中国速度(China Speed),意指超越他们认知极限的发展速度。在他们的印象里,中国游轮市场发展快,游轮码头建造快,中国经济增长得快,中国人做什么都快。

站在长江边,望着滚滚而过的浑浊江水,我心有所感。160年前,上海开埠之际,在今日的外滩地区可能也是这番景象。鳞次栉比的帆樯,岸上巨大的货栈,碎石路上,黄包车在逐渐兴建起来的西式洋楼间穿梭,黝黑矫健的码头工人肩背重物、挥汗如雨。华洋混杂、脏乱与繁华并存,新事物络绎不绝地通过船舶进入大陆,四处一片生机勃勃。然后,花岗岩大楼建起来了,碎石路铺上了沥青,在洋行工作的中国人剪去辫子,西装革履地走进咖啡馆。1843年外滩的滩涂上建起了第一座洋行,到20世纪20年代至30年代形成万国建筑群,也就七八十年的工夫,那里终成上海滩繁华市景。

今天的吴淞口,谁能断定其不会成为日后上海的"大外滩"呢?不用等七八十年,用"中国速度"可能在今后的五十年里,我们就会很快看见一个以游轮产业为契机的新城区。

探访码头后,我们前往位于湿地公园的吴淞口公馆吃饭。在这家装潢高雅的别墅里,陆明琪的团队向我介绍吴淞口码头的设计与创意。码头的客运楼是个半球状建筑,从长江对面看过来,像是半只眼睛。"眼睛"的另一半沉浸在长江里。码头起名为"东方之睛"，寓意"城市之眼，长江之睛"。我们称赞设计很现代化，外形富有创意，然后提出一个问题："有没有做人流和车流的模拟？有没有计算过停车场规模要多大？游客等候区域有没有划出充分的空间？"

对方显然没想到我们会提出这么实际的问题，坦率地告诉我们，码头外部和内部有计划，但尚未完成编制。码头与机场一样，在设计航站楼内外的面积和布局，都需要对行人和车辆的动线，进行科学的考量，对人流和车流做预测和模拟。为避免类似杨浦大桥限高的问题，充分的前期科学论证是非常重要的。

2010年12月，我和吴淞口游轮码头总设计师，在罗德岱堡的18号码头前有过一场友好的辩论。他望着简易的用来停靠世界最大游轮的码头，非常失望："这个码头就是仓库改建的。"

我向他解释，欧美许多著名的码头都没有外形靓丽的建筑，无论是空间、布局、动线设计、标示、指引都为乘客的方便舒适而考虑。

码头与飞机航站楼相似，但功能上也有不同之处。飞机航站楼要有餐饮和购物设施，飞机是交通工具，登机前，特别是长途航班，旅客需要餐饮和休憩场所。而游轮本身就是舒适豪华的目的地。大部分乘客抵达码头，会迫不及待地想要登船，码头的首要功能，就是要将游客从陆地上安全和快速地输送到游轮上。

以人为本，游轮码头设计至少要关注三个要素。第一，码头航站楼外用于游客和车辆来去的空间要足够宽畅，人流、车流动线设计合理，没有冲突。第二，码头航站楼内也应当有充分的空间，为游客提供足够的等候和排队区域，包括足够的座位，特别是当船延误时，要有足够游客等候和休息的区域。第三，动线和登船流程的设计，要确保游客在码头内外排队耗时最少、人群密集度最低、航站内登船行走时间最短。值船、安检、海关、边检等关口要避免成为瓶颈。

我说:"相比功能性而言,码头建筑的美观性是第二位的。"

总设计师说:"不对,美观性是第一位,功能性是次要的。"当时我不理解他的逻辑,后来才明白,在国内的理念里,游轮是城市的名片,游轮码头当然应该是地标性建筑。这个想法没有错,我们不缺钱,可以把码头造得漂亮一些。在码头航站内要有一些商业设施,既可以为游客提供便利,同时也可以为码头运营商带来额外的收入,这些都是无可非议的。欧美现在也开始建设外观亮丽的码头,我们为什么不可以一步到位呢?

但是,游客的舒适便利,永远是第一位的。如果预算有限,在码头确保留有足够的人流和车流的空间永远要放在首位考量。坦率的说,吴淞口国际游轮码头在2011年竣工的一期工程和在2018年完成的等候大厅在空间设计上都存在着同样的问题。

尽管如此,有了吴淞口国际游轮码头的助力,皇家加勒比终于走出狭水航道,摆脱杨浦大桥的限高,中国的游轮业终于可以奔向大江大海。

和陆明琪谈话之后,皇家决定要在2011年航季移师吴淞口,以便在日后以大船策略来对垒歌诗达。这一决定让我们和上港集团的关系剑拔弩张。隶属上港集团的上海国际客运中心的总经理王迟对这个决定非常震惊。皇家加勒比的办公室在上港集团大楼的16层,王迟的办公室在18层,他是从码头基层靠自己的才干和努力,一步步走向领导岗位的,他见多识广、经验丰富、做事雷厉风行、敢于担当。我们俩交情甚笃,一直合作得很好。

"我们决定把神话号移到吴淞口的'东方之睛'。"我对王迟说。

王迟听完我们的决定，脸色一沉，道："你们不能那么心急。再过不久上港集团就要在亚太游轮大会，聚集游轮公司来讨论游轮的状况和未来发展，作为我们最重要的伙伴之一，你在这个时候跟我说要退出'一滴水'？"亚太游轮大会是业内重大会议之一，组织者都是行业公认的领航者。宝山区跟"一滴水"所在的虹口区有竞争关系，在大会前夕，王迟可不想眼睁睁看着亚太最大的游轮"跳槽"过去。

　　王迟的反应完全在我意料之中，我能理解他的心情。我解释说，神话号在黄浦江趁着潮汐进出，每次都提心吊胆。杨浦大桥对皇家大船是极大的屏障，有一次乘坐神话号出港，登船后进入舱房休息，我脱下眼镜就睡过去了。等醒过来，外面天色已大亮，窗外景物模模糊糊，不知道身在何处。心想，我们已经到福冈了？等戴上眼镜，定睛一看，岸上的标志招牌，还是中文。我们居然还没驶出黄浦江！因为神话号错过了低潮期，就得在北外滩码头再等候12个小时，才能过杨浦大桥。

　　除了误点风险，狭水道航行也有不少风险，大船在黄浦江掉头，每次都有可能触碰到黄浦江河床两边的坡道，这是需要规避的安全隐患。

　　2010年6月，由于世博会在上海召开，亚太游轮大会改在苏州金鸡湖，我和迈克作为皇家加勒比的代表出席。上港集团的董事长和王迟在酒店订了一个会议室，然后当着我的面状告迈克。迈克除了表示对上港集团的歉意，还是支持我的决定。

　　上港集团的不满，我们从心里理解。可箭在弦上，移师吴淞口已经势在必行。

　　2011年3月14日，新的航季开始，神话号即将停靠在吴淞口码

头。迈阿密总部支持中国团队的全部决定，他们只有一个问题："这个码头能如期盖好吗？"

"东方之睛"吴淞口国际邮轮港

这真是个好问题，也是个重要的问题。工程进度出现了问题。

在航季开始前，我天天留意着码头工程的进展，焦急地等待这个银色建筑早日封顶。我已经开罪了上港集团，如果"东方之睛"无法在航季前完工，神话号也无法退回北外滩，神话号将无家可归。

皇家加勒比中国团队已经处于立锥之地，进退两难。3月14日能不能如期航行，很大程度上决定了这个航季能否成功，看上去我们命悬一线。

总部很忧虑，时不时会询问状况，每次高管来

华访问，都要先见宝山区政府，询问工程进度。每次对方都拍胸脯，打包票。

2011年3月14日，太阳照常升起，直直地照在登船大厅的地板上——玻璃天花板没来得及安装完毕。

这一天，"东方之睛"如期为神话号举行首航仪式和开港仪式。现场来不及安装空调，只能临时调来电暖设备，为乘客取暖。除此之外，一切顺利。宝山区政府兑现了承诺，虽然有一点折扣。

神话号在未完工的码头走了几个航次后，各种证件手续仍未办齐。为了规避风险，我们不得不停止从吴淞口出港。

就在这个时候，王迟伸出了援手。他对我说："刘博士，我们不会见死不救。神话号没地方可去的话，就回北外滩吧。等那边弄好了，你们再搬过去。"

至今，我对上港集团和王迟的帮助依然铭记于心，神话号回到北外滩的"一滴水"，又继续运行了一段时间。在皇家处于困境时施以援手，体现了上港集团的宽厚和对游轮产业的支持。

当时听旅行社说，竞争对手一定在看我们的笑话，因为皇家加勒比是移师吴淞口的唯一一家游轮公司。但是，皇家加勒比是笑到最后的。在吴淞口这个平台上，皇家加勒比的重剑有了用武之地。

04. 福岛海啸

2011年的航季是多事之秋。当我们为码头问题焦思苦虑时，一个大灾难在直线距离上海2000公里以外的地方发生了。

3月11日，日本东北部太平洋海域发生9级大地震，震源深度20公里，引发了罕见的大海啸，对日本东北部太平洋的岩手县、宫城县、福岛县等地造成毁灭性破坏。

所幸的是，从上海和天津出发的日韩航线，去的是日本九州的几个城市，包括福冈、鹿儿岛和长崎都没有受到影响。

福冈市位于日本西南部，跟福岛有1000公里的距离，比上海到福冈的900公里还要远。日本对地震等天灾的应对，冷静又经验丰富，国家很快恢复了秩序。总部专业团队评估了航行风险后，认为赴九州的日韩航线是安全的，因此航线按照原定计划执行。

不料，在日本平静地应对灾难之时，国内的消费者反而恐慌了。媒体对地震长篇累牍地报道，各种新闻与小道消息混杂在一起，快速发酵，因为分不清"福岛"和"福冈"的差别，有人误以为游轮要去的福冈就是受灾地。部分已经预订游轮舱房的游客打算取消行程，要求旅行社退款。

旅行社不知道如何处理过度反应的旅客，将情况反映给旅游局。也有个别情绪激动的游客直接打电话给旅游局，要求游轮公司取消行程，并且退票还款。

3月21日神话号有一个从上海出发的5晚航线，前往福冈和釜山。出发前一日，是个星期天，我接到去上海旅游局开会的通知。上午9点，我到了旅游局的办公室。在会议上，旅游局传达了旅行社的诉求和客人给质监所的投诉，希望游轮公司能解决退票的问题，和旅行社共同安抚客人。这些旅行社已经包船或切舱，钱也付给了游轮公司，如果退票给乘客，就要独自承受损失。他们希望旅游局能给游轮公司施加压力，把退票的包袱扔给游轮公司。

对此我们早有预料，也提前做过预案。旅游局要求我们做好安抚游客的工作，如果仍有游客要退票，退票亏损皇家加勒比与旅行社各承担一半。我回答可以考虑，但表示要请示总部。

旅游局满意了。从中午到下午我们马不停蹄地与总部收益部门开电话会议。迈阿密与上海有12个小时的时差，我将美国的同事半夜从床上叫了起来，讨论取消行程的补偿政策。会议进行了两个小时，因为总部的同事不能理解为什么游轮公司需要赔偿。他们认为，行程是安全的，中国和日本当局都没有发布旅行警告（Travel Advice）。最后我只能以中国国情特殊为由，说服总部的同事。

电话会议尚未结束，旅游局又来了电话，让我们在当天下午6点到局里开会。他们改了口径，在这次紧急会议上，他们坚决要求我们取消或更改赴日航次，不能停靠日本。

我据理力争，更改航线对游轮来说是伤筋动骨的事，给游轮供给食品的集装箱已经等在福冈，临时更改航线，船供会发生问题。此外，游客持赴日签证，韩国方面只要第一停靠港是日本，不要求赴韩签证。但是现在不停靠日本，就需要申请韩国签证了，而办理签证至少需要3个工作日。

最重要的是，游轮公司更改航线的前提是有不可抗力的发生，会威胁到游客的安全。而现在既没有安全问题，也没有政府禁令，按计划乘坐游轮的游客会质问游轮公司为什么更改航线，进而索要赔偿。

按照国际惯例，游轮公司在决定自然灾害发生时是否要更改或取消行程，主要依据自己专业团队的安全评估，或遵从国家发布的旅游公告，而不是被小部分游客的意见所左右。原则是理性和专业的安全判断，并且尽可能维护游客的度假计划。

旅游局的人说，那等北京的电话吧。晚上8点钟，我守在固定电话旁。电话来了，对方是国家旅游局的一位干部：

"为了游客的安全和维稳的大局，必须取消赴日行程，没有商量余地。"

我问："如何向游客说明行程是不安全的，是否会发布公告，忠告消费者赴日要慎行？"

"不会随意发布这样的公告，这会涉及外交层面。"对方挂断了电话。

我们一筹莫展，船明天下午5点出发，客人上午11点就要登船，如果要更改航线，必须马上作出决定，因为执行航线变更和与旅行社客人的沟通需要时间，毕竟这是更改两千人的游轮行程，而不是一两人的出租车行程。

必须立即采取各种行动，包括韩国的签证问题、通知日韩港口安排码头变动事宜、重新安排船供、确定退票客人的赔偿方案、起草旅行社和客人的沟通函等等，以确保明日的航线顺利完成。至于签证问题，我们找到了一个办法：技术停靠福冈，也就是不靠泊，客人不下船，完成去过福冈这个动作。

和团队理清思路后，已经是晚上9点。我们没有时间和总部的有关部门讨论这个毫无回旋余地而又难以理解的决定。

我拨通了给迈克的电话。

皇家加勒比的21艘游轮遍布全世界，停靠150个目的地，经历过无数次影响行程的自然灾害、罢工和政治事件。迈克入行30年，是久经沙场的老兵。

他很平静："我理解，韩国签证怎么办？"

我不得不再次佩服我的上司，他总是能迅速理解局势，并且立即切入要点。

在打通这个电话前，我已经预先考虑好了，我回答说："我们打算在福冈做'技术停靠'。"

迈克说："好吧，祝你好运。"

根据《国际海洋法》，船只只要进入某个国家管辖的海域，就算是"入境"，所谓技术停靠就是在该国海域航行，完成入境的规定动作，但不停靠码头。技术停靠后，神话号可以径直前往韩国，不需要为客人办理赴韩签证。

使用技术停靠这一手段也是迫不得已。这次神话号停靠福冈，原是福冈市的一大盛事，刚上任的福冈市长是综艺主持人出身，长相俊朗、行事高调，想借这次巨轮停靠福冈港口造一波宣传攻势，亲自率领了几百民众来欢迎中国游客访问福冈。

由于担心有关方面不批准技术停靠方案，我们并没有及时告知日方航线改变；于是福冈市长和几百民众聚集港口，眼巴巴看着大游轮在日本海域转了一圈，而后驶往釜山方向。盛事遗憾地成了窘事，尴尬收场。

唯一值得欣慰的是，在吴淞口码头得知航线改变游客情绪平静，几乎没人要求退票。沟通函清楚地解释了航线变更的原因，几乎所有的游客都选择变更的行程，并没有出现任何纠纷或争执。

这次危机总算熬了过去。经过这一役，我深悟游轮是非常具有挑战性的职业，经常会需要做千钧一发的决定，留给我们处理危机的时间少之又少，再加上内部和外部的沟通难度，这个行业非常锻炼和考验人的应变能力，以及把握全局的魄力和智慧。

祸不单行。

海啸的第二天，日本经济产业省原子能安全保安院对外宣布，福岛第一核电站一号机组出现核泄漏，放射性污染物对外扩散，在核电站大门放射量已达正常水平的70倍。核泄漏的辐射威力虽然不如原子弹，但仍可能造成生物病变死亡。

一时之间，人心惶惶。环球网记者援引日媒的报道，称日本关东地区已遭到污染，距离福岛不及300公里的东京检出了高于正常水平的辐射量，神奈川县的辐射量超出了10倍。

3月15日，核泄漏事故升级，第一核电站的几个机组相继发生氢气爆炸。国内媒体对核辐射做了事无巨细的报道，加之谣言四起，日本游大受重创。福岛固然无人敢去，连以富士山旅游著称的山梨县，游客人数也锐减了九成。虽然没有白纸黑字的官方警示，但我们已经意识到，虽然九州福冈是安全的，但日本短期内是不能去了。

所有的航线得重新部署。中国游轮的目的地本来就寥寥可数，现在仅剩韩国一个选择。对于华东游客，这个产品或许仍有吸引力，但天津航次是7晚的航线，光是去韩国未免太单调，而且华北地区离韩国太近。

结论是上海母港航线由日韩航线改成纯韩航线，天津母港航线则可能全部取消，变更为从香港出发的母港航线。

考虑到为了保护华北旅行社的包船积极性，中国团队做出一个"留得青山在，不怕没柴烧"的决定，给华北旅行社一个选择：他们可以取消包船行程，定金留作明年包船用。他们也可以选择继续包船，我们适当下调船票价格，并给予更多的市场支持费，确保韩国航线售卖仍然盈利。

在新航季开始前，华北的12个舱次全都包出去了，华东切舱也完成了，24个航次中的13个航次，包船的包船，切舱的切舱，只等游轮从港口出发。眼看2011年销售快要大功告成，却因日本海啸和核辐射事故的发生而付之东流。本来已经签好的包船协议，千辛万苦切出去的舱，无数次谈判换回来的紧密捆绑，现在付之一炬。

就像在海滩上堆沙堡的小男孩，城郭初见格局，墙体刚刚磨平，大浪卷来，化为一盘散沙。

在团队心情跌入谷底的时候，迈克从迈阿密飞到上海指导和帮助危机的处理。在机场迈克看到愁眉不展的我，一个劲地笑。他的笑包含很多层意思，让我宽慰许多。

从机场驶往市区的路上，迈克问我如何收拾残局，特别是如何处理华北的包船协议。

我们和华北旅行社已经就2011年夏季12个航次签订了包船协议，无论船票的售卖情况如何，从法律的角度看，这是旅行社的问题，而不是与皇家加勒比的问题。但我还是跟迈克说，虽然我们受协议保护，但建议帮旅行社从协议中解套。

"我们刚找到适合业务发展的包船模式，这是华北旅行社包船的第一年。地震与核辐射是不可抗力，根据包船合同我们可以要求旅行社继续售卖包船航次，按期支付后续款项。但是，这些旅行社是我们的长期合作伙伴。我建议给他们两个选项，一个是退包，留下定金用于明年的包船；一个是继续执行包船协议，我们做适当的价格下调。对于退包的航次，我们在香港重新部署。

　　迈克同意了。我们决定以长远发展为目标，宁愿舍弃这个航季的利润，重新与旅行社谈判。

　　一切从头再来。我们跟旅行社一家家地约谈，如果旅行社仍然想继续包船，皇家加勒比可以每张船票多贴补150元人民币的市场费，并且降低10美元的APD。想要放弃的话，也可以，已付的定金可以作为明年包船的押金，继续合作。

　　旅行社在2010年航季赚到了钱，尝到了做游轮的甜头，都知道这是有利可图的好产品。但毕竟是第一年包船，撤掉日本航线会带来什么后果，大家都无从预测。前程未卜之下，冒不冒这个险就需要仔细斟酌了。但所有旅行社都认为皇家加勒比做出了一个有远见和得人心的决定，表示要与皇家加勒比长期合作。他们需要时间考虑是否取消包船合同。我们要他们在第二天下午5点前给出答复，过时不候。

　　凯撒的陈小兵当时便给了回复，称赞这一做法非常仗义，在原来一条包船的基础上，决定再加包一条，爽快地包下了两个航次。下午5点整，众信的冯滨打来电话说，他们仍然继续包原来的那个航次。

　　国旅总社、中青旅、华远、北京青旅一直没消息。他们陷入两难状态，都希望别的旅行社放弃包船，自己可以选择继续包船，在供应量不大的情况下，船票会卖出高价。但是，又怕别人都这么想。

那天下午5点后，我让人打电话过去问那些还在犹豫的旅行社，那边回答：领导还在开会，晚一点给我们回复。我说，不用回复了，已经过了5点，交易关闭。我们把剩下的航次拉去了香港。

这个航季我们在华北包出了3个航次，凯撒2个，众信1个，船票都卖得很好。乘客们尽管没法登陆日本，对产品的满意度依然很高，我们产品的优势体现了出来：即使没有目的地，船上的体验已经值回票价。

国旅总社、中青旅、华远、北青都错失了这个"千载难逢"的机会。

05. 岸上游风波

当我们在收拾华北残局的时候，我们跟上海旅行社出现了分歧，起因是岸上观光游的乱象。

中国游客有个闻名世界的形象——购物狂。国家旅游局数据显示，2011年中国出境游客达到了创纪录的7025万人次，这个数量是美国出境市场的1.2倍、日本的3.5倍。游客在海外的消费中，35%用在了购物上。2011年"十一黄金周"，中国游客7天的境外奢侈品消费，相当于国内市场3个月的总额。

瞄准消费者的购买力，热门的旅游地出现了专为中国游客打造的免税店，配有讲中文的服务员，能接受银联付款，货架上的商品也根据中国人的喜好来选配。这些店被戏称为"枪店"。

游轮停靠在港口后，游客会有12个小时的岸上游时间，除了观光就是免税店购物。皇家加勒比游轮客人购买能力强，一艘船的乘客都在几千人以上，这是多么大的一笔生意！中国游客购买力惊人，一船客人消费最高时可达100万美元。因此，此类免税店在日韩口岸城市蓬勃发展，又与组团和地接旅行社形成了利益链。

中国旅行社卖船舱、组了团，会在日本口岸城市找当地的地接社合作，把团队游客交由他们带领观光。当地导游、交通、门票等当然是有费用的，但地接社分文不收，甚至倒贴给组团旅行社，唯一的条件就是必须去指定的免税店。组团社非但不用支付岸上游费用，还可以拿到购物佣金。

2010年，随着游轮游的兴旺，购物佣金现象开始出现。地接社不仅向组团社提供免费岸上游，并且还给予购物回扣，前提是让游客去指定免税店，这让有些游客大为不满。

岸上游是游轮旅游体验的重要部分，游客的抱怨对游轮口碑不利。歌诗达从一开始就把岸上游攥在手里，不允许旅行社和地接社私自组织岸上观光购物，而在2011年，皇家加勒比也决定把岸上观光的业务收回来，由船上的专业岸上游团队来组织和把控。购物不是旅游的唯一目的，我们想要增设更丰富的岸上项目，让游客感受当地自然风光，或体验更地道的文化活动。

这一来动了旅行社的"奶酪"！上海旅行社大为不满，向有关当局告了状。

接下来的两个星期是对皇家加勒比和歌诗达船票销售的联合抵制，迫使游轮公司把岸上游交还给他们。皇家加勒比和歌诗达从竞争对手变成了难兄难弟。

两星期之后，我们跟有关部门做了深入沟通。几经讨论，达成了一个折中的方案：我们给旅行社两个选项，一是采用我们的岸上旅游服务，二是旅行社自己组织岸上观光，但要给游轮公司支付"团队管理费"。管理费有依有据，船上的几千名游客上下船，需要船方动用人力和物力组织团队游客分批上下船，确保客人的体验。尽管需要支付管理费，大多数旅行社仍选择自行组织岸上游。

佣金是包船模式里一个重要的齿轮。旅行社的船票利润不稳定，需要从其他方面来创收，佣金成为包船的一个收入来源。于是，这种佣金收入变相鼓励了旅行社去包船。带着一条或几条包船的业务，组团旅行社就有足够的筹码跟地接社或免税店讨价还价。

免税店也满足了游客自身购物的需求。免税店为中国消费者量身打造，安排了中文服务，让他们一站式买齐各种热门物品。如果没有免税店，消费者就得跑去商区一间间店淘货，对着各种日文说明苦恼半天，花费更多的时间、交通费和沟通成本来买同样的货品。羊毛出在羊身上，用免税店的部分利润来支付游客的岸上游费用，同时又补贴包船旅行社，也算是一种多赢的局面。

但这样有一个关键问题，就是信息的不对称，消费者不清楚其中的端倪，也不知道岸上游的内容和质量。信息不透明会导致岸上游的质量下降，与游客的预期不相符合。

皇家加勒比为游客提供两种岸上游产品：购物游和精品游，并明示产品的内容，由客人自主选择。购物游注重购物体验，也匀出了一半的时间去景点观光。精品游则以购物为辅，提供了各种岸上游选项，包括美食、亲子、自然观光等主题，但50%的游客还是选择了免费购物游。

06. 厦门期租交易

尽管一波三折，情况还是在往好的方向发展。

渠道方面，包船模式趋向成熟，第二年的销售比第一年顺利很多。如果不是日本地震和辐射危机，APD相比第一年会有大幅攀升。

吴淞口"东方之睛"诞生了，也让"大船"梦想有了起飞的平台。

就像杨过不但手持重剑，也有了可以施展的平台和剑术。但是要克敌制胜，还需要内功和外功的修炼。皇家的重剑是大船，平台是吴淞口游轮港，剑术是包船模式。但是要从总部争取大船部署中国，还有一个前提条件。

让我至今记忆犹新的是和迈克尔·菲吉斯（Michael Figgis）的一席谈话。菲吉斯是迈克的助手和智囊，利物浦人，年轻时就加入皇家在船上工作。他博闻强记、经验丰富、见多识广。菲吉斯冷静地告诉我：你要大船，就要进入APD俱乐部。APD俱乐部的入门身价是150美元。

2011年皇家加勒比国际游轮的21艘船，部署在哪个国家市场，就像基金管理选择在哪个行业和区域市场投资。目标都是在给定风险系数的条件下将收益最大化。衡量每个市场回报的指标就是APD。中国市场如果要从总部分配到更好的船，APD必须做到船队的平均水平以上。

这番条理分明的解析，将目标具体化了。海洋神话号第一年APD没有做好，第二年，由于日本海啸也受到影响。2012年要从总部拿到第二条船，必须把APD做到皇家船队的平均水准以上。我和团队下定了决心，一定要进入APD俱乐部。

我们未来的蓝图是除了神话号，我们还要从总部争取到第二艘船，比神话号大一倍的船！要拿到第二艘大船，就必须把APD做上去。

APD高不只是表示船票卖出了高价，也意味着船票是卖给了有消费能力的乘客，他们在船上的购物、餐饮、SPA、岸上游等消费，会进一步提高游轮收益。因此，APD是财务报表里上端的数据（Topline），是衡量一艘船的价值时，第一个映入眼帘的数字。

在2010年和2011年神话号满舱，但APD并不理想，在财务报表上是一艘"红船"，处于亏损状态。

凭着中国市场当时APD的表现，根本不可能分配到第二艘大船。团队开了无数次会议，使出浑身解数去寻求成本控制的方案，但效果甚微。游轮的成本控制余地很小，食品、燃油、人员工资等固定成本一旦削减，就会立竿见影地影响游轮品质。

唯一的办法，就是提高游轮的票价。然而，在竞争对手价位较低的情况下，我们要怎样说服消费者为支付更高的票价买单？答案是从总部争取一条更大更好的船。但是，更大更好的船需要更高的APD。

这是鸡生蛋、蛋生鸡的死循环。这是明摆着的事情，在神话号尚处在"红船"状态的时候，要第二艘船是非常非常难的。

天无绝人之路。

2010年夏天，神话号经停厦门，市场部门在当地策划了一个宣传活动，邀请当地媒体和旅行社上船参观。在这个活动中，我认识了一家房地产公司向辰地产的副总裁向小军。他与我年龄相仿，是从美国留学归来的北京人，想要乘着祖国高速发展的东风，干出一番事业。向小军长相英俊、长袖善舞、学识渊博，加上北京人能言善辩的一张嘴，开口就给我画了个大饼。

他对游轮行业兴趣盎然，想要跟皇家加勒比一起开一家中国游轮公司，造大船、组建船队、造游轮码头。宏图大计一件件娓娓道来，向小军侃侃而谈，他称公司已经与美高梅达成协议，筹划着在厦门盖游轮码头、公寓、商厦、酒店、主题公园等配套设施，以游轮为核心衍生出一个庞大的地产项目。

我对游轮港蓝图半信半疑，更对合资游轮公司兴趣不大。

2011 年 海洋
神话号在厦门

"我们直接来干货吧，你想要我做什么？"

向小军坦诚说："我从厦门政府拿地，说是要用来建游轮城。游轮城，那得有船吧？我想要你们的船。"

我对向辰地产没有太多了解，便直接问道："我给你船，有什么好处？"

他说："我包你们的船，价格多少，你开个价？"

没多久，向小军将他的老板李荣前介绍给我认识。李荣前是个西安人，在陕西做房地产起家，积累了大笔财富。当下中国房地产业发展放缓，一批房地产商开始转向旅游地产业，李荣前是最早有这个意识的房地产商之一。

在跟他的交谈中，我醒悟到，这是另一种形态的企业，与外企的运作南辕北辙。但不管他们如何营运，对我来说唯有一点是紧要的——只要他们愿意用我开的价格包船，神话号的APD就能提上去，这样也就能换来APD俱乐部的入门券。

厦门作为出海港是有先天优势的。厦门碧海蓝天，平均21摄氏度的气温舒适宜人，适合建港的深水岸线约27公里，港区内群山环抱，港阔水深，终年不冻，是条件优越的海峡性天然良港。从地理条件看，从厦门出发的短途行程可以去到日本、韩国、菲律宾和越南等多国目的地。和迈阿密一样，厦门本身是国内热门旅游胜地，鼓浪屿、厦门环岛路、南普陀寺、厦门大学、福建土楼等景点吸引了千万中外游客。

厦门政府也意识到游轮行业的潜力，在丽星邮轮的鼓励下，于2007年就造了可以停泊14万总吨游轮的厦门国际游轮中心，想要做成东南部最好的码头。然而，厦门背靠如此优越的自然资源，却一直做得不温不火，开港以来只有零星的游轮将其用作访问港来停靠。究其原因，是厦门客源，市场还有待成长和开发。

福建省人均可支配收入32664元人民币，排名全国各省市自治区第7名，大约是排名第一的上海和排名第二的北京的人均可支配收入水准的50%。一个港口城市要成为游轮母港，要看它能否吸引到足够多的中高收入客群，厦门要形成游轮消费规模仍需要培育。

要发展厦门的游轮业，就得解决客源问题。向辰地产的游轮城计划就根植于此，这家公司想建造主题公园等旅游设施，吸引全国各地的游客来厦门登船。厦门政府对向辰的方案有兴趣。

于是，厦门市政府、皇家加勒比和向辰地产开始了开发厦门游轮城的谈判。对于厦门市来说，发展游轮，促进旅游，带动地方经济是首要目的；对于皇家加勒比，游轮城的宏图伟业固然有吸引力，但我还有个很实际的目标，就是把神话号以理想中的APD销售出去，从总部争取到第二艘船；而向辰地产想要做的是旅游地产项目，这个项目能不能成功，先决条件就是政府愿意批地。皇家加勒比的大船进入厦门港口，势必能增加向辰地产在政府眼中的价值。

向辰地产出手不凡，一口气要包下皇家加勒比2012年神话号的21个船次，按要求APD定价，总金额达3600万美元。这在中国，是一笔史无前例的包船交易！2009年的安利包船只有10个航次，与这个大单相比，是小巫见大巫。

迈阿密总部对这项交易既惊叹又疑惑，惊叹的是包船金额，疑惑的是包船交易的结构。向辰地产包了船，可是并没有销售团队，于是包出去的船要皇家加勒比团队负责销售。这是一桩闻所未闻的交易，为了规避亏损的风险，我们做了一个旱涝保收的合约来保障权益。合约里，游轮产品将以130美元的APD承包给向辰地产，包船的总金额为3600万美元，无论向辰地产怎么销售、交给谁销售，在这个价格上高出10%内的利润100%归向辰地产，低于10%内的亏损亦100%由向辰地产承担。如果卖价超出APD130美元的正负10%区间，皇家加勒比与向辰地产按50%共享利润或共担亏损。

所有的21个航次还是皇家通过分包给旅行社去销售，这个包船协议实际上是个保险机制，它可以帮助皇家加勒比控制APD在130美元水平的上下10%区间内的风险，也就是只要旅行社的切舱价不低于APD117美元，向辰地产就确保皇家的收益在APD130美元。这130美元的数字也是经过深思熟虑的，虽然比我们上一个航季的APD显著提升，但经过与销售和收益的核算是可以实现的。上下10%的浮动区间足以控制APD的风险。虽然超出上下10%空间的风险也有，但概率很低。

我们团队拿着这个协议去厦门商洽，对方爽快地把合约签了。我心里就有点打鼓，这种豪爽得不免有些轻率的交易方式，逾越了商业谈判的常规。

但仔细琢磨，与游轮城将给向辰地产带来的巨大利益相比，3600万美元是一个小数字，而且向辰地产相信皇家是有能力把21个航次销售出去的，即使没有达到预期的APD，亏损一些也不成问题。低于APD130美元10%不过360万美元，不是3600万美元。向辰地产为皇家承担一点APD风险，但是可以取得皇家对厦门游轮港的支持，获得厦门市政府对游轮港的支持。

神话号隶属梦幻系列，在梦幻系列之上，是9万吨的光辉系列，按惯例，中国市场想要升级船队，应该按部就班地申请光辉系列的游轮。

9-10万吨的船，只是全球游轮的平均总吨，中国市场需要平均数以上的！一步一步地往上提高规格，慢慢地扩大市场份额，这在中国市场行不通。要打败竞争者，就需招招凌厉，重剑挥出时，得让对手毫无招架之力。

我听说在一次游轮峰会上，歌诗达的一位销售负责人指出皇家加勒比的大船策略打乱了中国游轮行业发展节奏。准确地说，皇家加速了行业的发展，歌诗达对皇家加勒比的快节奏是完全不适应的。按照他们的成本控制的打法，先引进小船和旧船，慢慢地培育市场，赚钱了，再逐渐扩大规模。但是，在中国，企业需要三年做大，三年做强。错过了这个村，就没下面那个店。市场没有温度，也火不了。

22.5万总吨的绿洲号是理想中的大船，但在市场刚起步几年的中国，要绿洲号无异于妄想。退而求其次，我要自由系列。迈阿密做了个折中的决定，既不给我想要的自由系列，也不给我不想要的光辉系列，而是考虑派遣我没想到的航行者系列。

中国团队高兴得跳了起来，总吨13.8万的海洋航行者号是神话号的两倍！

但是，这只是个建议，迈阿密总部还要做一系列的评估才能真正拍板。厦门包船协议必须尘埃落定，我们申请大船才有底气。

厦门包船交易，多少年后回头看，是一笔荒唐的交易。民营企业的商业逻辑就是赌，赌风险，赌收益，大数字是心算出来的，推理是粗线条的。如果用严格的公司财务分析，很多交易都会被否定。因为这些分析的结论是很精确的数字，这些精确的数字背后有很多假设，假设表明对未来的猜想。事实上，即使是跨国公司的高管也是在用他们多年的历史经验和对市场现实的洞察，对交易做出一个倾向性的判断，然后再由分析团队用数字去验证，数字的验证不能排除确认偏差（Confirmation Bias）。

对厦门包船交易我是做了最坏的打算的。如果向辰地产最后不执行合同，我们至少要收到10%的定金。这样在最坏的情况下，中国市场的收益在2011年会比2010年要有10%的提高。

如何部署包船航次也非常重要，在21个航次中只安排了5个与厦门有关的航次，其余17个还是常规的上海和天津出发航次。

看到厦门政府的支持，我对厦门游轮港的蓝图也开始发生兴趣，提出了两个想法帮助克服厦门港客源不足的短板。一个是"互为母港"方案。在5个厦门航次，我们创造性地设计了厦门与上海或厦门与香港的互为母港航次。厦门乃至整个福建省客源市场薄弱，完全从厦门和福建省收客，做不到像上海和天津的收益。互为母港是用上海或香港的客源来弥补厦门港市场的不足。例如一个5晚的上海和厦门的互为母港航次是上海—厦门—冲绳—上海，紧接着的下一个航次是周而复始。每个神话号航次在上海收客1000人，厦门收客800人，对于1000位上海上船的客人，上海是起始也是终点港，对于800位厦门客人来说，厦门是起始也是终点港。也就是第一个航次神话号在上海出发时，只上1000名客人，其余800个床位留给厦门上船的客人，船回到上海时，这1000名客人下船，第二个航次的1000名上海客人上船，原来的那个航次的800名厦门客人在厦门下船，换上下一航次的800名厦门客人，以此类推。

互为母港航次给船上的运营带来挑战，但是，可以减轻每个母港收客的压力。这是当时，我给厦门市政府提出的发展厦门母港的策略之一，并在实践中实行成功。

我的第二个策略建议，是通过厦门航空公司在其10个内地机场收客，做飞机加游轮的收客方案，每个机场只需在当地收客180名。例如，从成都过来180名客人飞到厦门，坐这个航次，航班飞成都时上一个航次的180位客人可以搭乘。就是皇家加勒比20世纪70年代起家时在迈阿密与洛杉矶之间的飞机+游轮的方案。

07. 亚洲巨无霸

迈克对向辰地产的交易有不少疑虑，我告诉他，这个项目要向政府拿地，有了政府居中参与，等于有了行政监管和牵制，对我们是稳妥的保障。而且这个交易结构对我们是有利的，不管船票销售如何，向辰地产都必须付给我们130美元的APD。最糟糕的情况是项目不成，向辰地产付了定金之后，不再执行包船协议和支付余款。但我们也无须担心，拿到的定金足够补贴到营业额里，也能达到这一年的业务指标了。

2011年春天，我和向辰地产安排厦门政府代表团访问迈阿密，皇家加勒比母公司的主席兼CEO理查德·费恩接待了他们一行。为招待此次代表团做各种准备时，我心想，这事有谱了。只要签署协议时，有政府方面的人在场，向辰地产无论如何都会竭尽全力完成交易。他们的目标是上百亿人民币的房地产项目，相比之下，包船赢亏是小数字，他们不会在政府面前赖账。

在迈阿密，厦门政府、皇家加勒比和向辰地产签订了包船协议。所有人的心都定了下来，这笔交易算是尘埃落定。当然前提是，定金必须到手——no payment no sail，没有人忘记这个原则。

我随代表团去了墨西哥的坎昆。在酒肴丰美的餐桌上，我问向辰地产的李荣前：

"既然合同已经签订，是否按合同的规定时间将10%的定金付了？"

李荣前非常满意厦门政府的迈阿密之行：

"这算什么大事儿，这就给您付了。"

三天之内，360万美元果然进账。收到了定金，我长舒了一口气，回过神来才发现，这笔不可思议的交易居然真的做成了！

2011年夏天，我在加勒比海上的极致号游轮（Solstice）上休假。登船之后，我关在房间里专心致志地写报告。神话号2012年航次稳操胜券，APD也在攀升，时机已然成熟，我要向总部申请第二条大船——海洋航行者号。

1999年下水的海洋航行者号（Voyager of the Seas）是"航行者系列"的开路先锋，总吨达13800，从船艏到船艉长311.1米，等同于60辆奔驰车首尾相连，47.7米的宽度可以首尾相接31张乒乓桌，从龙骨到烟囱的高度为72米，能承载3840名游客。在航行者号上首次出现的皇家大道和溜冰场Studio B，对游轮产业而言，有着里程碑一般的意义。

事实上，航行者号的诞生，完全是为那些从未登上过游轮的消费者量身打造的。1995年，皇家加勒比在针对潜在消费者建造世界上最大游轮的"雄鹰计划"推出之前，通过市场调查，研究怎样将从未坐过游轮的消费者吸引上船。彼时，有80%的美国人没坐过游轮，因为相较而言，他们更喜欢拉斯维加斯、奥兰多迪士尼等度假胜地。

调研的结果出人意料，这群消费者喜欢的，竟然是不像游轮的游轮。

航行者号正是在这个诉求下，横空出世。费恩亲自操刀航行者号的新船概念设计，绞尽脑汁想出新点子，其中最让人眼前一亮的创新，莫过于建在游轮中轴线上的皇家大道。它拥有120米的长街，宛然就是热闹的城市街景，四层建筑里散布着咖啡馆、商店、酒吧和餐厅。游客徜徉其中，可以随时点上一份汉堡、要上一杯啤酒，与身处陆上的繁华街区毫无二致。

皇家大道是游轮变革的一例重大突破。新造船技术把垂直的中庭，沿水平方向延展，将船舶的上层建筑一分为二，大大扩充了公共社交区域。

在游轮的规格里，超过10万总吨以上的大船就被誉为"巨无霸"。而航行者号正是世界第一艘公认的海上巨无霸。

2011年夏天，费恩和迈克访华，顺道回访厦门。他和迈克坐在轿车的后排，讨论中国的部船计划。我坐在司机旁边，一边看着窗外风景，一边参与讨论。厦门每年要接待3000万游客，在这个自然与人文风光并存的海滨城市，几乎没有淡季。当汽车从散布着精致老别墅的华新街转向环岛路时，蔚蓝大海在眼前铺陈开来。这条31公里长的公路，是每年厦门马拉松举办之地，被誉为全世界最美的马拉松跑道。海上远远地航行着几艘货轮，极目处，隐隐约约可见一片陆地，那是海峡另一头的金门岛。

费恩突然说："Let's do it."（就这样定了！）

我使劲捂住自己的嘴，不让自己兴奋地叫出来。

于是，航行者号来中国了。

2011年9月，在茂悦酒店的大型新闻发布会上，迈克宣布，13万吨的海洋航行者号将于2012年6月19日于吴淞口国际游轮码头首航。这是亚太地区从母港出发的最大游轮，比此前的亚洲纪录持有者神话号大一倍。我们把它称为"亚洲巨无霸"。

在人民广场和静安寺可见皇家加勒比深蓝色的"皇冠与锚"标志。一辆辆在市区巡游的双层巴士上，印着航行者号绰约耀眼的风姿，穿着笔挺白色船长制服的金发美女对大家摆手致意。

梦工场的明星们也来助阵，化身皇家加勒比的宣传大使，功夫熊猫阿宝、怪物史瑞克、马达加斯加的狮子和企鹅，与孩子们玩起了捉迷藏。孩子们第一次看到航行者号细节逼真的模型，都感到新奇不已。

我登上了《波士堂》《头脑风暴》等口碑财经节目，与公众谈论游轮产品。这一年游轮产业渐成规模，据携程旅游统计，国内游轮旅游客户以家庭出游为主，平均年龄约30到40岁，远低于国际游轮市场的平均年龄。游轮不再被视为暮气沉沉的老年游，而成为中产家庭时尚、性价比高的出游选择。

宝山区政府滨江委主任王友农策划了一个深度的媒体报道，2012年6月，《解放日报》在头版登出了一行通栏标题：《上海开启邮轮"大船时代"》这犹如一阙气势恢宏的序曲，伴随皇家加勒比大船陆续

进入中国港湾。两年后，王友农担任吴淞口国际邮轮港董事长，他也是一位对游轮事业充满热情的人士。

皇家加勒比是第一家进驻吴淞口的国际游轮公司，吴淞口成就了皇家的大船梦想，皇家的大船，激励了其他游轮公司进驻吴淞口，成就了中国游轮业的黄金发展期。几年后，吴淞口一跃成为亚洲第一大游轮母港。

航行者号的成功，又带来了另一艘"巨无霸"。2012年费恩和迈克再次访华。他在北京的中国大饭店宣布，2013年皇家加勒比即将派遣第三条船海洋水手号（Mariner of the Seas）来中国。这艘船同属航行者号系列，138279的吨位比航行者号略大，再度刷新以亚洲为母港的巨无霸纪录。

我们手上有了三艘船，神话号、航行者号和水手号。单是一艘航行者号，就能承载歌诗达经典号

和浪漫号两艘船加起来的全部游客，皇家在市场规模上开始超越歌诗达。

媒体争相报道"亚洲巨无霸"

　　在2012年航季结束后，我们展开了新一轮包船谈判。上海旅行社也顺应时势，参与了包船，并且比华北地区还要积极。有了大船和口碑，我们就有了谈判优势，超前预售（baseloading）的模式得以开展。

　　超前预售是指提前半年以上锁定渠道，赶在竞争对手之前，与旅行社谈好包船和切舱价格，让旅行社有充分时间布置销售窗口。这种销售模式类似于期货交易的概念，游轮公司和旅行社判断游轮产品的未来价格走势，谈判桌上兵戎相见，经过一番提价杀价，达到大家满意的价格。

我对市场和产品是非常乐观的，给销售团队下达了更高的APD目标。销售团队一听，都吃了一惊。

销售队伍里对我提出的2014年APD目标出现了不同的声音，认为这个价格是空中楼阁，不可能达到。目标下达两周后，预售没有进展。我刚好要去迈阿密出差，一来一去又是两周，这就会错失预售的时机。我发火了："我卖给你们看！"

在前往迈阿密前一周，我让李洁和王妹华两位大客户销售，把旅行社一家一家约到我的办公室谈。大船为我们吸引到了大众的注意力，打响了皇家加勒比的知名度，有这样的大有可玩的"亚洲巨无霸"，怎会卖不出好价钱？

果不其然，经过几番游说，摆数据、做分析、讲前景，在我登上去迈阿密的航班之前，敲定了与仲盛、巴士、携程、上海青旅的包船航次和价格。

接下来，其他旅行社也开始跟进。

在《神雕侠侣》（金庸，1999）中，杨过的重剑一亮相就连连挫败前辈高手：

> ……右手空袖横挥，卷住了小龙女的纤腰，让她靠在自己前胸右侧，左手抽出背负的玄铁重剑，顺手挥出。噗的一声，响声又沉又闷，便如木棍击打败革，尼摩星右手虎口爆裂，一条黑影冲天而起，却是铁杖向上激飞……杨过首次以剑魔独孤求败的重剑临敌，竟有如斯威力，也不禁暗自骇然。

我们的"重剑"——"亚洲巨无霸"同样一鸣惊人，威力无穷，后来者居上。杨过凭借着重剑在江湖扬名，皇家加勒比也以自己的巨轮，开创了中国的大船时代。

4

中国进入大船时代
"The Super Boat of Asia"

2012年3月17日，上海《解放日报》在头版以半个版面的篇幅报道皇家加勒比在华部署13.8万吨的海洋航行者号，执行从上海和天津出发的夏季日韩航线。该报道以显赫的通栏标题《上海开启邮轮"大船时代"》吸引了公众的眼球，一时间被称为"亚洲巨无霸"的航行者号成为上海和北京街谈巷议的热点。

1999年11月21日，航行者号在迈阿密新船首航，是当时有史以来世界上最大的游轮，上千人慕名前来围观盛典，媒体竞相报道，航行者号炙手可热，是为业界一大盛事。

一些国外旅游专业媒体对中国消费者能否接受和理解航行者号所体现的产品深度和文化内涵，表示怀疑。船上典型的生活方式是游客着正装，晚餐前先在酒吧喝一杯，然后正襟危坐在金碧辉煌的枝形吊灯下用餐两小时，前菜、主食、甜点一道道上，海阔天空慢慢地聊，享受服务生彬彬有礼的体贴服务。晚餐结束时，喝一杯咖啡，然后挽着太太的手去大剧院看一场百老汇歌舞。毕竟欧美社会经历了150年游轮产业的变迁和文化熏陶，形成了包括酒吧文化、正餐文化、百老汇文化、礼仪文化在内的文化系列。而中国消费者接触母港游轮只有短短的五年时间。中国人的生活方式随着收入的提高而发生变化，但是能否与西方的生活方式趋同是个问号。

01. 中国消费者画像

中国消费者的背景、生活方式和行为准则都与欧美游客有所区别。按照消费经济学理论，偏好参数不同，最优消费的选择也大相径庭。

另一方面，中国又显示出强大的消费潜力，经济从20世纪90年代到千禧年的高速增长，培育了一个庞大的中产阶级，收入水平大幅度提升，人们的生活态度和消费方式也在发生巨变。

在中国，中产阶级的一个定义是家庭年收入超过15万的人群，这个收入指的是现金收入，不包括消费者手中的房产所构成的财富。房价在一线城市和二线城市的迅速攀升，以及人民币的升值，导致消费者财富的膨胀。收入的增长和财富的积累，自然会导致消费者信心指数的提升，从而在这个人口众多的国度里，特别是在中产人群中引爆惊人的消费力。

中国市场一方面是对游轮的认识不足，另一方面却有着潜在的惊人的消费力，究竟航行者号在中国会不会赢得消费者的喜爱和欣赏，并获得成功呢？

带着这个问题，在2013年夏季的一个5晚6天的航次上，市场部展开了一个焦点组调研，计划采访三组不同年龄段的消费者，第一时间听取他们对于游轮产品的意见和反馈。于是在一个从上海出发前往

海洋航行者号

日本大的航次，我们开展了焦点研究项目。首先，我们寻找调研对象，要求调研对象囊括三个年龄段。这三个年龄段包括银发族、带孩子的家庭和年轻情侣，他们是我们在中国市场的目标客群。

我们要求他们实事求是地详述对游轮的真切感受，通过解剖麻雀式的探寻，充分理解中国消费者对体验欧美现代游轮的这个舶来品的反馈。

我亲自参与了市场部的焦点研究项目。焦点组里的三组对象选取自三个不同的年龄段。第一个受访者陈为余，出生于20世纪50年代末；第二组受访者齐雯，是上海出生的"80后"，海归白领；最后一组受访者，是"东漂"上海的"90后"情侣，王启明和李颖。

焦点访谈：50–60后

陈为余在1958年出生，成长时期碰上三年自然灾害，小时候物资贫瘠，印象最深刻的是香港的亲戚给他们邮寄食品，一个14寸电视大小的箱子，塞得满满当当。其中有一袋白糖，每当母亲要安抚他或表扬他时，就会放一小指甲盖的白糖在粥里，让他一直甜到心里。这一袋糖小心翼翼地吃了两年，却是他童年最美好的回忆。

陈为余属于历经波折的一代人，该念书时遇上"文化大革命"，学校处于停摆状态；1974年毕业后，又离乡背井，奔赴上海郊县插队。务农生涯磨砺了他的双手，也让他认识了现在的太太；1977年高考重启，他满怀期待赴考，却名落孙山；不甘心在田埂里蹉跎青春的陈为余，趁着知青返城有了政策，千方百计回到了上海。

80年代的上海是全国工业中心，但制造业岌岌可危，改革开放已有苗头，原材料价格攀升，消费品物价仍由国家掌控，工厂入不敷出，面临倒闭危机，根本没有什么工作机会。陈为余找不到工作，最后在轻工局工作的父亲提前退休，让他顶替了自己，才算有了"饭碗"。

陈为余并不是个安于现状的人。在自我教育的投资上，他毫不吝啬，甚至为自己投入高达五位数的学费，利用夜晚和周末的时间在复旦大学读了一个中文系硕士学位。而当时，青年工人的月工资是40元人民币左右，筹集这笔学费简直难如登天，但他却一定要圆自己的读书梦。

1992年，邓小平南行，发表了一系列重要讲话，一句"改革开放胆子要大一些、敢于试验，不能像小脚女人一样。看准了的，就大胆地试、大胆地闯"，为经济开放的加速猛进点燃了信号。陈为余笃定，机会来了。

于是，他辞去旁人都羡慕的"铁饭碗"，决定下海做生意。20世纪90年代，葡萄酒在中国百姓的餐桌上越来越常见，陈为余找到了门路，经营葡萄酒生意，从长城、张裕等国产品牌，到后来进口法国酒庄以及新世界的酒，在上海挣出了三家门店。35年后，陈为余虽然没有成为商业大亨，但也扎扎实实地赚了一些钱，给自己和父母在上海置办了好几处房子。

陈为余精神健朗，在之后的几次会面中，他不是穿着LACOSTE（法国鳄鱼）的休闲T恤，就是Armani（阿玛尼）的长袖衬衫。年轻时对知识的渴求，影响他至今，即便视力退化，他还是一有机会就会读书。他不用Kindle（电子书），却用最新款的苹果手机，手机铃声是他最喜爱的邓丽君的歌曲。

焦点访谈：70-80后

齐雯是生于上海的"80后"，5岁时随着赴美攻读博士学位的父母移居海外。在硅谷圣何塞长大的齐雯，英文比中文说得流利。高中毕业时，全球互联网产业如日中天，父母想让她学计算机，但她对电脑和数据却毫无兴趣，不顾父母反对，脾气倔强的她独自去了旧金山州立大学念法学。

2005年，齐雯的父母回上海产业园创立芯片公司，她则在一家律师事务所工作。每逢春节和母亲生日，她都会回上海看望父母。有一次，他们一家人在上海的五星级酒店聚餐，齐雯穿上了印有母校校徽的连帽卫衣，正好与在酒店任总经理的大卫相遇。两人聊了起来，才知道彼此是校友，只相差一届。大卫回想起来在学校听说过齐雯其人，她在法学院蛮有人气，成绩优越之外，大学宿舍里的男生都知道法律系有个长得漂亮、网球还打得很好的亚裔女生。两人在美国没有相识，却千里迢迢在上海邂逅。

齐雯回美国后，和大卫开始了跨洋恋爱。两人每隔两天通一次电话，每次一打就好几个小时。大卫虽然是美国人，中文却说得流利地道，而且比齐雯更加熟识中国的文化历史。自小离开中国的齐雯，通过一个美国人之口，对家乡开始有了印象，天生的脐带情感在她心里萌芽。

一个中国人在洛杉矶，一个美国人在上海，两人间的情感逐渐升温。终于，齐雯下定决心回上海和大卫一起生活。凭借着优秀的学历、国外留学的背景和丰富的工作经验，她被浦东一家国际律师事务所雇用了，薪酬并不亚于加州的同岗位工作。

两年后，齐雯和大卫在上海结婚。很快就有了一个漂亮的女儿，轮廓基本上是中国人的模样，只是茶色的大眼睛和长睫毛有点像父亲。

在中国生活了五六年，除了中文日渐流利外，齐雯的品位和生活方式依然相当西化。年轻时她爱听大卫·鲍伊和山羊皮等英国摇滚，现在开始听爵士乐。

齐雯不喜欢一身名牌，穿着休闲利落。她非常注重生活品质，家里吃有机蔬菜和无农药水果，度假也会选择最有品质的产品，坐飞机订公务舱，住宿也会选择设施齐全的五星级酒店，如果预算不够，就把两次行程并成一个行程。

焦点访谈：90-00后

王启明和李颖分别来自四川绵阳和自贡，在上海念大学。毕业后王启明在一家电商做程序员，李颖则在连锁健身房做市场销售。背井离乡的两个人，在上海这个多姿多彩的大城市里，生活反而单调到仅仅是两点一线。两人在网上结识，一开始不过是为了"吃火锅找个伴"，慢慢地越走越近，终于成了恋人。

王启明和李颖都想在上海拼出一番事业，但他们跟父母辈的观念不同，并不赞同"趁着年轻就应该多吃点苦"这种想法。他们努力工作，也注重享乐，认为钱不在年轻时花，积攒到年华老去、体力衰退之时，再有钱也玩不痛快了。

王启明和李颖的消费观念容易受社交网络影响，见面时王启明穿着近来炒得甚热的Champion，李颖戴着限量版的迷彩G-Shock，穿着匡威的白球鞋。王启明闲时看美剧和玩联机游戏，李颖更喜欢追韩剧和泰剧，两人每两星期会看一场电影，偶尔也会买票看话剧。

他们一起将部分收入作为储蓄，计划几年后在江苏高铁沿线的一个城市买房，剩下的钱大都花在旅游上。李颖迷恋日本乐队Back Number，这次去日本就是淘碟和淘周边；王启明喜欢铁路模型，知道日本有很多历史悠久的铁道，甚至有世界上少有的还在使用的蒸汽火车，他想在福冈寻找模型。

他们都是第一次上游轮的游客。1990年，英国社会学家约翰·厄里曾经写过一本研究旅游的著作《游客的凝视》(*Tourist Gaze*)，提出旅游的核心是"观看"，而观看往往是带着预设和主观意识的。旅游的愉悦常常建立在"期待"中，期待甚至比现实更能让游客兴奋。游客前往一个新的目的地是想要看到新鲜事物，所以他们拒绝"凝视"熟悉的日常。

只是，如果旅游是为了逃避，那很难解释游客为何会前往文化同源之地。以中国游客为例，中国台湾、韩国、日本和新加坡在语言、价值观、宗教等方面都与中国大陆同根同源或有一定渊源，却一直在中国游客旅游目的地排名中名列前茅。所以游客寻求的不是完全的逃离，而是在安全区域里，获得一些与日常生活区别开的新奇感。

这是人们选择旅游的深层心理动因。在这个需求下，游客选择游轮有几个主要原因：文化交流、娱乐、儿童托管与游乐设施、没有儿童干扰、安全、受到呵护、特殊节日、浪漫、美食、气候、旅游的方便性、修复和社交。

这几组人登船的目的不尽相同。陈为余是为了休闲、旅游的方便性和社交。刚过55周岁的他，终于意识到钱永远也赚不完，到了该享受和犒劳自己和太太的时候了。某天读了《一生必去的50个地方》后，他立下了心愿，要在70岁之前和太太遍访世界美景。他们跟团游去过西欧、东欧、北欧、美国、加拿大、南美，下一步是去南非和肯尼亚。他看重的是游轮的方便和舒适，无须拎着行李赶飞机换酒店，避免了奔波劳累的行程和难吃的团餐。

陈为余有一个习惯，喜欢把他的旅程写成游记，在博客上发表。和别人分享经历对他而言极为重要，每一个评论和回复都让他欣喜，让他感到除了挣钱做生意以外，自己的另一种价值。所以，在景点他常常忙于摄影，晚上回到酒店则忙于写笔记，抓住每一刻的享受似乎不是他的旅游目的。选择皇家加勒比游轮的理由很简单，旅行社告诉他，这是中国母港最高大上的游轮。他当场就付定金交钱了，价格高低不在他的考虑范围，人生苦短，他要的就是最好的。

齐雯带着一家老小，首先考虑的是安全、儿童设施、娱乐和美食。她原本是个彻头彻尾的对游轮不感兴趣的消费者，印象中游轮是老年人的度假方式，枯燥乏味，无事可做。而且她和她母亲一样容易晕车，就更别提要连着几天在海上航行了。当宝宝三岁时，齐雯突然萌生了和爸爸妈妈、丈夫一起带女儿坐游轮的念头。自从女儿出生后，齐雯就再没有和大卫轻轻松松地度过假，每次上飞机都得不厌其烦地拎上婴儿车、婴儿背带、玩具、婴儿食品等，为了赶行程作息不定，宝宝疲累烦躁，闹起脾气来很难安抚。有一次飞墨尔本，宝宝在11小时的飞行时间里不停哭闹，两人窘迫极了，对同舱其他游客深感歉意，他们决定再也不带孩子长途旅行。即使健康的父母可以帮忙看孩子，但他们不愿父母牺牲自己的工作照顾外孙女。

前两个月，她在写字楼的大堂，看到几家旅行社在为皇家加勒比做路演，瞬间被图片里奢华宽敞如度假村一般的航行者号吸引住。在美国时，这对夫妻早就对皇家加勒比印象深刻，抱着尝试新事物的心态，她给家人订了票。

第三组的王启明和李颖登船是为了浪漫、美食和社交。他们在民营企业工作，除了几个公共假期和十一长假、春节之外，并没有年假，也没有太多费用去亚洲以外的地区。他们出游通常会选择距离较近的城市，请两天假再凑个周末，总共不超过6天的行程。由于经济不宽裕，他们消费非常讲究性价比，曼谷、首尔、香港和台北是他们周末短暂休憩的首选目的地。

为了这次出行，他们在携程、同程和住所楼下的旅行社门店百般比较，最后选择了皇家加勒比。"虽然票价比较贵，但时间更宝贵，我们请假不容易，所以得选一家最值得玩的。从船上的设施来看，皇家的船要好玩很多。"

这三组消费者勾勒出一个完整的游客生涯。在"游客生涯"(tourist career) 的概念里，人类从孩童到老年，旅游的方式和目的会转变。孩提时代是家庭游，由父母带领外出；成长为青少年后，更愿意和同龄朋友度假，一般会选择穷游；青年时期谈恋爱，开始与伴侣出行，由于收入有限会选择性价比高的产品；婚后带领孩子家庭游；孩子长大独立后，成了空巢老人，于是跟伴侣出游；步入耄耋之年，或已丧偶，又回到了跟着一大群同龄人出行的状况。

三组消费者分别代表了空巢老人、年轻家庭和青年情侣，从他们身上可以看出每个人生阶段所需要的产品和服务特性。他们有各自的身份背景、特性和追求，也有一些共同之处。皇家加勒比的客人大都来自一线或二线城市，随着游轮逐渐深入人心，开始普及到三线、四线城市。皇家加勒比的客人平均家庭收入为50000美元以上，年龄从25岁到65岁。与美国市场比较，中国消费者年龄更低，中国"80后"到"00后"占乘客比例的38%，而美国同年龄段的乘客只占33%。

中国游客的大量增长，与中产阶级的出现密不可分。他们收入增高，有了更多的时间，根据权衡假说（Trade off hypothesis），当他们在工作和旅游（生活）之间做选择时，收入越高的人，就越会倾向于减少工作，把时间放在旅游上。

以陈为余为例，他的经历，在很多一线、二线城市消费者中颇有代表性，他们不是亿万富翁，但是有较为可观的积蓄，不管是做生意赚来的，还是炒股票所得，早年的财富积累大多都及时投资了房产，因此他们手里有不止一处的房子；股市有涨跌，房价只涨不跌，这也是他们财富的重要组成部分。在1990年和2013年之间，中国城镇人口人均花费从1596元增长到22880元，除去通胀因素，涨了将近8倍。像陈为余这样的中产阶级水准以上的消费者，收入和开销更是步步攀升。中国中产阶级人数的规模，取决于不同的衡量标准，大概在1亿至6亿之间。精确的统计或许并不重要，关键的是中产阶级在壮大，收入在不断提高，这是消费信心一直高企的基础。因此，中国成了家用轿车、智能手机、奢侈品和啤酒的最大市场，国际品牌也愿意将最高规格的产品投放进中国市场。

国人的收入以显著的速度往上涨，在旅游上的投入也越来越高。根据联合国旅游组织（UNWTO）统计，2013年中国游客的总消费额达1290亿美元，排名第二的美国只有1041亿美元。该组织分析，这组一骑绝尘的数据是由于中国可支配收入和财富的增长、货币升值、交通便捷性改善以及更加宽松的签证政策所促成的。

02. 第一印象

登船日。

很多人把游轮与酒店相比，这是个极大的误解。酒店是"入住"，而不是"登临"。在游轮上，你可能不会像在酒店里那样孤身一人，也不会有服务生一路问寒问暖，酒店的客房是客栈，游轮上的客房是家，远离家的家。

登船从中午11点30分开始，一直到下午3点关闸，3000多名游客陆续在三个半小时的时间里抵达吴淞口码头，完成登船流程。

3000人登上一条游轮，是个庞大又艰巨的任务——想象10架波音747的游客一起登机吧！这非常考验游轮公司和码头的服务管理能力。在地方政府的支持下，中国游轮码头的基础设施建设步伐迅速，在服务方面则经历了一个学习过程，因为涉及服务理念的改变和口岸联检单位之间的协调。

大量的游客到达码头，从出租车、私家车或大巴下车后，先托运行李。游客需要做的事情只有一件，就是在行李标签上写好自己

的姓名和客房号码，把托运行李交给百事活（即皇家指定的游客登临船服务商）的工作人员，轻轻松松地上船。船方会根据标签的信息，将行李运送到每位游客的客房门口。游客需要记住的是：钱包、证件、药品和保暖衣物应随身携带。

在旅行社报名的游客，会由旅行社领队统一办理值船手续，并在登船大厅前为游客发放房卡（sea-sass），然后像从机场出境一样，游客带着证件，鱼贯进入登船大厅，通过安检、海关和边检，陆续登上连接码头客运站与游轮的廊桥。近年来，皇家的团队登船流程被散客登船流程所取代，游客不需要在码头会见领队，而是先在网上值船，打印登船凭证，然后直接在登船大厅办理登船手续。

行前做在线值船，不仅可以简化码头登船手续，缩短登船时间，同时可以核实游客个人信息，避免因预订时信息输入错误而导致在码头不能登船的麻烦。另外，在线值船时，还可以绑定信用卡，预订船上的餐饮和娱乐项目，以便上船后可以从容地享受短暂的游轮假期。

游客的行前沟通一直是皇家关注的一个问题。由于80%至90%的客人第一次上船，船上的产品比酒店和度假村又更为复杂，为了让客人能够充分享受游轮的设施和服务，帮助游客做出发前的功课就非常有必要。有一段时间，旅行社会为游客举行行前说明会，后来这一形式消失了。游客可能在行前会收到一份简单的出团说明书，但这样游客还是会对产品不甚了然。

但如果选择在线值船，就很好地解决了这个问题。在线值船时，可以在皇家官网上查找到所有有关游轮假期的忠告和贴士，包括旅行文件、外币兑换、付款方式、所带衣物、登船流程、游轮设施介绍、用餐时间、岸上观光、娱乐节目、旅行保险等等。

房卡共有三个功能。第一，房卡是上下船的身份证明和通行证；第二，房卡是客房的钥匙，游客必须刷房卡才能出入自己的房间；第三，船上不收现金，房卡也是"钱包"，游客将信用卡绑定在房卡上，刷卡消费。在船上购物、做SPA、买酒水饮料、预订岸上游或在收费餐厅用餐，都用房卡来付款。

在电影里我们常常看到这样的场景：游轮准备离港，游客在甲板上与岸上的亲友挥手告别。而在现实里，游客哪有这个闲暇？他们一上船就把陆地上的种种抛至脑后，忙不迭地开始享受船上各种吃喝玩乐的设施。

在航行者号上，游客一登船，就会被皇家大道的热闹街景所震

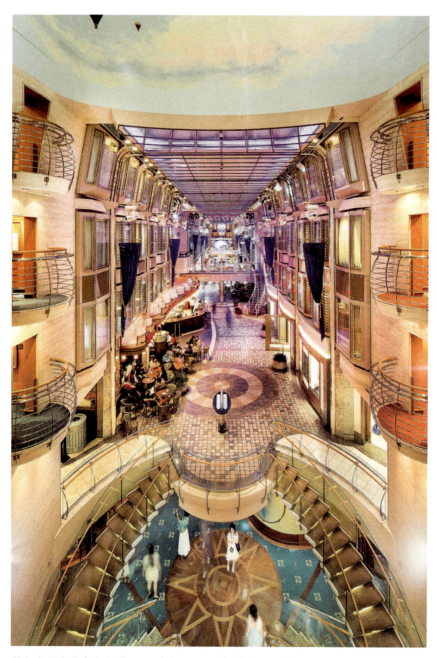

航行者号上的皇家大道：120米长，4层甲板挑高，就像置身市中心购物中心一样

慢。这条大街凌空于4层甲板之上，两头各自连接11层高的观光电梯，大道上还有红色的英式电话亭、酒吧、咖啡馆、售卖珠宝首饰和时尚花式物品的商店，风格酷似伦敦伯灵顿拱廊街。皇家大道是船上的社交中心。

琳琅满目的餐饮选择遍布大街两旁：英式酒吧"小猪与口哨"提供冰凉的扎啤和临街座位；皇家咖啡馆全天免费的比萨和小吃供游客随时享用；Ben & Jerry 卖各种口味五彩缤纷的冰激凌；运动吧的屏幕上转播世界各地的主要赛事，时不时传来欢呼声。欢欣热闹的景象，很快就把游客卷进度假的享乐氛围里。

这里是游轮的社交中心，夜幕降临时，皇家大道穹顶射出缤纷多彩的光，欢快的音乐悠扬响起，梦工厂游行队伍招摇过市，让乘客惊喜万分。

除了精心设计的斑斓灯光外，皇家大道的上层甲板配有设备齐全的控制台，操控人工雾、烟火或者独特的灯光特效，横跨在大道中间的栈桥是紧急通道，也是个意想不到的舞台。演员在栈桥上载歌载舞，观众在底下热烈欢呼，这样的盛况在皇家大道是常见的景象。

皇家大道还有一个设计巧妙的安全功能，隐藏着两扇三层高的防火铁门。遇到紧急事故，两扇铁门会被水压式的机关推开，在桥上闭合成一个紧密厚重的屏蔽墙，以防火势在整个皇家大道蔓延。

在皇家大道两侧的第二层是138间皇家加勒比首创的"大道景观房"，极受游客欢迎。房间面向大道开了三叶窗户，是游客专属的观景台，往下俯视，大道上的表演和繁华街景尽收眼底。想要安静休息的游客也不用担心被噪音干扰，弓形固定窗户的隔音效果良好，关闭窗户便可与闹市隔绝。

皇家大道的宽敞和开阔常常让游客叹为观止，在传统的印象中，

船上应该空间狭小，游客又多，肯定会拥挤不堪。

相比于三十年前的船，现代游轮要大得多，公共空间也宽敞不少。挪威之歌总吨1.8万吨，承载700名游客，人均空间比例是25.7；海洋君主号总吨7.3万吨，游客量2276名，人均空间比例32；海洋航行者号是13.8万吨，承载3300人，人均空间达41.8，差不多是30年前老船的两倍。

游客进入自己的客房稍事休息后，第一件事就是去主餐厅或自助餐厅用午餐。主餐厅和自助餐厅是免费餐厅，因为主餐厅的午餐为自由入座（open seating），游客可以选择自己喜欢的座位，开始享用上船的第一顿丰盛的餐食。

用餐后，游客可以回房休息，但大部分游客会很兴奋，成群结队地四处闲逛，熟悉游轮的环境和设备。

船上空间巨大，设施众多，没上过航行者号的游客一般都会感到眼花缭乱、无从下手。在中国母港登上皇家加勒比的游轮就像出境到了美国，初来乍到会明显感受到文化冲击。因此参加船上的说明会是很有必要的。在欢迎登船的说明会上，娱乐总监将详尽地介绍产品，为游客答疑解惑。

游轮与陆上游有很大的差别，例如大部分的餐食和设施都是免费的。有的游客对产品不甚了解，也不好意思问，在免费餐厅门口裹足不前。岸上观光在哪里报名，冰上秀怎样预订，除了主餐厅和自助餐厅，还有哪些特色餐厅等等，这些问题都可以在说明会上充分了解。

游客对游轮有了整体了解之后，就开始为5晚6天的航行做准备了。游客可以去三楼前台把房卡与信用卡绑定，购买Wi-Fi、预订酒水套餐、收费餐厅、SPA或者岸上游项目等等。但是，正如前面所说的，所有这些事情都可以在行前在线值船搞定，这就可以避免去前台排队。

游客在船上遇到任何问题，都可以打电话到前台或询问客房服务员。皇家加勒比有严格的服务标准，称为"皇家式服务"（Royal Way）。每位船员遇到游客要微笑和问候致意，使用英语或游客熟悉的语言。如果不会说游客的母语，服务员会第一时间去找讲该母语的同事帮忙。

训练有素的船员总是会细心聆听、并理解游客需求，永远把游客需求放在首位，不打断游客的话，用词和声调恰当得体。每一位船员都很了解游轮产品，熟悉每一个设备，能给予游客清晰的指引，而且船员必须随身携带《航程指南》（cruise compass），对船上当日的所有活动了如指掌。

《航程指南》是为游客准备的当日综合信息表，详尽地列出登船时间、离港时间、天气和温度、观赏日出和日落的最佳时间等。"活动安排"的两栏里，密密麻麻地印着当日的娱乐活动、健身课程、免税店优惠打折时间等。船上的钢琴表演、摇滚乐队演出、跳舞派对等安排也一览无遗地罗列纸上。

所有设施的开放时间、地点，以及吸烟区域等都有清晰的标注；活动简介和精选演出的信息，都能在这个指南里找到。第一天的指南上列出了整个游轮5晚6天的行程，让游客知道停泊的港口和所有目的地。以这个航行者号为例，在6天的航线里，第一天

海洋航行者号《航程指南》：游客可以从中查询到餐饮、娱乐、购物等各种活动的时间表

是登船日，第二天是海上巡游，第三天停靠福冈，第四天停在鹿儿岛，第五天海上日，第六天回到上海。

当刚登船的游客在研究《航程指南》，安排自己的具体日程时，船员已经在船上各处待命，准备进行启航前最重要的活动——安全演习。

安全演习是游轮的硬性规定，所有游客都必须参与。业界对游轮的安全性要求非常严谨，每艘船必须配备与游客和船员人数数量相符的救生艇。

许多海难事故的致命因素不是事故本身，而是人为因素。人群拥挤，不能迅速找到救生通道是造成伤亡的主因。吸取这个教训，3000多名游客会被划分到不同的紧急逃生集合区域，每个区域都配有相应人数的救生艇。演习开始时，船员会一间间舱房去敲门，游客到达指定逃生集合区域还有专人登记姓名，以确保每位游客都参加演习。

16点15分，演习正式开始。模拟应急情形，所有电梯与设备关闭，游客必须步行下楼，每到一处岔路或楼梯口，都有服务员在等候辅助。服务员要求游客出示房卡，然后根据房卡上大写的英文字母和阿拉伯数字，将他们引导到逃生集合区。

到了特定集合地点，游客会听取或观看如何穿戴救生衣。在应急情况下，如果父母与孩子不在同一处，例如儿童正在"海上历奇"托管或活动，父母也无须惶急地寻找孩子，小朋友们手上都戴着"安全手环"（risk band），标示他们父母所属的逃生区域。工作人员会第一时间把小朋友直接送到逃生区域，交到父母的手里。

16点45分安全演习结束后，游轮启航，5晚6天的旅程正式开始。

焦点组陈述：第一印象

陈为余："到码头前，我还蛮担心几千人一起上船，会不会又挤又乱。没想到那么快，比上飞机花的时间还少。

"我的妻子上船的时候腰疼病发作，工作人员没过几分钟就推来轮椅，把我们带到另一个快速通道，一路绿灯。轮椅直接推到客房内，我妻子赞不绝口。服务生跟我说，这艘船有26个轮椅能直达的舱房，对老人和残疾人很有帮助。

"在房里休息一会儿，就有人敲门。我打开房门一看，是个中国籍服务生。她微笑着打了招呼，递给我名片，介绍自己说是这个片区的客房服务员，每天负责给我们打扫两次客房，早上一次、傍晚一次，有需要还可以随时联系她。

"我住过很多酒店，超五星级的也有，没见过打扫客房的服务员专门上来介绍自己，有些酒店服务员见面都不打招呼的。我觉得蛮亲切、蛮有人情味的。

"我要求服务员把大床分成两张单人床，那天吃过晚饭回房，两张单人床已经铺得平平整整了，行李也如数放在门口。

"我的妻子之前对在游轮上是否晕船和游轮的安全性很担心。我做了她的思想工作后，她才勉强跟我上船。上船后她自己看到船很大很稳，感觉不到是在海上航行。客房服务员告诉她说，游轮公司部署航行时选择的是安全的海域，如果天气变化，船长会酌情变更航线，确保游客的舒适和安全。"

齐雯："我印象最深的是皇家大道，太宽敞了，本来以为这船最多是海上度假村，可是我去过的度假村里，通常只有便利店、纪念品店、一两间酒吧和咖啡厅。当然还有餐厅，不过选择比这里少很多。

"说到餐厅，我很喜欢皇家大道和索伦托Pizza（比萨）店，他们能提供十几种Pizza，我要了玛格丽特，先生和孩子喜欢。饼皮很香，番茄酱很正，感觉上比上海的Pizza Hut（必胜客）更加正宗，而且完全免费。

"另一个我喜欢的地方是酒吧，船上有很多酒吧，走到哪里都可以停下来喝一杯，气氛很好，还会弹费兹华勒（Fats Waller）的钢琴曲，大卫知道我有多喜欢他！"

大卫："我是酒店同行业者，有点职业病，到别家酒店会观察他们的服务，跟我们酒店做比较，看看有什么可以改善的地方。这个游轮的服务，我蛮惊讶，服务员的好客程度和服务效率比国内五星级酒店还要好一点。

"标准的服务生必须做到三个服务流程：三米以内见到客人要微笑，要对客人问候致意，客人问路的话不仅要认真回答，还要伴随客人移步指引方向。这三个流程看似简单对吗？但对国内五星级酒店却是一大挑战。

"中国服务行业流动性极强，服务生也偏年轻化，一般把这份工作当踏脚石，干一两年就辞职离开。在社会普遍观念里，服务生是'伺候人的'，并非什么体面的行当。而在欧美和中国香港、东南亚的老餐厅和酒店，常常能见到进退有度、举止娴熟的中老年服务生，他们对自己的工作有足够的自豪感，甚至以此为终身职业，做了几十年，跟客人都变成了好朋友。到了退休的年纪，脱下的制服还挂在柜子里，隔不久就洗一洗，摸一摸。"

王启明："上船就蒙了，那么大，那么多东西，怎么玩？后来我们找到一张叫《航程指南》的通关秘籍，上面什么信息都有，活动时间表、商店什么东西打折、几点吃饭、会不会下雨、哪里有抽奖……

"然后我们俩坐在房间，研究要做什么好。李颖想去店里买打折的SK-II，我想去攀岩，争来争去，门铃响了。忘了说，之前已经有人敲过门，说是专门服务我们俩的房间服务员，现在又是谁?!

"果然还是服务员，叫我们参加安全演习。

"我们俩不想去，服务员不让，还叫她的老大来三催四请。没办法，只好随大队走了。"

李颖："演习我一开始也嫌麻烦，不过走了一趟，知道了一旦发生事故要去哪里，心里也踏实啦。上船的第一印象——超级棒！节目太丰富了，把自己掰成八瓣儿也不够用。我算了算，那一天有5场音乐演出，露天电影与百老汇大秀差不多同一时间开始，选哪个好呢？我还想参加舞蹈课，试试攀岩、高尔夫。平时工作起来，哪里有时间玩这些。《航程指南》很实用，不怕漏了节目，错过打折。"

03. 客房圆舞曲

第一章提到，大西洋班轮时期的邮轮，除了上甲板的头等舱客人，大部分客人住在水线以下的"统舱"里。统铺隔成一间间小房，分上下铺，可以容纳四人或六人合住，共用厕所，在狭隘的空间里，气味、通风、潮湿和光线都是问题。

现代游轮改变了客房的空间和结构，所有客房都在水线以上，并且都有私人卫浴设施，公共空间不再分等级，标志着游轮从先前的交通运输工具脱胎换骨。皇家从1995年开始建造的豪华巨轮，客房空间超越竞争对手，客房里除了大床，还有起居空间，配有沙发、衣橱、梳妆台，后来电视、冰箱只是标配而已。以海洋航行者号上的皇家套房为例，100平方米的房间甚至可以放置一台三角钢琴。高成本、低密度客房的设计策略在市场上得到回报，证明了自己的价值。与航空业形成鲜明对比。在航空业，飞机满座率在70%–80%左右，成本的压力迫使航空公司不能以客舱面积作为竞争的手段，（Dickinson and Vladimir, 2008）。

　　航行者号的客房建在2层至12层的甲板。在每层甲板的客房区域里，一条长长的廊道将客房分在两侧，一边是内舱房，一边是外舱房。每层都有靠左舷或右舷的两条走道。从船头到船艉全长311.1米，有多个出口连接直梯，航行者号设有14个直梯供客

海洋航行者号的皇家套房：客房面积100平方米，阳台19平方米

人使用。

现代游轮的舱型分成4个大类：内舱房、海景房、阳台房和套房。每个大类又细分为4至5个小类，如阳台房有标准阳台房、高级阳台房；套房有迷你套房、标准套房、家庭套房、主人套房、皇家套房。共计25至30种舱型，用来满足不同客人的性价比需求，也是收益管理的一个手段。同等舱型，位置越在高层甲板和船中，价位越高。与酒店不同，绝大多数客房是两人以上，即一位客人住也需要支付双人的价格，当客房可以住第三人和第四人，均价可以下来。游轮上也有少量的单人客房，价位约在双人客房单人票价的1.6倍。

三组客人分别选了阳台房、家庭套房和内舱房。

陈为余夫妇入住的是高级阳台房。阳台房面积18平方米，并带有5平方米的阳台，阳台有两张躺椅和一张圆桌。游客可以叫送餐服务，在阳台一边用餐，一边欣赏海景。

阳台房有两张单人床或者一张大床，双人沙发与茶几构成一个独立的休息区域，配有液晶屏电视、电话和保险柜。每间房都有独立卫生间，设有花洒和马桶，也提供沐浴露和洗发水。

齐雯一家订的是主人套房，自己、大卫和宝宝住家庭套房，爸妈住一门之隔的阳台房。

主人套房53平方米，带8平方米阳台。卧室连着客厅和饭厅，三人沙发可以折成一张大床，可以睡第三、第四人。从铺着大理石的玄关进去，可以见到圆饭桌和餐椅，尺寸庞大的液晶电视和电视柜把空间分隔为卧室和用餐区域，餐厅配有迷你吧，卫生间带着浴缸，设备与陆上五星级酒店套房不相上下。

主人套房住户可以享受到优先登船的特权。想在房间里独自用餐的，还可以随时要求送餐到房间，餐食是免费的，只收送餐费。

王启明和李颖选择了皇家大道景观房，这是航行者号的一大创新，技术上虽然属于内舱房，从15.5平方米的房间里，透过隔音的三面凸窗，坐在靠窗的沙发上可以瞭望街景。客房内带有超大双人床、电视、私人淋浴卫生间。这对年轻人选择景观房是因为它的性价比，价位在内舱和海景房之间，实际价值则高于海景房。

客房服务也随着舱房的扩展，而更加完善。现代游轮公司都极其注重员工培训，甚至在世界各地建立了自己的培训学校。除了服务素养和专业技能，其中一大培训内容是英语。不管是哪个等级的客房，客房服务每天两次，一次打扫，一次整理和开床服务。服务员留下电话号码，可以随时联系。

焦点组陈述：远离家的家

陈为余："我们俩每天早上5点多起床，洗漱完先在阳台喝一杯温水，坐在椅子上等着看日出。然后，我们去甲板散步和自助餐厅用餐。房间很干净，设备不错，最满意的是有泡茶用的电水壶。我们出国旅游最麻烦的是喝不到热水，外国很多酒店没有热水壶，餐厅也不给热水。所以上游轮前，我特地在网上买了个300多块的电水壶带上船。这里好，准备了热水壶，下次上船就知道不用带了。"

陈为余太太："客房服务员打扫很认真。我们家钟点工每次打扫房间以后，都能找出一点毛病。这里的服务员把房间打扫得一尘不染，用手在边边角角的地方摸，摸不出灰来，以前留下的头发丝都不见了。晚上躺在床上还是能感到船的摇摆，但是晃得不厉害，还帮助睡眠。我们两口子在船上睡得非常香。"

齐雯："带着三岁的小朋友，这个房间非常舒适。我们的东西很多，婴儿车、奶粉、奶瓶、维生素、玩具、药品和抱枕等等，零零碎碎的，幸好套房的布局舒展宽阔，放上这么多东西一点不乱。沙发床也帮了大忙，一般酒店加了床就施展不开手脚，而且加的床都很窄小。这里完全没有这个问题。"

大卫："客房送餐服务不错，除了收服务费，所有餐食都免费。对游客来说，与酒店相比这是一大优点。"

王启明："客房服务很有趣啊。我们吃完晚餐回客房，一看床，吓了一大跳，上面有只'猩猩'！原来是毛巾叠的，还戴了我的墨镜，哈哈，太有意思了。每天进房间都有不同的动物等我们，大象啦、乌龟啦、兔子和蜗牛，李颖跟每个小动物都合影了。"

李颖："我们最惊喜的是房间的景观，可以足不出户，看到皇家大道上的欢乐大游行。还有衣帽间宽敞、布局合理。我们去过两次日本，每次都选比较方便的驿前酒店，房间大小差不多，但打不开行李箱，每次拿东西放东西都很不方便。这次我们只带了两个22寸行李箱。没想到衣帽间非常大，够让我们把衬衫、裙子、T恤放整齐。"

04. 按需分配、食品极大丰富的共产主义社会

1862年，政府对大西洋班轮统舱客人的膳食最低标准立法规定，每周每位客人要消费牛肉1磅、腊肉1/4磅、面粉3磅、土豆2磅、咖啡2盎司、奶油2磅、青豆1/2品脱和胡椒1/4盎司。客人还被要求自带培根、洋葱和奶酪。这样的膳食条件只能说基本饱腹，一趟邮轮行程下来，客人不用太担心像在现代游轮上那样，控制体重会成为考验意志力的一大问题。（Munsart, 2009）

到了20世纪70年代，游轮的食物供应充足，不过选择依然乏

善可陈。常见的食物有基围大虾沙拉、肉汤、各种扒类或者威灵顿牛排，甜点通常是黑森林蛋糕、一盘奶酪或者水果篮。当时欧美的游客偏好高热量、分量巨大的美式食物，大块的牛肉、一整尾的龙虾、混着大量黄油的土豆泥，才会让他们觉得这张船票物有所值。

当时游客的共识是，在游轮上不吃到扶墙而出，就不算是一次成功的航行。游客在航程里长了多少斤，也是衡量游轮服务优质的一个标准。

到了20世纪90年代，美国中产阶级开始追捧健康饮食。美国高热量的工业食物价格低廉，是蓝领和底层人民的主要餐食，中产白领更愿意吃新鲜蔬菜和现煮的肉。对他们来说，顶着大肚腩和油光满面不是富裕的表现，有健美的肌肉曲线才是真正的体面。

健康饮食的风气开始在美国盛行，连麦当劳都将沙拉列上了菜单，更多的新鲜蔬菜和海鲜出现在美国人的餐桌上。一开始游轮公司不敢跟风，因为对游客而言，分量等于质量，一斤的大牛排和放了半斤糖的苹果派，比一大盘青菜感觉更丰盛，性价比更高。

抵不住游客对轻食需求越来越强烈，游轮的菜单才出现少盐少糖的清淡食物、素食等。旅行社对此褒贬不一，一些旅行社认为这是在"减成本"，不是在"减卡路里"。但实际上，健康食品的成本比大鱼大肉要高得多，新鲜蔬菜储存难度也比冷冻食品严苛。

罔顾游客对健康的需求，只会带来坏口碑。因此，现在所有的游轮都提供健康饮食之选，航行者号的前菜和主菜里，一定有三到四道清淡的鱼类或素食，其他主食也能免去高热量的酱汁。

现代游轮极力用各种方式照顾游客，餐饮是服务单上最重要的选项，充分的食物供应、优质的食材、良好的烹饪质量、多元的选择，

是游轮必须做到的。毫不夸张地说，游轮是共产主义社会，按需分配。对客人而言，游轮餐饮带来最大的挑战是：我能吃多少？怎样能试遍游轮的美食，而还能穿得下带来的正装？我的意志力有多强，才不至于下船后吃草三周减肥？

皇家严格遵守美国公共卫生标准（USPH），在为客人准备充分、可口的食物之余，也保证食品的选材制作安全卫生。在海洋航行者号上，不管游客身在游轮哪个区域，近处一定有自助餐厅、主餐厅、咖啡馆、比萨汉堡店，随时可以吃到合口的食物。在泳池

海洋航行者号主餐厅：占据三层甲板，分别以卡门、波希米亚、魔笛命名，可容纳1919名客人同时用餐

甲板上晒太阳和玩水，抬抬手就能让服务生送上简餐；想在客房休息的，还有24小时送餐服务。

　　游轮的餐厅分为免费与收费两种。免费餐厅主要有两家，主餐厅和自助餐厅。航行者号的主餐厅占据了3、4和5三层甲板，分别以卡门、波希米亚和魔笛三部歌剧来命名。

　　与名字相契合的，是维也纳风格的餐厅装潢。主餐厅水晶吊灯高悬，地上铺着典雅的地毯，墙上垂挂着华丽的金丝绒窗帘，顶天立地的金色廊柱贯穿三层楼。在这富丽堂皇的餐厅沿着镀金扶手楼梯拾级而下，活脱脱就是《泰坦尼克号》里杰克在等待露丝赴晚宴的场景。几百张铺着白桌布的餐桌错落有致地摆放在三层餐厅里，靠窗座位能从舷窗看见碧波荡漾的大海，在中庭的位置可以欣赏阶梯平台上悠扬的钢琴演奏，游客就像身处欧洲华丽的餐厅里。

主餐厅能容纳1919人同时用餐。晚餐游客分成两个批次，分别在17点30分或者20点入场，用餐时间为两小时。

游客按时间到达主餐厅，恭候在两旁的服务生会先通过房卡确定游客姓名与房号，把游客带到事先安排好的桌子。整个航程，游客都会在同一张桌子、在同一个服务生的照顾下用餐。服务生能记住客人的名字和饮食喜好，服务堪比飞机头等舱和高

主餐厅菜单：免费，每晚不同，分开胃菜、主菜、甜点。餐前有面包，餐后有咖啡茶饮，可以照顾客人的素食和其他健康要求

级餐厅。

主餐厅提供三道式菜单，游客从开胃菜、主菜到甜品自由选择。菜单每日轮换，开胃菜一般有5个选项，既有浓汤、沙拉、法式蜗牛的典型西餐，也有上海醉鸡和木耳烤麸等中式餐食。中国胃不用担心没有合口的食物，7到9样的主菜提供了叉烧饭、炒面、鱼香肉丝这一类热气腾腾的中餐。想吃正式西餐的，烤肋眼牛排、柠檬迷迭香烤鸡、红酒炖羊腿等都是游客的热门选择。

遇到特殊节日或想吃得更好，游客可以付费享用更好的食材，一客香煎缅因州整只龙虾不超过200元。甜点也有5个选择，除了巧克力蛋糕、提拉米苏、各种慕斯和布丁，每天都有低脂无糖的甜点抚慰嘴馋又怕热量的游客。无论是糖尿病患者、素食者，还是麸质过敏、健身狂都能找到饱腹又美味的餐食。

分批定时入场和两个小时用餐时间的做法，是根据西方游客的用餐习惯制定的，这在中国航线遇到了问题。典型的中国人晚餐时间是6点到7点，游客认为晚上8点吃饭太晚，所以第二批次的客人都会去自助餐厅，加上分配在第一批次的客人也有很大一部分选择自助餐厅，这就造成自助餐厅人满为患，游客经常在门口排起长龙。由于主餐厅必须在规定的时间起15分钟内入场，客人怕错过第一批次，早早就在主餐厅门口排队。

皇家加勒比针对中国游客的用餐习惯，做了调整。迟到规定取消了，晚餐开放的时间改为17点至19点和19点至21点，入场时间为一个小时。

限定15分钟入场时间，主要是担心影响下一批游客用餐。西方游客用餐时间在两小时左右，而中国游客一般在一小时左右。调整后的用餐和入场时间符合中国国情。

帆船自助餐厅是许多中国游客，特别是中老年游客的首选。原因是中国游客对于主餐厅的西餐用餐方式有一个适应过程，还不是特别适应在两个小时里正襟危坐，慢慢地品一道道菜的分餐方式。在自助餐厅里食物品种丰富，想吃什么拿什么，自由自在，没有拘束感。最主要的原因是餐厅几乎24小时开放，早上6点30分到7点30分是欧陆早餐，7点30分到10点30分是全自助早餐。跟五星级酒店一样，早餐有西式的各种鸡蛋、培根、香肠、面包、沙拉和奶酪，也有中餐的面条、粥、包子等等。早上9点左右是餐厅最繁忙的时间，可能会没位子坐，如果遇到这种情形，可以请服务生帮忙找桌。

午餐从中午开放到下午两点。午餐的选择更为丰富，烤牛肉、意大利面、炒菜和二十几种甜品陈列在长桌上。像常规的自助餐，食物分别摆放在面食点心、汤、面包、冷盘、沙拉、热菜等区域，麻婆豆腐、干炒牛河、扬州炒饭这一类大众喜爱的中式菜肴，在自助餐里占了很大比例。另外，素食、无麸质食物和儿童餐选择极多，也有清楚的标志，因此特殊饮食习惯人群更喜欢光临自助餐厅。

下午4点到5点，帆船餐厅也没空着，服务员为游客摆上了糕点和下午茶。傍晚6点开始的晚餐是一整天里最丰盛的，既有汉堡、热狗等美式经典，也囊括了世界各地的特色美食。不能错过的是每一晚的"特别菜式"，有时是蒙古烧烤，有时是墨西哥特色美食、意大利面等等，都是厨师现场烹饪的，可以根据游客口味定制。

晚餐9点结束，但自助餐厅还有"半夜场"，晚上11点到凌晨2点，在派对、赌场、酒吧尽兴后的游客可以去自助餐厅吃夜宵，喂饱自己再入眠。

中国游客对餐厅服务的要求，不像西方游客那么多，对中规中矩的西式用餐习惯也不是很适应，自助餐厅反而随意，选择更丰富。

除了免费的主餐厅和自助餐厅，船上还有四家收费餐厅，分别提供了风靡世界的意大利美食、日本料理和美式牛排屋和汉堡店。

位于11层甲板的"吉瓦尼餐桌"是意大利餐厅，晚餐从18点开始到22点结束。餐厅深棕色的主色调和皮沙发的搭配奢华典雅，在这里可以看见游客的着装更为隆重，男士穿着西装外套，女士一般身着小礼服。餐厅人均消费约25美元，其中包括膳食和订位费。如果想要尝试每个收费餐厅，可以买一个"套餐"，价格就更便宜了。

这家餐厅能吃到正宗的帕尔马烤茄子、煎牛肉薄片、意式馄饨（Rivioli）、咸猪肉拌宽面（Pappardelle）、蘑菇炖饭（Risotto）等二十几道美食，从橄榄油、米、腊肠到风干番茄都是从意大利进口的纯正食材。

"泉"日式餐厅位于12层甲板，白色的明亮空间显得年轻时髦，提供生鱼片、寿司、乌冬面、拉面、铁板海鲜等清淡新鲜的日本料理。这里的金枪鱼、青花鱼、三文鱼、虾仁、三文鱼籽等做成的握寿司广受游客欢迎，新鲜的生鱼片配醋饭，价格大概是18美元，在中国一线城市的日料店，一碟三文鱼就得花费同等价格。

以红白色调为主的"尊尼火箭"是美国有名的汉堡连锁店，自1986年在洛杉矶开业以来，连锁店遍布全世界，装潢是浓浓的50年代复古风。最好玩的是每个桌子都有迷你点唱机，投进餐厅提供的硬币，就能播放各种怀旧流行曲，充满了复古美国风情。

菜单也是正宗的美式风味，提供12种汉堡、薯条、三明治和苹果派等。美国平民餐的豪迈实在、分量巨大在这里体现无遗，1磅多（约454克）的肉饼、粗壮的薯条，还有大小朋友最惦记的大杯奶昔。

这种水果、巧克力酱与冰激凌打成的浓稠甜蜜的饮料是许多人童年的回忆，在国内快餐厅几近绝迹，却是尊尼火箭的一大亮点。

汉堡采用的都是天然鲜牛肉，比起一般快餐厅使用的冷冻肉饼，尊尼火箭的汉堡肉更加鲜嫩多汁。价格并不贵，汉堡加薯条的套餐，只要6.95美元。

想要待在客房的游客，也可以叫客房送餐，食物免费，但需要加收服务费。相比于酒店客房服务动辄80到100人民币的价格，游轮上无论是烤三文鱼、奶油鸡肉宽面还是传统炒饭，都只需支付7.95美元的送餐服务费。

丰盛的食物是游轮度假的一大吸引点，以海洋航行者号为例，一周的食材采购量就包括7500公斤牛羊肉、4600公斤猪肉，鸡肉7000公斤、鱼肉4000公斤，其他海鲜7800公斤，25000只鸡蛋、面粉4000公斤，中式点心69000个，牛奶6700公升，意大利面600公斤，30000公斤蔬菜、33000公斤水果。

焦点组陈述：食物极大丰富的共产主义社会

陈为余："主餐厅的环境很漂亮，很像西方的宫殿。菜的味道蛮新鲜的，尤其是中餐的选择不少，可以吃到饭和面，没想到还有炒菜。我们出去是要吃菜的，但是外面的沙拉吃不惯，又生又硬，酸酸甜甜的。所以可以吃到炒菜，很舒服了。

"服务有照顾到中国人，服务生会主动问要热水还是冰水，通常外国的餐厅根本没有热水，服务生只会问'要不要加冰块'。这个真的受不了！

"就是，吃饭的时间太晚了，两个小时的吃饭时间太长，一道一道等得心焦，怪不自在的！

"我们第一个晚上和最后一个晚上在主餐厅吃，其余的时间都是吃的自助餐。在自助餐厅吃饭更自在，想吃什么选什么，我们年纪大了，胃口小了，一大份肉点了吃不完，太浪费。在自助餐就没有这个问题，选多选少，吃慢点，吃快点，都无所谓了。"

齐雯："我印象最深的，是这里的服务吧。从第一个晚上开始，就是Florina（弗洛里纳）在服务我们。她说自己来自克罗地亚，是个很细心的女孩子，第一天就记住所有人的名字，知道我的沙拉不放酱汁，大卫喜欢三成熟的牛排，我的父亲一点辣椒都不可以吃，还有我的母亲有糖尿病，要特别的餐食，不能吃糖不能吃白米饭。我家小朋友特别喜欢Florina，因为她给小朋友在餐巾上画独角兽，还给她小饼干、冰激凌。见到Florina她总是笑眯眯的。

"收费餐厅水准很高，我喜欢吉瓦尼餐桌的意大利餐。餐厅自己烤的佛卡夏和山麓风味炖小牛胫都很美味，一家西餐厅合不合格，看面包和酒单就知道了，这家餐厅做得不错了。一顿fine dining只要25美元，性价比也很高。

"我认为收费餐厅的类型还可以多一点，我们出来度假，希望可以试试各种各样的体验，如果有适合孩子的亲子餐厅就更好啦。"

大卫："主餐厅运营很棒！给1800个人同时上菜，这个难度太大了。我工作的酒店有4家餐厅和两家酒廊，都是收费餐厅，每日的客流量还不到游轮的20%。我们70%的收入是依靠房费，除了个别几个品牌，大部分酒店的餐饮都没有那么多选择。游轮上有零点和自助餐厅，都是免费。特色餐厅选择多，而且价格比酒店便宜。一顿纽约牛排，像我们这样的一家三口，在游轮上60美元，在我们酒店至少100美元。"

王启明说："餐厅气氛真好，外面是大海，桌上是蜡烛和白桌布，这是我们在一起后吃的最浪漫的一顿饭。

"菜单的选择有很多，主菜有很多中餐，但既然吃烛光晚餐，就应该吃西餐啦。菜单里有时有韩餐或者东南亚餐，算是调节口味了，参鸡汤很不错，泰式炒河粉就太不够辣！

"上班的时候吃得很单调，在这里随时可以吃到各地的美食。不过我更喜欢甲板烧烤，吹着海风喝啤酒，跟人聊聊天，气氛太好了。我们睡得晚，主餐厅的饭点不合适，所以通常晚餐我们就在帆船餐厅的夜宵自助吃了。"

李颖："特别喜欢尊尼火箭的汉堡，柔嫩汁多，奶昔也是我的挚爱。我更喜欢餐厅服务员的舞蹈。不过一个航程下来，我又会长胖几斤，真愁人。"

05. 皇家的秀场

游轮是海上的拉斯维加斯，大洋上的不夜城。

在20世纪80年代，游轮的娱乐活动就是综艺节目，7日的航次通常只有两个场次的演出，一个半小时里，歌手、脱口秀表演者、杂耍演员、魔术师轮流登场，有时找个人上来吹口风琴就算一个节目了。

娱乐总监时而要亲自上阵组织演出，没有专业剧团或经费，演员都是在员工中临阵磨枪，逮谁就用谁。在那个时代，这种粗糙的演出相当受欢迎，在冗长的航行里，这是乘客最喜闻乐见的调味剂。

然而，现在的乘客不吃这一套了。游轮竞争激烈，把乘客的胃口高高地吊了起来，有实力的游轮公司会请明星大腕来船上演唱，雇用专业的百老汇剧团来演出，甚至把美国著名的长青综艺《周六夜现场》的大咖请来作秀。现代游轮的标配是1000人以上的大剧场，每晚百老汇式的歌舞大戏会在舞台上拉开帷幕，专业演员光鲜靓丽地登场，载歌载舞。与时俱进的还有剧场的硬件设备，灯光音响、屏幕、电脑特效甚至最前沿的虚拟现实（VR），大大丰富了歌舞剧的表达手段。

游轮的演出分为两类，一是由内部歌舞艺术团队表演的歌舞秀，另一种是在外部聘请的喜剧演员、魔术师、音乐家所主演的节目，称为主演（headliner）。

歌舞秀主要是百老汇风格的大型演出。百老汇（Broadway）原指"宽阔的街"，是纽约市重要的南北向道路，南起巴特里公园，由南向北纵贯曼哈顿岛。从19世纪开始，百老汇大道就开始聚集一批优秀的剧院。1810年的公园剧院是现今百老汇剧院的始祖，到了1821年，第二间剧院百老汇剧院建了起来，美国本土的剧作家及演员在此创造了许多脍炙人口的作品，包括《演艺船》《老人河》和《我为你歌唱》等。与欧洲的古典戏剧不同，美国音乐剧在多样文化和资本的冲击下，表现了更多的通俗故事和社会议题，如爱情、族群、思乡等等。歌舞形式也在资本的协力下有了许多创造和更新，例如1943年的《俄克拉荷马》把舞蹈提升到跟演唱同样的地位，50年代表现黑帮械斗的《西区故事》，让刺激而有力的舞蹈参与了更多的剧情。

百老汇的成功是因为纽约的多元文化、自由表达、丰厚的资本和技术的进步带来的，经年累月造出了视听效果丰富、娱乐性强、舞台创新和演员表演精湛的百老汇风格。现今，"百老汇"已成为现代商业音乐剧的代名词。

航行者号在整个航次中有两台百老汇音乐剧，《百老汇美妙旋律》（*Broadway Rhythm & Rhyme*），是经典百老汇音乐剧片段的大串烧，一首首耳熟能详的歌曲无缝连接，让观众过足了耳瘾和眼瘾。另一部音

乐剧《画中天籁》(*Music in Picture*)的主要元素是经典电影配乐，随着歌舞演员的精彩表演，一幕幕令人难忘的电影片段浮现脑海，令人激动和感动。

Headliner 的演出有杂耍、演唱、喜剧表演等。例如本·墨菲（Ben Murphy）的喜剧魔术表演，不但有让人惊奇的魔术，还跟观众频频互动，气氛非常热烈。另外游轮还会邀请世界各地的实力歌手在船上献唱。

皇家大剧院：每晚两场，节目包括两台百老汇歌舞秀、特邀主演，节目水准堪比一流都市剧院，不收费

船上的主要演出地点，一个是珊瑚剧场，一个是真冰溜冰场 Studio B。珊瑚剧场高三层，能容纳1350名观众。剧场的设施是业内顶尖的，雅马哈专业电子混音设施、杜比 7.1 环绕立体声、ADA 标准的 ALD 系统、Wholehog 灯光控制台、梦工厂认证的 3D 影视系统，还有全自动的舞台升降系统，足够炮制一台声色俱全的大秀。

另一个有特色的演出场地，是全球唯一的海上真冰溜冰场 Studio B。这是一个长方形的剧场，900 个阶梯式的席位，团团围住底下长 18 米、宽 12 米的冰场。冰面的制做需用水 8500 公斤，冰面的厚度约 4 厘米，重 8 吨。可供游客作真冰溜冰运动，或用来上演冰上秀。冰上秀深受欢迎，演员是来自英国、加拿大、澳洲、俄罗斯的专业花样滑冰运动员，无数高难度的动作和紧凑的剧情环环相扣，编织出一场集体育与艺术的视觉大宴。冰场可以自动切换成木质地板，Studio B 就成为舞厅或会议场所。

Studio B：阶梯式 900 座室内体育馆，白天是真冰溜冰场，晚上是冰上歌舞表演，不收费

Studio B的表演《冰上奥德赛》（*Ice Odyssey*）极尽声色之娱，结合了魔术、爱情、回忆、重生和新生活的多种元素，交织出一个以塔罗牌为线索的爱情故事。演员们高超的溜冰技术结合紧凑的剧情，让观众看得浑然忘我。

除了这两个大秀场，大大小小的演出遍布游轮的各个角落。思古诺酒吧私密清净，每天都有现场的钢琴和吉他演出。许多人流连的皇家大道，也是个随时都能嗨起来的秀场。皇家大道不仅仅是社交中心，它还是一个娱乐谷，每天都有热闹的流行音乐演出，梦工厂的游行、船长见面会吸引了众多游客。另一个大受欢迎的活动是20世纪70年代热舞派对。这是海上最大的舞会，现场DJ播放怀旧的披头士或者猫王的歌曲，娱乐部的工作人员带动大家放下拘束，一起跳舞，场面热烈欢腾。

享用不尽的美食、无所不在的视听娱乐，在游轮上享受生活的游客只需担心自己的体重。因此，游轮的健身中心是另一个热门设施。

20世纪70年代健身并不普及，游轮上的健身房通常坐落在某个不起眼的犄角旮旯，设备简陋，只有一张运动毯，几个手动的器械。不用担心排队拥挤，健身房根本没几个人光顾。当下，健身已经是现代人的刚需，就算是上船享受假期，很多游客依然定时到健身房报到。现代健身房大都上百平方米以上，电脑控制的跑步机、划艇机、椭圆机、动感单车、各个部位的训练机壮观地陈列在空调室里。20多年前，一个健身房的建造费用不过是1000美元，现在一台机器可能就上万！

航行者号的健身中心（The Shipshape SPA）位于11和12层甲板，2322平方米，其中包括了1394平方米的健身房。健身房配备了各个类别的教练员和指导员，并且会组织瑜伽、晨间拉练、舞蹈等课程。

海洋航行者号上的健身房：面朝大海，无敌海景

　　健身中心的SPA也很有规模，项目从脸部美容，到精油按摩、热石按摩、足部按摩、双人按摩、蒸汽室等等，甚至还包含牙齿美白、玻尿酸美容等医美服务。这里会定时举办健康讲座，讲授如何改善姿势、分析皮肤问题、防止腰椎间盘突出等等。

　　船上的活动丰富多彩，游客要烦恼的是如何分配时间去享用每一种设施。这个问题对带着小孩的父母们来说，就更为棘手了。所幸游轮设立了"海上历奇青少年中心"，为孩子准备了丰富有趣、益智安全的活动，父母可以把3到17岁的孩子交托给经验丰富的员工。在中心服务的工作人员都受过正规的教育或旅游培训，了解不同年龄层小朋友的需求。

儿童被划分为四个年龄段，每个年龄段都有相应的活动、餐饮和专业人士照看。3到5岁的小朋友是"潜水员"，工作人员带着幼儿玩游戏、涂颜色、讲故事，并且会陪他们做简单的科学实验，趣味和学习齐头并进。"探险者"是9到11岁的大孩子，他们已经具备一定的理解力和沟通能力，有无限的好奇心，工作人员会带他们参观游轮后台，甚至有机会和船长聊天。12到14岁的"航行者"活力好动，为他们安排的是各种球类运动、棋牌游戏等。在他们专属的"lounge"（活动室）里，他们认识新朋友，打开了社交这扇大门。

　　15到17岁的小大人们需要更大的社交空间，除了运动和游戏外，他们还有自己的舞厅"fuel"，这是属于他们的独立世界，成人是不能闯入的。

　　游轮解放了年轻父母，让他们有时间享受自己的爱好和独处时光。把孩子安置到"海上历奇"后，成人可以晒日光浴、去酒吧喝一杯，或者去9洞迷你高尔夫球场挥杆。迷你高尔夫球场位于船艉最高层甲板，大海蓝天，船艉螺旋桨激起的波浪留下长长的轨迹，站在绿茵上胸襟开阔，挥杆也分外起劲。

　　游轮几乎囊括了所有类型的运动，篮球场、足球场、乒乓球桌、溜冰轮滑、跑道等等。年轻人大都会去尝试刺激的攀岩壁。航行者号是第一艘在游轮上建造攀岩设备的游轮，9米高的攀岩壁架建在船艉的宏伟烟囱上，抬头能看见烟囱的白烟直上云霄，转头就能眺望无边大海，景观壮丽无比。因为太受游客欢迎了，不但皇家加勒比的船只都设有攀岩壁，其他游轮也纷纷效仿。

　　船上还有很多合家欢的活动，家庭宾果游戏、家庭石头剪刀布游戏、球赛等。最受孩童喜爱的是梦工厂明星巡游，奇趣的卡通人物跟孩子们合照、击掌，大人小孩都很兴奋。

海洋航行者号上的教堂：可举行宗教仪式或婚礼

很多家庭都把时间花在船上的两个泳池、6个温水漩涡泳池和冒险海滩乐园的玩水设施上。玩水的同时，甲板上每天都有电影放映，基本都是老少咸宜的好莱坞动画片和动作大片。

航行者号还有两个罕见的场所。一个是全球第一个海上图书馆，24小时开放，游客可以在里面阅读，或者拿一本自己的书，到图书馆交换想看的书籍。

另一个是极受情侣喜爱的海上教堂。这座世界上独一无二的教堂位于最高的维京皇冠酒廊的上层，哥特式内饰、彩绘玻璃穹顶和一排排白色长椅，气氛庄严安详，在这里可以举行由船长做证词的婚礼。

陈为余："我们每日早早起床，在甲板散步，有时打打太极拳。晚上会去皇家娱乐场玩几手。最小的筹码15美元，我一般换10个筹码，输完了拉倒，赢的话也不贪心，11点前肯定离开。运气好的话，这些筹码能在赌场消磨半个晚上。赌场里中国老人蛮多的，小赌怡情，找一些安全的刺激罢了。

"我们不像年轻人有精力，大部分运动的设备，我们俩也没兴趣。有时候去酒吧听听歌，钢琴师弹得蛮好的。"

齐雯："几场歌舞剧都看了，演员很专业，表演精彩。现场演奏很加分，我们都很享受这些表演，孩子还被邀请上去互动，很开心。

"我有长期健身的习惯，所以每天都会到健身中心做50分钟的举铁硬拉、Hiit或者有氧，有时也到桑拿房蒸汗，然后在健身餐吧喝一杯营养果蔬汁。我选择游轮的其中一个原因，是因为有'海上历奇'儿童托管，让我有时间和自由，做自己喜欢的事情。

"在游轮的几天，我把孩子托到'海上历奇'，然后享受一整天属于自己的时间，运动、日光浴或者在酒吧听音乐。不过我的爸爸妈妈认为孩子太小，怕她饿了，怕她不会上厕所，每次我们送到托管中心门口，他们老两口都不舍得走，在门口看了又看。然后我发现门口很多老人家跟他们两个一样，不放心孩子。

"其实孩子在安全的环境里接触陌生人，对成长是好事。而且我们也有很多全家一起玩的时间啊。"

王启明："音乐剧啊，一开始我不想看，我英文不好，怕看不懂。但李颖非让我去，说培养气质。没想到，这几个剧一点也不会闷，气氛很好，演员的歌舞也是热热闹闹的。不过以后有机会上船，还是想看讲普通话的剧，演我们自己的故事，更亲切嘛。

"我们玩得最开心的，是70年代派对，DJ很给力，现场特别嗨。最惊喜的是海上教堂啊。气氛真好，我们俩在教堂坐了很久，在船上办婚礼会很有意思吧，如果我俩结婚，会考虑来这里办典礼。"

图表3:海洋航行者号娱乐设施

运动设施	娱乐演出	课程与游戏互动	体育竞赛
溜冰场	珊瑚剧场百老汇秀	歌曲、电影竞猜	数独、猜谜
网球场	Studio B冰上表演	Wii网球挑战赛	各类舞蹈课
篮球场（兼排球场、迷你足球场）	现场乐队演出		晨间拉伸和瑜伽
健身房	钢琴表演		
200米跑道	吉他表演		
2个游泳池	DJ打碟的主题的主题派对		
6个恒温漩涡泳池	户外电影放映		
攀岩壁	梦工厂明星巡游		
冲浪模拟			
9孔迷你高尔夫			
乒乓球桌			

（此处列举的只是部分活动，航次不同，活动内容可能有变更）

06. 岸上游手札

在20世纪70年代的加勒比海，游轮的停靠码头不多，游玩项目也很有限。当时游轮乘客以年长者居多，更喜欢静态的观光，去总督的房子参观一圈、探访香蕉种植园，或者去市场买香料和纪念品。运动、潜水或骑马这一类活动完全欠奉。30年来，游轮停靠码头的数量增加了70%，码头的接待能力也日渐提升，甚至有实力强大的游轮公司投资兴建码头，提高客户的体验。

对中国游客来说，主要目的地是日本、韩国、俄罗斯、菲律宾、越南、中国台湾、中国香港，以5晚6天的行程停靠在日本的福冈和鹿儿岛的游轮为例，登船日之后，游轮先在海上巡游一天，第三天抵达福冈，第四天停靠鹿儿岛，第五天是海上巡游日，游客可以自由享受游轮上的设施。

游轮停靠码头的时候，游客有几种岸上观光方式可以选择：游轮提供的免费购物游；收费的精品游；或者两种都不参与，自己做攻略自由行。

游轮乘客可以选择参与精品岸上游，收费从59美元到119美元不等，视游览时间和内容而定。精品游一般会去往三到四个景点，有的是去神社或寺庙参观，有的是美食品尝、文化活动体验，也有城市巡游，带领游客前往城市地标和热门购物点。

免费的购物游则会带领游客到特定的免税店，配有说普通话的导购，方便游客一站式购买各种热门商品。这种游览方式尤其受到中年人和老年人的喜爱。

在停靠日，游客根据旅游团安排好的时间，前往集合地点，在导游的带领下有秩序地从廊桥登岸，办好入境手续，然后乘坐大巴或自己安排的交通工具前往目的地。

下午5点左右，游客按时回到游轮。在舟车劳顿之后，停泊在港湾的巨轮敞开大门，迎接她的主人回归。登上廊桥，等候在旁的员工们露出亲切的笑容，逐一对游客问候致意。游轮里明亮又暖和，游客的房间已经被收拾得整洁妥当；餐厅里热气腾腾的食物已经准备就绪，随时安抚他们饥肠辘辘的胃肠；为游客表演魔术、喜剧、唱歌的演员在剧场和酒吧里等待着开场时间，奉上他们专业的演出；应接不暇的派对和活动在各个角落展开，把这一天的欢乐延续到深夜。

7晚加勒比海游轮与陆上度假的消费（美元／人）

	陆上度假	游轮
游轮票价：阳台房含税		4248.38
飞机	2749.00	
酒店	1214.23	
食物和娱乐	1650.00	
总计	5613.23	4248.38

焦点组陈述：

陈为余："我们选了免费购物游。导游把我们带到一家大免税店。店里几乎都是中国店员，也能用银联支付，或者在柜台换取当地币。我们事先已经列好清单，想要买暖壶、电动牙刷、马油以及送人的手信食品，林林总总数量很多，如果自己出去买，不知道要走多少家店。而且我也不懂日语，问个路都成问题。所以在这大免税店蛮方便的，什么都能买到。我看周围的中国游客都是大袋小袋，满载而归。"

齐雯："我们在福冈和鹿儿岛都选了精品游。在福冈没有去'到此必须一游'的太宰府，我们去了空气超好的油山牧场，带孩子骑马和挤奶牛。午餐吃的烤肉，下午看艺妓和茶道。在鹿儿岛，我和大卫、爸爸、妈妈都很喜欢原岛主家族拥有的仙岩园，背山面海风水十足，又有与自然景色完美结合的院落。樱岛上有多处展望台可以看活火山，正好遇到火山喷烟的情景，孩子和大人都很兴奋。"

王启明和李颖："我们去了博多运河城，日本购物没得说，牌子很全，价格不是最便宜的，不过有很多限量版，只在日本发售。日本服务也好，待客很有礼貌，退税也方便，通常店里直接给退了。地下购物街也很棒，各种好吃的、好看的，就喜欢这种随便走走的感觉，最后都走迷失了。一天走下来特别累，回去见到游轮，感觉真是回到家一样。船上的工作人员在门口迎接我们，一一致意，真的很贴心。"

07. 船长晚餐

5晚6天航次的第2个海上日，船长邀请我和我的客人在"船长之夜"在主餐厅共进晚餐。为了答谢焦点组，我也请上了陈为余、齐雯和王启明及他们的家人、伴侣，共同赴宴。

"船长之夜"是游轮最受期待的夜晚。船方会在皇家大道举行鸡尾酒会。这是个盛大的船长见面会，船长在游客们的欢呼声中在皇家大道上的天桥出现，同时出现的还有船上的主要的高级长官，包括副船长、轮机长、酒店总监、娱乐总监等等。随后，船长会跟热情兴奋的游客们握手聊天，询问他们在游轮的体验，跟游客合影留念。

见面会时间不长，第2场晚宴随之开始。航行者号主餐厅位于3层到5层甲板，第3层甲板的"卡门"餐厅是3个主餐厅中最大的一个，共有724个座位。从第4层甲板主餐厅和第5层甲板主餐厅可以俯视第3层甲板主餐厅。在大厅中央，是一张可容纳14人的圆桌，这是船长之夜的主桌。桌上铺着雪白的桌布，银色餐具整齐码放在白色的面包盘边，晶亮的玻璃杯反映着烛光和鲜花，席上衣香鬓影，宾客们穿着正式的晚装，男士身着衬衫、西裤和外套，有的一丝不苟地系上领带或领结；女士身穿得体的小礼裙和皮鞋，妆容端庄。

餐厅的服务员换上最隆重的制服，平日穿着黑色马甲的服务员，披上了笔挺西装外套，打了领结。一贯穿着黑西装的领班，换上了光鲜的红色西装。游轮其他的员工也穿得正式而靓丽，娱乐部门的员工都换上了西装和礼服。菜单比平时也有了升级，厨师长为客人奉上了食材优越的佳肴，例如牛排、虎虾等等。

船长主桌是全场最受瞩目的。能被船长相邀进餐的都是有身份的宾客，包括高级客人、高层员工，或者是船长的朋友。坐到船长主桌的宾客都感到无上荣耀。

焦点组的三组人陆续到来。陈为余和齐雯一家穿戴整齐，由于船长主桌一般是夫妻、情侣或单身客人，儿童一般不会共同进餐，所以齐雯把孩子送到了"海上历奇"托管。

最后王启明和李颖也踏进了餐厅。看到主桌的盛况，两个年轻人怔住了。他们穿着T恤和牛仔裤就赴宴，压根儿忘了正式宴会都有着装标准。

游轮文化对游客着装有一定要求，在船长晚宴这一晚需着正装。皇家加勒比的晚餐着装要求分为三类：正式（formal）、商务休闲（smart casual）和休闲（casual）。正式指的是男士要穿西服领带或燕尾服，女士则要求穿着晚礼服。商务休闲可以稍微随意，男士的着装包括有领衬衫和长裤，也可以套一件简易西装外套或运动外套，女士能选择连衣裙、半身裙或者长裤。休闲装的话，男士能穿牛仔裤及有领衫，女士则可以轻松随意地穿沙滩裙还有裤装。无论是任何性质的晚餐，在主餐厅和所有收费餐厅，都不能穿背心、浴衣、露脚趾的拖

鞋或凉鞋。

由于文化和生活环境的差异，中国乘客在游轮上或许会忽略着装要求。穿着正式的西装或礼服赴宴，在美轮美奂的餐厅里充满仪式感地用餐，可说是游轮体验的一部分，因此游轮会提醒乘客，上船的行李里应该携带正装与礼服。

王启明和李颖有点尴尬，立时回房间换上衬衫及礼服。

嘉宾一一落座，晚宴正式开始了。挪威船长查尔斯·迪耶格（Charles Teige）和爱尔兰籍的酒店总监科林·克拉克（Colin Clark）举杯，祝愿我们这次旅程留下愉快难忘的回忆。这也是我的心愿。观察我的客人，他们神情愉悦，脸色柔润，在这段旅程里应该玩得相当开心。船长的杯里是矿泉水，他解释说：

"我是这条船的驾驶员，所以抱歉我不能喝酒。"

我的客人都是第一次踏足游轮的旅客，此前对游轮有不同程度的疑虑；而他们也是有旅游经验的旅客，参加过多次的陆上游。因此我们谈起了陆上游和海上游的不同。

在陆上游方面，三组客人的出行方式截然不同。

陈为余多年来一直是跟团游，参加过新马泰游、欧洲7国游、加拿大15天游等等。《中国旅游业统计报告》中显示，从2010到2014年，跟团游在各种出游方式的比重从29%增加到37%，这是因为老年人

船长晚宴：船长、酒店总监等高级长官在皇家大道天桥上向游客致意

游客在船上狂欢的情景

和二三线城市出境游的人数有逐步提高的趋势。由于语言隔阂、签证申请的困难、机票和酒店预订的麻烦以及跟团游总体价格更廉宜，他们宁愿当甩手掌柜，把一切安排交给了旅行社。

与增长成反比的，是游客对跟团游的体验并不完全满意。根据中国旅游局在2013年发布的报告可以看出，中国游客对国外景点和购物的反馈都不错，但对住宿环境、餐饮和旅行社服务的满意度要低3个百分点。游客常常抱怨酒店狭小简陋、没有热水壶、团餐敷衍单调、导游的素质低和私自牟利。

齐雯一家出行从不跟团，他们通常预订一家环境优美的度假村，在海边戏水晒太阳，或者在山谷湖边静静休憩。他们去过马尔代夫的小岛、东南亚的一价全包度假村、新西兰的农场等，因为带着幼儿，他们很少去景点赶热闹，也尽量减少攀山涉水的艰苦行程。齐雯说，她最大的考虑是飞行航程远不远，度假村有没有儿童泳池、冰箱、周围有没有超市便利店。

根据胡润研究所发布的中国中产白皮书的数据，中国的中产阶级每年花费在旅游上约7万元。这只是平均数，齐雯每年出游的消费要超过10万，只是她的选择并不多。据调查，旅游市场供给的产品中，超过84%为观光型纯旅游产品，休闲旅游产品供给不到16%。

因此为齐雯们打造的旅游产品相当少，很多中产无奈之下甚至会选择"地产式旅游"，就是在海边或山里购买设施齐全的公寓，假期时举家前往。在北戴河和海南都有不少类似的房地产项目，部分填补了这个市场空白。

王启明和李颖属于"City Break"型（城市周末度假型）游客，两人在民营企业工作，除了法定假日，基本没有年假。不想在十一或春节抢买奇贵无比的机票，也不想住三倍价格的酒店，他们只能利用周末和调休，拼凑出五六天的自由行时间。他们的目的地一般都在两小时的飞行范围内，去过香港、澳门、曼谷、首尔、大阪等城市，每次都是掐着时间、做好攻略，尽量在短时间游完所有景点。

这种情况在城市年轻人之间很常见，他们不只注重快捷和紧凑，因为预算比较紧张，还会特别注重行程的性价比。现在不少年轻人会选择游轮游，在中国市场，"80后"和"90后"的市场占比达22%，比美国市场高出1%，其中一个原因，是游轮在性价比上更有优势。

著名的游轮网站cruzely.com给出一组数据：以一个三人家庭7晚的皇家加勒比海洋魅力号为例，阳台房的价格是4248.3美元，包含了餐饮、娱乐和码头费；而自助旅行机票+四星级酒店+餐费，就得花费5613.23美元。豪华游轮的价格，只有陆上旅游的75%。

焦点组陈述：

陈为余："我到过很多地方旅游，每次都是跟团。欧洲七国游、新马泰、日本东京大阪，这些团行程很密，一大早起床，回到酒店非常累。我们就是不停在交通工具与景点间来来回回。有一次跟团去欧洲某国，在飞机上导游吓唬我们说每人最少要换一千欧元，否则落地后会不让入境。团员一听，不让入境怎么办，我们也没法跟海关周旋，英语不好啊。本着多一事不如少一事的想法，大部人都用较差的汇率跟导游换了欧元。我没换，后来入关根本没人检查。但大家的心理我能理解，人生地不熟，都没有安全感。

"在海上游轮，我就没那么多不安全感，不怕迟到迷路、景点人挤人、罢工或者被抢。跟团游只能依赖导游了，离开了大部队就很慌。在游轮我们一点压力都没有，愿意吃就吃，想睡就睡，很自由。"

齐雯："带着三岁的小朋友，能选择的地方很少，我最喜欢马尔代夫，不过有一些岛是小朋友不能进去的。在东南亚是 kid-friendly（对儿童友好），但是也会遇到食物太辣，或者一些卫生问题。

"我常去一价全包的度假村，比起游轮，这些度假村规模有限，三四个泳池、两个健身房、三个酒吧、四五百人的餐厅，已经算很大了。因为住客没那么多，活动的选择和设备也比较单调。一价全包的度假村也有演出，不过演员都是员工当的，有时也会邀请客人一起玩，互动性很好，但是说到专业性和视觉效果，不如游轮的那么精彩啦。

"在度假村不会有玩不够的感觉，但是在游轮上还有很多我没尝试过的体验，下次上船我要学冲浪。"

王启明："坦白说，一开始我是觉得游轮蛮贵的，但这几天玩下来——船票很超值了。游轮里不用花钱，吃住标准都不错，比自己玩性价比高很多。

"我们出去玩，通常都是自由行，遇到的事情不少，最生气的是在海关被拦下，强行索要小费。他们对别的国家游客就不敢，看人下菜碟！

"还有一年冬季，我们坐某航班到热带小岛度假，落地时发现托运行李找不着了。航空公司承诺晚上 7 点前一定把行李送到酒店，结果到时间行李还是找不到，打电话去机场，航空公司的工作人员也下班了，跟当地机场求援，语言不通！结果我们只能穿着冬天的毛衣和长裤去吃大排档啦，差点被当地人围观。

"玩游轮，从码头一上船就可以开始耍；自由行嘛，坐飞机坐车再到酒店安顿好，大半天就没了。时间就是金钱啊，所以还是游轮性价比更高。"

08. "月亮代表我的心"

在推杯换盏的融洽氛围里，大家一边谈自己的经历，一边享用美食。主菜已经撤了，很快就要上甜点。服务生给我们开了一瓶新的香槟，用来配接下来的慕斯蛋糕和布丁。

突然之间，大厅骚动了起来。客人们面面相觑，不知道出了何事，想问服务生，却见一排排身着白色制服的后厨员工，鱼贯地走了出来。欢快的钢琴声响起，气氛升温，餐厅里的人都预感要有好玩的事发生，兴味盎然地看着后厨员工和服务员。

在音乐中，员工和服务员带着热情温暖的笑容，一边挥动餐巾，一边绕着游客的餐桌载歌载舞。场面热烈起来，游客鼓掌欢呼，有的游客还被员工邀请一起跳舞。

巡游队伍的终点，是三楼和四楼之间华美气派的阶梯。巡游队伍排排站好后，娱乐总监充满活力的声音响起来，向大家问好。观众报以热情的掌声。

他介绍了自己，然后介绍后面劳苦功高的后厨团队。他们来自十几个不同的国家，为游客准备了 24 小时不间断的美食。

娱乐总监以饱满又热情的声音问："大家吃得好不好？"

好——

客人欢呼。

"玩得开心吗？"

开心——

"喜不喜欢我们的服务？"

喜欢——

大家笑了起来。琴声变得柔情脉脉，娱乐总监接着用动情的声音说："这是行程最后一日，能与大家共同度过这段旅程，真是非常美好的事。明天我们即将分别，真的非常不舍，希望这段旅程会铭记在大家心中，并且很快会再次见面。"

仪式进入高潮。全体员工为宾客献唱，第一首是帕瓦罗蒂的《今夜无人入睡》。男高音声音激昂浑厚，优美至极，宾客完全没料到厨师团队里有如此才华横溢的"歌手"，掌声雷动，欢呼四起。

接着，一首熟悉的旋律响起来了！

《月亮代表我的心》。

这首温婉动听的老歌，寄托了员工的心声，深深地打入了宾客的心坎里。游轮是个小社会，经过几天的相处，客人和员工相互熟知，甚至能叫出对方名字，感情在一饭一食间滋长。对于员工们的这番心意，宾客们都觉得很感动。有些客人眼眶润湿，悄悄地抹眼泪，大部分客人都跟着婉转悦耳的琴声大声合唱……

在游轮的最后一夜，歌声悠扬，饱含着真诚的情感，久久萦绕在海上的空气中。

5

幕后的故事
Heroes behind the scene

　　乘客登上游轮，就像走进了大剧院，神秘的帷幕就此拉开，呈现在眼前的，是一幕幕绚丽的场景：温馨明亮的客房，金色水晶枝形大吊灯下的主餐厅，蓝天碧海映衬下的日光浴场，皇家大道上琳琅满目的特色餐厅、咖啡馆和商店，精彩纷呈的百老汇歌舞秀，热闹惬意的英式酒吧……

　　粉墨登场的演员，是训练有素、热情洋溢的客房服务生、餐厅侍应生、酒保、歌舞演员、前台服务员、酒店总监、娱乐总监、船长，乘客既是观众也是剧中人，宛如步入了沉浸式情景剧，一起扮演和体验变换场景下引人入胜的精彩剧情。

　　但是，乘客在舞台上看到的场景和人物只是冰山一角。像剧院一样，游轮把与乘客打交道的部门，如餐厅、酒吧、客房服务叫作"前台"（the front of the house），他们是"舞台上的表演者"，是乘客可以耳闻目睹的。游客看不到的部门，例如高层甲板上的驾驶人员和水线以下轮机房里的工程师，被称之为"后台"（the back of the house），就像剧院幕后的演职人员。

正如在剧院里台前幕后的演职人员共创扣人心弦的演出，游轮的前台和后台也在通力合作，为客人献演美轮美奂的活剧，创造愉悦身心和五官的体验。

这就是为什么，在海洋航行者号行程最后一晚的船长晚宴上，当游客看到70个国家193名餐厅服务生和142名厨房厨师倾巢而出为他们载歌载舞、高唱《月亮代表我的心》的时候，会那么惊讶、激动甚至感动得流泪。

在谢幕的那一刻，游客们看到了整艘游轮的运转，感受到了那么多的幕后英雄在默默无闻地辛勤工作。

游轮是集航运、酒店、餐饮、度假胜地、娱乐业和零售为一体的综合型产业，其运营规模和复杂程度超出任何业外人士的想象。

01. 一船之长

游轮是人类社会中最不可思议的组织形态之一。

游轮大致分为两个部门，航运部门和酒店部门。航行者号共有1230名船员，其中航运船员200名，酒店船员1030名。无论是航运还是酒店员工，都听命于游轮的最高长官——船长。船长是这一场游轮度假大戏的总指挥。

在影片和杂志里，大家看过不少船长的形象，制服笔挺，谈吐稳重优雅，顾盼之间有军人的坚毅。但很多游客都会问：除了开船，船长具体的工作是什么？

船长的首要职责当然是指挥开船的，船长必须确保船是适航的，确保游轮的安全驾驶，在既定的航线和时间内，将游客和船员安全舒适地送达指定的码头。

皇家加勒比游轮船
长：查尔斯·泰格

当由于天气、自然灾害、政治事件、罢工等突
发事件发生时，船长负责航线的变更，寻求安全
的、舒适的、对游客度假计划影响最小的替代港口
和航线。

顺便说一句，船长在确保游客的安全舒适上，
其责任是至高无上、凌驾于任何商业考虑的。在某
些中国航线，由于恶劣天气原因，船长出于航运安
全而更改航线，有时会受到国内游客的挑战。质疑
船长决策的合法性和合理性是没有必要的，掌舵几
千人的游轮，面对瞬息万变的海上状况，能坐上船
长的位置，这个人一定是具备了充分的经验和专业
能力，所做出的决断一定是当下最正确的。

船长的职责不仅仅是首席驾驶员，他还是船上

至高无上的"统领"，所有前台和后台的船员，最终都要听从船长的命令。当游轮在大洋航行，船上发生的任何事件，短时间内是不会得到外界支援的，因此船上必须纪律严明，听命于一个说一不二的绝对领袖。

游轮是准军事化的组织，船员都有"军阶"，船长是最高级别的长官，麾下有三个长官向他汇报，包括副船长（staff captain）、轮机长（chief engineer）和酒店总监（hotel director）。船长是游轮这个组织金字塔上的顶峰。

作为金字塔的顶端，船长其实也都是从甲板水手做起，一级一级地升迁到更高的位置。在国际海事组织（IMO）的官方文件中，船长被称为"master"。要成为船长，必须去航海学校考取船长适任证（Master's License）。以此为起点，毕业生从学员开始，升迁为水手、二副、大副，然后晋升副船长，经过优胜劣汰和实践，才成为船长。船上可能有不少带杠的长官拥有船长执照，但能升到这个位置的，都是万里挑一的最出色的海员。

作为准军事化组织，游轮上的长官们有着一丝不苟的着装规定和风纪，船长有三套制服，第一套是白天的工作服，短袖衬衫配深蓝色长裤，衬衫肩袖上佩戴着四条杠。第二套是晚上穿着的正装，在白天的制服上加一件深蓝色的双排扣外套。这都是大众常常看见的船长形象，还有一套制服是鲜为人见的，那就是船长在干船坞里进行船舶维修或新船建造的时候穿着的白色连体工服，布料上没有任何标志、图案或者勋章，与所有工人的穿着相同。

船长通过明确的指令、等级和纪律来约束每个船员。船员在工作之前，必须与船长签署《船长的规则与规范》协议（Masters Rules and Regulations），每个游轮公司的协议略有不同，以下内容节选自皇家加勒比的协议：

不能醉酒；

不能持有毒品或攻击性武器；

在船上不能使用粗俗的语言；

不能打架；

工作以外的时间，低于某个级别的员工不能出现在乘客的住宿区域或公共房间；

任何时候都要尊敬长官；

任何时候都要对乘客谦恭有礼；

全体船员必须参与安全演习；

全体船员执行任务时必须准时报到；

船员不能误船；

所有船员不能参与赌博

《船长的规则与规范》节选

（资料来源：Zero Tolerance）

　　每个船员都有各自的级别和一个明确的工作职责，如果没有按规定的职责执行任务，或者违纪违规，轻则要受到警告，重则被降级或除名。船员在船上，就像在军队里，对上级的命令要绝对服从，不可以越级和越线。

　　每一艘游轮都会在某个国家进行注册，挂上该国的国旗后，就成为隶属这个"船旗国"的船，受制于该国的法律。虽然大部分的游轮公司的总部设在美国，但游轮通常不会选择美国作为船旗国。这主要是因为美国劳动法规对最低工资、休假和美国人必须占员工多少比例都有规定，不利于游轮公司在国际劳动市场寻求优秀的人才，并制定公平和富有激励作用的薪酬制度。由于传统和历史上人才积累，船长常常来自挪威、英国、意大利和希腊，因为这些国家具有悠久的航运历史，严格的海事教育和船员证照制度。餐饮总监和行政主厨常常来自法国、德国和奥地利，因为这些国家拥有一流的餐厅和厨房。而在菲律宾和东欧更容易招到英语无障碍、服务意识强的年轻人，因为当地薪酬较低，就业机会稀缺，年轻人都愿意上船从事游轮服务业。

船旗国的全文是"方便船旗国"（Flag of Convenience），此处方便的意思是不受国家劳动法规和工会势力的影响。所以，利比里亚、巴拿马、百慕大、巴哈马等，比起美国、英国和意大利，更易被选择成为船旗国，因为这些国家的劳动法较为宽松，工会也没有制度化，在这些国家注册船旗，有利于在全球用公平的薪酬找到最佳的船员。

海洋航行者号和皇家加勒比其余的25条游轮的船旗国都是巴哈马。船长受命于船旗国政府，在船上具有凌驾任何个人和组织之上的法律上的权力，确保游轮的安全和秩序以及公司的政策和规则得以贯彻。在影片《泰坦尼克号》里，有这样一段对船长权威真实描述的对白，白星游轮的董事长伊斯梅对船长爱德华·约翰·史密斯说："我只是个乘客，作为长官你说了算。"在游轮上，即使是船东也不能命令船长。

尽管如此，在安全和食品卫生方面，无论游轮在世界哪个角落航行，皇家加勒比都坚决按照严格的美国相关法规行事。

在安全方面，游轮接受美国海岸警卫队（US Coast Guard）的监督。海岸警卫队每年要对游轮做四次审查，其中三次是每季度的例行审查，一次是年度审查。季度审查时，游轮公司必须进行严肃认真的火灾演习和弃船演习，每个步骤都要做到位，所有员工必须参与，救生艇必须真正放到海面上。而年度审查不只考验船员的安全意识和救生能力，还要检查船上的安全设备是否充足和状态良好，消防通道是否顺畅，逃生指示牌是否清晰。实际上，皇家加勒比在安全措施的实际操作中，除季审和年审以外，游轮会频繁地在港口日进行演习。

在食品卫生上，皇家加勒比严格遵守美国公共卫生局的法规（US Public Health Service Center for Disease Control and Prevention），该法规简称USPH，对游轮上的食品有很高的要求。对厨房的消毒和食品制作程序、食物运输和储存、对厨房清洁程度的要求，与美国本土的餐厅是一视同仁的。USPH检查还会给厨房、储存室和餐厅的清洁度打分，评分低的游轮必须进行停业整顿。厨师的培训，除了专业技能外，还有一个特别重要的考核厨帅的指标，就是对食品安全卫生知识的理解和掌握。船上严格按照USPH标准来准备餐饮，所有厨师必须对这些规范熟烂于心，经常可以听到中国厨师因为英语水平有限不能通过USPH的考试而无法录取的例子。

而把所有相关国际、国家和公司规定贯彻到底的，正是船长。在游轮上享受度假生活的游客，看到的是亲和儒雅的长官、殷勤有礼的服务生和严格标准的服务流程，这优雅美好的场景背后，是有一个严格的准军事化组织来保障的。以军事化的制度来执行商业公司法规，这就是为什么游轮的服务流程执行到位的原因。

在军事化组织的保驾护航中，游轮的本质上是一个商业组织，需要有产品和服务，需要营销，需要成本控制，需要赢利。而要实现这些目的，就必须为游客提供优质的产品和服务。船长是这个商业组织的CEO，确保实现公司的商业目标，他不仅有航行和法律的专业知识，同时具有管理才能，必须善于人员管理，做一位倾听者和团队建设者。

一个优秀的船长能记住几乎所有船员的名字，能和蔼地和所有员工沟通，即使员工犯了错，也能在平和冷静的气氛中解决问题。

肩负着管理全船的重任，承担巨大的压力，经常面临意外的挑战，好的船长都要有宰相肚里能撑船的涵养和气度，很少会随意发泄情绪或暴怒。因为游轮是创造幸福的产品，只有性格沉着、有处事能力的船长，才能维持船上祥和、安稳和欢乐的气氛。船长尊重多元文化背景，礼遇和尊重船员，不论职位、性别、种族、国籍、政治、宗教和性取向如何。在游轮上，没有人会受到歧视。

与一般商业公司不一样的是，游轮还是在一个复杂的国际外交、政治和法律环境里运行的漂流"岛国"。在"岛国"这个自成一体的环境里，不管是乘客之间、船员之间还是乘客和船员之间发生纠纷，船长都要做出调解和审判，即担任陪审团，也是最后敲小锤子的法官。船长还要兼任

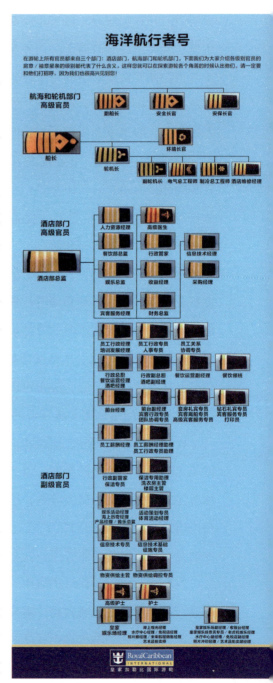

皇家加勒比游轮船员军衔和职称

"外交官"和"政治家",因为游轮在航程中要与不同的国家和政府打交道,甚至处理一些国际政治问题。

当然船长也是游轮上最大的"明星"。游客在船上最期待的事之一,就是和船长会面、握手和拍照。船长要留出一定的时间与客人社交。在海洋航行者号上,船长会出现在皇家大道的见面会里,游客们争相与之握手和拍照。这之后,船长晚宴是游轮行程里的压轴戏,船长将出现在主餐厅,向游客祝酒问候,与大家一起用餐。

02. 船长麾下的三剑客

除了船长,船上还有三位戴四条杠的高级长官向船长报告,船上的员工分成三个部门向三位高级长官报告。海洋航行者号的组织架构详见下图。

船长								
副船长				轮机长				
安全长官	安保长官	环境长官	资深医师	副轮机长	酒店维修经理	制冷总工程师	电气总工程师	
酒店总监								
人力资源经理	餐饮部总监	航程娱乐总监	客房服务经理	财务部经理	客房部总监	市场收益经理	信息技术经理	采购经理

副船长

船长是"master",船长的副手是副船长(staff captain),船员也称副船长为"captain"。从称呼上理解,captain其实更像个军衔,船长是法规和流程的监管人,那么副船长就是法规和流程的执行者。

船方管理团队：左起从下至上：酒店总监、客服经理、餐饮总监、客房总监、采购经理、数字信息经理、人事经理、娱乐总监、收益经理、维修经理、财务总监、IT经理

　　副船长负责船上所有的维修、无线电通信、安全问题和船上的纪律。如果发生任何故障或纷争，他必须立即采取措施，或者上报船长并给予处理意见。

　　安全是游轮的重中之重。副船长要维护游客、船员和设备的安全，包括确保救生设备、灭火设备完好和充足，船员受到过充分的培训，能熟练地使用安全设备和熟悉应急流程，并经常做演习。根据皇家加勒比的规章，船员在船上的资历少于3年的话，必须完成一个16小时的课程，学习紧急救助、心肺复苏、消防和救生的操作。

船上的纪律也是副船长的关注点。船员之间的纷争，包括迟到、争吵或性骚扰等，都会交由副船长来协调解决。

副船长是船长的替补和接班人，船长缺席时，副船长就是一船之长，任何时候，船长和副船长中必须有一人坚守在船上。如果船长上岸解决问题，那么副船长就得驻守在船上，确保无时无刻都不会出现群龙无首的局面。

轮机长

游轮是一个大型、复杂的机械综合体。维护这个庞然大物的，是轮机长和他领导的团队。

这个机械综合体的维护工作之艰巨和繁杂性，是外行难以想象的。一艘船包含了发电、供热、空调、海水淡化、废水和废物处理、管道系统、电气系统、消防和安全系统、闭路电视系统、电脑控制系统等等。各个系统严丝合缝地一起工作，任何一个大小故障都可能影响船上几千名乘客和船员的生活和工作，牵一发而动全身。

一旦出故障，小到马桶堵塞，大到发电机不能运行，轮机长必须立即安排修复。要知道，游轮在海上航行，出了问题不能打急救电话，请求外部维修人员上门，或者要求零件商快递物料和零配件。轮机长必须防患于未然，保证船上任何时候都具备合格完备的技术力量和物料。

如果说船长所在的驾驶台是游轮的大脑，那么轮机长的控制机舱（Engine Control Room）就是游轮的心脏、动脉、静脉和神经系统。控制机舱的核心部位是发动机，如果发动机不能运行，整艘游轮的电力中断，那么游轮就无法航行。从前轮船是由蒸汽或柴油引擎直接通过长轴驱动推进系统，为了变速和控制震动与噪音，现代游轮是用柴油机发电、然后通过电动机来驱动挂舱式推进系统。

为了防止事故发生，现代游轮都有备用系统（redundant system），即便某个环节出现故障，依然有替代的材料或方案。为此游轮必须额外承载许多备用品，航行者号的主仓库有400平方米那么大，其中备用灯泡就有上千个。

对于轮机长来说，最大的挑战是在突发情况下，尤其是关键设备出现故障的情况下能保持冷静，凭借对船舶系统的理解，寻找应对方案，把对客人及船舶安全航行的影响降到最低限度。

船上有24小时当班的轮机员来监控游轮的状况。要是某处有火警，一开始可能是一个小火苗，在感应器还无法得到信号启动灭火装置的情况下，当班轮机员就会从监控里看到，手动启动喷淋，将灾害消灭在萌芽状态，同时不会对上层客人区域产生任何影响。

再比如全船失电，有时候自动化程序无法自行恢复，这个时候就需要沉着应对，一步步手动启动发电机，恢复发电系统，先将电力恢复，然后找到原因再排除故障，在紧急情况下没有这么多时间来分析故障缘由，不影响游轮安全航行和游客的生活，永远是第一选项。

游轮系统设备较多，数量庞大，除了维修还有很多例行检查和定期保养，工作量极为繁重。另外，如今海事和环保规则越来越严格，要确保游轮所有设备正常运行，确保游轮安全、合规和环保，都离不开轮机部门背后的付出。

酒店总监

酒店总监是酒店部门的主要负责人。这个部门叶茂枝繁，管理的业务覆盖了餐饮、客房、前台服务、娱乐、商店、健身中心、SPA、赌场和摄影中心等，因此是船上最大的工作团队，占全船员工的83%

左右。

在航行者号上，这个团队有1030人，3400名游客的吃喝玩乐、在船上的所有体验，都在这个大团队的责任范围以内。酒店总监的职责是管理提供给游客的各种服务，保证这些服务都达到预设的水准，将营销部门承诺的度假体验付诸实施。游客在船上满意不满意，在岸上玩得尽兴不尽兴，都是酒店总监的责任。

在皇家加勒比，每个航次都对服务水准进行测评，测评指标是总体满意度（OVE）和净客户推荐值（NPS），测评数据来自乘客问卷调查，回复率至少要在30%以上。在中国总体满意度一般达到95%以上，净客户推荐值在90%以上，比欧美航次高出20个百分点。问卷还对客户服务、餐饮、娱乐、上下船的速度进行测评。OVE和NPS是公司考核酒店总监的标准之一，确保服务水准达到客户的满意度。

各个部门的主要业绩指标，也是制定奖罚制度的依据。除了起到激励作用以外，问卷数据是酒店总监制定改进服务方案的科学依据。

除了运营住宿、餐饮和娱乐以外，酒店总监还要管理船上的人力资源、信息技术、财务、市场收益和采购。可以说，航运部门确保游轮硬件的流畅运行，而酒店部门则负责提供优质的软件服务。

管理船上的收益也是酒店总监的一大职责。游轮的酒店设施一般分为自营和外包，在皇家加勒比的船上，餐饮、住宿、娱乐和赌场是自营的，商店、SPA和摄影中心则外包给第三方经营。收费餐厅的营运、酒水收入、Wi-Fi收费、娱乐活动的门票收益和赌场收入都归酒店总监的管辖。

他还要管理人事问题，从每周的排班、人事升迁、调动到鼓舞士气，都是酒店总监要照应的范围。

许多酒店总监都来自传统的酒店行业，有些拥有丰富的客房管理经验，有些则是从餐饮部门提拔起来的。海洋航行者号有1642间客房，相当于3到4家五星级酒店的规模，游轮酒店总监的职责，要远比陆地酒店总监的职责繁重和复杂。

03. 餐饮服务

餐饮是游轮度假体验中最重要的元素之一，游客对一艘游轮的评价，很大程度上取决于在游轮上吃得好不好。吃得好，表现在三个方面：一是食物的质量，这是由品种、配方和烹调技术三个因素决定的；二是良好的个性化服务，即餐厅侍应生的工作不仅是上菜、收盘、对游客致以简单又程式化的问候，还要针对客人的特点进行服务，让每位客人都有宾至如归的感觉；三是优美的用餐环境。

游轮上的餐饮可以说是共产主义式按需分配的，免费和充足的食品供应是游轮度假的吸引力之一。由此引起的副作用是食品浪费。但是，大多数游客对食品浪费现象都是不满的，而且随着游客素质的提高，这种现象正在减少。

航行者号上为3000多名客人提供餐饮服务，是一项极为艰巨的任务。游轮的主餐厅分两个用餐批次，因此每个批次必须同时服务1500多人。按中国工商管理局的定义，陆地上的中型餐厅是指就餐座位数在75至250座的餐厅，游轮每个用餐批次就等同于6到20个中型餐厅的规模。即便是用作举办活动和仪式的酒店宴会厅，同时给500人用餐也已经是极限了，而游轮仅仅一个批次就是酒店宴会厅的3倍。

主餐厅提供每位客人单点的正餐，分为前菜、主菜、甜点三道。海洋航行者号上的前菜有四到五个选择，主菜有八到九个选择，甜点有五个选择。餐前有面包和黄油，餐后有咖啡。

上菜的节奏必须控制精准，举例说，如果游客的用餐时间从17点开始入座点餐，17点20分所有人的前菜必须同时供上。17点50分，服务员收下前菜用的空盘子，同时给所有人奉上主菜。这时，第一批脏盘子就要迅速运到洗碗间，清洗干净，并消毒和烘干，供第二批次19点用餐的客人使用。18点30分，客人用完主菜后服务员收拾盘子、清理桌面，甜品、水果上来的同时，咖啡和茶已经在准备中，供饭后享用。

为了礼貌而不着痕迹地把游客清空，剧场每晚都会安排大型的百老汇歌舞秀和溜冰表演，时间通常在19点左右开始。想要赶赴秀场的游客，自然会在这个时间之前离开餐厅。18点50分，当第一批用餐游

皇家加勒比游轮
主厨房一角

客离开餐桌后，服务员马上要在10分钟内清理桌子，铺上干净的桌布，迎接下一批次的1500名客人。

皇家加勒比游轮在上海游轮码头上货

本土餐馆通常出现的一个问题是，客人一多，上菜速度就会慢下来，或者甜点都上来了，热菜还没有上。75-200人的餐厅尚且忙不过来，何况是1500人的大场子，同时要奉上1000-1500份维持在60度的热汤！

在海洋航行者号上，各道菜上菜不一致的情况是不允许发生的。同桌客人的前菜、主菜和甜点，不管是点的同一种菜肴，还是各有所选，都要同时上桌。不能在一个客人开始吃主菜时，另一个客人的前菜还没上来。为了确保上菜速度和顺序的一致性，需要有条不紊的操作流程，还要对每晚每道菜的需求，根据历史数据做出精确预测。例如，有经验的餐饮总监知道，他的船上每晚的牛排要多少份、蘑菇浓汤要多少份等等。

除了精准的节奏以外，餐厅还要攻克一个难题：食物的温度。温度决定了食物的口感，面包凉了会发硬、肉冷却了会凝固一层脂肪，冰激凌和奶油更要立即送上餐桌，否则就会变成混沌的浓浆。

游轮有多个餐饮场所，厨房与餐厅不一定在同一个楼层。游轮在设计建造之初，就必须考虑后厨与餐桌距离的问题。游轮和一般餐厅不同的是，庞大的后厨区域按照专业化分工，划分为不同的厨房（galley），例如酱汁（sauce）、汤（soup）、蔬菜（vegetable）、烧烤（roaster）、切配（butcher）、点心（pastry）、炖菜（tournant）等等，为了达到最佳温度，通常烹制热菜的后厨会设立在离餐厅最近的出口。

3000-4000人的餐食需要大量的各种食材，如肉类、海鲜、面粉、鸡蛋、牛奶、意大利面品、蔬菜水果、酒类软饮、半成品等等。储存这些食材，就需要庞大的空间。每一种食材的储存条件不同，肉类、淀粉类半成品要冷冻，蔬菜、水果和奶酪要4摄氏度左右冷藏，冰激凌以及冷冻三文鱼（为了杀菌）必须储藏在16摄氏度以下的冷柜，罐头食品常温避光保存，白葡萄酒、香槟和啤酒比红葡萄酒需要更低的储存温度。每一个类别都需要独特的存储空间。

食物存放还要考虑文化和宗教因素。犹太的"洁食"、穆斯林的"清真食品"、纯素食等要与其他食材分开存放，做到百分之百符合教规。

食材从储藏柜拿出来，开始进行烹饪的过程里，也有清晰细致的存放规定。冷冻、化冻、生冷、熟食，根据食物的烹饪进程，需要有不同的储存手段。游轮严格根据美国USPH的指南操作（play by book），一板一眼，不能有丝毫松懈。

厨房设备清洗指南

设备	清洗频率
搅拌机、面团搅拌机、切肉机	每次使用后必须清洗 每一天必须拆卸部件彻底清洗
平底烤炉 / 锅	每次使用后必须清洗
可倾斜煎锅 / 汤锅	每次使用后必须清洗
压面机 / 蒸锅	关门后彻底清洗
胶风烤箱 / 低温烤箱 / 明火烤箱	关门后清洗，每周一次彻底清洗
吐司炉	每次使用后必须清洗
土豆切割机 / 冻肉锅 / 汉堡机 / 绞肉机	每次使用后必须清洗
牛奶饮料机 / 果汁饮料机 / 冰块机 / 咖啡机	关门后彻底清洗
大型冰柜 / 储藏室 / 解冻室 / 冰激凌冰柜 / 食材收纳篮 / 抽屉 / 柜子 / 垃圾桶	每天清扫一次 每周用水清洗
柜台里的冰箱	关门后清洗

每个接触食物的表面都必须立时擦洗，每晚彻底清洁和消毒
食物区域的墙面和地板每晚清洗和消毒

来源：Munsart，2015

USPH 的规范可以简略归纳为三方面，第一是时间的控制，食物烹调出来后，存放时间不能超过 4 小时，否则必须低温冷藏。第二是温度的控制，4 摄氏度到 59 摄氏度是微生物容易滋生的区间，所以食物不在 4 小时内享用就要保存在 4 摄氏度以下，甚至更低的温度。例如沙拉切配好后，要用保鲜膜封起来，放在 4 摄氏度的冷藏设备里。这盘沙拉如果 4 小时内不食用，就要彻底丢弃。第三是交叉感染的控制，每个厨房都配有洗手池，厨师进出厨房和开始一项工作前，都要仔细洗手。洗手水的温度高达 30 摄氏度，触手能感觉到烫热，这是为了更好地消毒杀菌。

我们经常邀请凯悦集团在中国的五星级酒店的总经理们上船，对皇家中国航线的餐饮进行指导，他们对厨房的清洁程度和运作的复杂

程度都赞叹不已。

　　游轮存放空间有限，因此采购食材时要有周全的考虑和计划。游轮没有充裕的空间来容纳多余的食品，每一种食品都是对应船上的消耗量来购买的，要是买少了，茫茫大海上不可能让供应商送货，要是备多了，又浪费存储空间。备置食材还要考虑食用周期，例如香蕉、木瓜、牛油果等要购买不同的熟度，如果只购买一种熟度，要么航程开始时可能水果还没成熟，要么航程结束前水果已开始腐烂了。

　　后厨还要为1230名船员提供工作餐。船员的餐饮水平是员工士气的决定要素，士气是服务水准的决定要素。游轮是为游客创造幸福感的，船员幸福了，才能尽心尽意让游客幸福。游轮上有专门为员工做饭的厨房和餐厅，员工餐最大的挑战在于，员工来自70个不同的国家，饮食习惯差别很大，而且各有信仰和禁忌。员工餐必须满足各种特殊的需求，让员工满意。

　　在中国内地、港澳台和东南亚地区航行的游轮，餐饮确保中餐的选择和口味更是一大挑战。

　　对中国游客来说什么样才是完美菜单？这不是一个容易回答的问题。在制定菜谱策略时，我们有三个策略选择，第一是照搬西餐，欧美游轮吃什么，中国游客就吃什么。第二是全部改成中餐，像某些本土化游轮的主餐厅一样，只提供中式套餐，或以中餐为主。主餐厅类似中国公民出境游的团餐，一个冷菜一个汤，两素一荤。客人在餐厅门口领取桌号，没有服务员带位，自己按桌号走到分配的座位，与其他不认识的客人共享一个餐桌。没有餐前面包和黄油，没有酒水服务，没有菜单介绍，热菜和冷菜一起上，服务员不会随侍在旁。自助餐厅也是中餐为主，有限的几样西餐选择。皇家选择了最难的第三种策略，中餐、西餐和亚洲其他风格的餐饮混合。因为烹调方式和厨师人才的不兼容性，第一种和第二种策略比较容易执行，只需做中餐或西餐的系统，而第三种则要在后厨资源与人才上做妥善的安排。

游轮要做好中餐，殊为不易。第一道坎儿是人才。在市场上讲英语的中餐厨师是稀缺资源，就算招到了，流失率也很高。其中一个原因，是中餐厨师对船上的环境难以适应。

游轮的员工来自世界各地，非常国际化，按照沟通方便的原则和员工规章，船上第一语言为英语。英语不好的厨师在工作环境里有语言障碍，甚至会觉得格格不入。

中餐厨师也不习惯游轮的厨房和炊具。游轮上的厨房就是为西餐设计和建造的，烹饪的厨具、刀具、餐盘以及厨房的格局，对中国厨师来说并不顺手。以刀具为例，中餐厨师"一刀走江湖"，善用一把大菜刀做所有切配工作，菜刀要有重量；而西厨要用厨师刀（chef's knife）、砍刀、剔骨刀、牛排刀、面包锯齿刀等等，名目繁杂，毫不夸张地说，工具的种类比菜品的选择还多。

厨房的分工流程也跟一般中餐厅有很大区别，例如中餐厅有掌勺师傅（头锅、二锅、三锅等）负责灶头的工作，煎炒炸焖各种材料，另有砧板师傅（头砧、二砧、三砧等）做各种食材的切配和备料，水锅负责炖煮，白案制作各种点心；而游轮分工细致，就像一个大工厂的流水线。

中餐厨师进到游轮的后厨后，发现只能分配在一项重复性的作业里，一个原本独当一面的川菜师傅，来到游轮后厨只能切菜、剥虾、剔骨或熬高汤等等，不免有心理落差。而且主餐厅采用的是西餐形式，一道道地上菜，与中餐大相径庭。中餐的用餐方式是分享，大盘菜肴放在桌子中间，一人一筷子，人情世故皆在举箸碰杯之间；而西餐是分食制，更注重个人的口味、私密和距离。

我们发现，行政主厨是最关键的人物。在皇家游轮的中国航线上起用中国行政主厨，是非常明智的，中国的行政主厨对中餐了如指掌，知道什么样的员工能胜任岗位。而且他能流利地用英语沟通，与餐饮主管及采购部门紧密合作，并且了解现代餐饮和西餐，不会故步自封在中餐的形式里。

在普通厨师方面，在中餐人才缺乏的情况下，加强对外籍员工的中餐培训，也不失为一个好方法。他们虽然没有中餐的基础，但有英语能力，而且对岗位归属感强，通常能在游轮工作很长时间。

皇家在主餐厅和自助餐厅采取中西合璧的菜谱是基于满足客人需求的考量。根据市场调查，中国游客对餐饮的喜好呈正态分布，一端25%的中国游客，以年轻游客为主，更想上船吃西餐，因为上船就是为了开拓新体验，与自己的日常生活要有区别，西餐能给他们新鲜感。另一端25%的游客，多为年老游客，吃不惯西餐，上船要吃中餐为主。其余50%的游客，也是最大的群体，希望中西结合和分餐制，既想要新体验，也要照顾"中国胃"。

因此，皇家加勒比选择了难度最大、也最能迎合大部分游客的中西合璧式的菜单。三分之一是正宗中餐，三分之一是正宗西餐，还有三分之一是中国客人和外国客人都喜欢的日本、韩国、东南亚等亚洲菜式。

皇家加勒比做的第二个决定，就是要保持主餐厅的个人单点制（a la carte）和分餐制，而不是套餐分享制。选择后者会在操作上更为方便，但是为了让中国客人体验游轮的用餐文化和确保个性化的服务水准，皇家加勒比选择了困难的前者。

游轮餐饮的一大亮点是个性化的服务，在整个航程游客会由同一个服务员来招待，原则上服务员经过第一次服务后，就能记住游客爱喝黑咖、奶咖还是茶，爱喝啤酒还是红酒，吃不吃辣，以及偏好素食还是肉食。分餐制能让服务员准确掌握每个游客的饮食习惯，而且一道一道的上菜方式更加优雅，同一餐桌上每个人的菜都会同时上来，空盘子会一起撤走，保持餐桌的整洁。

就好比水中游弋的天鹅，两蹼在水下拼命地划动，上身仍保持端庄优雅的姿态。游客看不到犹如战场的后厨，看见的只是餐厅里穿梭的侍应生端正又风度翩然的身姿。与20年前相比，本土餐厅的服务水准已经大有提高，但是进门和离店的招呼和致谢比较程式化。而游轮上的服务更进一步，微笑、致意、点餐服务都是针对每位客人的，既有标准的服务流程，也有侍应生对客人发自心底的亲和力及由衷的热情。客人感受到的不是程式化的服务，而是侍应生与客人就像熟人一样，有目光的交流，他们了解客人的口味和忌口，甚至能叫出客人的名字。让客人宾至如归是皇家的服务宗旨。

由于本土餐饮环境的影响，不是所有的中国游客在乎游轮上侍应生的微笑、致意和目光交流，但是游轮本身就是一种文化熏陶，皇家一直坚持这种个性化服务不走样。

游轮的后厨犹如一台精准的大机器，从食材到人员的每一个齿轮都必须严谨地操作运行。后台是处于高压之下的高效、严谨和专业的操作，但呈现到前台的游客面前，却是轻松愉快的用餐体验；后厨是节奏高亢的进行曲，到了餐厅就是舒缓优雅的爵士乐。两者间的转换和把控，是游轮餐饮的成功关键。

04. 客房

客房服务（housekeeping）负责所有客房和公共空间的清洁打理，维持干净整洁的环境。大多数游轮上的客房送餐服务，也是由客房服务员来接单和送到客房。他们的另一个辖区是洗衣房，服务员要回收床单、毛巾、桌布、客人要求清洗的衣物、员工的制服等等，送往洗衣房清洗。

从游客抵达码头那一刻，客房服务就开始了。游客的行李被运送到游轮里，晚餐前后，所有的行李箱必须安然送到每一个游客的舱房前。以3000多名乘客的航行者号为例，每个游客携带一件托运行李的话，服务人员就要处理3000多件行李，整个过程要耗费五六个小时以上。因此游轮在设计之初，会尽量增加货用电梯的数量，方便行李的运输。

游轮一天会做两次客房服务，一次是上午，游客出去吃早饭或享用船上设施时，客房服务员会进来打扫客房、补充洗漱用品和毛巾等。下午时分，客人外出吃晚餐时，服务员会做第二次客房服务，给客人开夜床。根据皇家加勒比传统，服务员会用毛巾折叠可爱的小动物，如猩猩、小狗、大象等，迎接客人回房。

客人登船后在电梯口和廊道上就会遇到客房服务员向他们致意，并指引客房的位置。客人进了客房后，会有客房服务员上门自我介绍，并致意。客房服务生在游客的游轮假期中扮演重要的角色，他让客人宾至如归。客房总监李伟这样介绍他的工作经历：

在24岁那年我开始了游轮职业生涯，到2013年我从船上工作转为岸上，有将近17年的职业生涯是在游轮上度过的。这是一个辛苦却又有趣的职业，也是个创造快乐的职业。

作为船上的客房总监，职责是负责船上所有员工和客人房间的管理和服务，还有所有公共区域包括泳池的运行，符合USPH的标准。和岸上酒店相比，客房服务员的工作内容丰富、节奏性强，工作主要包括登船日几千件客人行李的上下船运送，和一天两次的房间服务。

一条可装载4000名客人的游轮上，整个客房部的全年运营资金在几百万美元以上，布草物品、客房消耗品、清洁用品等的及时预订和库存管理也非常重要，毕竟船上仓储空间有限但又不能断供，而且很多集装箱物品往往需要在两个月前下订单。我们需要经验加精确预算才能做到最好。

船上每个员工除了自己的本职工作以外，每个人都有一个唯一的紧急情况号码，不同的号码有对应的职责。在发生紧急情况时，客房服务员的职责就是负责对自己区域内所有客房内的客人进行紧急疏散，保证没有客人滞留在房间里。而客房总监的职责，就是确保所有客房服务员完成工作，所有客房的客人都被紧急疏散至指定的集合点。在很多游轮上，客房总监还是救生艇的艇长，在船长下令弃船时需要亲自驾驶救生艇。海洋航行者号的救生艇可装载150人，包括艇长在内的7个船员。

客房服务员不只要尽责细心地做好清洁和整理工作，我们也要求员工亲切友善地对待客人，就像朋友和家人一样。我印象很深的是客房服务员Chandra（钱德拉）区域有个6岁小女孩，一开始见到她很怕生，后来Chandra每天都会逗她玩，教她简单英文，航程结束的时候，小女孩哭着不肯走，舍不得她了。

游轮为什么会强调富有人情味的服务？船上娱乐总监常常讲一个段子，客人老是问："船上的员工每天下班后去哪里了？"他都会告诉客人："每天都有直升机在海上接送员工上下班。"其实船上的所有员工，上班下班都一直在同一空间里，船上。我们哪儿都去不了，因此在一个航程里会与客人大量频繁地接触和互动，在船上生活过，你才能真正体会所谓的"远亲不如近邻"。

90年代我在走阿拉斯加航线的游轮上工作，船上以美国老年退休客人为主，追求晚年生活的快乐是他们的目标，也就是他们常常说的"生活是旅程而不是终点站"（life is a journey, not final destination）。所以在国外常常能看到大半年都待在游轮上的退休客人。船上员工既把他们作为贵宾来服务，也把他们当家人一样对待。对这类客人来说，游轮就是第二个家（home away from home），让他们能继续感受到自己在社会体系中的存在感和幸福感，去取代相对枯燥的退休生活或老年福利院的单调生活环境。

这些年来，我与游客"共患难"的体验也不少。最难忘的是"9·11"发生时，我正在船上服务。那天是海上巡游日，所有客人都在船上，几乎所有的客人和船员都在看电视直播新闻。船上基本上以美国客人为主，那种绝望恐惧和悲痛的气氛笼罩着整艘游轮，到处可以看到和听到人们的哭泣和祈祷。当时我能真切感受到难过，在游轮上什么国家的人都有，在这里无论国籍和种族，都能成为朋友，能感受到大家虽然肤色和文化背景不同，但都有同样的感情共鸣。

对所有人充满爱心、表达关爱是皇家船员的基本素质。2009年夏天在海洋神话号上发生了一件事让我终身难忘。晚上游轮从花莲启航，驶向上海。这一夜有台风，游轮绕开了台风圈，在台湾海峡平稳行驶。但海上并不完全平静，偶有风圈。这对神话号不构成影响，一些吨位小的船就有风险了。凌晨4点，恩果船长收到了一艘货轮的求救信息。

听到船长广播后，人们都到甲板上查看状况。照明灯投射到海面，因为货轮的柴油流进海里，这一片海出奇的黑。货轮不见踪影，估计已经完全沉没，海上只见零落漂浮的货品和落水的海员。

游轮不能靠近出事地点，以防把人卷进舱底。船长技艺高超，侧停到最靠近沉船的安全地带，吩咐船员放下救生艇，速去救人。海面都是油，混沌一片，唯恐救生艇误伤货轮的落水者，船员只能停到一个安全距离，跳进水里救人。

风雨之中，我们在岸上看得提心吊胆，船员冒着风浪，捞出了四个落水者。至今他们狼狈的模样我依然历历在目，每个人只能看见眼白和牙齿，全身都是乌黑的油水，冻得簌簌发抖。如果不是搜救及时，落水者恐怕不是溺水就是冻死。一位参与救助的船员伤了腿，被送往医疗室救治。

05. 皇家式服务 Royal Way

客房服务员的工作，不只是一天清理两次客房、根据要求送餐或者确保公共厕所有足够的卫生纸。他们工作的核心是"服务"，皇家加勒比有明晰的员工规章"Royal Way"，从细节处规范员工的服务操作。

服务人员对所有客人要微笑致意，尽量以游客的姓名来称呼，交流的语言以英语或游客熟悉的语言为主。当然，对游客表示亲切的欢迎是必要的，进行推销时要选择适合的场合和地点，语言举止有度，不能让游客有消费的压力和不悦感。客房服务员每天会在客房上放置《航程指南》，服务章程规定，派发给游客或者客房的印刷资料不能超过必要的数量。

服务的一个要点是反应迅速和积极，服务员必须让游客有正确的心理预期，并且立即回应顾客的需求，以免让游客感到沮丧。游客等候进入一个场所，或者使用一个服务时，不能超过5分钟的等待时间，除非是"标准服务流程SOP"里列出的特例。所有的电话在三声响声内必须接起来，然后礼貌地问候对方，说出自己的名字和部门职位。

安全和公共健康是所有决策及行动的核心。所有员工都有责任维护船、客人及其他员工的安全。所有的公共播报必须清晰和容易被听见。紧急播报必须涵盖船上每一个区域，包括舱房和餐厅。任何能危害到乘客与员工的安全问题，必须立即解决。

服务员和船员的举止行为和形象，会直接影响游客对品牌的观感。因此皇家加勒比在这方面有极其细致和严格的规范。员工在服务期间必须穿戴整齐制服，名牌端正别在衣襟的左边。牙齿必须干净整洁，没有口腔异味，可以使用少量气味清淡的香水、古龙水或身体乳。

女士的长发必须整洁地扎起来，刘海不能盖住眉毛，眉毛整齐，不能有可见的腿毛或腋毛。指甲不能长于0.25英寸（0.6厘米），指甲可涂色，但必须每个指甲都是同一个颜色，不能镶钻或做其他的装饰。男士的胡子不能超过0.5英寸（1.27厘米），也不能把头发绑成髻子。

员工每只手只能戴一个戒指。女士佩戴的耳环不能超过两双，男士只能戴一只耳环或耳钉。其他的部位不能戴耳钉或环。在户外工作时，戴墨镜是被允许和被鼓励的，但是不能完全让客人看不见眼睛。文身是被允许的，但可能冒犯到乘客的文身不能露出来。

前台员工在下班后要待在乘客区域，必须穿上符合自己职位的制服；后台员工下班后若要待在乘客区域，18点前穿着商务休闲装，18点以后穿着更为庄重的休闲商务装，或者参加宴会的正装并且佩戴名牌。

在举止上员工必须得体有礼，不能给游客带来任何不适或干扰。在经过乘客区域时不能饮食或嚼口香糖，也不能倚靠、躺靠或双手抱胸、双手插袋地站在乘客区。在公共场合，包括亲吻、亲密身体接触在内的表达爱意的举动是不被允许的。在乘客区域，传呼机、手机和无声电话必须设为无声状态。接听手机或无绳电话时必须应答谨慎。员工不应该一边走一边使用无绳电话。下班后抽烟是允许的，但必须在指定的员工吸烟区，只有在协助乘客时才能使用乘客电梯。

Royal Way 的 13 个员工标准

1. 热情

永远给予乘客友善的问候和恳切的笑容。第一时间发现周围的乘客，从视线接触、点头或问候中，让他们知道你留意到了他们，并传达出友好的欢迎。

2. 温暖

与乘客建立个人化的交流，称呼他们的名字（尤其看到他们的房卡），使用船上的官方语言英语或乘客熟练的语言进行交流。如果不谙乘客的母语，可以找其他同事帮忙。

3. 关注

对乘客要真诚、体贴和细心聆听。对乘客的话要关注、理解，必要时重复他们的话语。使用友好的身体语言来表示你随时愿意帮忙。会面和交流时以乘客的时间安排为第一位，不是自己的。

4. 尊重

不能打断乘客的话，对话时使用谨慎、得体的腔调、声量和语言。从不跟乘客发生争执，也不在他们跟前吵架。在与其他船员交流时，只使用英语。在乘客区域里，除了协助乘客和工作之外，不得使用电子设备。在乘客区域里，无论何时都要谨记"乘客为先"。

5. 乐于助人

己所不欲，勿施于人。尊重所有人的文化差异。与船上和岸上的同事通力合作，为乘客提供Royal Way的体验。与船上的同事友好相处。

6. 激情

身为皇家加勒比家族的一员，在与乘客和其他船员交流时，永远表现出自豪、热情和活力充沛的一面。熟悉船上的产品和行程，随身携带每日《航程指南》，以便随时为游客提供帮助。

7. 惊喜

让自己正面的个性发光和发挥作用，寻求与乘客联通的独特方式，与上司紧密合作，把自己的才能运用到日常的角色和任务中。

8. 愉悦

为乘客创造难忘的记忆，做一些他们意料以外的事来给他们惊喜，意识到这对他们而言是独特的时光，人和人之间的接触比他们付出的票价更有价值。

9. 成就

尽力达到工作目标，通过与上司的定时沟通，了解自己的工作表现。知道所属部门和船的 KPI，与团队紧密合作来达成它。

10. 优胜

超越预期，传达 Royal Way 的所有体验，时时分享关于 Royal Way 价值观的故事，鼓励和支持团队成员生活在 Royal Way 当中。

11. 解决

确保所有乘客的需求能在最短时间解决，甚至超越他们的预期。要是力所不逮，求助于上司或其他团队。把每次的解决方案当作皇家加勒比辉煌的事迹。

12. 参与

永远表现出"我做得到！"的正面状态，深入了解乘客的需求，并且主动接近忐忑或需要协助的乘客。

13. 责任感

能根据"标准操作流程"和职责完成日常工作，并且注重细节，把工作完成得最好。让自己的表现说话，不要祈求乘客的感激、评论或评分。有意识维护船上的清洁，见到垃圾、杯子和碗碟会主动收拾清理，遇到更严重的问题会上报。

资料来源：皇家加勒比国际邮轮《*Royal Way*》

06. 皇家的娱乐产业

海洋航行者号上有3场大秀，包括皇家大剧院的《画中乐》（*Music in Pictures*）、《百老汇美妙旋律》（*Broadway Rhythm & Rhyme*）和Studio B的《冰上奥德赛》（*Ice Odyssey*）。皇家加勒比在全球的26艘游轮上每周有自己制作或原创的134台秀，近2000名内部歌舞演员，每天有10万以上人次的观众。

世界上两大舞台中心，纽约百老汇和伦敦西区有81家剧院，合计全年观众2900万人次，票房收入12.6亿美元。

毫不夸张的说，皇家加勒比是世界上最大的舞台剧演艺中心。

在美国佛罗里达州南部，棕榈树的掩映之中，有一座神秘的占地1.23公顷的3层楼玻璃建筑。这个位于迈阿密海滩北部的演艺中心拥有14间舞蹈排演场、15间声乐排练室、2间空中杂技训练室、1个300座的观摩剧场、一个2000多平方米的演出服制作工场及可供500名歌手、舞者、空中表演者、跳水演员、群舞演员居住的公寓。

这是皇家加勒比娱乐帝国的所在地。

这个娱乐帝国的君主是尼克·威尔（Nick Weir），这位生于英国赫特福德郡、留络腮胡、身高1.9米的帅气中年男子，是主管皇家加勒比国际游轮娱乐项目的高级副总裁。他从小和弟弟跟随当娱乐总监的父亲在游轮上长大，曾在英国ITV电视台做节目主持人并名噪一时，加入皇家加勒比后充分展现其卓越的艺术眼光和管理才能。

威尔上任后的口碑之一，是他在海洋量子号上的270度剧场，史无前例地引入46米的数码宽屏做舞美和用6台ABB机器人屏幕为演员助舞，使《星海传奇》成为量子号娱乐节目的重要亮点之一；在他的主持下，皇家游轮上演的《妈妈咪呀》《芝加哥》《猫》《周末夜狂热》等剧目，将皇家歌舞大秀登峰造极地推进到拉斯维加斯的规模和百老汇西区的水准。

威尔说："世界上没有一家演艺团体可以为我们庞大的船队提供这么多优质节目，也没有任何一个地方可以一下找到上演这些节目所需要的2000名歌舞演员，所以我们不得不自己选拔和培养人才。"

皇家每年都在全世界60多个地方，包括纽约、多伦多、伦敦、悉尼等国际都市，举行面试，招聘体形条件好，具备歌舞技能的年轻男女艺术才俊，组成皇家自己的庞大演艺团体，然后在太阳哨兵演

皇家加勒比迈阿密演艺中心：每天皇家加勒比1500名职业歌舞演员为在全球各地巡游的26艘游轮上的20万名游客上演百老汇歌舞歌舞

艺中心排演每条船需要的歌舞节目。

虽然船上的大型音乐剧没有票房压力，但娱乐节目的水平是皇家加勒比的秘密武器，因此演员的挑选分外严苛。歌手和舞蹈演员的年龄在20多岁到40多岁之间，不会超过45岁，女性要求1.63米身高以上，专业能力过硬，外貌要有魅力，并且活力充沛；男性要求身高1.73米以上，外表要阳刚强壮。游轮公司要求歌手能把控摇滚、流行、百老汇、蓝调、灵魂、爵士、福音等各种曲风，而舞者也必须有能力在嘻哈、爵士、芭蕾和现代舞之间转换。

歌手雷内（Rene）来自加拿大魁北克远离都市的乡村Saint-Ang-es（圣安吉斯）。她有四个姐妹，9岁起开始学钢琴。不久，钢琴老师发现她的歌声犹如天籁之音。她18岁进入学院学习音乐，之后继续攻读音乐硕士。但是由于商业演出合约不断，每周至少两次表演，她最后不得不中途辍学，全心投入演艺事业。雷内对皇家在演艺圈里的地位早有耳闻，但对自己能否被皇家选中没有把握。她在闺蜜的多次鼓励下才报名参加选拔。

当她得到皇家的面试机会时，又紧张又兴奋，连夜开车赶到多伦多考场，见到考场里已有30名到40名应聘者，个个看上去都比她胸有成竹。面试要求准备三首曲子，她因仓促上阵，只准备了两首。她唱了歌舞剧《马戏之王》中的主题曲 Never Enough、席琳·迪翁在《老友记》中的主题曲 All By Myself，然后考官让她唱了一首别的歌曲。午饭之后，她又回到7位面无表情的考官面前唱了一首惠特尼·休斯顿主演的电影《保镖》中的 I Have Nothing。考官对视了一下，对她说："你被录取了！"

舞蹈演员苏珊（Susan）的考场经历似乎要更加曲折一些。她来自悉尼，4岁就开始学舞蹈，10岁开始学唱歌，18岁开始她的演艺生涯，先后在香港迪士尼跳舞，在首尔和台湾演音乐剧。在墨尔本考场，她和100多名女孩经历整整两天，每天长达12小时的面试，一天考声乐，一天考舞蹈，什么舞蹈都跳了，芭蕾、百老汇爵士、踢踏舞、嘻哈舞、现代舞……

苏珊过五关斩六将，一直杀到面试的第五轮，最后一道关。但是面试之后的五个星期，却一点消息都没有。最后，苏珊终于接到了录取的电话，然后立即赶赴迈阿密加入海洋光谱号的歌舞队行列。

苏珊遭遇过的激烈竞争，是几乎所有皇家舞蹈演员入围之前都经历过的，大家都知道皇家是演艺圈内趋之若鹜的选择。

除了歌舞剧，航行者号还有一个其他游轮没有的演出——真冰溜冰场Studion B的溜冰表演。溜冰表演也是皇家队伍自制的，要求演员不但有演艺才华和外貌，还要有很强的身体素质和溜冰技能。

皇家娱乐团队的演员一般签署7到8个月的演出合约，在排练期也会有薪酬，在整个表演领域里，他们的酬劳是相当可观的。由于培养自己的团队成本极高，很多游轮都不会"养"演艺人员，而皇家加勒比属下的演艺团队却是阵容强大。以航行者号为例，一台音乐剧有4男4女8名舞蹈演员，另外还有两对男女歌手现场歌唱，冰上秀表演有6名单人溜冰演员、4位双人溜冰演员。皇家加勒比不用事先录制的罐头音乐，观众看到的都是现场真唱和乐队伴奏，因此这些台前演出的人员还包括演奏师，整个团队多达30人。

船上的娱乐节目非常丰富，一般每个航程会有2台至3台的大型舞台剧（Production Show）。还有从外部特邀的演艺嘉宾做主演（Head-liner）的小型节目。他们可能是钢琴师、魔术师、脱口秀演员、歌手等等，根据合约，会在某个航线表演两个月到半年不等。在航行者号上除了气势磅礴的大秀和多彩多姿的主演节目，还在各个酒吧有钢琴

舞台剧《飞翔》演绎人类飞行器发展的历程，从莱特兄弟到火星休闲之旅。

演奏、摇滚乐队现场表演、爵士乐演出、DJ舞曲打碟等等，每天有5到6场的演出。

在游轮设计和建造的过程中，大剧院是最煞费心思的场所之一。观众看见的是舞台、屏幕、现场乐器演奏等，在一幕幕的精彩演出背后，却是复杂的控制室、设备和数量庞大的幕后人员。

设计团队首先要考虑一个问题：剧场要建在哪里？像海洋航行者号能容纳1200人的三层大剧院，因为演出持续到深夜，所以不能建在客舱附近。现今游轮剧场的上方或下方如果建有舱房的话，都是用作船员的宿舍，因为船员轮班工作，可以在没有演出的白天休息。

演出的设备包括了灯光、音箱、可升降的背景、大屏幕、烟雾器等等，随着视觉技术的突飞猛进，近年来的演出加入了许多电脑特效，甚至是虚拟现实元素，因此又设了电子设备和电脑控制室。这些设备尺寸巨大，重量也很可观，在船上要考虑的是，设备不能扎堆放在一侧，这会增加游轮单侧的重量，影响平衡。

陆上的演出只需顾虑制作预算和剧情，游轮上的表演秀却要解决很多意想不到的问题。船在航行中多少会有震动，人感觉不到，机器却敏感得多。因此什么样的设备能扛住震感，也是需要考虑的问题。另外，游轮还得关注用电量，电量越大，用到的电缆就越多，在陆地的大城市供电不是问题，但这是以平均速度22节在海上航行的大船，增加的电缆重量都是负担。

游轮在剧场建造和硬件上，轻易可达几千·万美元。而这只是前期的基本费用，实际上制作一台高水准的百老汇音乐剧大概要花费800万美元以上，其中演员、主创和工作人员是最大的成本，占制作费的50%以上。

皇家加勒比的大型演出有两类，一类是购买的版权，例如从百老汇或伦敦西区购买版权之后引进的荣获托尼奖（Tony Awards）的剧目，诸如《周末夜狂热》《芝加哥》《猫》《妈妈咪呀》《发胶星梦》《我要颠覆你》等；另一类则是自主创作的自制剧，包括广受好评的《星海传奇》，以及在海洋光谱号上登场的《丝绸之路》和《光谱奇侠》。作为世界最大的演艺团体，皇家加勒比不只在演出规模上领先，也在原创性上投入了巨大心力，制作出属于自己的精彩剧目。

而所有船上的娱乐节目包括歌舞秀、外邀主演、各种娱乐活动，都是由娱乐总监和他的团队串珍珠那样组织起来，奉献给游客的。方立新是皇家加勒比第一位华裔娱乐总监，从神话号开始，一直在中国母港航线上工作，见证了中国游轮业的成长。他这样介绍他的工作：

我管理一支158人的团队，来自20-30个国家，包括歌舞演员（Cast）、技术人员（Black Shirt）、组织船上活动的员工（Cruise Staff）和负责少年儿童活动的员工（Youth Staff）。英语虽然不是我的母语，但管理一只由才华横溢、个性较强，文化背景差异很大的国际员工组成的队伍，我必须具备充分的专业知识，用能打动他们的语言去沟通。

每天，我的时间都排得满满的。9点是全船的广播通知"晨间播报"，通过客房电视里的游轮信息频道向游客介绍一天的活动。我要让游客们知道，他们的娱乐总监在陪伴和关照他们度假。然后，去办公室处理几十封邮件，到船上各处督察船上活动运行的情况，以及参与游客的活动（如玩碰碰车，看谁撞娱乐总监撞的次数最多）。接下来是管理团队的晨会，解决前一天发现的问题。11点参加套房派对，12点15分录制下一天的电视节目。之后还要到餐厅走一圈，和宾客们打招呼，下午主持泳池畔的活动。回宿舍休息1小时后，换上晚礼服的我要主持船长的迎宾派对，5点30分是晚间例会，接下来主持4场歌舞大秀，结束后是主题晚会（如西部乡村、成人探宝）。睡前还要再打开电脑，浏览邮件，以防错过重要的信息。

很多中国客人都能认出我，走到哪里都有人打招呼，他们看到的是我在聚光灯下的形象，看到真人："嘿，您在这儿哪？"或者，"您可要注意休息，在台上说那么多话，嗓子太累了！"东方人的人情味，就那么感人。游客有了问题，或者委屈，哪怕是芝麻蒜皮的小事，都会来找我："方总监，冰激凌机在哪里，我们上次在神话号上天天使用的。这次没找到？”我知道他们是没有把我当成外人，我直接把他们带到冰激凌机前。看到他们脸上孩子般的笑容，我的心情也像在三伏天吃到冰激凌一样，舒心怡爽。

07. 保护海浪

在漫长的航海史上，船上废物和废水的排放问题是这30年来才引起重视的。在环境保护成为全球议题之前，废物废水通常直接排放进海里。茫茫大海之上，没有任何监管或惩罚，轮船自然采取最便利、成本最低的排放方式。

多少年以来，无数吨的啤酒瓶、可乐罐、纸盘、纸杯、报纸、粪便和废水流进了海洋。一些有机的废物在海底分解，另一些垃圾，如塑料、化学用品等却无法被自然分解，永远存留在海里。

近20年来，海洋污染的问题被提上议程。拥有140个成员国的国际海事组织（IMO）立下协议，成员国的游轮不能将塑料扔进海里，以免造成永久性污染。

航行者号上有3000多名客人、1000多名船员，每天轻易可以产生一吨以上的垃圾。这些垃圾要怎么处理呢？

1992年，皇家加勒比率先发起行业内著名的“保护海浪”（Save the Waves）计划，并在4年后建立了“保护海浪基金会”。皇家加勒比在新船队的建造过程中，不断引进先进技术，1999年率先于行业其他游轮公司，安装了国际标准的污水净化系统。

游轮的污水分为黑水和灰水。黑水是机舱含油污水，颜色乌黑；灰水是各种生活废料，包括食品垃圾、排泄物等。在船舶污水处理方面，皇家加勒比的船上安装了先进的生活污水净化系统（AWP）和机舱含油污水处理系统（OWS），确保污水彻底净化，才排放到海中。

生活污水净化系统主要用于处理来自客房、淋浴、水疗中心、洗衣房、医疗中心、厨房餐饮等所有的生活类灰水。生活灰水会先预处理并且消毒，降低微生物量。污水的固体和液体分离，分别通过化学反应来灭菌，成为无害的物质。即使已经没有污染，甚至已经达到瓶装水标准，处理过的灰水只能在12海里以外的公海特定区域进行排放，固体垃圾则等游轮靠港时送到岸上处理。

含油黑水的排放就更加严格了，必须达到含油量少于15ppm。ppm（parts per million）是浓度的测量标准，指某种溶质质量占全部溶液质量的百万分比，15ppm，等于每1000000克里，含油量不得超过15克，是非常严苛的标准了。现代游轮公司不仅符合规定指标，甚至会更加严格，例如皇家加勒比船队平均的黑水含油量是1.5 ppm。

"保护海浪"：皇家加勒比废水处理系统

船上的垃圾处理是个庞大的系统，设备可能耗

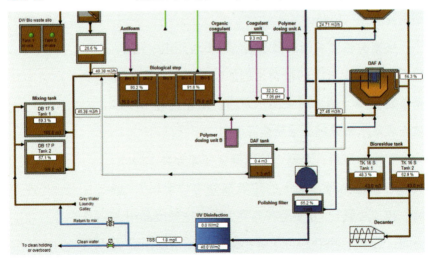

皇家加勒比船上的垃圾分类：塑料、纸张、玻璃和铝罐四种

资千万美元以上，庞大的机器可高达3层甲板，包含了分类、清洗、分隔、压缩、过滤、焚烧等功能。航行者号设置了一个重要的职位来指挥废物处理的各项工作——环境保护长官。这位高级长官肩戴三条半杠，级别仅次于船长和副船长，由此可见游轮对"保护海浪"的重视程度。

游轮空间有限，也无法像陆地一样，随时把垃圾运走。因此游轮上实行垃圾减负的策略，具体为"三个R"——减少（Reduce）、再循环（Recycle）和重复利用（Reuse）。

皇家游轮要求船员和鼓励游客节省用电、用水、用纸等，减少资源的浪费，例如使用过的毛巾挂起来重复使用，刷牙时关闭水龙头，防止这些干净水被当成灰水来处理，浪费能源。

游轮的塑料、金属、玻璃等会仔细分类、回收，然后送去再循环。船上的垃圾桶分为"塑料""玻璃"和"金属"，方便游客分类丢弃。这些废品很占空间，回收后啤酒和可乐等铝罐，会被挤扁压缩成方便码放的大方块；玻璃瓶会按棕色或浅色分类粉碎后装包上岸，塑料和泡沫会被挤压成团；纸张和纸壳会被切碎焚烧；食品残渣会放在冷藏柜里，防止发臭，直到进入下一个处理程序。

重复利用可以减少废品的产生，现今的游轮已经大大减少一次性纸盘、纸杯、纸碟的使用，以瓷器、玻璃等可以重复清洗的餐具来盛放食物。当然这会增加许多清洗的工作，清洗机器又会占据不少空间，而且产生更多灰水。到底要使用一次性工具，还是增加洗碗机，这是需要平衡考量的问题。

游轮也可以焚烧垃圾来减轻船上的承载负担。不过在游轮上用火是一件有风险的事，焚烧垃圾必须极其谨慎。

等游轮靠岸，废品会卸到岸上，送往垃圾场或者专业的再循环中心。并不是每个码头都能卸垃圾，国家与国家的法规不同，处理废品的能力有差异，垃圾会带来的环境污染、新物种"移民入侵"、能源耗费等等，都是各国口岸会考虑的问题。所以每个口岸都有相应的政策，可以说，这些年来政策越来越严谨，游轮要怎样丢弃垃圾是个严峻的问题。

解决问题的根源，只能从游客的生活习惯入手了。这是"保护海浪"的一大目标，普及环保意识，通过播放短片等教育方式，鼓励游客减少资源浪费，爱护珍贵的海洋资源。

08. 四海为家的生活

海洋航行者号的1230名船员来自70个国家。对于游客来说，在大海上度过一周的假期是新鲜而舒适的体验，但对全世界数万名船员来说，游轮既是工作的地点、社交的场所，也是他们的家。游轮的员工吃什么、住在怎样的宿舍、下班后会做什么？长期生活在船上是什么感受？这是很多游客感到好奇的。这里邀请程填，未来航程销售经理（Next Cruise Sales Manager）讲述她的船上生活。

　　2008年3月，皇家加勒比海洋神话号首次开辟了万人直达台湾宝岛游轮航季。这是我加入皇家加勒比游轮的日子。

　　与之前在陆地五星级酒店的工作完全不同！白天，身着白色制服在准军事化管理下，每天接待不同肤色、国籍和文化背景的全球贵宾和皇家游轮俱乐部的资深会员；傍晚在国际氛围中体验丰富多彩的海员生活，耳枕阵阵柔和的海涛，伴随咸甜的海风入睡；清晨醒来，舷窗外又是一片新奇壮阔的海岸风光和"新大陆"……感觉整个世界与我并肩同行。

　　我在皇家加勒比工作了6年。在游轮上工作，跟陆地上的工作完全不同。游轮的员工都是合同制，4个月、6个月和8个月的合同期不等。在合同期里，我们的工作是没有休假的，一周7天，每天工作8到10个小时，第二天起床，繁忙的工作又开始了。什么国庆假啊、端午小长假啊，对我们来说不是假期，是最忙碌的旺季。

　　但我们也会有短暂的休息时间。每次轮船靠岸，如果客人比较少，又没有任务在身，我们可能有几个小时的"休假"，可以到岸上玩。有时候前一天事太多，工作超时，主管也会补偿我们，批准我们在岸上多休息两个小时。

　　美国公司的管理很人性化，也有弹性，对员工的生活和心理状况都有照顾到。我们宿舍分为几个等级，普通船员住的是两人间，经理和经理以上的级别住单人间，如果到了总监级别，待遇更好了，可以搬到6层有海景的宿舍。即使是两人间也是五脏俱全，有私人的浴室和洗手间、电脑台和电视。同一个部门的同事会尽量安排在同一宿舍，以免影响到另一个人的作息。

游轮是24小时运作的，所以我们也排班工作。以前在前台的时候，分为早班、中班和晚班，所以有时候下班的时间是下午4点，有时是半夜12点。但我们不用担心吃饭的问题，游轮有两个员工厨房，差不多是24小时运作，只是在餐和餐之间，比如说早餐和午餐之间，有一个半小时的清洁打扫时段。即使是这个时段，厨房也会准备出面包、牛奶等给我们充饥。

食堂是自助餐形式的，中餐的选择会比较少，但是营养搭配很合理，鸡鸭牛肉、海鲜、蔬菜、水果都有，还有清真食物，我觉得很不错。经理和经理以上的级别，可以到客人餐厅吃饭，而且在特殊情况下，比如说员工下班时正好是食堂清洁期，主管体恤下属，也会在经过批准下，带员工去客人餐厅吃饭。

我们天天生活在一起，同吃同住，一起干活，所以关系非常亲密。我们同事之间，有不少成为恋人，最后结婚组成家庭的。一般的公司不支持办公室恋情，但游轮是鼓励船员之间谈恋爱的。领了结婚证后，可以申请住一个房间，也可以要求走同一个航线。公司会根据人员分配的需求，尽量满足夫妻一起工作的要求。

上了游轮，我们有一段时间会远离家乡、父母、配偶、孩子和朋友，孤独感也会有的。而且游轮工作强度蛮大，有时候也会觉得很有压力、情绪低落等等。

所以公司特别注重员工的心理状况，组织各种活动，排满我们的时间。船上不只工作，生活也蛮多姿多彩的。我们有自己的员工酒吧、电影院、台球桌。靠岸的时候，公司会租大巴带员工出去玩，游览当地的风景。我们前台部门每个月都有团建，通常都是在岸上，一起去玩真人CS、玩密室逃脱、吃大餐、K歌，有时也会举办篮球赛等等。所以要不是特别内向的人，很快就会融入大部队，适应船上的生活。

我们的合同期结束，续约的话，有时候会在同一条船服务，有时会派去其他船，所以同事的流动性很大。但有意思的是，在中国和东南亚走的几条船，对中国员工的需求是很强的，如果能称职完成工作，公司会尽量留住，所以很多人都会在游轮干很长时间，一来二去，几条船上的中国员工大都相互认识。

我们回到岸上，还会常常一起约饭，甚至出去旅行，我们叫作"海上之城的家庭聚会"。我们的关系已经远远超出一般的同事和朋友，更像饱经风霜和同生共死的海上战友，也是百年修得同船渡的一家人！

6

以皇冠金锚的名义
In the name of Crown and Anchor

在中国市场上，皇家加勒比是最负盛名和美誉度最高的国际游轮品牌。

在休闲旅游行业，每年有不少品牌颁奖活动。比较权威的奖项是由 *Travel Weekly*（《旅讯》）和 *TTG*（《旅业报》）举办的年度旅业评奖活动。从2009年到2019年的11年间，皇家加勒比独揽了评奖活动中的"中国最佳邮轮公司"大奖，反映了皇家在旅业中的地位和消费者中间的口碑。

更为有力的品牌影响力的证据，是直接来自市场认可。消费者是用钱包来投票的。船票销售就像大选，客房满舱率和票价就是选民投票数和对竞选候选人的评价。船票收益的两大要素是满舱率和票价，船票收益好了，船上收益也跟着高涨，总收益亮眼，总部就会派更好的船来中国，水涨船高，游客体验更好好了，收益就会更上一层楼。皇家品牌的成功就是这样一个良性循环的故事。

品牌的成功，自然有诸多原因，包括船舶和航线的部署、产品、控舱和定价、渠道、市场、团队、领导力、总部的支持，等等。但是，品牌的定位是至关重要的。在众多竞品中如何差异化定位，在历史悠久、文化深厚的中国市场上为一个舶来品定位，又如何与消费者产生共鸣？

01. 品牌标志的由来

上半部是棱角分明的皇冠，下半部是线条利落的锚，这个对称、简洁又有力的图案，就是皇家加勒比的logo（标志），皇冠金锚。

1969年，郭达斯·莱尔森轮船公司与斯考根家族和威廉森家族达成协议，共同组成皇家加勒比游轮公司。三艘新船的建造在紧锣密鼓地筹备当中，航程的策略也定了下来，紧接着就是产品的整体包装了。那一年的夏天，迈阿密的团队像高速运转的齿轮一样忙碌，有数不清的事情要做出决策：舱房价格、广告策略、菜单、船员的制服等。其中最重要的决策之一，是品牌标志（logo）的设计。

斯考根家族请来的设计师把皇家和航海两个元素结合在一起，绘制了戴着皇冠的船锚，这个创意立即就征服了所有股东。皇冠与锚内涵丰富，大气又有能量，但他们要面对一个不小的障碍。

皇冠船锚是挪威海军和商船船队的帽徽。帽徽的图案繁复，皇冠、锚和底下的麦穗是明亮的金色，锚上缠着船缆，皇冠上有三色宝石。为了避免侵权，设计师巧妙地去繁就简，以简练的线条勾勒出皇冠与锚的图案。

获得皇室的批准，不是件容易的事。奥斯陆的皇室对徽章图案成为商标，是犹豫不决的。有人说，最后是挪威国王奥拉夫五世亲口恩准，这个logo才得以使用（Kolltveit and Graham-Maxton, 1995）。

"皇冠金锚"非常成功，大受好评。logo是一家企业的脸孔，这张"脸"除了有标识别作用，更是企业身份、气质的展现。皇冠金锚

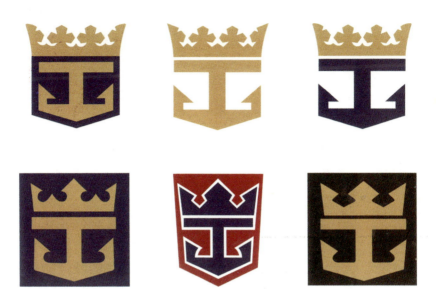

皇家加勒比品牌标志：设计方案的演变

无论是装饰在烟囱、门牌还是袖扣上都非常醒目，严正大气，直接地传达出皇家的大家风范。直到今日，皇家还有专员负责维护logo的准确使用，任何加盟商或纪念品供应商在使用logo时，皇家金锚的比例、线条角度、色系的采用等都必须遵守规范，不能有任何偏差。

皇家加勒比能在不到10年的时间里，成为中国第一国际游轮品牌，除了logo以外，名字也为品牌资产的价值，做出了贡献。皇家加勒比是个朗朗上口、非常好记的名字，"皇家"象征尊贵，"加勒比"是世界上最引人入胜的度假胜地之一，两者结合，很容易就让消费者留下深刻和美好的联想。

响亮的名字是品牌的脸面，名字不但是为了辨识产品，也承载着消费者的忠诚度。因此游轮公司

在并购其他游轮品牌时，通常会保留原先的名字。
例如精致游轮在被皇家收购后，依然保持其原来希
腊公司的名字和烟囱上著名的"X"logo。

　　烟囱上的图案是游轮打造品牌辨识度的重要视
觉元素。皇家加勒比游轮有一个明显的标志，从挪
威之歌开始，皇家在烟囱的位置，建造非常有创意
的"维京皇冠酒廊"，配上夺人眼球的皇家加勒比品
牌标志，让这些船看起来与众不同。游轮从海上驶
近海岸，会吸引很多岸上游人的注目，让人心生羡
慕之感：为什么在这艘游轮上吃喝玩乐的不是我呢?

　　费恩曾经问我："由于历史原因，我们起了

'皇家加勒比'这个名字，在英文里是两个词（words），在中文里是几个字？"

"在中文里是五个字（characters）。"

"是不是太长，中国是新市场，改名字现在还来得及？"

经过一番对消费者和旅行社的调研，我们发现"皇家加勒比"是最受青睐的。

02. 品牌的功效

我不是市场学的科班出身，对4A公司的理论半信半疑，我相信做品牌，一半是科学，一半是艺术。我对品牌理论的感悟是从实践中摸索出来的。

品牌是情感的标记。

品牌的意义在于产生联想。

品牌是给消费者的信号，为产品的差异化服务。在完全充分竞争的市场（perfect competition）上，没有产品差异化，将会导致不计其数的、规模对市场价格来说无足轻重的供应商为市场提供一模一样的产品。

完全竞争的市场不会产生消费者所需要的豪华游轮产品。游轮市场的结构是寡头市场（oligopoly），即为数不多的供应商为消费者提供有差异化的产品。2019年在国际游轮产业协会名下注册的游轮公司共有53家，但是在产生直接竞争关系的区域市场上可以生存的企业数量是有限的。在北美嘉年华、皇家和NCL三大游轮母公司在北美市场所占的比重达到89.1%（*Cruise Industry News*，2019）。

没有差异化的产品是货品（commodity）。货品只有价格的差异，而不是品质的差异，消费者在选择购买时只看价格。严格意义上的货品是不存在的。即使购买矿泉水，消费者也要看品牌。

品牌给消费者一个选择产品的理由，是产品差异化的标志，有助于降低消费者的搜索成本。

搜索成本指的是消费者在购买之前，为了了解产品和比较价格耗费的时间与精力。如果对一个品牌认同和信赖，消费者在购买前就无须再看太多攻略和做太多的功课。消费者和供应商对产品的信息是不对称的，后者的产品知识远多于前者，前者只有在消费了产品之后，才会对产品有所了解。品牌帮助解决信息不对称的难题。

品牌和产品说明书上的产品性能不一样，不是物理属性，而是精神层面的东西。但是品牌并非空穴来风、凭空杜撰的。品牌有实实在在的产品基础，是由口碑积淀而成。没有产品基础的品牌故事不可能持久。品牌和产品的关系，是毛和皮的关系，皮之不存，毛将附焉？

对于公司来说，品牌是资产（equity），就像所有的资产一样有价值。品牌是无形资产（Intangible Assets），在许多案例里，这个无形资产甚至比有形资产更值钱。

品牌的价值可以用知名度和美誉度来衡量。知名度分为"被动的认知"（Aided Awareness）和"主动的认知"（Unaided Awareness）。举个例子，如果做街头问卷时，问题是"选择您最喜欢的游轮"，有ABCDE几种提示，答者看选项回答，那就是"被动的认知"；如果没有提示，答者直接回答"皇家加勒比"，那就是对品牌有"主动的认知"。

美誉度也是基于消费者调研数据得出的。在过去10年中，根据第三方数据，皇家品牌从零知名度成长为中国知名度最高的游轮品牌，美誉度更是遥遥领先竞品。皇家过硬的产品是品牌力提升的主要因素，航行者系列和量子系列是皇家知名度和美誉度在中国市场上升的两个台阶。

一个成功的品牌有明确的受众定义。做品牌，不是简单地做广告

皇家加勒比游轮连
续 10 年蝉联 *TTG*
和 *Travel Weekly*
授予的大奖

而已，先要了解受众，认识到他们的消费动因、需求、地理分布、社会心理特征、消费行为、媒体摄取习惯，等等，然后才是定义品牌的内涵和外延，即给品牌在市场上、在消费者的心里空间定位。

建树品牌是个长期的过程，不是一蹴而就的事情，这不仅是在消费者的心目中建立一席之地需要时间，同时建树品牌也需要持续不断的摸索，有一个对受众了解和理解的过程，不可能靠一个预先设定的理论和计划来完成，理论和计划是在摸着石头过河的过程中形成的。

在中国建树国际品牌，还要面对消费者的语言差异和文化差异。中国消费者和西方消费者的理念、爱好和习惯既有共同点也有差异点，不仅品牌的内涵和外延可能有所不同，而且品牌的信息也有所不同，或即使内容一样，表达方式也要有不一样，才能在中国消费者之间引起共鸣。品牌要有效地传递什么样的信息，就是要去寻找品牌精髓（Brand Essence）和对消费者洞察（Consumer Insight）的交集。

国际游轮公司的品牌建树

消费者是一本不易读懂的书，消费者的偏好就像钻石一样，是多面的，不是一两句话就可以说清楚的，而且不是一成不变。

03. 游轮业态

品牌定位首先要了解目标消费者在哪里。

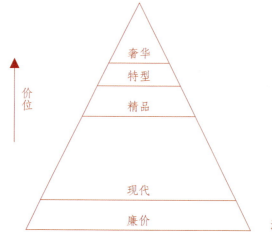

游轮定位

根据价格的维度，游轮可分为5种业态类型，奢华（Luxury）、特型（Specialty）、精品（Premium）、现代（Contemporary）和廉价（Budge），每一种业态都有自己的消费者客群（Dickinson and Vladirmir, 2006）。

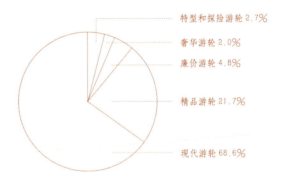

特型和探险游轮 2.7%
奢华游轮 2.0%
廉价游轮 4.8%
精品游轮 21.7%
现代游轮 68.6%

游轮业态及其比例 （*Cruise Industry News*，2019）

历史上邮轮曾经是小众产品。大西洋跨洋班轮上，乘客分为住在水线以下统舱的移民，和住上甲板的头等舱客人。头等舱价格昂贵，乘客大都是有一定年纪的富翁和他们的太太，因此游轮被视作是养尊处优阶层享受的、是老年人出游方式。全世界的从未坐过游轮的消费者，不论是国内的还是国外的，对游轮的这种看法惊人的相似。

正如读者在第一章看到的，50年前，皇家加勒比、嘉年华、NCL开始打造专为巡游和度假为目的的游轮，不仅把游轮从交通方式转化为度假方式，而且把小众度假方式转型为适合中产大众、价格合理的广义度假方式。这就是占世界船队规模的68.6%的"现代游轮"业态（contemporary sector），现代游轮是相对于传统邮轮而言。

因为船票价格是游轮封闭空间的函数，英国旅游经济学家卡特赖特和拜尔德使用游轮的空间比（总吨／乘客数）和舱房面积来区分游轮的业态（Catwright 和 Baird，2009）。总吨表示游轮的封闭空间的大小，用总吨除以最大载客数和双人载客数得出的比值，称为"最大空间比"（PSR（M））和"双人空间比"（PSR（2））。

表：不同游轮业态空间比

	最大空间比PSR(M)最大值	最大空间比PSR(M)最小值	最大空间比PSR(M)平均值	双人空间比PSR(2)平均值
现代游轮及廉价游轮	29.8	15.1	22.1	26.8
精品游轮	47.5	24.1	35.7	40.1
奢华游轮	61.6	36.7	48.0	49.5

来源：（Catwright 和 Baird，2009）

表：不同游轮业态舱房面积

	舱房面积(平方米)平均值	舱房面积(平方米)最小值	舱房面积(平方米)最大值
现代游轮及廉价游轮	11.6	5.0	98.4
精品游轮	14.4	12.4	140.7
奢华游轮	19.5	12.8	120

来源：（Catwright 和 Baird，1998）

海洋航行者号总吨138000，最大载客量3840，双人载客量3284，PSR（M）=35.9，PSR（2）=42.0，远高于现代游轮的均值，相当于精品游轮的均值。内舱房的面积在13.9-23.8平方米之间，海景房的面积在15.0-30.0平方米之间，阳台房的面积在16.6-25.5平米之间，套房的面积在35.0-100.0平方米之间，可与精品和奢华游轮相媲美。这就是为什么皇家是现代游轮中占据金字塔高端的。在下面我们还会深入讨论这一话题。

廉价游轮是一个不容易生存的业态，因为廉价意味着游轮又回到运输方式的形态，50年前由于航空业的兴起，游轮的运输形态已然死亡。欧洲的廉价航空做得很好，20世纪90年代英国廉航巨头易捷航空（Easyjet）以为可以在游轮业复制同样的成功，开始涉足廉价游轮产业。结果，这家背景宏大的廉价游轮公司半年就倒闭了（Dickinson and Vladirmir, 2006）。

皇家加勒比集团公司旗下的精致游轮(Celebrity Cruises)属于精品游轮业态。精致游轮成立于1988年，目前拥有13艘游轮，这家有着希腊基因的游轮品牌以现代设计和温馨的空间而著称，主打宽敞客房，保持欧洲传统的饮食和个性化的优良服务。该品牌形象标志中的"X"象征"现代奢华"的品牌定位。2018年12月新下水的精致爱极号（Celebrity Edge）的突破创新，包括可升降的甲板平台、无限阳台以及屋顶花园。

皇家加勒比集团旗下的银海游轮（Silverseas)是奢华游轮的一员。来自摩纳哥的银海游轮成立于1994年，是在欧洲享有极高声誉的一个超豪华游轮公司，餐厅酒吧一价全包，以美食、客房用餐、全套管家服务而著称。船上没有内舱房，只提供带有私人阳台以及露天餐台的海景套房。银海只有9艘船，但全年目的地达到900个，包括像加拉帕戈斯群岛这样迷人的地方。这家游轮的船员和乘客配比是1：1.4，24小时的现点现做式餐饮和完全免费的酒水，吸引了很多想要安静环境和高品质服务的客人。

精品和奢华游轮在人数、空间比、餐标、游客数和服务生的比例等方面与一般的现代游轮有差异，游客以老年游客为主，但是也有例外，如精致游轮定位40岁左右的现代女性游客。然而在硬件水准和娱乐设施方面，精品和奢华游轮与中国消费者心目中的"高端"不一定是相同的概念。中国消费者眼里的高端游轮必须有一流的硬件，而皇家的大众游轮的硬件并不输于精品甚至奢华游轮，船上的客房水准、餐饮选择、娱乐节目就是消费者追求的"高大上"。中国母港游轮市场还在成长期，出现现代游轮业态以外的市场细分，可能还需要时日。

04. 目标客群细分

对消费者的分类、刻画和调研，在美国有相当成熟的理论和实践。一种通行的做法，是将消费者按照年龄段来做市场细分，对他们的社会心理特征、消费行为、媒体摄取习惯建立模型，基本的假设是，年龄是行为倾向的主要决定因素。

沉默的一代（Silent Genaration），指的是1926年至1945年出生的一群人，经历过大萧条和战争，在战后的重建中积累财富，对公共事务普遍冷漠，更关注个人事业，因此被冠以"沉默"之名。

婴儿潮（baby boomer）是1946年至1964年出生的一群人，他们受益于和平时代的经济发展，享受到更充裕的食物、衣服等物质条件，他们质疑传统价值观，认为自己这一代独一无二，然而却被诟病为"消费主义者"。

X世代（Generation X）生于20世纪70年代至20世纪80年代，

由于更多女性参与工作，离婚率增加，这代孩子通常在较少的家庭照顾下长大。因为家里没人，有些孩子会在脖子上挂着家门钥匙，所以也被称为"latchkey kid"（钥匙孩子）。这个群体更追求工作与享乐的平衡、活跃、容易快乐、富有创造精神，喜欢嘻哈、车库摇滚和独立电影。

千禧一代（Millennials/ Generation Y）是20世纪80年代至2000年出生的一代人，自小在高科技产品和信息流的包围下长大，与传统体制疏离，更倾向于在虚拟网络里建构人际社交关系，而且讨厌被冠以"千禧一代"的标签。

参照美国的方法论，我们也可以按年龄对市场细分进行建模。中国社会自1949年以来经历了不同历史阶段和发生的巨变，在不同年代人群的观念、情怀、爱好中留下了深刻和差异显著的烙印。1949年"解放前"出生的对应沉默的一代，50-60年代出生的是中国的婴儿潮，70-80后在"文革"后期和"改革"初期出生的是X世代，90后和00后在信息技术普及后诞生的是千禧一代或Y世代。就像岩石的分层，不用测同位素，肉眼就能开出不同的地质生成年代。

50-60后经济现状大不相同，有的在楼市和股市红利里积累了财富，有的虽历经坎坷还是平民老百姓，这一时期出生的人群，比较传统、尊重集体主义、关心政治、观点差异较大；70-80后更注重自我和享乐，对社会态度相对温和，一方面国际视野更开阔，另一方面更沉浸在自己的小世界；90-00后是中国的千禧一代，是被虚拟网络与资讯科技喂养大的一群人。他们是个性的、多元的，以独特或亚文化的小圈子为基地，发展自己的喜好及人际圈。

这些客群有截然不同的爱好和媒体习惯。50-60后喜欢民歌、红歌、邓丽君、欧美经典老歌，还维持着阅读报纸和看《新闻联播》的习惯，对资讯的吸取主要通过纸媒和电视。70-80后可能更喜欢周杰伦、五月天、张韶涵等等，有更广阔的国际视野，也不再依赖纸媒和电视。他们会在国内外的网站看新闻和资讯，空闲时也会阅读消费刊物和国内外的杂志；他们经历过论坛和博客时代，在权威媒体和官方新闻之外，开始接触到各种"野生"的、个人化的和同好者的信息。90-00后可能更钟情古风和纯爱类型的歌曲，不阅读纸媒，也很少看电视，对资讯的获取主要是靠网络。微信公众号、朋友圈、微博、快手、抖音、小红书、豆瓣、虎嗅等各种APP是他们日常浏览的主要内容。

年龄段只是一种分类的维度，当中国市场规模扩大，更多的消费者登上游轮，随着经验的深化，对游轮的需求和上船动因也变得复杂而多元。卡特赖特和拜尔德（Cartwright and Baired，1999）根据行为倾向，把游轮消费者区分为七个类型。

消费者想知道自己属于哪个类型，可以尝试回答下面的问题。每个问题，消费者可以根据程度选择1到10。1是"完全无感"，10是"极其喜欢，极其同意"，以此类推。以下问题中答案程度较高的那一个，就表示消费者倾向于该类型。

1. 你喜欢活动密集、充满活力的游轮吗？

对应类型：派对动物（partygoer）——他们上船是为了享受丰富的活动和夜生活，最看重游轮的娱乐设施、赌场、派对宴会和活动。他们不嫌弃游轮人多和行程密集，越热闹越兴奋。

2. 你喜欢放松、安静的游轮环境吗？

对应类型：休闲者（relaxer）——这类游客希望从紧张繁忙的生活中解脱，所以更享受船上的"孤独"时光。白天他们多半在安静的日光浴场或者图书馆，只有当游轮停靠码头、游客大半已经下船，或晚上寂静时分，他们才会享用其他设施。

3. 你有非常喜爱的游轮品牌，会想登上这个品牌所有的游轮？

对应类型：痴迷者（enthusiasts）——他们热爱游轮，对游轮品牌与其行业如数家珍，不在乎行程，只要在船上就感到满足。与美国相比，英国的游轮痴迷者更忠诚，常常会光顾同一个游轮品牌。

4. 你每次上游轮之前，会想好每个场合的服装搭配吗？

对应类型：漫游者（Stroller）——这是哲学家本雅明提出的概念，"漫游者"原指19世纪在巴黎街头游荡的人，他们四处观看，也是被观者。在游轮上，游客有机会穿上平时不穿的正装，悉心打扮，享受被人观看的满足感。由此他们剥离了日常生活，感觉自己不同了。

5. 你会事先对目的地的文化、历史、地理进行了解，并且希望通过旅程学习更多？

对应类型：求知者（seeker）——这类型的游客极其罕见，他们期待的是深度游，想要深入了解和体验另一种文化。游轮停靠时间有限，走马观花的游客居多，求知者只能选择更专业的精品游轮。特定的精品游轮会为游客提供小众行程，甚至邀请专家在船上讲课。

6. 你会希望行程里有更多自然景观吗？

对应类型：探索者（explorer）——他们的兴趣点在于罕有人迹的风景，喜爱更自然原始的村落或野外景观。购物中心和歌舞秀对他们毫无吸引力，划独木舟、攀岩、大草原穿越才是他们旅游的目的。

7.你会打卡所有景点、船上的所有设施并且发到社交媒体上吗?

对应类型: 浅尝者 (Dipper) ——这是最庞大的群体, 一点点的文化冲击、少许新鲜的生活方式就能满足他们的需求。他们是典型的"去了、看了、试一试, 买件T恤做纪念"的大众游客。这群人不介意随着导游走马观花, 走遍热门景点却收获甚少。

当然消费者和行为倾向是非常复杂的, 每个人都是多面体, 而且会随着时间改变。但不管是为了寻欢作乐、安静休息、求知探险, 或者是为了在朋友圈里展现自己多姿多彩的生活, 实际上都有相应的游轮产品来满足消费者的需求。

皇家加勒比在开发私人岛屿Cococay (可可岛) 时, 就针对不同类型的消费者, 提供适合的度假设施。这可以用两个概念来概括, 一个是Trill (战栗), 一个是Chill (放松)。

"战栗"包括了各种冒险、刺激、新奇好玩的设备, 在岛上停留期间, 乘客可以乘坐氢气球飞上137米高空, 俯瞰巴哈马群岛; 或乘坐高空缆车穿越港口。水上乐园有完全垂直的尖刺蛇滑道、盘绕的绿曼巴滑道和41米高的夜魔山滑道, 也是北美最高的滑水道。喜欢大自然的也可以去做浮潜, 观赏美丽的珊瑚礁和海洋生物。

"放松"在这个私人岛屿里更容易实现, Oasis Lagoon (绿洲礁湖) 为游泳者提供三个海湾, 一个游泳酒吧, 还有三个迷你游泳岛, 配有水上躺椅, 可以晒晒太阳或翻开一本小说。消费者还可以租一间私人小屋, 在无人打扰的环境里享受独处或与朋友家人私密聚会, 让调酒师递上喜爱的鸡尾酒。

05. 皇家加勒比的定位

如果现代游轮或大众游轮市场是按硬件档次和价位从低端到高端的金字塔，那么皇家加勒比国际游轮品牌定位在金字塔的顶端。皇家游轮的船龄、造价、公共空间比、客房面积、餐饮选择和餐标、娱乐设施和节目都定位在这个业态的一流水准。

高端体现在产品里，也体现在客群方面。皇家的目标客人大都是年龄在25-65岁，收入在中产水平。

一般认为，与所有行业一样，在金字塔底端的产品，受众会更广，在整体行业不景气时，这些产品有更强的抗险能力，但要是经济形势良好时，高端的游轮更有优势。游轮在中国的情形不完全如此，游轮本来就是旅游度假市场的"奢侈品"，况且如果游轮不与国内度假胜地有所差异的话，就不会有自己的市场，这至少是皇家在中国成功的经验。

在大众的惯性思维里有一个误区，就是廉价的产品性价比更高。性价比指的是价格与品质的比值。如果一件产品价格低、品质不能给予消费者想要的满足感，性价比可能很低；如果一件产品价格高，但消费者从中得到的满足感超出预期，性价比可能比某些低价产品更高。

性价比的讨论，还必须考虑到产品本身的性质，奢侈品和大众品牌不能放在同一个天平上衡量。例如劳斯莱斯是世界上最好的汽车之一，无论性能和舒适度，都是首屈一指的。不可能把劳斯莱斯和大众车进行性价比的比较，因为劳斯莱斯和大众的消费者追求的是不同物理和精神层面的性能。同样道理，也不能把飞机和游轮相比较，因为游轮已经不是纯粹的交通运输工具。

皇家加勒比国际游轮定位高端大众游轮市场，所谓"大众"是区别于"小众"，皇家是为中产大众服务的主流度假产品，而不是仅仅为在一定年纪以上、养尊处优的人士服务的传统游轮。传统游轮的生命周期可能已经走到尽头，这就是为什么游轮的渗透率在美国只有3.6%。皇家加勒比引领现代游轮

跨代家庭是皇家的核心目标客群

的潮流，从航行者系列，到自由系列和绿洲系列，一直不懈地努力用船的规模和创意去打开一个可能还在沉睡的、由从未坐过游轮的消费者构成的庞大市场。所谓"高端"是为了在主流市场上与交通运输工具作最大的区隔，是为追求有品质的假期的消费者定制的。

前嘉年华品牌总裁和CEO鲍勃·狄金森回忆很多年前，他和前皇家加勒比营销副总裁罗德·麦洛伊德（Rod McLoed）有过一场关于品牌定位的有趣讨论（Dickinson and Vladirmir, 2006）。麦罗伊德用"喝酒人士指导"来比喻奢华游轮和大众游轮的细分。他把银海游轮比作"香槟和鱼子酱"，把皇家加勒比比作"葡萄酒和奶酪"，把嘉年华比作"啤酒和面包圈"。他认为皇家加勒比和嘉年华同属现代游轮业态，但实际上有差别，一分价钱一分货。

他认为皇家加勒比看似跟嘉年华同一层次，但实际上差别很大。从高端性来说，皇家更胜一筹，因为皇家更贵，"一分钱一分货，给的价格越高，获得的回报越好。"

狄金森不以为然，他说游轮产品的市场价格会受优惠活动、区域市场售价、旅行社回扣等因素的影响，价格的浮动，要具体看是哪条船、行程的安排等等，所以很难说一概而论哪个牌子的价格卖的更好。游轮和航空和酒店是一样的"易腐产品"，你能说美国航空比达美的票价更贵，或者万豪比希尔顿房价更高？更重要的是产品的成本，"红龙虾"（北美连锁餐厅）以比竞争对手便宜的价格售卖更新鲜的龙虾，这是为什么？采购量越高，单位成本就低。

每个品牌都有自己的商业逻辑，无所谓正确与否无所谓高低。每个品牌都应该找到适合自己生存的市场空间，关键是空间足够的大，消费者给与足够的认可。

在过去十年中，不同的国际游轮品牌在中国市场的营销各显身手，实际上是在这个新兴市场实验室里测试了截然不同的定位策略。有打文化牌的，有强调服务水准的，有"专为中国定制的"，等等不一而足。皇家的品牌定位成功与否，由市场评说，但是有两个鲜明的特点。第一，打硬件牌，皇家派到中国的无可辩驳的都是最大的、最新的、造价最高的、最富创意的。皇家在消费者和旅行社心目中的形象是"高大上"。对于新兴的游轮市场来说，硬件可能是最有信服力的产品品质高低的标志，是在市场竞争中最为有效的差异化武器。

第二个特点就是坚持"国际化"。诚然，对船上的餐饮和娱乐要根据中国消费者做出适当的调整，但是我们相信消费者希望在船上体验到的是和家门口商厦里或国内度假村不一样的感受。皇家的酒店管理系统和人才团队都是国际水准的，这是我们的强项。

皇家加勒比国际游轮总裁和CEO迈克·贝利指出，皇家的核心客户是跨代家庭。一个家庭里的几代人都能在皇家"大有可玩"的游轮上找到各自和共同的度假方式，祖父祖母能悠闲地在甲板上散晨步，在阳台上看夕阳，含饴弄孙，四处走走看看、甲板上躺躺、酒吧里听听歌，自助餐厅应有尽有，房间里打扫得清清爽爽，服务生笑容可掬，老人轻轻松松就出了国走走逛逛。

年轻的父母可以把幼儿托到"海上历奇"，让十几岁的孩子去玩镭射对决、攀岩、冲浪、跳伞、篮球、溜冰、游泳、看电影。自己去酒吧和剧院享受难得的两人时光，男士可以去皇家娱乐场碰一碰运气，女士可以去逛皇家大道。

但是一家人在船上又有许多共同的时光。想在一起了，就约好了在哪里见，或在自助餐厅、或在咖啡馆、或一起去看冰上秀。谁累了，谁就回房间休息，这在全家地面游行程中是不可思议的。晚餐时间，一家人又可以在主餐厅围坐在一起聚餐，父母和儿女在一起，祖父祖母和孙子孙女在一起，分享白天各自不同的经历。同一时光、同一艘游轮，不同年龄段的人度过的是截然不同的假期。

对于中国现代跨代家庭来说，皇家的船是"孩子的天堂"，孩子高兴了，父母就高兴，第二辈和第三辈高兴了，祖父祖母更高兴。

但是，我们的船也有能力为不带孩子的游客提供多样化的体验。如果你是年龄偏大的消费者，喜欢在晚餐前喝一杯鸡尾酒，去看两场秀，然后在用完深夜夜宵后入睡，第二天早上六七点起床，重复同样的生活节奏，你在船上会觉得很舒适。如果你是个青年人，不愿意在午餐前醒来，无所谓早餐不早餐，只愿意在深夜挥洒精力，跟同龄人一起疯玩，不到早晨五点不回家。在船上，你也可以。这两群人通常不在一个轨道上。但我们有足够的场地和员工，让他们能同在一起。

喜欢探索新知识的游客在船上可以参加"All Access Tour"（探索之旅），去看驾驶台、大剧院后台、为几千人提供餐饮的后厨、船员的下班后的世界，或了解船上的生活污水是如何净化成瓶装水标准再排入公海，了解游轮运营鲜为人知的幕后故事。

皇家的船足够的大，专供成人休憩的日光浴场、不同风格的酒吧、20多种餐饮选择、不计其数的娱乐活动、与世隔绝的套房社区，情侣、蜜月、新婚、空巢夫妇和任何喜静不喜闹的游客都可以找到他们的世界。能容纳3000-4000多游客的大船，除了皇家大道上的免税店熙熙攘攘，在其他公共区域里几乎门可罗雀。

明智的品牌定位为皇家加勒比在中国市场上和中国消费者心目中奠定了一席之地，市场部富有创意、切合品牌的定位、符合中国人审美的广告语，发挥了很大的作用。不论是2012-2013年强调航行者系列产品特征的"亚洲巨无霸"、2015-2016年强调量子系列产品特征的"来自未来的游轮"，还是打情怀牌的"像皇家一样尊享人生"的品牌广告语都曾在市场上刮起阵阵旋风，在追求现代生活方式的消费受众中引起共鸣。

旅行社经常告诉我："这些日子来，只有你们这个品牌能让消费者主动打电话进来询问。"毫无疑问，消费者相信如果他们想要一个充满活力、愉快的、丰富多元的优质游轮假期，皇家加勒比不只是首选，甚至是唯一的选择。

7

量子飞跃
Quantum leap

　　2013年皇家加勒比的两艘巨无霸海洋航行者号和海洋水手号齐聚中国，分别执行夏季航线。歌诗达以总吨只有航行者一半的经典号、浪漫号和维多利亚号对垒，在上海和天津执行全年航线。在市场份额上，皇家占58%，歌诗达占42%。

　　嘉年华集团在世界的任何一个区域市场上，无论市场份额和影响力都是占上风的，在北美排名第一的游轮品牌是嘉年华，在德国是爱依达，在英国是P&O，在整个欧洲嘉年华集团也是份额最大。然而，它们哥诗达在中国虽然早于皇家4年进入市场，却屈居第二。

　　自信满满的嘉年华当然不甘心看到霸主地位受到挑战。2013年5月，嘉年华高调宣布旗下的公主邮轮将于2014年进入中国，部署在上海的夏季航线，公主的销售在旅行社渠道中打出了"公主比皇家更高端"的旗号，皇家的销售毫不示弱，调侃"所有的公主都是皇家的"。

　　与此同时，皇家在秘密策划下一步将要在中

国亮剑的秘密武器——"第三艘让市场震撼的大船"。

比起嘉年华，皇家更有底气的是其团队在中国市场的业绩表现，这与皇家在其他市场上的成绩相比，亦属佼佼者。从2010年以来，中国市场业务量翻一番的同时，船票收益也处于两位数增长的势头。由于船票售价较高，上船客人的购买力也更强，游轮的二次收益表现亮眼，让皇家其他区域市场刮目相看。

正当国际游轮公司在东北亚洋面上你追我赶的时候，他们没有意识到，接连不断的暴风骤雨即将来临。

01. 岛礁与导弹

上海和天津的赴日航线刚刚恢复，福岛地震与核泄漏的负面影响刚刚平息，中日关系又陷入了钓鱼岛危机。

2012年4月，东京都知事石原慎太郎在美国华盛顿演讲时，正式表态东京都将购买钓鱼岛，并称协议基本达成。该年7月，日本首相野田佳彦决定用中央政府的名义，从石原手中"购买"钓鱼岛及其附属岛屿南小岛和北小岛，即"钓鱼岛国有化"。中国政府以及中国台湾地区当局立即提出了强烈抗议。中国海监船在钓鱼岛12海里附近的海域巡航，宣示主权。

到了9月11日，日本政府签署购买合同，不顾中方的强烈反对，宣称日本入主该岛屿。媒体头条铺天盖地都是钓鱼岛事件，谴责日方侵犯中国领土。民众在日本驻华大使馆前游行抗议，抵制日货的呼吁此起彼伏。"索尼"的淘宝搜索指数环比下降了20.7%，"丰田"下降了15.8%。

9月15日，中青旅、康辉等几家大社都宣布取消赴日旅游，虽然不是所有旅行社都跟进，但包括游轮在内的赴日旅行团的报名人数急剧下降，报了名的游客也提出取消预订行程。

根据多年的经验，我们知道中日航线可能随时叫停。但是除了做好重新部署航线的备案，我们只能一边安抚旅行社，一边静观事态的发展。距离航季结束的10月中旬，只有1个月了，我和团队在心里暗暗祈祷上帝让我们熬过这最后的30天。

旅行社纷纷询问我们有什么应对政策。在我们的立场来说，船舱切给了旅行社，旅行社再卖给游客，如果出现退票等问题，那是旅行社和游客之间的协商谈判，按契约游轮公司是没有责任去解决的。但由于中国市场的特殊状况，我们不可能见死不救。

旅行社一再向我们抱怨每天船票卖得少、退得多，亏损在所难免，明里暗里地希望游轮公司能给予补贴。此时众信的冯滨找上了我，想跟《北京青年周刊》合作，在众信包船的航行者号航次上举办"BQ明星品牌价值榜"颁奖活动，请来张国立、邓婕、陈建斌、蒋勤勤等著名影星上船，用明星效应带动船票销售。

一开始我对这场活动是有所顾虑的，皇家加勒比做大型的宣传活动都有充分的前期准备，不会临阵磨枪。然而因为销售形势不佳，出于对旅行社的援助，同时又因为活动的创意，我们答应了众信，并且投入了两百万的市场经费。

这个航次9月16号在天津登船起航，停靠福冈和釜山，21日返回天津。市场部和《北京青年周刊》品牌部加班加点，活动筹备进展顺利，明星们和媒体的行程都敲定下来了，就等着开航。活动前期市场宣传也席卷京城，旅行社门店和消费者媒体出现了颁奖活动的海报，"明星云集巨无霸，航行者号见分晓"的字样吸引了公众的眼球。消费者到众信门店预订航行者号916航次的人数剧增，航行者号也因此在华北名声大振。

启航前一周船票将近销售完毕，但是钓鱼岛的抗议活动持续升温，逐渐达到沸点。

我们进退两难。在这风口浪尖上停靠福冈，皇家和众信可能会受到媒体的谴责。船上的明星们和媒体也很焦虑，这时期赴日简直就是撞枪口上，既不符合他们的立场，也可能会损害他们的名声。但是官方并没有叫停赴日航线，更改航线会引起游客的反对，违背游轮、旅行社和消费者之间的契约，更改航线重新销售也没有时间。

9月16日，我忧心忡忡飞到天津为916航次送行，见到冯滨和《北京青年周刊》的领导，他们也是面有难色。大家都预感到这个航次有可能会引爆麻烦，要么是明星拒绝参加颁奖典礼，让游客大失所望，要么产生让游轮公司、旅行社和明星都不愿看到的负面公关效应。

正在进退维谷之际，一个戏剧性的转折出现了。在菲律宾洋面上生成的台风"三巴"（Sanba），在17日抵达日本海的西部海面。9月16日在天津港遇到船长时，他已经将台风影响停靠福冈的可能性告诉了我，我当即召集冯滨和船长开会，准备预案。

9月17日上午，距离颁奖活动还有4个小时，内部台风应急电话会议确定，为了游客的安全和舒适，取消18日在福冈的停靠，将港口日改为停靠釜山。

所有人如释重负。9月17日下午4点颁奖仪式如期举行，明星走上皇家大道的红地毯，从船长和《北京青年周刊》的总编辑余韶文手中接过奖牌，游客拥到皇家大道，一睹张国立夫妇、陈建斌夫妇等众明星的风采。

据《环球时报》报道，9月18日中国有180个城市出现了示威游行，明星、旅行社和游轮公司庆幸躲过了一劫。

9月18日后，赴日航线开始叫停。好在我们早就做好预案，将日韩航次改为纯韩航次。

谁料到，一波未平，一波又起。朝鲜半岛出事了！

2013年年初，朝鲜发表了针对美国作为目标的导弹计划和核计划，作为回应，美方派遣了轰炸机飞越朝鲜半岛上空，以示威胁。联合国安理会通过了"2094号决议"，强化对朝鲜的经济制裁，朝鲜则撤销所有与韩国的互不侵犯条约，一时之间，朝鲜半岛陷入紧张局势。5月18日，朝鲜向日本海发射4枚短程导弹，冲突从政治和外交层面，升级为军事行动。

去不去日本是政治原因，去不去韩国是安全考量。虽然朝鲜的飞弹只是落入日本，点到为止，但是赴韩旅游的需求还是遭到重创。

进入10月份，上海和天津的2013年夏季航次需要收尾，2014年的包船谈判需要开场。但是日本航线已经叫停，韩国航线也可能叫停。即使赴韩旅游可以继续进行，需求也已经疲软。旅行社在为售出2013年的剩余舱位而疲于奔忙，无暇也没有信心再包销2014年的航次。

如果韩国航线也叫停，皇家的两条巨无霸和歌诗达的三条船还能去哪里？台湾是选项之一，但自安利包船成功以来，国际游轮从上海和天津的赴台航次，需要交通部特案审批，况且大陆赴台市场和台湾的港口均没有容纳五条船的体量。从香港出发去越南或台湾是选项之二。然而香港远离长江三角洲和京津冀客源市场，飞机+游轮还未在中国市场形成气候。

眼看皇家的两条巨轮和歌诗达的三条船，就像巨鲸搁浅在沙滩上。撤离东北亚，重新将船部署世界其他区域市场，如澳洲、欧洲或北美，需要至少一年的时间。

所以，如果韩国航线也像日本航线一样同时叫停，这对在中国部署船只的游轮公司而言，将是灭顶之灾。

中国团队并不需要对由此造成的经济损失承担任何责任，因为这是不可抗力，不是主观因素造成的。可是，我心急如焚。好不容易从总部搞到两条大船，初步形成竞争优势，绑桩成功，适合国情的分销模式开始奏效，就像杨过有了重剑，有了剑术，还有了平台，正在发力之时，横祸飞来。

在这十年里，几乎每隔一两年就会有重大自然灾害或政治事件爆发，对成长中的中国游轮市场给予重击，似乎总想将其扼杀在襁褓之中。航线恢复的日子总也看不见尽头，时间在艰难的等待中蹒跚而行。

每一次事发之时，航线要重新部署，消费者需求严重受挫，旅行社信心大跌，游轮公司和旅行社的关系恶化。由于航线的改动，日韩游变成纯韩游，船票卖不出预期的价格，包船价和市场价倒挂，旅行社就会要求游轮公司贴补亏损，甚至会有旅行社借形势的不透明，漫天要价，夸大自身的损失。

我们的收益因此受到影响，非常不利于APD的提升，妨碍中国进入"APD俱乐部"，降低了中国市场的竞争力，从而影响大船策略实施。

02. 最大的敌人是自己

在那些日子，我养成了半夜起来回邮件的习惯。凌晨两三点，正是迈阿密的下午两三点，迈阿密同事发一个邮件过来，我3到5分钟之内就会回过去。不是勤奋，而是压力造成的失眠。

当一个人处于无路可走的境地时，他仅存的生存希望是他的意志

团队是最宝贵的财富：皇家加勒比团队

力，这是他唯一可以控制的变量。无数个不眠之夜里，我想到的就是这句话。

我不仅自己振作起来，也鼓励团队抖擞精神。我相信松下幸之助那句名言："热情是成功的原动力"。我一直希望我的热情能够感染我的团队，用大船的梦想激励他们。有一年公司在三亚举行员工年会。夜幕降临，在临近沙滩的绿茵上，周边的树上都挂上了点亮的火把。员工们静静地坐在铺着白色桌布的长形餐桌旁，在一阵阵的海涛声中，全神贯注地听我的讲演。

我已经记不全在20分钟的讲演里说了些什么，我只记得我说："最大的敌人，不是竞争对手，不是外部环境。最大的敌人是你自己。"

我要求销售团队加大销售拜访频次和力度，帮助旅行社排忧解难，提振信心。中国经济大势蓬勃向上，出境游市场每年疯涨，游轮市场方兴未艾，东北亚局势是暂时的。我要团队把对市场的热情和信心，传递给旅行社的老总和游轮部的员工。

从进入公司的第一天起，我就一直在致力打造一支最有战斗力的销售团队。我经常对团队说：歌诗达团队很有狼性，比我们强，我们要比他们更有狼性。我对团队的要求是美国电影《公众之敌》里的一句台词："更清醒、更快、更狠！"

戏里讲的是美国历史上著名江洋大盗，就是以这句话为行为准则，频频得手，每次从警方的天罗地网中逃脱。犯罪的行为当然该受谴责，我希望团队学习的是他的敏锐和狠劲。

在这期间，皇家加勒比总部决定加强在华投资，招兵买马，扩充销售团队，更重要的是加强中层管理团队。

从2009年掌管5人的办公室以来，我像一支足球队的队长一样，一直跑在了前线，直接带领跟我差了二三级的员工冲锋陷阵。迈克不止一次对我说过："你要是心脏病发作怎么办？"费恩则说："万一你遇到车祸，中国办公室就遇上大麻烦了。"美国人用直率和幽默表达了他们的担忧。

针对费恩和迈克提出的问题，我给到的建议是建立强有力的团队，让皇家在中国的业务摆脱个人依赖，以强大坚稳的团队为支撑，持续壮大和发展。

在公司建立之初，由于无法立即招到各个岗位所需人才，我只能带领几个兵，单枪匹马地冲刺，组织结构是扁平形的，从指挥员到士兵只有两个层级，沟通简便，下级很容易就明白上级的意图和指令，上级也容易掌握完整的信息，便于督导和决策。领导风格是事无巨细，样样都管，但组织对领导个人的依赖性较大。

随着业务的扩大和人才的集聚，组织结构向矩阵形转变，这时候的组织依靠的是一个强有力的管理团队来指挥和协调整个组织的活动和效率。在这一个阶段，指挥员的作用从带兵打仗，转变为带领管理层带兵打仗。

这是在任何国家和文化中都适应的组织学理论。但是对于在华运营的外企，团队建设还有另一个维度，那就是管理人才需要有本土市场的业务知识、有各种关系或善于建立关系，拥有实际操作的能力，同时具备跨文化沟通的才能，不仅是英语要达到一定的水平，还需要理解公司的文化和理念。

游轮在中国是新兴行业，有经验的人才凤毛麟角，人才的积累已经很富有挑战，再加上跨文化的沟通需求，所以在各个关键的岗位招到、培养和挽留有能力、受信任和人品好的人才，需要一个长期的过程。

在业绩高涨的时期，皇家加勒比准备在中国建立一个更复杂的、相互支撑的管理团队，让组织结构更加公司化。首先是组建管理人员，招募了寿晓渊为销售总监，贲靖为收益管理总监。他们都有殷实的履历，寿晓渊有酒店背景，办事雷厉风行，既具备领导团队作战的才能，英语也很流利，又是个有冲劲和魄力的销售精英；贲靖在跨国企业做过多年的财务控制，个性严谨冷静，是个很能坚持原则、思路清晰的实干人才。他们一外一内，成为我的左膀右臂。

经过三年的人才积累，一支骁勇善战的团队在皇家成形了。皇家的名声吸引了能力出众的人才加盟，高标准严要求的工作环境也特别锻炼人。员工离开公司时，我经常听到的一句话是："博士，在皇家和您这里我学到了很多。"

现在几乎所有在华游轮公司的管理层都有皇家的前员工，在皇家的工作经历成了优秀的人才资本，能挖到皇家的员工是猎头的能耐，皇家被称为游轮业的"黄埔军校"。

03. 颠覆一切

尽管经历重重挑战，皇家加勒比在中国的业绩迅速攀升。2013年中国航季包括上海、天津和香港三个母港完成的游客人数达20万人次，相比2010年提高700%，收益比2010年提高33%。

从理论上说，体量和APD是此消彼长的负相关关系，在同等条件下，体量越大，收益就会下降。但中国市场这两个变量却展现了鼓舞人心的同步增长，体量与收益同步增长，两者呈现正相关关系。皇家加勒比会对每个国家市场的船票收益和船上二次消费收益进行排名，国家市场是以国旗做标记的。

在2010年至2011年，"五星红旗"在业绩表上处于末尾。从2012年起，"五星红旗"的排名迅速攀升，进而名列前茅。中国市场成了公司内部一颗耀眼的冉冉上升的新星，在总部的大小会议中，有关中国业绩的展示成了关注中心。

2013年，公司正式确认中国为北美之后的第二大战略市场，确定了在未来5年内业务规模和业绩目标，具体举措为增加营销预算、建立强有力的中层管理团队和扩充销售团队。总部对中国市场依赖团队包船一直抱有警惕，想要增强直销渠道，于是我们加大了销售团队，在全国经济水平排名前30的城市各招收两名销售，发展更多的旅行社。我们的销售团队从5人增加到70多人。经过几年的人才积累，皇家建立了强有力的营销管理团队，如负责日韩分市场的王华、华东市场的陈明熙、华北市场的高原、华西市场的王静。从2013年起皇家就开始组建直销团队，由呼叫中心负责人李敏佳组建电话直销团队、张乐组建电商团队。产品经理周智敏也是在这个时期提拔起来的。根据董事会的建议，皇家在美国招聘在中国有过工作经验的、长青藤盟校MBA的毕业生，作为"中国市场领导力"培训项目的成员，在迈阿总部培训两年，然后回国工作。其中宋嘉铭、王达回到上海办公室成为皇家的中坚人才。皇家中层管理团队的大多数基本成员一直任职到今天。

在所有战略举措中，还有极为重要的一项是，欧洲市场处于滞涨状态，北美市场稳中有升，但不会呈现突破性的发展。总是把目光落在大处和追求更宏伟目标的皇家，自然把筹码放在了中国市场上。

继航行者系列两艘大船在中国的成功部署运营之后，下一艘驶向中国的船，会是哪一艘呢？

总部和中国团队开始策划第三条大船。曾经考虑过再派一艘航行者系列的船前来中国，上海、天津、香港各有一条航行者系列巨无霸，布局均匀合理。

但是，我不满足，中国是个必须不断地翻新花样才能保持热度的市场。这时一个机会出现了。

2013年皇家加勒比拥有21条船，分属六个系列：君主系、梦幻系、光辉系、航行者系、自由系和绿洲系。每个系列都是前一个系列的升级版，总吨更大，设施更为丰富。皇家加勒比每创造一艘新船，都会设计出具有革命性的新设施，然后延续到下一艘新船上。君主号首创5层挑高的中庭，在梦幻系列上沿用，梦幻系列的攀岩和高尔夫球场在航行者号上沿用，航行者号皇家大道和真冰溜冰场，连接两个中庭，在自由系列再现，自由系列的冲浪在绿洲系中再现。新的系列总是包括前一系列的创新设施，同时又有自己的破天荒设施。

从2012年开始，皇家新造船部门秘密启动了又一个项目，代码"阳光工程"，这就是后来声名显赫的"量子系"。借用物理前沿科学的概念，取名量子，意味着这个船系的高科技含量。运用科技手段，量子系列与皇家已有的6个船系截然不同，在设计风格上剑走偏锋。

海洋量子号（Quantum of the Seas）总吨达16.8万吨，可容纳4180名乘客，规模仅次于绿洲号。从远处看，这个庞然大物的标志性建筑是在最高甲板上，长60米的机械吊臂高高举起的钻石型玻璃舱。这就是量子号最让人叹为观止的"北极星"。

北极星主要是由玻璃钢构成的观景台，能容纳14名游客，可以由悬臂举起做180度旋转，让游客在距离海平面100米的高度俯瞰船、大海和目的地。北极星的创意启发源自天轮"伦敦眼"，给人的意境，从唐代诗人王之涣的这首诗里可以感受到：

白日依山尽，黄河入海流，欲穷千里目，更上一层楼。

"海上甲板飞人"也是个前所未有的高科技项目，游客进入一个透明的圆形建筑里，从下面吹出巨大的强风，把人整个托上半空。这种在气流中翱翔的感觉就如高空跳伞时解开伞扣、伞还没打开那个瞬间的感觉，摄人心魄。

"270度景观厅"是兼具观景、酒廊和剧场功能的娱乐场所。两层甲板高的弧形落地玻璃幕墙对着船艉的无敌海景，玻璃墙能自动调节光线，避免阳光刺眼和炎热。白天，游客可以坐在这里喝饮料、吃三明治、聊天看景或发呆，到了夜晚，玻璃幕墙自动切换成高6米、宽30米的高清数码投影宽屏，以12K的高清像素动画作为舞美背景，

北极星：海洋量子号标志性设施

同时6台机器人控制的屏幕为演员助舞、给剧情推波助澜。"270度景观厅"的布局是理查德·费恩提议的"客厅"概念，错落有致地摆放着弧形的长座椅、沙发座，以及圆形餐桌。观众随意落座，没有剧场排排坐的压抑。

量子号首创了第一个由海上机器人担任调酒师的酒吧，位于5层甲板，游客只要在吧台旁的平板电脑上选好饮品，刷一下智能房卡或手环，就可以轻松就坐，欣赏机器人酒保动作流畅地从吧台上取酒、倒酒、调酒……直到鸡尾酒被自动传送到面前。

高科技也体现在客房的设计中。海景阳台房一直是游轮最炙手可热的房型，价格也略高，而内舱房比较廉宜，却没有观景窗户。便宜和景观不可兼得，在量子号，两者的矛盾被高科技解决了。量子号有个特别的房型——虚拟阳台房。通过落地窗，游客就能看见碧海蓝天的美景，这是200多架摄影机拍摄的实时景象，传输到"窗户"的屏幕上。因此，量子号是没有"内舱房"的游轮，所有客房都能面向大海。

量子号也革新了游轮的饮食传统。此前游轮主餐厅采取分批次用餐制，每个客人在整个航程会和同样的同伴坐同一餐桌，由同样的服务员来服务。量子号打破了这些约束，主餐厅分成了多样化的四个餐厅，分别提供经典西式、新潮西式、美式和亚洲菜系，游客可以在任何时间，与任意的同伴，进入任何想要进入的餐厅。我把不拘一格的用餐方式称为"都市用餐"，它和传统游轮的用餐方式大相径庭。

通过量子系这个杰作，皇家所要完成的使命，是革命性地提升度假的概念。从"都市用餐"，到机器人酒吧，270度高清数码宽屏景观厅，海上最大的室内万用体育馆Seaplex，甲板上腾空飞人体验，所有绞尽脑汁的惊人之笔，都是皇家力图创造的游轮业的"量子飞跃"。

量子号的广告语是"This Changes Everything"（颠覆一切），贴切地定义了这艘游轮：它颠覆了游轮的传统理念，横空出世，呈现一种符合现代生活、引领业界革新的游轮新体验。

量子号又是一艘特别适合冬季旅行的游轮。与加勒比海和地中海地区相比，东北亚的冬天气温不适宜甲板活动，而量子号有许多室内活动场所，包括日光浴场、270度景观厅、Seaplex体育馆、可以跳舞的音乐厅，还有可以购物的皇家大道。满载4200人的大船，客人被分散到各个场所，没有人群拥挤或嘈杂的感觉。

比起其他船系，我意识到量子号对中国市场带来的冲击力。

随着收入的攀升，中国消费者已经不满足于按部就班地追赶世界潮流，而是希望在第一时间接触和领略最新潮的产品。以电影大片为例，风靡全球的《魔戒3》2004年在内地上映，晚了北美整整5个月，观众对此大为不满，希望能缩短大片进口的时间。随着大片的中国总票房高涨到20亿，电影从北美远渡到中国影院的时间逐渐缩短，《阿凡达》是在2009年12月中旬登上北美大银幕，内地观众等了两个星期就能看到。此后，"与北美同步"成了群众呼声，2010年5月上映的《钢铁侠2》就和北美同时上映。好莱坞进口大片也随之大批增加，从2011年的20部到2013年的34部，比起"入世"时票房增加了18倍，达到了90亿。2016年中国跃升为全球第二大电影票仓，2019年《复仇者联盟4》的上映时间比美国提前了两天，对全球票房的贡献高达24%。

很多品牌都把中国列为重要市场，在第一时间投入最新的产品。2013年，苹果发行iPhone 5s机型的时候，中国首次成为第一批上市的区域市场。

中国消费者想要体验最前沿的产品，而且也有足够的消费能力。所以，为什么我们不拿下世界最创新、最先进的游轮呢？

对于量子号，中国团队志在必得。

按照皇家加勒比的计划，量子号原本是投放在北美市场的。航线都设计好了，从纽约出发走百慕大航线。此时北美市场竞争激烈，皇家要攻抢增援纽约市场。

北美市场需要量子号，是毋庸置疑的事实。新船的发布计划已经制定好了，包括教母人选、视频和产品手册。一艘新船下水的过程，要经过好几次的仪式，包括钢板切割、出坞、海上测试、交付等等，到最后隆重的洗礼命名仪式，这些仪式的新闻发布内容都是以北美为目标市场准备的。而在运营方面，从餐饮到娱乐项目到人事安排，也根据北美航线部署妥当了。

经过前期的宣传，纽约的消费者获悉量子号要在北美航行，早已兴奋地准备预订船票。可以说，这艘船板上钉钉是属于纽约人的。

这时候，公司内部不止一人提出，既然中国收益做得更好，这条船是不是更适合派遣到上海？

一石激起千层浪。这个提议对于决策层来说，是个两难的问题。北美航线已经部署就绪，美国人做事有他们的章程和风格，不会突然改弦易辙，打乱原本的计划。但另一方面，量子号派到中国的商业逻辑非常强烈。

2013年夏天，公司营销高层在迈阿密开会，讨论量子号何去何从。北美市场和中国市场负责人、酒店运营、收益管理、船舶部署副总裁20多人参加了会议。

在会议开始前，我先和团队商量方案。我即将面对的这场辩论就像一个拍卖会，我们和北美争夺"量子号"，就要亮出我们的"出价"，谁能承诺更高的APD，谁就更有条件得到量子号。我跟左右手寿晓渊和贲靖商量：中国团队能实现多少APD？

寿晓渊心高气盛，建议我高举高打，贲靖生性冷静劝阻我留有余地。经过一个小时的讨论，我们确定了足以击败北美、经过拼搏可以实现的APD。

在参加这场辩论时，我是带着中国团队的心气儿赴会的，我们有信心能把量子号拿下。

负责北美市场的副总裁维琪·弗里德（Vicki Freed）是一位四十来岁、经验丰富的女士。她原是嘉年华的销售副总，是个营销天才，在北美旅行社之间德高望重，非常能言善辩。我和维琪交情甚好，也是她的粉丝，时常以她为师。

会议一开始，她先亮出了自己的观点。

"量子号必须走北美航线！"维琪咄咄逼人，这是她一贯的风格，"这艘船一开始就是部署北美的，皇家需要量子号来加强公司在纽约的势力和市场份额。现在纽约时代广场已经挂着量子号的广告，在纽约最繁华的中心，'This Changes Everything'的标语吸引了无数的眼球，怎么可以在最后一分钟更改航线？中国市场做得很出色——这一点我很为中国团队骄傲；但是量子系列还会有第二艘船'圣歌号'，我会建议中国团队等等，蛋糕总是会分到每个人手里的。"

她的论点有理有据，席上顿时一阵静默。

在她发表论点的时候，我的脑子在急速运转，试图为量子号部署中国寻找最佳论据。中国市场收益最佳已经是老调重弹，也不是量子系马上去中国的充分必要条件。如维琪所言，我们可以等待第二艘量子系列的船。

我想明白了，关键词是——时机。

我深吸一口气，开始阐述我的论点：

"我们坚持从公司的整体利益出发，量子号当去中国，不仅仅是因为中国市场的收益做得最好，公司的投资可以获得最佳回报，更重要的是现在对公司来说是加大在中国投资的最好机会。用中国话来说，叫作'千载难逢'。为什么这样说，因为皇家不是第一个进入中国市场的玩家，我们是在没有先下手为强的竞争优势下，凭借着大船部署策略赶上和超越对手的。但是，我们和竞品并没有很大的差距，新的竞争对手也会出现。中国市场很大，竞争也异常激烈，行业引领地位的变更就像走马灯一样。中国人还有一句话：逆水行舟，不进则退。我们必须利用飞速向前的惯性，再添加一把动量，让中国速度更快，把我们的竞争对手远远甩在后面，填补市场的真空，而不要给潜在的竞争对手有任何机会。

"中国的行业经验表明，把企业做大的时机只有三年，做大后再用三年把企业做强。三年内不把企业做大，你就永远没有做大做强的机会。为什么会这样，因为中国虽然潜力巨大，但是竞争也异常激烈。"

我停歇了一下，继续说："我知道每个市场都需要新船。北美作为公司最大的战略市场需要新船，而且已经有了很多船，公司70%的船队部署在北美，多一条、少一条，边际效益不会很高。而中国的运力只占5%，投一条新船，边际效益会超过任何市场。

"我们在讨论投资，投资不讲效益，我们讲什么呢?"

我说完之后，负责全球酒店运营的副总裁丽莎·鲁特夫佩罗（Lisa Lutoff-Pelo）第一个表态。我知道量子号要重新部署航线，酒店运营已经做好的安排就要推翻重来。我预测丽莎会反对量子号部署中国市场的提议。

不料，丽莎说："我同意博士的观点。时机非常重要，运营是可以调整的。"

丽莎的支持，对我们非常有利。之后各个部门都先后表态，大多倾向于量子号部署中国的提议。这个营销高层会议为量子号的去向定下了基调。

领导层做一个重大决策时，不只要参考营销、收益和船队部署部门负责人的意见，也要有数据的支持。数据调研并非漫无目的信息收集，必须要有一个倾向性的假设，数据人员再去印证这个假设是否有事实根据、可不可行。因此，营销高层会议的投票结果不表示量子号一定会派往中国，而只是给数据部门提供一个调研的方向，研究量子号前往中国是不是一个正确的决策。

经过一个星期的缜密调研，报告出炉——数据也支持量子号派往中国。

我们的筹码大增，一方面营销部的高层都站在我们这边，另一方面我们有数据支持，对申请量子号有莫大助力。此外，还有一个偶然的因素影响了量子号留在北美的可行性，巴哈马码头可能不能停靠。百慕大海域的航道需要疏浚，但是有关当局一直不肯开绿灯，如此一来，百慕大航线就很可能无法成行。

这世界所有的事都有偶然和必然，偶然因素有时会起到重要的作用。百慕大港口不能停靠的话，量子号派往中国一事，就十拿九稳了。我们一边等领导层拍板，一边观望百慕大的状况。这是漫长的两个星期，我每天都向迈阿密探询事情的进展，等待结果。

结果来了，航道疏浚不能如期解决。无论从收益回报还是时机来说，量子号派往中国，成了无可否决的事实。

04. 一石激起千层浪

这是业界的一枚重磅炸弹！起步不到5年的中国市场，即将引来第一艘全新的、革命性的巨轮。这个消息对整个游轮行业和中国市场是核弹级的消息，会引爆巨大的关注和热度！

我们决定在中国境内对此事严格保密，等到合适的时机，再点燃这枚核弹。我抑制着兴奋的心情回到上海，对量子号的到来守口如瓶，只告诉了几个核心团队成员：管营销的寿晓渊，管收益的贲靖，管市场的姚昉，管码头的童剑锋，他们都被要求签署保密协议。

核弹引爆的一刻来临。

2014年4月17日，皇家加勒比在上海国际会议中心召开一年一度的战略发布会。按照惯例，我们每年都会在4月份到5月份向旅行社和媒体公布下一年的船舶部署和航线计划。发布会到年底有半年多时间，可供我们做下一年航季的包船谈判和超前销售。

与皇家外滩办公室隔江相望的上海国际会议中心坐落在东方明珠之旁，标志性的两个透明玻璃拼建成的球体建筑，扎眼又前卫，是浦东的一大地标。上海很多重大的商业发布会都在此举办。

为了增加这个发布会的权威性和重量级，我们邀请了时任皇家加勒比国际游轮CEO和总裁的亚当·古德斯丁（Adam Goldstein）前来参会，但是4月17日期间他有其他行程安排，无法成行。

我们想了一个主意，人来不了，那就用视频替代吧。拍摄的方案，是让古德斯丁在绿幕前宣布量子号来到中国的消息，后期制作再配上自由女神像的画面作为背景。

发布会定在下午2点钟。这一天上午，旅行社就纷纷来打探皇家加勒比要发布什么重大消息。他们猜想明年会有新船到来，按照一贯的作风，皇家不会开倒车，不可能派遣比航行者系小4万吨的光辉系列。运用排他法，他们认为最有可能来华的是16万吨的自由系列。但是，哪一条自由系列的船会来中国呢？

在各种谣言和预测中，我和管理团队一边庆幸保密工作的成功，一边急不可待地等候好消息揭晓的时刻到来。这一段时间里，我像是手心捧着一颗璀璨的明珠，小心翼翼地用手笼罩其上，防止漏出一点点光芒。我一直想找一首符合此刻心情的歌曲，发布会那天早晨，市场总监用手机兴致勃勃地发给我一首歌，神秘园乐队的《You Raise Me Up》。在让人动情的旋律中，我脑子里浮现一个月前的画面。

迈阿密的营销高层辩论会后，我没有按惯例选择从洛杉矶转机回国，而是经停伦敦。我没有径直回到埃塞克斯的住所，而是从希思罗机场来到泰晤士河边的议会大厦附近。

远远就望见了伦敦眼。

在伦敦生活多年，我还没登上过这座闻名遐迩的摩天轮。伦敦眼是世界首座观景摩天轮，在1999年世纪之交竣工和开放，所以也叫"千禧之轮"。伦敦眼矗立在泰晤士河畔，高达135米，夜间的摩天轮亮灯以后，化身蓝色、黄色、粉色的光环，瑰丽无端。

走过西敏寺桥，来到伦敦眼的跟前时，已是掌灯时分。伦敦眼是量子号北极星的灵感来源，我坐上了伦敦眼，想要体验北极星慢慢升空的感受。那一天，我走进了椭圆形的钢化玻璃座舱，舱门关上，座舱缓缓向上攀升。窗外风景变幻，大本钟、威斯敏斯特大教堂、白金汉宫、泰晤士河变得越来越小，伦敦密集的街道和建筑布局在眼前越来越开阔，直至与天空相连……在100米的高空中，我仿佛能冲破眼前的玻璃，展开双翼，在天空尽情地翱翔！我突然哼起 *I Believe I Can Fly*：

I used to think that I could not go on

我原以为我无法坚持下去

And life was nothing but an awful song

生命只不过是首让人忧郁的歌

But now I know the meaning of true love

但现在我明白了真爱的含义

I'm leaning on the everlasting arms

我学会了生命中最持久的武器

If I can see it then I can do it

只要我能看见希望，我就能成功

If I just believe it there's nothing to it

我相信我能行，那就没有什么不可以

I believe I can fly

我相信我能飞翔

I believe I can touch the sky

我相信我能触摸天空

I think about it every night and day

日日夜夜,我想象这一幕

Spread my wings and fly away…

展翅飞远……

在前往发布现场的途中，这种心情再次充斥胸臆。

下午2点，发布会准时开始。主持发布会的是著名电视主持人、好友袁鸣，从安利包船到航行者号的发布会，我都邀请她为我们执掌话筒。我们选择袁鸣，是因为她是公认的既有气场又有思想深度的主持人。她对来宾致欢迎词后，第一个议程就是播放高层视频。视频看上去像实况转播，屏幕亮起来，美国国歌响起，皇家加勒比的高层以美国自由女神像为背景，郑重地宣布：

"2015年6月，新下水的海洋量子号，在纽约走三个月的试水航线后，将到达中国，部署中国母港航线。"

一时之间，场馆鸦雀无声，来宾们都惊呆了！停顿了几秒后，有人开始鼓起了掌，开始是稀稀拉拉的掌声，很快变成掌声雷动，媒体和旅行社代表如梦方醒，纷纷加入鼓掌欢呼的行列。

在欢呼声中，袁鸣邀请我上台。我在台上站定，扫视全场，只见与会者的眼神都流露出振奋和震惊。我又播放了一段视频，这次拍的是量子号的教母、著名的歌剧演员克丽丝汀·诗诺维弗（Kristen

海洋量子号：甲板冲浪和空中飞人

Chenoweth）介绍量子号的外观和功能，各种革命性的设备万花筒似的一一展现在来宾面前。

这是我看到过的最好的有关新船发布的视频，多亏量子号有太多的亮点和故事。我从没见过一个发布会的来宾如此地安静和专注，每个人都聚精会神地看着量子号的介绍，没有人低头看手机，没有人交头接耳。

发布会结束后，团队成员相互拥抱，兴奋跳起。媒体和旅行社代表纷纷过来向皇家祝贺，整个过程持续将近半个小时，手都握疼了。

发布会后，我们从旅行社嘴里听到竞争对手对量子号的评论。一种评论是，皇家出手太猛了，动作太快了，没法与皇家竞争。嘉年华在中国实行多品牌竞争，在价格策略不奏效的情况下，推出了公主邮轮主打品质策略，但是在量子号面前，任何关于品质的讨论都会显得苍白无力。

另一种评论是，量子号的宣传给人的期望值太高了，期望值高，就可能有期待落差的问题。比如说，那么多人要上北极星，如何解决排队的困扰？

量子号的到来，把中国游轮行业的硬件提升到世界一流的水准，把中国公众对游轮的热情燃烧到沸点，把国际游轮产业对中国市场的重视提升到前所未有的高度。

2019年的今天去回顾量子号的意义，这艘巨轮的到来不在于完胜（Game Over），量子号进入中国4年后，竞争对手依然存在，甚至引发了新的竞争对手入场，游戏并没有结束。

但是量子号确实抓住了最好的时机——建树品牌的最佳时机，打造团队的最佳时机。后期进入市场的大船虽然硬件不错，甚至宣称为中国市场定制，但是缺乏强有力的品牌和团队。而品牌和团队的建树需要时间。皇家凭借强有力的品牌和团队继续奋进。此时皇家业绩在中国市场正经历着剧烈动荡，在白热化的竞争中，在行业的洗牌中，皇家越战越勇。

05. 威尼斯假期

2014年的国庆节前一周，我和家人飞往威尼斯度假。这是我这一生中最难忘的一次假期。这几年来我几乎没有放过假，像一台高速运转的机器，不停歇地工作着。因此，为了以充沛的精力投入量子号新品发布活动，我想放松下来，好好充电。

只是工作久了，切换成度假模式并非易事，在骑士桥前，坐在贡多拉船上，还总是想着工作，时不时浏览手机里的邮件。记得是到达威尼斯的第二天，正在用午餐时，我接到了上司的一个电话。电话里说，总部收到了一个针对我的举报。

这是一封发给法务、抄送迈阿密高层的邮件，信里指出中国业务发展到这个高度，功劳不完全是刘博士的，功劳是全体团队的。这话也没错，但是接下来话锋一转，语言变得严肃起来，声色俱厉地影射，我跟旅行社之间有台面下的交易或不正当的钱财收受。信中没有提供任何证据。

上司先忠告我要以开明的心态面对举报，他对我明言，"我们是一家上市公司，所有来自内部员工的举报，都会被认真对待和处理。所以调查，是避免不了的，事实厘清之后，会进行公允的处理，并不会因为被举报者在公司的地位和重要性，就网开一面视而不见。"

我当即回答："完全能理解，而且我会全力配合组织调查。"

我大概知道谁是举报者。处于这个位置，我做出过无数的决策，其中难免会伤害一些人的利益。我能理解举报人的愤懑，但仍觉得像是吞了只苍蝇似的难受，一下就对战时"地下工作者"的艰难处境感同身受。这几年来，我不计时间和健康，满腔热情地全情投入在工作里，除了为业务和旅行社老总一起吃饭喝酒，从无行贿受贿，接受不义之财。偶尔有旅行社请客代为支付度假酒店费用，我都坚持还钱，并留下收据为证。

然而在我努力耕耘之时，远在千里之外的总部却不一定能完全看到我的付出和赤胆忠心。就像一个把脑袋别在腋下的地下工作者，即使差点丢了身家性命，在组织看来和敌匪交往过深，就必须自证清白。尤其是看到举报信里声色俱厉的语言，没有"文革"经历的法务，可能不会相信这种语言的指控会完全是空穴来风。

我觉得旅行社也不相信我是那种贪钱的人，他们应该很清楚我为皇家工作的兴趣点在哪里，虽说人不可貌相，但自认为是个坦荡之人，不喜欢藏着掖着。事实上，旅行社对我行贿的事情很少发生，他们大约觉得我的薪水不低，一般的钱数可能对我没有诱惑力。

从法务的角度看，举报热线可能会鼓励诬告和泄私愤，但是为了保持公司管理层的廉洁，必须将管理层置于员工的监督之下。

我不怕调查，反而希望调查尽快进行。

同年11月15日，皇家将为海洋量子号举行3个两晚三天的庆典航次，并在第二个庆典航次的出发日——11月17日为海洋量子号举行命名仪式。仪式结束后，量子号先在纽约航行三个月，才驶向中国。这是为了在来中国前，有充足的时间对量子号做全面的产品调整。

这条船本来是走北美航线，船上标记全用的英语，餐饮也是完全的西餐。为了服务中国消费者，船上的标记和广播全部改成了中英双语，包括各种路标、招牌、泳池边的提示牌等等。餐饮部分，量子号改成了混合餐饮，在西餐以外加入了中餐。从两批次的定时用餐，改成了动态用餐，并且把晚餐时间提前，符合中国人较早吃晚餐的习惯。

我计划出席命名仪式，还要参与这三个庆典航次，希望11月15日之前调查能结束。负责调查的总部内审人员，11月1日才到达上海办公室，如果调查两星期能完成，我就来得及前赴纽约，万一调查耗时三星期，那我就可能错过所有庆典仪式和航次。

调查的过程冗长繁复，需要提供各种文件和材料，供总部进行核实和审计。整个手续固然麻烦和烦琐，可对我来说，更难熬的是心理上的焦躁，每天都度日如年。

两周以后，审计法务说，举报没有提供任何证据，只能根据举报推断的线索做结论。经过调查："没有发现任何证据支持举报内容。"

那一刻，我觉得我在皇家的职业生涯太丰富了，什么样的甜酸苦辣都尝过一遍，我相信这是上帝对我的眷顾。

所幸的是，我没有错失量子号的首航庆典。调查结束之时，离11月17日的命名仪式只剩两天了，我立即安排飞往纽约。

11月16日上午抵达纽约，入住希尔顿酒店。酒店离纽约时代广场不远，我信步走到这个纽约的地标建筑，扫视四周，只见量子号的广告已经铺天盖地占据了显眼的位置，"This Changes Everything"的标语随处可见，气氛非常浓烈。

虽然调查解除了我的嫌疑，但心里还是有一些不舒服。庆典的前一天，我在量子号上碰见了迈克·贝利。自从航行者系列部署中国以后，他被调往母公司其他部门工作。他告诉我，不久他将被任命为皇家加勒比国际游轮的总裁兼CEO，再次成为我的直系上司。我们彼此都非常高兴。

对于举报的事情，他安慰我说，坐在我们这个位置上，被举报是正常的事。我也有类似的经历，别难过，就让它过去吧。

我很感激迈克的激励和关心，他不只当场安抚了我，还将我的状况反映给了理查德·费恩。2015年6月23日量子号抵达中国前，费恩来到上海参加首航庆典。在机场前往酒店的路上，我正要跟费恩汇报工作之际，他却先发话了。他说："我知道你被举报，心里可能不太舒服。你不需要难过，我们是相信你的，但我们要尊重流程。"

迈克和费恩的话，抚慰了我郁闷的心情。我也从他们那里学到了如何处理此类事件的方法，以后几次当我的下属被举报，我都会劝告他，对管理层的严格监督是上市公司必要的规范，你要做的就是配合调查，不要跟举报人联系或打击报复。我会说："安心工作，你有我的支持。"我的意思不是他有过错我依然支持他，而是在调查结论出来之前，我会给予他完全的信任和心理上的支撑，支持他一如往常地完成工作，正确对待举报。

在遭遇举报之时，量子号按照原定计划，在万众瞩目下驶入了纽约湾。2014年11月17日，皇家加勒比在哈德逊河Bayou港上为海洋量子号举行了命名仪式。

全长507公里的哈德逊河是纽约的航海门户，河上的自由岛矗立着美国的象征——自由女神像。公司为量子号的命名仪式做了个公关大手笔，游轮经过自由

"再见纽约，我们去上海！"

女神像时，北极星会上升到与自由女神像脸部平齐的高度，游客身在玻璃座舱里，近距离地与自由女神对视。

这是一个很有噱头的公关手笔，出自费恩的提议，但实现的难度也不小。为了靠近自由女神像，公司做了精准的航道深度测试，皇家还雇用了直升机在空中辅助，确保游轮在与自由女神像擦身而过的时刻，不会发生任何意外。

这是我第一次登上量子号，命名仪式在270度景观厅举行。最令我感到震撼的，是270度这个集合了观景、演出、餐饮和社交的独特空间。这个超过10米高、可以容纳500多人的大厅里没有一根柱子阻碍视线，景观特别开阔。因为建造难度极大，270度景观厅的造价为4000万美元。除了建筑架构，这个空间的硬件细节也非常高科技，平台天花板有升降设备，供演员做各种亮相和演出。我站在玻璃幕墙前远眺蓝天碧海下的曼哈顿，胸怀大畅，积累了一个半月的郁闷纾解了不少。

命名仪式隆重而庄严，粗犷有力的苏格兰风笛鸣起，270度景观厅里的每个人都为之动容，皇家加勒比的高管入场并致欢迎词。量子号的教母克丽丝汀·诗诺维弗和费恩及船长登到台上，这位获得过托尼奖和艾美奖的著名百老汇歌唱家，献上了优美的歌声。主教为量子号洗礼和祈祷，教母为量子号命名。

费恩被邀请到话筒前，发表讲话。他的演讲词中，有一段话令我记忆深刻。

"现在去问十几岁的孩子，十几年前的投币电话是什么样子的，他们无法回答；再过十年，你问十几岁孩子们，量子号之前的游轮是怎样的，他们也不会给出任何答案。"

对，量子号，就是一艘"来自未来的游轮"！

量子号重新定义了"游轮"，就像智能手机重新定义了"通信"；在量子号下水的一刻，游轮跨进了另一个时代。总部给量子号设定的广告语是"颠覆一切"，"颠覆"这个词儿让人联想到美式的自信和进击心，在这个移民组成的"新世界"里，努力去改变自己的一生是美国梦的基础价值，但是对含蓄的东方民族，这句话太具有攻击性。

而"来自未来的游轮"在中国语境里更有魅力，充满了浪漫的未知，富有画面感地描绘出量子号高科技和划时代的特性。在新兴的中国游轮市场上，必将激发成千上万没坐过游轮的消费者对游轮假期的遐想。

在哈德逊河上，我想好了这句为中国市场量身定做的广告词，迫不及待地想看见这艘未来之舟驶入中国的港湾。

06. 来自未来的游轮

为了迎接量子号的到来，中国团队策划了一系列的营销计划。4月份，我们开了一场悬念十足的发布会，宣布量子号即将在2015年来到中国市场，引起了轰动。接着，我们展开了皇家史上最大的一次在华路演，覆盖了30多个城市的上百家旅行社。我们向旅行社放映视频和PPT，详尽地讲解产品，介绍量子号的各种创意和设施。

一方面，皇家针对渠道进行路演，把产品渗透到各层级的销售渠道中，另一方面，我们也向消费者揭开量子号的面纱，在大众媒体上投放电视广告。

11月份，量子号的广告在上海电视台亮相。由于时间紧迫，团队在国庆期间加班加点，从教母介绍游轮的宣传视频中剪接片段，做成了一部广告片。这广告片反响良好，但覆盖面并不广，只是作为先驱在大众媒体里亮了个相。

此时，我们已经在策划一个大型的电视广告营销，无论是耗资还是投放强度都是史无前例的。总部对这次广告宣传特别重视，雇用了著名的市场营销公司JWT为量子号制作广告片。

为广告片操刀的是一名屡获广告片大奖的美国导演，我们对成品寄予厚望。广告片的名字是《墨镜》(Sunglass)，内容讲述一名在甲板晒日光浴的年轻女性游客，把墨镜遗留在躺椅上，服务员发现了墨镜，立即去追赶这位穿着时尚的女游客。通过这个追赶女游客的过程，船上冲浪飞人、北极星等娱乐设施——呈现，最后服务员一路追到皇家复式套房。

广告的创意不错，拍摄是写实主义的风格，但成品却没有让中国团队满意。这片子不符合国人审美。首先演员的长相普通，颜值不吸引人，然后是色调采光过于平实自然，中国的电视广告大多明亮绚丽，演员要光鲜漂亮，画面饱和度要高，这部广告片完全以美国人的审美和文化习惯来拍摄，无法吸引中国消费者。更重要的是，量子号的精彩看点太多，要把北极星、270度景观厅、机器人酒吧、冲浪等等全部放进15秒到30秒的视频里，处理这么大的信息量又抓人眼球，难度极大。这广告片又要讲故事，又要介绍量子号，虽然把设备都拍到了，但镜头之间非常跳跃，零零碎碎，不能让人有深刻的记忆点。

市场总监做了一个调研，请几组消费者评价这部广告。他们的反应都不太理想，认为广告没有挑起他们对量子号的兴趣。消费者反而更喜欢我们在去年花了10万元自己剪辑的广告片。

我向总部反映情况，告诉他们团队和消费者的反馈。JWT方面对这广告片是有十足信心的，没想到会被我们否决，很是意外。我们要求 JWT 从宣传片里剪辑一部新的广告片，但他们要价 30 万美元，而且拿出的方案也没通过。

最后，我们决定自己动手，重新剪辑去年的广告片，即教母推介游轮的视频，我为片子亲自撰写了画外音：

"皇家加勒比，海洋量子号，让你在甲板上挑战极限，一次旅程尝遍多国美食，与挚爱入住海上豪宅，让孩子找回你的童年，让艺术家演绎人生精彩。"

直入主题地表现游轮的精彩体验和卖点，用悠扬动听的音乐衬托气氛，再为每个场景配上画外之音，行云流水地把镜头连接起来，一气呵成地勾勒出一艘划时代的游轮。

这是皇家历史上投放规模最大的广告，我们根据收入、年龄、地区等人口统计要素圈定了目标受众，每个投放点都精挑细选，确保 50% 的目标受众会看到这个广告 3 次以上。上海以及长三角的反馈热烈，特别是在 2015 年春节期间，皇家与蒙牛缔结合作，将量子号的广告打上了春晚，全国各地的春运广告都有量子号北极星的身影。

量子号的营销太成功了，业内甚至把它看成营销学上的经典案例。首先是爆炸性的新闻发布会，震撼了媒体和旅行社的合作伙伴；然后是空前的城市路演，将产品信息渗透到二三线城市。最后是精准的电视广告，密集轰炸苏、浙、沪和京、津、冀。

量子号成了上海无人不晓的话题，大街小巷，每个人都在谈论量子号。游轮在大众之间达到了前所未有的热度。从前消费者走进旅行社，会先询问近期哪些游轮有优惠、哪些航线性价比高，现在他们直接问——"量子号哪一天有行程？量子号还剩什么舱房？"旅行社无须推销，消费者的目的很明确，就是要上量子号。

量子号的APD飙升到历史最高水平！

量子号成了业内的"顶级气流"，对于量子号的营销，公司内部也有不同的意见。一种观点认为极力宣传量子号，盖过了皇家加勒比的品牌宣传，产品比品牌更有辨识度和名气。另一种观点认为品牌和产品是不可分割的，没有产品，品牌就是立不住的空壳。品牌是情感标记，例如有了iPhone的良好体验，才会出现"果粉"这种品牌忠诚消费者。对品牌的联想是由对产品的形象宣传带来的，对品牌的情感依附是要靠产品的口碑一步步堆积起来的。事实上，在量子号打响名声后，皇家加勒比的知名度和美誉度提升10个百分点，在这两个品牌健康指标上，皇家领先竞品，成为中国市场的第一游轮品牌。

2015年6月24日，海洋量子号在上海吴淞口首航，费恩和迈克都来华参与庆典。我们为首航庆典做了精心准备，按照计划，量子号会在早晨7点靠港，市场部为上海首航庆典做好了精心的策划，诚邀嘉宾13点开始登船，17点庆典开始，为时一个小时，18点30分晚宴，然后是彻夜的狂欢。

好事多磨。6月23日晚上22点44分，首航庆典的前一晚，港口总监童剑锋向我报告，长江口起大雾，航道封锁了，轮船不让通行。此时吴淞口码头停泊着两艘其他游轮公司的大船，原定计划这两艘游轮应当于这一天17点启航，但由于大雾封航，两艘游轮不得不继续停泊在吴淞口。

量子号在6月24日凌晨1点抵达长江口，本来应该驶入北漕航道，在早晨7点航进吴淞口码头。大雾封江，能见度很低，两艘停靠在吴淞口的游轮不能出去，量子号也进不来，因此量子号的靠泊计划可能会受到影响。

这是我收到的第一个警报，我要求童剑锋每两个小时给我汇报一次。当天0点41分，他报告说江上的能见度只有200米，航道管理中心（VTS）不放行，量子号只能在锚地待命。

半夜3点45分，浓雾不散，继续封航。从长江口到吴淞口用时5小时，我们的心都提到嗓子眼上。

在其他国际港口，游轮是可以雾行的，国内大雾天气封航，是根据半个世纪以前，货轮的操纵性能制定的规则。过去几十年来，船舶推进技术，特别是超大型游轮的推进、制动和转向功能巨幅提升。量子船舯两个吊舱式360度推进器，船舶两侧还建有4个推进器，在低能见度下运行安全没有问题，况且在封航条件下，在5小时的长江深水航道的航行中，游轮不会和其他船舶交汇。

这次庆典请了上海市副市长和无数媒体，3000名乘客正从各地出发，前来吴淞口参与盛典。随着庆典时间的逼近，我们愈加焦虑，我打电话给政府，请批准在浓雾散去、航行无碍之后，优先放行量子号。

到中午时分，太阳高照，大雾才渐渐散去。待命的量子号立即从锚地启航，在15点到达吴淞口。时间紧迫，安排量子号上载着的3000名国际客人下船，就要花费两小时，然后旅行社带着游客上船，再花费一小时。原定于17点开始的庆典，肯定得延迟了。

整个计划彻底被打乱，我们邀请副市长和所有嘉宾等到晚上8点，庆典才得以正式开始。在聚光灯下和几千人的目光中，我走上讲台。我说的第一句话是："大家盼望已久的海洋量子号，终于来到上海。"

话说到一半，我鼻子发酸，感觉情绪会失控。我不得不稍做停顿。

这一年跌跌撞撞地走过来，我们经历了太多的挑战、艰难和危

机，伴随着失望，也伴随着收获的欣喜，太多的跌宕起伏！

万鼓起风雷：海洋量子号上海首航庆典

全场都注意到了我的停顿，话音刚落，场上掌声雷动。在座的很多人对我的心情多少能有共鸣，他们本来应该中午上船，参观游轮，然后参与庆典。没想到大雾作梗，他们等到下午5点才登上量子号。

在量子号到来之前，我们做了如此多的铺垫，把大家的期望值高高地吊起来，量子号姗姗来迟，哪里能不心焦！现在所有人都释然了。

在庆典的表演环节，有一个小童星合唱团的环节，演唱两首上海的民谣《落雨了》和《摇啊摇，摇到外婆桥》，这两首充满了上海风情的歌曲是我挑选的，充满童趣、温情和乡情，很自然地把中国文化和西方游轮糅合在一起，非常讨巧。我们还找来了韩国K-Pop，把现场的气氛点燃，量子号时尚的一面得以展现出来。

每次游轮的首航庆典里，都有唱美国国歌的传统，这次我本来希望在美国国歌之外，还能大家起立唱中国国歌。这个想法没能实现，因为公关总监说这不是国事，我们没有资格在这种场合里唱国歌。

虽然未能唱国歌，但这一晚还有一件激动人心的事。宝山区委书记汪泓受邀上台演讲，她激情澎湃地发表了一个很长的讲演，强调了宝山区政府对游轮的支持和期许。

这位前上海工程技术大学的校长，工作起来就是一个"拼命三郎"。自从2013年开始主持宝山区政府工作以后，把宝山从一个上海的郊县转变成名列前茅的城区。她的工作重点之一，就是不遗余力地打造亚洲的游轮大港，在政府层面斡旋，给予游轮公司各种政策支持，宝山区政府和汪泓对中国游轮的发展功不可没。正是因为吴淞口国际游轮码头的建造，亚洲巨无霸和来自未来的量子号才能来到上海服务中国消费者。可以说，没有皇家的大船和宝山码头，就没有中国游轮市场的今天。

从这一点看，宝山区政府对行业的扶持，是具有高瞻远瞩目光的。

这个漫长的庆典日，在兴奋和紧张中来到了落幕时分。我和迈克到Vintage酒吧喝一杯，全身终于能放松下来，沉浸在美酒、音乐和闲聊之中。拿着酒杯享受难得的轻松时刻时，我突然感到左脚发热和疼痛。

我想，大概是上台时不小心扭到了吧。医务人员给我拿来了大量冰块，敷在了疼痛处。过了好一阵，痛感并没有缓解。

后来我做了进一步的检查，才知道不是扭伤，而是痛风发作。痛风与饮食和身体劳累有关，这是加入皇家后，由于酒局应酬和熬夜过度而出现的痛症。

量子号来华的过程起伏曲折，所幸最后的结果是让人鼓舞的，这成了我职业生涯里重要的一笔，也给我遗留了这个病痛。每次回想起激动人心的首航，也会回忆起左脚的疼痛，这也算是个小小的"纪念"吧。

8

完美风暴
Perfect storm

01. 强台风"天鹅"

2015年仲夏，皇家加勒比的游轮满载着欢声笑语的游客，驶向蔚蓝的太平洋。我们有三艘游轮在中国执行前往日本、韩国、越南、中国台湾等目的地的航线，海洋量子号、海洋水手号、海洋航行者号分别从上海、天津和香港出发。

7月9日，天空碧蓝如洗，晴朗得难以置信。远处的山峰，清晰地映入视野，树木青翠、阳光灿烂，是非常适合度假旅游的美好天气。只是抬头看天，却发现云层很不寻常。蓝色天空中，棉絮般的碎云速度极快地在移动，民间对这种云有个形象的俗称：跑马云。

跑马云，台风临。这是热带旋风外围的云层，预示着热带风暴的迫近。很快的，云层增厚，变成较密的卷层云，云底低而云顶高，密云遮蔽了太阳，漏出万条金线，景观华美绝伦。

但，这是风暴来临前的宁静。

7月10日，中央气象局发布了2015年第一个台风预警。第9号台风灿鸿（Chan-hom）卷向中国南海，其东西和南北方向的螺旋云带覆盖范围直径达1500至2000公里，最强风力能达到14级，在中国的气象报告中，属于"超强台风"。

台风发源于热带海面，热带温度高，大量的海水被蒸发到了空中，形成一个低气压中心。随着气压的变化和地球自身的运动，流入的空气也旋转起来，一个逆时针旋转的空气旋涡在海上生成，越来越强，当持续风速达到12级以上，就被定义为台风（Typhoon）或飓风（Hurricane）。

台风和飓风是地域命名的差异，在北大西洋和东太平洋，强烈的热带气旋被称为"飓风"，而在赤道以北、日界线以西的亚洲太平洋国家，则称之为台风。台风过境常常伴随着大风和特大暴雨，造成巨大的灾害。根据国家对热带气旋的划分标准，台风分为几个级别，热带低压、热带风暴、强热带风暴、台风、强台风和超强台风，风力一级比一级高。

热带低压风速6到7级，风力能让树枝摇曳，让人感到强风拂面；热带风暴8到9级，树叶漫天飞舞，横幅布条和晾晒在外头的衣服发出猎猎声响；强热带风暴风力达10到11级，树枝被烈风折断，行走在户外极不安全；到了风速12级以上的"台风"级别，强风能吹翻屋顶和吹倒电线杆。风力继续升级到了14级的"强台风"，可以把树连根拔起，彻底破坏木质结构房子。而最高级别的"超强台风"达到16级以上，最高时速300公里，所到之处，摧枯拉朽！

游轮是以旅游为目的的海上航行，航线通常都会选择非常安全的海域，然而再安全的大海也会受到大自然的制约，其中一个危害，就是轨迹变化叵测的台风。

7月11日16点40分左右，强台风灿鸿登陆中国，影响了从香港出发的海洋航行者号和从上海出发的海洋量子号的赴日航线。航行者号被迫改道泰国，量子号改道韩国。所幸这是个5天的短程航线，我们给游客做了补偿后，危机顺利解决。

2015年是台风肆虐的一年，据国家发改委的公开资料，这一年共有27次台风，比平均的25.5次要多，级别也更强。到8月中旬，另一个强台风"天鹅"（Goni）登场了。8月19日，在美国关岛生成的"天鹅"往西进发，迫近中国台湾和大陆南部，风力为11级，然后可能会转向北方，风力加强到12级。由于这个海域的气候形势多变，应急团队确定更改海洋量子号（上海出发）、海洋水手号（天津出发）和天海新世纪号（上海出发）的行程的预案。

一个台风从南到北影响三条船，这给我们带来了巨大的挑战。最大的难题是8月23日从上海出发的量子号，即将执行8晚9天的长航线，分别停靠在日本的广岛、横滨（东京）和神户。量子823航次行程变更的选择非常棘手，因为没有吸引力可比的替代航次。

早在一周前，当"天鹅"在关岛洋面生成时，按惯例皇家启动了应急机制，由总部各相关部门、船方和中国办公室40余人组成的专业团队，24小时监测台风路径及力度的发展，定期评估台风对行程可能造成的影响和各种可能的情景，并做好每一情景下行程变更、替代港、船供、游客签证、岸上游和补偿预案。随着台风临近航行海域，预设情景及其预案也在不断更新，应急会议的频率也逐渐加大，从最初的3天一次，后来变一天一次。预案考量的重心是游客的安全和舒适，并且如何尽可能减少对游客假期计划的影响。

每次应急处理都是一场艰苦的硬战。我们时刻关注着台风的动向，热带气旋的路线和强度瞬息万变，根据气象局的报告，"天鹅"

在进入台湾以北洋面后，风力不断加强，成为强台风，掠过冲绳后，指向日本九州岛。而几乎同时，16号台风"爱莎尼"（Astani）预报指向日本四国和本州地区。

8月21日，"天鹅"以每小时200公里的速度向日本方向移动，随着台风的逼近，我们的会议频率变成每4小时一次。

更改航线要面对补偿问题。按照国际惯例，台风属于不可抗力，游轮公司没有赔偿的责任，但这个游戏规则尚未被新兴的中国市场所接受。对于中国游客来说，这是个目的地很有吸引力的长航线，可以从神户去大阪和京都，从横滨去东京，许多游客已经制定了长长的购物清单。这个量子号的8晚航线的一张阳台房船票卖到了1万元人民币。航线变更将给游客带来的失望是可想而知的。

航线变更有4个方案可供选择：方案A是往南前

台风"天鹅"：生成于关岛，掠过台湾东北洋面，掉头直扑日本海

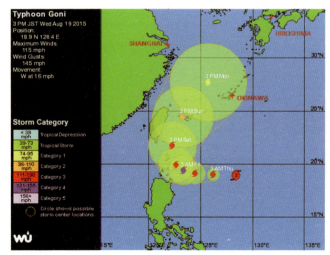

往香港和冲绳，但由于香港和冲绳都不具备空余的泊位，而且也极可能受到台风影响而被排除；方案B是往东北方向行驶前往日本海沿岸金泽、境港等港口，可两个港口都没有空余的泊位，并也可能遭遇台风带；方案C是往西行驶前往福冈、长崎等港口，但这与台风行进路线一致，有可能被"天鹅"台风带风力和强涌浪波及，甚至遭遇另一个台风"爱莎尼"；方案D是往北方向前往韩国仁川，避开台风，然后再停靠釜山。

根据台风发展的最新态势，应急团队确定方案D，即所有4个方案中最令客人失望的方案，但又是唯一安全和可行的选择。量子号取消停靠日本港口，改道前往韩国仁川和釜山，纯日航线变成纯韩游航线。中国团队连夜发布了航次更改通告，并通知该航线上所有切舱旅行社，通过旅行社告知游客。

到了8月23号起航日，登船之前我们再次与游客沟通，提出登船和不登船的补偿方案。选择不登船的游客，可以获得未来航程抵用券，用于预定2015年和2016年的任何皇家加勒比在全球各地的游轮度假航线。依然选择登船的游客可以获得用于船上消费的现金补偿加未来航程抵用券。此外，游轮还向游客全程免费提供Wi-Fi网络等优惠。

4600多名游客的绝大多数游客同意登船，表示理解和接受补偿方案。只有70名游客提出异议，由于登船和取消行程的补偿方案悬殊，最后选择登船。这个航次还有国际游客客755名。国际游客的反应相对最为平静。

为了安抚游客，我们对所有船票做了"心意补偿"。补偿性质上不同于赔偿，赔偿是在船方有过失的情况下，对游客做出的赔付义务，而游轮更改航线是因为受到了不可抗力的影响，并没有任何过失。根据船票契约和国际通行做法，规定游轮公司有权在恶劣天气条件下为了游客的安全变更航线，并且无须承担赔偿责任，皇家加勒比考虑到了中国国情，做出了国际惯例和合同义务之外的补偿决定。

绝大多数游客对行程的更改感到失望，但上船后受量子号度假氛围的影响，开始享受自己的假期，沉浸于被量子号的度假氛围。然而有十几名游客对此则不接受，他们联名发出了《致船长的公开信》，利用游轮公司免费提供的无线网络，建立"量子号维权群"，在皇家大道张贴大字报，搜集签名，鼓动其他游客一起，质疑船方航线变更的合理性，以"回上海后不下船"为要挟要求更多补偿或退票。酒店总监回忆一位游客对他大声嚷嚷：

"因为你们改航线，就意味着我们去不了要去的地方。就像你去商店，本来要买洗衣机，你非要卖给我一个电饭煲。"

酒店总监耐心的解释："这是所有人都不能控制的不可抗力，和商店缺货不是同样性质的事情。就像在商店买东西，遇到一个飞来横祸，客人和商店都没有过失……"他的话语还没结束就被十几名游客的声音盖没。

8月31日，游轮返航停靠吴淞口码头。当天上午10点左右，游客应当下船完毕之时，约有300名游客仍在270度景观厅观望，看看船方是否会接受那十几名游客的进一步现金补偿或全款退票的诉求。经过船方劝说，三分之二的人陆续下船，在中午12点左右还剩余约100人。经过警方的劝说，只剩下那十几名游客，最后在下午1点全部离船。在此过程中，三名游客有阻碍其他旅客下船和过激的威胁动作，船方只好选择护送他们下船。

受到霸船的影响，下一航次的游客无法按时登船，原定于8月31日启航的航次发生严重延误，开航时间从17点推迟到晚上23点才出发，影响了下一航次游客的度假计划。

皇家加勒比的立场前后一致和鲜明，船方已经做了补偿，如果仍有意见，可以下船向船公司投诉、诉诸法律途径，或者通过行政手段解决。皇家绝对重视每个游客的申诉和意见，会认真应对他们的问题，但游客不能"霸船"，影响旅行经营者和其他游客的合法权益。

之前发生过游轮公司被迫在船上分发现金驱散"霸船"的先例，但我们坚持不在被胁迫的条件下解决问题。消费者有权争取自己的权益，这一点我们完全尊重，但只能在下船后进行谈判。我们将这十来位游客请到酒店里，先请他们用餐并安置好老人、孩子，然后请他们留下姓名、联系方式和诉求，我们答应在两周内给予回复。

事实上，我们在事后经过听取旅行社的意见，又对823航次的所有客人做了进一步的补偿，补偿包括没有闹事和按时下船的客人。这是一个姿态，皇家尊重客人用理性与合法的方式投诉，但不接受用"霸船"的方式维权。

量子"霸船"事件引起了一场法律界的辩论。当游轮受恶劣天气影响，为游客安全着想而改变行程，游轮公司、旅行社和游客各自承担什么责任和义务？

在过去几年中，皇家加勒比是"霸船"事件发生频次最低的国际游轮公司。2015年情况特殊，台风频繁发生，引发的航线更改已达6次之多，几乎超过去三年的总和。一般国际游轮都是3到5晚的短航线，出现恶劣天气而需要替换或减少停靠港，游客反应不会太强烈，而海洋量子号8月23日的航次停靠横滨（东京）、神户（大阪）和广岛，是为期8晚的长航线，游客对目的地有更大的期待。此外，量子号因为成功的营销和口碑，在游客中人气很高，才使得"霸船"事件引起公众的广泛关注，把量子号推到风口浪尖上，但是此事引发的争议是游轮行业普遍面临的、存在已久、亟待解决的问题。

"霸船"现象反映当时国内消费者还是把游轮视作"交通工具"而不是"度假方式"。飞机航班取消或更改航线，无法完成航空公司将客人运送到目的地的义务，理应赔偿。游轮本身就是目的地，在海上航行不仅仅是"运输"，更多的是"巡游"。如果游客只是为了"运输"，理性的选择是像飞机那样的交通运输工具。游轮票价绝大部分支付的是船上的客房、餐饮、娱乐设施和活动。

　　在不可抗力情况下更改行程而引起的风险与责任的承担，在欧美已经通过几十年的磨合形成了游戏规则，国内相关立法的进度尚未跟上游轮业发展速度，量子"霸船"事件以后，上海旅游局经过与游轮公司、旅行社和法务人士的协商，要求旅行社和与游客签订的出境游合同明确规定游轮公司、旅行社和游客在不可抗力发生的情况下的权利和义务。例如，在出发前将行程变更可能或决定及时告知客人，如果客人选择放弃乘坐游轮，游轮公司退票50%等。这一条款给了客人选择权，如果他们继续选择乘坐游轮，意味着他们接受了航线变更的安排。

　　2015年以后，皇家加勒比和歌诗达与太平洋保险公司合作，开发了一个保险理赔产品，这个有中国特色的新险种，对游轮延误5小时以上、航线更改、港口取消做了明确的理赔规定。

　　近年来，游客对游轮产品愈来愈熟悉，消费心态也更加成熟。大部分游客都认同，游轮安全的最高负责人是船长，因此船长有责任，也有权力来确定航线。在大海航行中，所有决策都要根据气象、海洋状况、航海法规和规范来做出专业判断，船长不可能征求所有游客的意见，依着游客的心意来制定航线。如果遇到类似台风的客观制约，游轮船长会在尽量不影响游客假期计划的前提下，以安全为第一考量，安排最合适的航线，寻找替代的停靠港。消费者认知的改变，加上一系列的措施，近年来"霸船"现象已经销声匿迹。

02. 中东呼吸综合征

2015年是中国游轮史上的多事之秋。被台风"天鹅"肆虐搞得精疲力尽的皇家中国团队，又同时迎来了中东呼吸综合征危机。

2015年5月底，我去迪拜视察来华途中的海洋量子号。告别短暂的纽约母港航线，穿过巴拿马运河，海洋量子号开启了53天的环球奥德赛之旅，途经巴塞罗那、罗马、雅典、迪拜、新加坡等港口，横跨半个地球，目的地是上海。

《奥德赛》是荷马史诗中的一部，描述希腊武士奥德修斯经过20年海上历险，克服无数风暴、绝望、诱惑，最终率领船员凯旋回到家园的故事。奥德修斯以其卓越的领导力、坚定的意志力和信念穿越狂风骤雨，是真正的英雄。

5月29日，我从迪拜上船，度过了两个晚上，在船长和酒店总监的陪同下，仔细观察产品的关键环节是否完全到位。为了准备中国航季，酒店运营在短时间内完成了适合中国市场的调整。我还和船方高管讨论了在亚洲可能遇到的挑战及其应对政策。从驾驶台长官到客房服务员，船员们情绪高昂，期待早日到达亚洲最大的客源市场。

我在阿曼的马斯喀特下船，准备前往多哈机场，当晚搭乘飞机返回上海。从码头去机场途中，汽车经过了大片的沙漠。窗外是广袤无际的黄沙，目之所及，渺无人迹，也不见其他生命迹象，蛮荒之境让人渐生敬畏和凄凉之感。

这个时候，中东呼吸综合征（MERS）的疫病已经在中东蔓延了3年。2012年4月4日，约旦第二大城市扎尔卡的ICU病房里，收治了1名患重症肺炎的25岁青年，该青年不治身亡。之后，10名医务人员与两名青年家属相继发病，1人死亡。

两个月后，埃及病毒学家阿里·穆罕默德·扎基博士在沙特吉达市一所医院中，从死亡病例肺组织里分离出一种新型冠状病毒。这个病毒被命名为MERS，研究人员发现，病毒很可能来源于单峰骆驼。

一开始病例零散，并没引起过多关注。直到2014年4月，分离出病毒的沙特吉达市医院在收治MERS病人时，疑似没有进行有效隔离，以致病毒在医院传播。截至2014年5月，这家医院确诊了225宗病例，此外阿联酋也有十几人感染，造成小规模的疫情。

自2012年至2015年6月，全世界被确诊为MERS的病例有1139例，死亡的有431例，致死率高达37%，比SARS更令人恐慌。

直到2015年，MERS的传播集中在中东地区，其他国家鲜见病例，但在2015年5月4日，一名68岁的韩国男子在中东巴林完成工作后，经卡塔尔搭乘飞机返抵韩国。回国后的第7天，他开始出现类似发热和肌肉疼痛的症状。20日，病人的痰样本被检测出MERS阳性反应，随即被隔离治疗。

当天，韩国政府宣布该国出现了第一宗MERS病例，我国的媒体和自媒体纷纷跟进报道，民众开始注意到这个新型的传染病。

旅游业者自然更关注MERS的事态发展。在量子号上，我们对韩国的局势也有所讨论，当时只有个别案例，没有形成疫情，我们还没感到MERS的威胁。在马斯喀特港前往多哈机场的长途车程中，我们穿越无穷尽的沙漠，看见死海，我不由得联想起这个在韩国出现的病毒，心里有一种不祥的预感。

但那时候，我无论如何没想到，MERS居然会在韩国大规模爆发，并且将我们重重地投入深渊。

在我从多哈返回上海时，韩国发现MERS案例的新闻开始发酵，一名韩国人从香港入境广州，被确诊为MERS患者。由于国内出现病例，对MERS的议论甚嚣尘上。所幸那个时候疫病事态是受控的，从第一宗患例开始到5月31号，韩国确诊为MERS患者的数量为15人，世界卫生组织并没有对韩国发出旅游慎行警告。

到了6月，MERS的病例大幅度增长，从6月1日的18宗、6月2日的25宗，到6月6日的50宗，民众对疫病的关注也在升级。6月2日，韩国出现了两宗死亡病例，旅行社开始有所动作。

北京营销团队写邮件给我和公关部门，反映北京春秋、北京乐道和天津国旅都来询问皇家加勒比，针对韩国的MERS疫情有什么应对策略，是否会更改航线。这是因为有一些已经预订和准备预订2015年夏季航线的游客提出了这些疑虑。

事实上，在MERS病例出现之初，总部和中国团队已成立应急处理团队，定期评估事态的发展、可能给航线带来的影响以及行动计划。当时，根据世界卫生组织的预测，MERS危机不会持续超过21天。

我们回复旅行社，中国团队和应急处理团队一直密切关注MERS的进展，根据世卫组织报告和专家意见，我们暂时还没有采取措施的必要，旅行社应排除干扰，集中精力做好切舱航次的售卖。

这时候，我们正在迎接海洋量子号6月23日的首航庆典。量子号的销售状况让人欣喜，通过电视广告等大众传媒的投放，量子号无人不识，此前游轮游客下船之后，不一定能记住自己坐过的是什么"号"，但量子号横空出世后，就连没坐过游轮的人，也知道有这么一艘高科技的前沿游轮。中国市场一直是late-booking为主，舱位恨不得到启航前一天才卖完，但量子号一上市就备受关注，提前半年预订的游客不在少数，旅行社卖舱的进度大大提前。量子号打响了皇家加勒比的品牌，连带着水手号的销售也水涨船高，营销团队踌躇满志。

然而，福兮祸所伏，正当业绩如日中天时，MERS的情况持续恶化。6月8日，韩国MERS的确诊案例达到了87宗，消费者开始认为赴韩旅游不安全，按照最新的评估结果，MERS的负面影响在未来的四周内不会消退。经包船旅行社的要求，我们决定更改量子号6月25日和7月4日出发的两个航次，取消停靠仁川，改靠日本的码头。

在这之后的两个月内，我们还有前往仁川的5个航次，这些航次是如常运行还是改道日本，我们陷入两难。世卫组织和中国国家旅游局并未发布韩国旅游禁令，如果皇家取消仁川、济州岛和釜山的停靠，会引起部分已经预订日韩行程游客的不满，旅行社也会把退票的损失归咎皇家。但是不及早采取行动，销售会受影响，并且日后万一灾情严重再更改航线，后果将非常严重。

此外，码头泊位吃紧。游轮不能停靠韩国，只能停靠日本，海洋量子号、航行者号和水手号因为吨位大，能停靠的日本码头只有福冈、长崎和熊本，都集中在日本的九州。但是福冈和长崎不只皇家有停靠需求，还有歌诗达、天海和公主共9条游轮。

以九州的最大城市福冈为例，福冈的博多港从2008年起接待游轮，一开始只有35个航次，到了2017年博多港总共接待了326个航次，连续3年成为日本第一游轮港。博多港有3座商业码头，能承接10万吨以上的游轮泊位只有两个，这么多个航次挤在同一个海港，竞争之激烈可想而知。

不能停靠韩国后，日本港口的压力陡增，游轮公司一边要抢客源，一边还要抢码头。

这个问题我们很早就意识到了，一方面通过与当地政府的良好关系，获取更多的泊位，另一方面也在寻找新的停泊点。早在2014年，我开始接触新的目标城市——熊本。

熊本是观光资源最为丰富的九州城市之一。这是一个人口180万的农业县，最著名的景观是熊本城和阿苏活火山，在火山状况稳定的时候，游客可以乘坐缆车到山上，俯瞰难得一见的火山口和碧绿的火山湖。2011年熊本政府为了推广本县，设计出吉祥物熊本熊，没想到大受欢迎，不但深受日本人喜爱，而且红到了中国。说到了九州的各种产物，熊本熊大概是大部分国人第一个想到的，参观熊本熊部长的"办公室"，也成了热门旅游景点。因此熊本对中国游客是非常有吸引力的。

熊本有一个货轮码头，用来运输农产品和造纸用的木片，经过改造后，可以停靠游轮。熊本的知事浦岛郁夫是哈佛大学农业经济系的博士生，也是东京大学的教授，一心想要开发熊本的旅游业。在日本地方政府官员中，他是少数英语说得非常流利的，我们聊得非常投契，他承诺用一年的时间改造码头，根据尼克·康戴里船长（Nik Antalis）的建议把70公吨的系缆桩，改成150公吨的系缆桩，供航行者系和量子系停靠。尼克船长是皇家亚太区负责航运和安全的副总裁，几年中在他的推动下，日本有不少货运码头更换了高强度系缆桩，使得这些港口可以停靠皇家的大船。日本人把这些系缆桩叫做"尼克船长系缆桩"。皇家的大船可以停靠，其他游轮公司的船也就停靠没有问题。皇家在日本港口，乃至整个亚洲地区港口的发展方面为行业做出了贡献。

2015年，熊本的八代港码头升级完工，浦岛郁夫先生说到做到，我也说到做到，量子号于7月30日停靠熊本。码头开放，刚好可以缓解我们的燃眉之急。但熊本的码头毕竟是货轮码头，这一年只能给皇家停靠12个航次，如果把全部韩国行程取消，九州仍然没有足够的泊位供我们停靠。

因此，要获得泊位和争取时间调整船供，游轮公司就得及早做出决策，确定改还是不改航线。我们就像在走钢丝一样步步为营，一边是更改航线带来的困难，另一边是不改航线的风险，旅行社对此也犹豫不决，有的游客对赴韩有担忧，另一些却不愿意放弃韩国的行程。

2015年的夏季航季，我们在这种胶着状态里，零星地更改了几个航次，但并没有完全取消赴韩的行程。

到了9月份，MERS的疫情失控了。韩国人心惶惶，进入了全国动员式防疫，16752人被隔离，2900多所学校停课，首尔市取消了马拉松比赛等多个大型活动，韩国旅游、服务业持续低迷。经过评估，前往韩国旅游不再安全，游客退票的状况愈演愈烈，我们不得不取消停靠在仁川、釜山和济州岛的行程，所有从天津和上海出发的航线，改为纯日航线。幸亏有之前我们在熊本做的铺垫，在我的要求下，2016年浦岛郁夫同意八代港可以接受的航次从12条增加到24条。

这个疫情对旅游业造成重创，游客不愿赴韩国旅游，其他游轮公司的舱位卖不出去。万幸的是，由于海洋量子号带动了提前销售，皇家十月前的切舱和包船航次大都已在零售端售出。

个别旅行社出现了售出的问题。我们把船舱切出去之后，销售压力落在了旅行社身上。旅行社开始向我们抱怨，船舱销售不佳，价格一降再降，他们面临亏损的风险。按理说，船舱卖给了旅行社，销售的风险也该由他们承担，本来预售就像期货买卖，价格里就包含了可能的风险评估。但中国市场特殊，如果旅行社亏损，第二年可能就不包船或切舱了。旅行社是游轮重要销售渠道，销售渠道出了问题，我们不能袖手旁观。

从6月中旬开始，个别旅行社告诉我们说舱位基本卖不出去，以水手号为例，在MERS危机之前，销售走势良好，每个航次都接近收尾，但因为疫情暴发，消费者开始退舱，没卖出去的舱房加上退舱，旅行社铁定要亏损了。如果旅行社不肯退舱，消费者就会向质检部门投诉，每一天投诉都有四到五起，旅行社迫于压力只能退舱。

问题是，退舱的费用要怎么办？旅行社就来找皇家"协助支持"。说得直白点，就是希望我们共同承担亏损，给予旅行社补偿。

按照往年惯例，皇家游轮的航季在10月中结束，9月份的形势虽然严峻，熬一熬也就过去了。但从2015年起我们开始做全年航线——量子号在上海要走包括夏季和冬季航线，不再像航行者号冬季被派往东南亚或澳大利亚。

从11月到第二年的春节，这是皇家加勒比的游轮第一次在中国母港"过冬"。游轮产品销售的季节性很强，在7、8月份的暑假期间，游轮的船舱卖得风风火火，是销售的顶峰期。随着天气逐渐寒冷，销售进入淡季，9月下旬之后，上游轮的游客就会大大减少。

淡季，再加上MERS的威胁，游轮的销售变得艰难起来。根据旅行社的反馈，从MERS暴发开始，其他游轮公司的票价开始下滑，量子号的售价在其他公司船票1.5-2倍左右。

在游轮市场整体票价下滑时，皇家的表现依然是出色的。中国团队的船票收入业绩低于第一季度的预期，但胜利完成了第四季度的预期。

03. 严冬

进入2015年11月，皇家的第一个冬季来临。

以往皇家在上海只走3-10个夏季航次，11月-2月冬季船去新加坡或澳洲。皇家第一次在中国过冬，同时遭遇中东呼吸征带来的业界寒潮。1月份和2月份最冷的时侯，包船旅行社向我们诉苦说，由于2015年切舱价太高，加上MERS的影响，他们声称付不起2016年包船的定金。我们的超前预售早在2015年4月-5月已经完成，旅行社也签好了包船协议，但因为MERS的危机，旅行社开始拖延定金的支付。在中国市场没有支付定金的任何协议，都是一纸空文。主力包船旅行社浙江光大甚至提出要下降包船量的30%。蔡明煌和骆童赶到上海解释说，他们和万达集团签署了3年对赌协议，没有空间承受2016年可能发生的财务亏损。核心代理就这么几家，任何一家退出或减量，都让我们陷入被动。

根据旅行社提供的信息，上海的旅行社第四季度平均亏损为10%，华北更离谱，平均报亏20%。我们自然没法核实亏损的真实状况，但无论如何，我们必须稳住旅行社。

针对冬季的销售困难，销售团队利用量子号适合冬季度假游玩为卖点，发动了海洋量子号暖冬航线的活动。

与此同时，为了确保旅行社支付定金，我们对旅行社开始了对包船合同补偿协议的谈判。考虑到整体销售环境的不理想，我们调整了部分航次的收入（NTR-Net Ticket Revenue），跟一些核心旅行社开始了另一种合作模式win-deal（双赢）。我们不知道旅行社真实的亏损状况，因此采取了信息不对等下的博弈策略：根据审计旅行社报来的亏损，算出一个平均的行业亏损率，如果行业亏损率是8%，一家旅行社亏损10%，我们也只补贴到8%；旅行社的亏损率5%，我们也补贴8%。亏损少的旅行社有利可图，报亏多的旅行社也不多给，这样会有助于减少行业平均亏损率。补贴和付款挂钩，和未来切舱挂钩，鼓励旅行社按时付款，和提前切舱。

白天的谈判刀光剑影，双方争持不下，火药味很重。为了缓和气氛，并鼓舞旅行社的信心，我们举行晚会，款待合作伙伴。

晚会主持人宣布有一位神秘嘉宾演唱甲壳虫乐队名曲 *Hey Jude*。现场伴奏乐队吉他声响起，背朝观众的歌手转过身来，大家发现竟然是我：

Hey Jude don't make it bad

嘿 Jude 别沮丧伤心

Take a sad song and make it better

唱一首悲伤的歌 重新平复你的心情

Remember to let her into your heart

记得将它唱进你的心里

Then you can start to make it better

然后就开始重新振作 好好走下去

Hey ude don't be afraid

嘿 Jude 别害怕别犹豫

海洋航行者号在天津游轮母港——中国游轮市场第二大重镇

You were made to go out and get her

你应该克服所有恐惧走出去

The minute you let her under your skin

在你决心拥抱恐惧的那一刻

Then you begin to make it better

你就更加能重新鼓起勇气

这是保罗·麦卡特尼写给约翰·列侬儿子的歌，鼓励他在逆境里不要消沉，要乐观勇敢地面对世界。我要传达的就是歌词里的意思，低潮期总会过去，希望大家能一起奋进，荣辱与共，一切都会好转的。

那天晚上，旅行社的情绪被调动起来，全场一起高唱then you'll begin to make it better, better, better……

在解决华东问题的同时，我还要攻克华北的几个龙头。2015年11月底，我飞到北京与包船商进行了首轮谈判。见面当天是个周五，北京市处处堵塞，哪儿哪儿都行驶缓慢，让人躁急。谈判也进行得不顺利，北京抛出了2015年巨额亏损的天文数字，这与我们的补偿方案相差甚远。谈判没有达成共识，当天我就返回了上海。

在与团队的会议中，我们下定决心，必须守住最初的方案，不能被旅行社予取予求。这是一场赌注得很大的博弈，对方是久经沙场的高手，但从各方面来分析，皇家需要旅行社，旅行社更需要皇家，我们的胜算更大。

第二周贲靖前往北京，跟包船商进行第二轮谈判，按照计划没有退让底线，谈判也没有结果。第三轮谈判我再次出马。

我带着华北的销售总监高原一家一家地谈。谈判是一场马拉松。

双方都把take（进）和give（退）的谈判技巧用到了极致。旅行社要2015年的补贴和2016年的优惠包船价，皇家要争取2016年的包船量和APD。在量上彼此有共同点，在钱上彼此利益相对立。谈判双方的互信和博弈，交织在一起发酵。

我们提出签署包船合同时，在确保切舱数和包船价并支付定金的前提下，优惠可以体现在几个方面，一是价格上的让步，以稍低的APD把船舱卖给他们。二是免舱，将一部分的船舱免费送给他们，作为上一季度亏损的补贴。我们也给予旅行社市场支持费来营销皇家加勒比的游轮。

最后一场马拉松式谈判在上海半岛酒店。结束时，已经凌晨1点了。我和高原在外滩等车，不抽烟的我，从他手中接过一支烟，点燃后猛吸了几口。

经此一役，我感到解决包船模式所带来的弊端已经迫在眉睫。

由于没有成熟的散客市场，我们必须依赖旅行社为销售渠道。旅行社大刀阔斧地跟我们包船和切舱，保障了我们的销售；如果船舱卖得不好的话，我们会做出一定的补偿。通过这种彼此依托的方式，我们跟旅行社相互套住了，这就是"绑桩"的基础所在。

在市场欣欣向荣时，绑桩是个双赢的模式，大家可以一起成长，一起得利。但遇到市场下滑时，桩脚会出现裂缝。

在做包船谈判时，游轮公司和旅行社根据船舱未来的销售预期来协商包船价格，这个包船价低于消费市场售价的话，他们赚钱，高于消费者愿意支付的价格，他们亏钱。这个价差的方向和尺度，往往被瞬息万变的市场环境因素所左右。

为了包船模式能运作下去，我们答应给旅行社一定的亏损补偿，但旅行社具体亏了多少？虽然游轮公司可以对旅行社的报亏进行审计，但是旅行社的账目达不到正规公司的水准，凭证也不齐全。所以，游轮公司无法判断报亏哪些部分是真实的亏损，哪些是水分。在实际操作过程中，不能排除旅行社虚报的可能，把补贴、船票利润和地接后返点视为三大收入来源。

就像国企亏了，政府要保释。游轮公司对旅行社也有某种保释义务，挑战是旅行社的财务状况对游轮公司而言是不透明的，是个黑盒子。为了获得更多的优惠和市场补贴，不排除旅行社会夸大亏损金额，更不排除亏损是旅行社销售不力造成的。补贴的合法性和亏损的不透明性在严格的美国公司财务制度中成为严重的问题。

各游轮公司总部所不能接受的一件事情是，包船包船，就是旱涝保收，赚了没有游轮公司的份，亏了也不应当让游轮公司承担。旅行社对此的回应是，旅行社在包船中的收益和风险是不对称的，一条皇家船的包船价格在300至500万美元之间，亏损可能高达10%至20%，盈利不到10%，不补贴的话，这个合作模式不可能持续。

2016年的预售谈判陷入了泥沼，我们跟旅行社进行了艰难的博弈，一方面要留住这些"桩"，另一方面也必须保住APD。如果APD太低，低过了全球市场的平均水平，总部就会质疑中国市场，在大船部署上我们会处于弱势。我意识到了过度依赖旅行社的销售渠道，对我们持续发展是不利的。

正当我们为包船模式头疼的时候，MERS危机终于解除。经过长达7个月的搏斗后，韩国政府正式宣布MERS的疫情结束了，共有186人感染中东呼吸综合征，其中38人死亡。

第一个"冬天"，在谈判的拉锯战中挣扎过去了，过程虽然艰苦，但从好的一方面看，我们也意识到包船模式到了终结的时候。亏损补贴的困境和皇家对APD的高要求，驱使中国团队率先实施分销模式的变更，以至于日后我们比竞争对手更早走出了困境。

这是改革的前奏。

04. 赞礼北京

海洋量子号在华东母港市场获得了轰动性成功，总部乘胜追击，第二年就派来了第二条量子系的大船：海洋赞礼号（Ovation of the Seas），从天津出发执行夏季母港航线。

海洋赞礼号的到来，让华北地区的旅行社和消费者振奋不已。这是天津母港破天荒的第一条新下水的巨轮。

2016年，海洋赞礼号4月份在德国下水，然后从南安普顿出发，经过47天的奥德赛之旅，抵达中国。在等待赞礼号的到来时，一个很有话题性的营销宣传计划已经徐徐展开。

2015年，皇家加勒比的董事会成员托马斯·普利兹克给了费恩一个建议。他认为，我们应该跟故宫博物院建立合作关系，坐镇在北京中轴线中心的故宫博物院不只是世界文化遗产和旅游古迹，在中国人民心目中有非凡的地位，巍峨的宫殿蕴藏着深厚的文化历史，也是人们与传统文化的情感纽带。如果能跟故宫合作，会赢得当地政府和公众的支持，有益于皇家加勒比在华的长期发展。

费恩非常赞同。这成了皇家加勒比的"深根策略"（Deep Root Strategy）的举措之一，通过与当地文化机构的交流合作，把品牌深耕到当地文化当中，建立友好的社区关系。我承担了这个"大使"的任务，与故宫博物院接触。

一开始是公关部门跟故宫博物院的外联处联系，初步接洽后，双方的领导再见面洽谈。双方非常投缘，故宫博物院安排我参观了故宫尚未对外开放的部分，并见到了故宫博物院当时的院长单霁翔，他给我讲解了各种文物和典故，如数家珍。

我们对可能的合作都很兴奋。既然要合作，我首先考虑的是皇家加勒比能为故宫带来什么好处。作为国家一级博物馆，故宫博物院既要传承和宣扬中国文化，把"故宫"的牌子发扬出去，也要开创营收，支撑博物馆的维护和持续运营。出于这两个目标，2008年故宫博物院创立了文化创意中心，推出了高端的文创产品。

单院长介绍故宫的文创产品的想法始于台湾。2013年，台北故宫推出的"朕知道了"纸胶带大受欢迎，让故宫看到了文创产品巨大的潜力，也摸索到文创产品必须更贴近现代生活和年轻人的需求。

游轮产品就是一个非常现代、时尚的生活体验。在皇家加勒比和故宫博物院的合作中，我们把故宫文创产品搬到了游轮上售卖。这些产品有中山装、旗袍、领带等，品质卓越，既传达了中国传统文化的内涵和美感，也是非常实用的产品。故宫的牌子随着皇家加勒比的船走向世界，同时零售产品也能创收。

我们购置了一些著名的故宫文物的复制品，在船上展示，与量子号的当代艺术品相映成趣。群众对故宫有很大的热情和好奇心，这一年纪录片《我在故宫修文物》在豆瓣上评分高达9.4，超过了大部分BBC的纪录片，我们邀请了博物院资深的专家们上游轮讲演，反应非常热烈。我们还将以故宫为主题的儿童手工和绘画活动引进到船上，通过寓教于乐的方式，让小朋友认识传统文化。

整个项目，开启了我们与故宫的深度合作。在商议的过程中，我就在思考：怎样把这个合作深入到我们的产品中呢？这是费恩给我布置的作业，他说不是为了卖船票，而是为加强游轮和中国消费者的情感、文化纽带。

2016年1月，费恩和迈克访问北京，与单院长共同见证皇家加勒比和故宫博物院合作备忘录的签署。签约仪式在故宫举行，引来了北京媒体全面的报道。这不是个商业项目，而是层次更深的文化和经济上的国际交流，所有的媒体都闻风而动，宣扬了皇家加勒比与故宫博物院的强强联手。

通过故宫博物院的桥梁，皇家加勒比进入了北京老百姓的心坎里。我们顺势打出了"赞礼故宫、赞礼北京、赞礼中国"的口号，随着媒体的报道，这个口号响彻北京的每个角落。

赞礼——ovation，原意是为精彩的舞台表演热烈拍手和欢呼，在众多的翻译中，我一眼就选中了"赞礼"这个名字，大气磅礴，朗朗上口，与京城的气质非常契合。经过这一轮公关，响亮的"赞礼"在北京消费者中间打出了知名度。

接着市场部启动了赞礼号的渠道营销。我出了个点子，在华北旅行社行业中发起给赞礼号的吉祥物的征名竞赛活动。赞礼号的吉祥物是位于船舷右侧的一对熊猫母女雕塑，熊猫妈妈在上面把手伸向站在下面、踮起脚想要妈妈的熊猫宝宝，是体现舐犊之情的佳作。

赞礼号是一艘崭新的新船部署天津母港，华北的旅行社本来就激动不已，这一下更是找到了爆发点。数十条命名建议发到皇家市场部，其中凯撒和北京春秋的建议在前两轮投票中呼声最高。最后一轮投票中，两家旅行社的游轮部竞相拉票，据说几乎红脸打起来。

最后一轮投票的结果出来了，凯撒的提议险胜第二名，赞礼熊猫母女起名为"赞妈"和"礼宝"，这是多么贴切、又有北京味儿的名字！

最破天荒的事情，皇家加勒比的全球董事会成员从全球各地来到北京参加赞礼首航庆典。由于中国业绩表现出类拔萃，在董事会的每次会议里，中国市场都是绕不开的话题。大家谈到中国都很兴奋，趁

赞礼北京：皇家加勒比—故宫博物院合作备忘录签署仪式

海洋赞礼号吉祥物："赞妈"和"礼宝"

赞礼长城：皇家加勒比全球董事会长城晚宴

着赞礼号进京，皇家将年度董事会议搬来了北京。

皇家董事会成员都是行业领袖，包括皇家加勒比游轮CEO理查德·费恩、凯悦酒店管理集团主席托马斯·普利兹克、可口可乐全球主席兼CEO约翰·弗兰克林布罗克、时代公司主席安·穆尔、美国斯堪的纳维亚基金会董事会常务副主席伯恩特·瑞坦等等。他们受邀参与了中美企业家论坛，在北京饭店与中国的企业家们，就中美合作伙伴关系、企业家的角色与责任、促进中美双向投资的机遇和挑战等问题展开了讨论。在访华的几天里，他们也在中南海受到了中央领导的接见。

按照费恩别出心裁的要求，董事会访华期间在居庸关长城举行董事会晚宴。当晚，居庸关附近的长城两侧点起了火把，蜿蜒在群山中的古老城墙犹如一条蓄势待发的火龙。与会者着帅气的正装或光鲜的礼服踏上长城的灰色台阶，嘉宾有政界、商界、文娱界的知名人士。

董事会的成员远道而来，都想借这个机会了解中国，因此广邀各界人士一起交流和沟通。"咚咚"声响，烽火台击起了大鼓，在山间远远地传播开去。嘉宾都静了下来，在鼓声的引领下，所有人的思绪都沉浸在古老与现代、东方与西方交融的历史感之中。这独一无二的体验，给董事会成员留下了深刻的印象。

6月24日，赞礼号在天津港举行了命名和首航仪式。随着传统掷瓶式"嘭"的一声巨响，把赞礼号庆典活动推向了高潮。

命名仪式结束后，嘉宾们在270度景观厅享用了庆典晚宴。我跟费恩、几位董事会成员坐在一桌，把酒言欢之际，270度的高清屏幕在放映一部纪录片《达·芬奇的梦想》，影片讲述这位意大利文艺复兴时期的天才在1496年着迷飞行现象、设计飞行器的故事。这片子非常励志，天空是人们遥不可及之处，但是古往今来总有人想要高高飞翔。

隆重的首航仪式后，赞礼号做了两个两晚的体验航次，共计7000名媒体与旅行社代表免费上船，可以说是把华北可以卖游轮的旅行社代理和可以为皇家宣传的媒体都请来了。这个大型赞礼号体验活动为日后几年来天津母港的游轮销售打下了坚实的基础。

有一个细节，我永远不会忘记。

晚宴结束后，我送费恩离开270度景观厅。他看了我一眼，说："照顾好它。"费恩指的是这艘骄人的赞礼号。

2018年9月赞礼在天津母港运行了两个航季后，由于市场局势，被调离天津部署到阿拉斯加，这件事情一直让我深感内疚。

05. 大军压境

量子系两条新船在华部署的爆炸性新闻，激发了国际游轮产业对中国市场的淘金热。

2015年11月中国游轮产业大会在上海举行，全球游轮业领袖几乎全都到场。嘉年华集团在中国重兵投入了歌诗达和公主邮轮两大品牌，但还是让皇家占了上风。这次嘉年华集团总裁兼首席执行官阿诺德·唐纳德（Arnold Donald）兴师动众，率集团旗下的品牌领袖出席游轮大会开幕式。这是彰显嘉年华集团的全球霸主地位的大好机会，他在开幕式讲话时，将嘉年华的几大品牌的CEO都请上讲台，为他助威。

他开出了一串清单：2017年公主邮轮的新船盛世公主将进入中国，2018年爱达（Aida）邮轮进入中国，2018年、2019年歌诗达的两条新船进入中国。嘉年华的另一个敲山震虎的举措，是宣布与中船集团合资建造游轮，并成立合资游轮公司。

确实，嘉年华在全球有100条船，弄几条来中国就像玩一样。只是，游轮品牌能不能在中国市场站住脚，还是消费者说了算。嘉年华与中船的造船计划也一再拖延，最初Vista Class新船的交付期是2020年，后来推迟到2021、2022、2023……

嘉年华全球高管团队在开幕式上作了30分钟的秀，结束后全体一起退出会场，搞得在场的政府官员很不满意。

其实，阿诺德不是要跟政府为难，而是做给竞争对手看的。除了皇家的亚当·古德斯丁，当时在场的还有NCL邮轮的CEO弗兰克·德尔里奥（Frank Del Rio）和地中海邮轮（MSC）的CEO齐亚尼·奥诺拉托（Gianni Onorato），其中奥诺拉托是歌诗达的前CEO，前不久刚刚倒戈MSC，而MSC和歌诗达是死敌。

在开幕式上，德尔里奥也上台讲话，宣布NCL将于2017年进军中国。

NCL曾经放言"不来中国"，但眼看嘉年华和皇家加勒比都在中国大展拳脚，诺唯真按捺不住了。

2016年，世界三大游轮公司之一NCL邮轮加入了中国市场的角逐中。这家扎根在迈阿密的游轮公司成立于1966年。第一章讲到，当初T.阿里森和诺特·克拉斯特（Knot Cluster）两人共同经营名为NCL的游轮生意。后来，T.阿里森和克拉斯特分道扬镳，NCL则发展壮大。至今旗下有 NCL 邮轮、大洋邮轮和丽晶七海邮轮三大品牌。在国际市场上，NCL 邮轮大约占 8% 到 9% 的份额，仅在嘉年华和皇家加勒比之后。

NCL 的中文意思是"挪威邮轮"，不知什么原因，按照港式译法将 NCL 译为"诺唯真"，将音译和寓意融为一体，技术上是个不错的译名，但从品牌传播的角度看，诺唯真远不如"挪威"好念好记。

初来乍到的诺唯真要争夺中国市场，最容易的办法就是参照领头羊的足迹，看皇家加勒比怎样开垦渠道和营销，学习成功产品的优点。诺唯真曾多次派人登上量子号和赞礼号，揣摩产品的特点。

全国游轮产业大会在会议期间请代表参观在吴淞口停泊的海洋量子号。我在参观者名单中看到德尔里奥的名字。为了表示对竞品长官的尊重，我把他邀请到我坐的主桌。他是一个很有性格的人物，海阔天空。

诺唯真也遇到了皇家在初创时期人才短缺的困难，但是他们找到一条捷径。他们给猎头下了道命令，不惜工本，从皇家中国团队里挖人，以至于他们的团队从销售副总裁到市场部经理、呼叫中心人员全部都是清一色的皇家前员工。

诺唯真开出了第一炮：为中国市场定制新船喜悦号（Norwegian Joy）。这艘游轮在德国帕彭堡的迈尔造船厂建造，2017 年 3 月 4 日下水后，将来中国执行上海母港航线。

中国市场喜欢大船，所以喜悦号是一艘总吨为 167725 的巨轮，最大载客量 4930 人，并设有 1925 间客房。中国消费者喜欢强大的硬件，因此喜悦号也做了很多高科技的刺激游戏设施，例如 F1 赛车模拟器、真人 CS 镭射对决、虚拟过山车和飞翔体验等等。

为了体现出这是为中国量身定做的产品，诺唯真聘请了中国艺术家谭平，以"凤凰"为题在船身上画了大型的彩绘。此外，船上的28家餐饮选择，主餐厅是以中餐为主的套餐，特色餐厅有铁板烧、海鲜餐厅、面馆等等。诺唯真在符合国人的饮食口味上下了很大的功夫，聘请了160名中国厨师，行政主厨是经验丰富的马来西亚人和中国人。

娱乐设施方面皇家Seaplex有碰碰车，诺唯真在甲板上跑赛车。为了做宣传，德尔里奥亲自把赛车开进了2016年 *Travel Weekly* 上海游轮峰会的会场，做足了噱头。

2017年6月27日喜悦号的首航声势浩大，请来了王力宏做"教父"。此前为游轮命名的一般是女性，诺唯真打破了传统，在2015年请了嘻哈歌手Pitbull担任游轮教父，2017年又找了王力宏当第一位华人游轮教父。游轮的消费者中女性的比例更高，男偶像担任教父和代言产品，确实制造了不小的话题。中国旅行社总经理和游轮部总监还被请到德尔里奥在美国迈阿密的豪宅家里做客。

显然，诺唯真他们对中国市场是志在必得。作为一个晚了10年的迟到者，他们对中国的广告法律法规了解不多。喜悦号刚进来时，曾以"最大的游轮"作广告意图盖过量子号。出于善意提醒，我们打电话给诺唯真的中国区负责人，告诉他中国广告法禁用极限语言，如"最大""最高"等等犯规者可能受重罚。实际上，喜悦号的总吨是167725，量子号总吨是168000，喜悦比量子还稍小一些。他们在广告中撤掉了极限语言，并且写来一封邮件致谢。

2017年另一艘为"专为中国市场打造"的游轮来到上海，这就是盛世公主号。

盛世公主号（Majestic Princess）143000总吨，双人载客量3560人。这艘游轮在意大利船厂交付后，进行了短暂的欧洲航线运营，然后经过37天的"海上丝绸之路",经苏伊士运河、红海、印度洋、马六甲海峡,最后抵达上海母港。盛世公主号的宣传重点是"精选全球美食""米其林主厨来设计的菜单""盛大歌舞秀""全透明海景廊桥"。在2017年7月11日的首航仪式中,公主号请来了姚明和他的妻子叶莉共同担任命名大使。

就现代游轮业态而言,国际游轮公司部署在亚太地区的游轮从2010年的11艘船,79万人次,增加到2017年的30条船,370万人次,7年间的市场容量年均增长24.7%。中国是亚太市场主要的驱动力,从2010年皇家和歌诗达的3艘游轮,8万人次,增加2017年18艘游轮,279万人次,市场容量年均增长66.1%。在统计上,亚太地区包括中国内地、澳洲、日本、新加坡和中国香港行政区。事实上,由于在中国走夏季航线的游轮,冬季去澳洲和新加坡,其他亚太地区的游轮部署也是中国内地市场驱动的。

短短的7年时间里,亚太地区一跃成为北美、欧洲之后的举足轻重的第三大游轮市场,中国超过德国成为仅次于美国的第二大国家游轮市场,上海一跃成为亚太第一大游轮母港。

2017年的夏天,量子、喜悦和盛世三艘崭新的豪华巨轮齐聚吴淞口,似乎在象征量子飞跃带来的中国游轮的盛世和喜悦。很多人认为,中国赶超美国成为世界最大的游轮市场只是时间问题,世界游轮产业的重心正在东移。

06. 萨德导弹危机

人们忘记了这7年里中国游轮行业是怎么磕磕碰碰走过来的,直到又一个地区政治危机的降临。

早在2017年2月26日上午,20多名民众聚集在吉林江南乐天玛特超市前，抗议在乐天集团的星州高尔夫球场部署"萨德反导系统"。从2017年初，各种反对的声音在全国各地陆续响起。

萨德（Thaad）是美国导弹防御局和美国陆军隶属下的反导弹防御系统，可以在大气层内40千米的高空拦截导弹，这个系统有强大的侦测和监控能力，雷达探测远达2700公里，能覆盖中国东北、华北、东南沿海大部分地区，被认为会对中国的战略安全造成威胁。

国内舆论对韩国政府和提供场地的乐天集团十分不满，抵制韩国的呼声此起彼伏，除了首当其冲的乐天超市，各种韩国进口的产品、韩国影视和综艺等等，都在被杯葛之列。赴韩国旅游自然也大受重创，航空公司取消了赴韩航班；3月3日，携程、途牛、同程等网站下架了所有韩国游产品。

国家旅游局发布了韩国旅游提示，提醒中国公民，"清醒认识出境旅行风险，慎重选择旅游目的地"。根据韩国旅游局统计，2017年中国赴韩游客同比减少了48.3%。

刚从中东呼吸综合征的危机中恢复元气的韩国旅游，再次跌入谷底。

3月15日韩国航线叫停，赴韩旅游团，包括游轮游，一夜之间都消失了。这种情况我们已经经历好几次了，从2011年的福岛地震与核泄漏、2013年的钓鱼岛事件、2015年的中东呼吸综合征，到2017年的萨德危机，每两年就会突发一次天灾人祸，简直就像上帝安排好的炼狱。

游轮公司已被磨炼成沙场老兵，早在韩国航线叫停之前，我们已经做好了重新部署航线的预案。我们只有一个星期的时间去重新部署，那好，一个星期就一个星期！我们已经能冷静迅速地应对各种突发危机。

韩国不能去，只能改而部署纯日航线。当时中国母港航线有18艘游轮，其中量子号、喜悦号和盛世公主号这三艘每个航线加起来就一万多人，这些船统统要停靠在九州福冈、长崎等有限的两三个港口。福冈和长崎已经船满为患。

到了2017年，当大船在为日本的停靠点抢得焦头烂额时，熊本成了我们的救命稻草。得益于我们跟熊本的政府关系，水手号、量子号和赞礼号当年在熊本码头总共停靠70个航次，大大缓解了码头泊位不够的压力。要没有熊本，我们的船可能面对无地可去的窘境。萨德事件让业内人士更深刻地认识到，港口目的地的单一是庞大的中国游轮市场的制约因素，而地区政治局势的影响，更加放大了目的地局限的影响。

虽然航线重新部署可以迅速搞定，旅行社和消费者的工作可是不好做。旅行社包船和切舱是包切的日韩航线，现在改成纯日航线，去年第四季度谈好的包船价或合同切舱价要重新谈，韩国目的地的购物后返点也和日本目的地不一样，也会影响到旅行社的利益。消费者订好的船票，因为航线改了要求退票，目的地的减少又导致预定需求下降，旅行社每天退回来的舱比卖出去的多。

这是过去7年中重复过多次的情景，但这次的市场状况又与之前大不相同。市场上的供应量已从7年前3条增加到18条，市场已经接近饱和，短期需求又受挫。

船票价格开始急速下滑，旅行社和游轮公司手里的舱出不去，倒卖船票的"黄牛"猖獗一时。

9

天海触礁
SkySea struck on the rocks

2014年9月的一天，香港中环皇后大道中1号。

在香港最引人瞩目的地段上，背靠连接太平山山顶的陡峭的花岗岩山坡，矗立着一座由著名建筑师诺曼·福斯特设计的建筑，从构思到落成耗时6年。这是高180米的汇丰银行大厦。设计特色在于整座大楼内部无支撑结构。玻璃墙面的46层建筑用四个构架支撑，每个构架包含两根桅杆，分别在五个楼层支撑悬吊式桁架。

在汇丰银行大楼的一间普普通通的办公室里，中国游轮行业的一个历史性事件正在进行。

中国第一家中外合资游轮公司天海邮轮公司，正在完成其第一艘游轮的购置交付。中方大股东是中国最大的在线旅游经销商（OTA）携程旅行网，外方股东，也是游轮的卖家是皇家加勒比游轮有限公司。

天海邮轮方面到场的是董事长兼CEO范敏、总经理周荣、财务总监李昂、外聘海事律师林源民。

我代表皇家加勒比参加了交付仪式。天海邮

轮购置的这条船是皇家精致游轮（Celebrity Cruises）旗下的世纪号（Celebrity Century）。仪式以全球电话会议方式进行，连线迈阿密皇家总部和位于马耳他附近公海洋面上的世纪号，总吨71545，售价2.5亿美元。

我们看不到画面，只听见电话里的人声和隐约的风浪呼啸。那是从大海上传过来的现场直播，按照航运的惯例，船舶交易都在公海上进行，因此这个很有意思的交接仪式是两头并进的，一头在繁华商业中心里签署纸面的合约，另一头在辽阔公海的大船上，买方与卖方代表交接证书。

从海上传来了低沉浑厚的男声，宣布精致世纪号的拥有权，从皇家加勒比变更为天海邮轮有限公司。此后这艘注册在马耳他的游轮将为中国企业所持有，改名为新世纪号，并且在中国营运。

这是当时被看好的本土游轮公司，携程在2014年的市值为64亿美元，占据了中国OTA市场的半壁江山，而皇家加勒比则是世界第二大国际游轮集团，不但是投资方，同时负责天海新世纪号的船舶运营管理。皇家加勒比和携程的合作结合了强大的产品运营和营销渠道，起到了优势互补的作用，是完美的强强联合。

当时没有人会想到，从2014年天海成立，到2018年天海关闭，这个为许多人看好的宏图伟业只持续短短的四年时间。

天海邮轮的触礁折戟，令人扼腕。

01. 鼠标+游轮

2013年，携程创始人之一范敏把目光投向了游轮业。他毕业于上海交通大学，取得管理学硕士学位，并曾就读于瑞士洛桑酒店管理学校。范敏有深厚的旅游业背景，在创办携程之前，已经是上海旅行社和大陆饭店的总经理。他拥有丰富的行业知识、经验和超强的企业家首创精神。

OTA是轻资产行业，游轮则是重资产，正如钱钟书的"围城"道理：城里的人想出去，城外的人想进来。做过重资产的想做轻资产，做腻了轻资产的人，想尝试做重资产的滋味。

当时，皇家加勒比和歌诗达已把中国游轮市场做得风生水起，政府、媒体和相关行业都看好游轮市场的潜力，组建中国人自己的游轮公司的呼声日益高涨。虽然，先前进入市场的中资游轮公司，如海航邮轮和渤海轮渡并不成功，业内人士相信如果玩家足够强大，既懂中国市场，又有政府关系，一定可以大有作为。

国际游轮公司普遍面对一个挑战，是如何构造连接游轮库存和庞大消费者市场的分销渠道。虽然包船模式取得成功，似乎一时成为最适合生产力发展的生产关系，但是游轮公司对价格和产品不能掌控，要花很大的精力与批发商博弈。在欧美市场上以零售模式为主的国际游轮公司早就意识到，包船模式是不可持续的，中国市场迟早要经历从批发到零售的转型。只是皇家和歌诗达都忙于市场扩张，无暇顾及渠道的改革。

而对于携程来说，搞定渠道销售是易如反掌的事情。与传统旅行社相比，OTA被认为是旅游业分销的未来。有人把传统旅游业比作"马车"，OTA比作"汽车"，OTA年代的到来犹如20世纪20年代汽车工业开启了新的时代篇章。早就有人预言，OTA会完全取代传统旅行社，正如汽车会把马车送入历史博物馆。

然而这种情况并没有发生。传统旅行社很快就反应过来，在做好传统批零渠道的同时，开始做网络分销，由此可见在线分销的威力。

2013年，中国在线旅游市场交易规模是2204.6亿元人民币，同比增长29.0%，其中携程就占了49.7%，几乎是市场份额的一半。从这市场占有率来看，携程在船票售卖上有很大的优势，正是在这样的考量下，范敏利用线上的优势做游轮公司的冲动，就变得非常具有理性基础。

范敏找到了磐石基金的王力群，两人谈得非常投机，一个做游轮的计划开始成形。磐石基金成立于2008年，董事长王力群曾任上海巴士实业（集团）股份有限公司董事、总经理以及上海现代轨道交通公司董事长，是一家有公家背景、实力卓越的私募基金公司。

在2013年欣欣向荣的境况里，他们是怀揣着信心和梦想的。国际游轮公司有其资本和品牌的先发优势，然而也有不了解中国市场的弱点，产品不一定对路，调整速度迟缓，分销渠道的瓶颈迟早会让它们栽跟斗。因此，天海相信通过摸索和发挥自己的优势，可以打造出强有力的品牌。

02. 天海之间

2013年年中，在长宁区的携程网络技术大楼里，十几个天海邮轮的第一批员工搬进了他们新的办公室。这是典型的IT公司工作间，空间非常狭小，桌子间隔紧凑，一点声响都会惊动整个办公室，每当有微信提示音响起，大家都会下意识地看一眼自己的手机。就是在这个小房间里，一个几亿美元的买卖正在酝酿之中。

携程邮轮项目组在范敏的带领下成立了。项目组的首要任务，是寻找合适的产品——一艘符合中国市场的游轮。他们有三个选择，建造新船、购买二手船或租船。租船并非长久之计，而且在游轮改造上也有限制，因此很快被摒弃了。建造新船的价格是二手船的5倍左右，而且世界上船厂数量有限，订单都得排队等候，至少要三五年后才能交货。因此买二手船是最符合现实的选择。

项目组委托船舶经纪人全世界寻找船只，几经波折，最后找到了精致游轮的世纪号。这艘于1995年在德国船厂下水的游轮载客量为1814名游客和800名船员，共15层甲板，907间舱房。相比于2000间舱房的航行者系列，船票销售没有那么大的压力。而且这艘船在经历了2006年的翻修后，增加了很多现代化的设施，例如全球仅有的海上冰吧和最大的游轮套房阳台。船上的装修也以精致著称，船中央以意大利国宝级玻璃品牌命名的穆拉诺餐厅（Murano），就装了一盏全手工的穆拉诺玻璃吊灯，为海上首创。

所谓精品游轮（premium cruise）一般不以体量见称，而是更注重服务质量、餐饮精致度以及目的地的丰富性。世纪号船员和游客的比例大约等同于1∶2，而一般现代游轮（contemporary cruise）的比例为1∶3。

2013年7月，天海的团队去美国看船。这个团队里包括一名资深船长、一名在多家酒店集团从事过高层工作的酒店总监、负责检测游轮的专业人士等，一起参观了世纪号后，认为条件符合，正式向皇家提出购买世纪号。

皇家母公司在中国现有运营品牌——皇家加勒比国际游轮，和嘉年华旗下的歌诗达都属于现代游轮。天海团队相信世纪号到手后，可以定位为精品游轮，正好是中国游轮市场的一个空档。

2013年7月的一个晚上，我接到迈阿密的来电，询问携程想要购买世纪号，我的看法如何。

我稍做考虑后，回答："现在中国大家都看好游轮市场，有不少央企、航运公司、投资人都想问鼎这个行业。我相信游轮行业和酒店行业的格局相似，最初阶段国际五星级酒店凭借品牌、人才和资本先发优势进入高端市场，国内资本先占据中低端市场，逐渐通过资本运作进入高端市场，这个过程很长，至少从1980年到现在30多年时间，国际品牌依然在高端市场上占主导地位，而且本土品牌即使进入高端市场，在全球化背景里还是你中有我、我中有你。所以中资游轮对国际游轮在相当长一段时间里不会形成冲击。"

我的意见是，携程要买，我们就卖。即使我们不卖，携程也会在二手船市场找到其他卖家。

双方初步达成协议，天海愿以2.5亿美元向皇家加勒比游轮集团购置世纪号。买二手船降低了进入游轮市场的资本壁垒。为了降低知识壁垒，最好的解决方案是请有经验的游轮公司管理。而皇家产品的品质和品牌已经得到中国市场的认可，天海提出了一个条件，希望世纪号的航运和酒店运营由皇家托管。

购买游轮的巨款，天海是全款支付的。由于游轮是重资产行业，从一开始启动就要投入巨大的资金，找到合适的投资者，对天海来说也是个不小的挑战。

最初天海邮轮的股权结构是携程70%、范敏与携程其他高层20%、磐石基金10%。携程在投资者的心目中向来是轻资产，没有自己的库存，靠做中间商赚差价。做酒店订房代理，比酒店赚钱；做航空公司机票代理，比航空公司赚钱；做旅游度假产品，鼠标比水泥赚钱。

做游轮这个投资路数和商业模式，与携程的风格和形象不符。携程犹豫了，提出了要皇家母公司在天海持股35%的建议，携程的股份进而可以下降到35%。携程的理由是，如果皇家也在天海邮轮占股，皇家会更尽心地管理世纪号的运营。

2014年5月，我在迈阿密总部出差，又被召去讨论与携程合作的

天海新世纪号：
携程与皇家加勒
比强强联合

事宜。这次的议题是"是否要在天海邮轮持股，成为和携程一样的"大股东"，换言之，皇家是否要在中国与携程合资建立本土游轮公司。

讨论中出现了两派意见，一派意见是不能合资，理由是中外合资在中国有三分之二是不成功的，主要是中外股东的文化差异，同床异梦。

这是我先前给到总部的在中国的合资策略。多年来，每年都有实力雄厚和背景各异的国内企业找上门来，提出与皇家合资造船，或者建立合资游轮公司，我都认为不可行。我一直以为，中国人自己做公司，或者外国人自己做公司，都可以做得很成功。一起做，难度较大。但是，在这一次讨论中我支持另一派的意见，即同意携程合资的要求。

皇家与携程合资，可能有利于建立双方的战略合作伙伴关系，同时中国政府也会对皇家的投资和支持本土游轮持欢迎和肯定态度。至少，中外合资的不确定性可能会被携程的分销渠道优势所抵消。

彼时皇家在中国的业绩如日中天，合资游轮和独资游轮一起前进，不失为一个在华的战略投资平衡组合。

从看船到签署买卖合约，整个过程长达14个月，因为轮船易手的手续非常烦琐，包括要在船级社重新注册等等。在这期间，皇家和天海达成了协议。

2014年11月22日，携程和皇家加勒比游轮公司宣布双方建立战略合作关系，共建天海邮轮合资公司。天海拥有最优的资本结构，携程作为分销渠道持股35%，皇家加勒比为管理方占35%，范敏和携程的其他高层看好游轮行业，投了20%，剩下的是私募基金磐石，占有10%。

在新闻发布会上，天海董事长范敏踌躇满志地宣称："通过和皇家加勒比的战略合作，我们将为中国客人提供量身打造的最好的游轮体验，天海邮轮必将成为中国快速发展的游轮市场中的核心力量。"天海甚至打算每一到两年增加一艘游轮，打造自己的系列船队。

这个合资模式早有先例，皇家加勒比和德国最大的旅游公司途易（TUI）共同创立了途易游轮（Tui Cruises），从购买第一艘二手游轮开始，逐渐扩展舰队，最后建造自家的新船，一步步地扩大规模。这个成功的合资，对天海起到了参照和鼓舞的作用。

本土游轮品牌与国际大牌的联姻，把天海推到了公众视野里，比起其他本土游轮，有国际游轮公司背景和支持，又有国内分销渠道优势，天海显然前程远大。

团队借着这个势，推出了声势浩大的游轮征名活动。这个活动反响热烈，办公室收到了上千条的建议，显示出公众对本土第一艘豪华游轮的关注。最后游轮被命名为"天海新世纪号"，还是范敏的主意。新世纪号沿用了旧船名"century"的中译，有趣的是，英语却改成了"Golden Era"（金色时代）。世界最大之物，莫如天与海，天空辽阔、海洋浩瀚，游轮在其中航行的画面予人视野开阔、前景远大之感；新世纪和黄金时代都带有赋予游轮新生的意义，反映出天海创业团队对游轮行业的宏愿和雄心。

天海的员工从十几人成倍增长，初显规模。适逢携程总部搬到了凌空SOHO，留在旧楼的游轮部门的员工得以"霸占"一整个楼层，鸟枪换炮，办公室弥漫着蓄势待发的蓬勃景象。

2015年4月，天海在新世纪号来上海途中，在新加坡船厂斥资2000万美元，花了17天的工夫对船做了翻新和升级，包括前台、中庭、咖啡馆、特色收费餐厅、音乐厅，新增了KTV、泳池畔凉亭、露天影院、迷你高尔夫，将船上所有标识改成双语，每层楼以词牌名命名，如踏歌、簇水等。

2015年5月15日，装修一新的天海新世纪号从上海吴淞口开启了首航之旅，可说是相当成功的，媒体也给予了正面的报道，称"以中国游客为主要销售目标的天海邮轮，在成本控制、股东资源、消费习惯上都有很大优势。"5月29日天海新世纪号在青岛首航，6月11日在舟山首航，一切按照计划前行。

天海请来了当红的邓超来站台，这一年正是"跑男"最火爆的时期，在年度综艺里囊括了前五名中的三席位，毫无疑问当时的邓超是国民度最高的明星之一。跟流量明星不同的是，"70后"的邓超有不少代表作和票房过亿的导演作品，形象幽默而接地气，在"70后""80后"的中产之间受到更多认同。这与天海想要吸引的消费群体的定位相符合。

除了邓超以外，天海在通过本土文娱活动来揽客上做了不少努力。最大的一次动作是与中国好声音合作，每个航次都邀请学员上船献唱。还在船上举办过许巍演唱会，这些都引起了中产消费者的关注。船上的主题活动也是新世纪号的特色，摇滚主题、红酒品鉴等等，以此助力船票的销售和品牌的建立。

在本土游轮当中，天海确实做到了前所未有的高度，也收获了空前的关注。至此，一切都是那么顺利和水到渠成。

03. 天海的挑战

在天海首航的一个月之后，中东呼吸综合征在韩国爆发，对中国游轮业造成了重大打击。仅仅"出道"不足一个月的天海，就要面临一场疾风骤雨。

从2013年成立到2015年首航，天海的初创就像在钻孔打洞，一路顺畅地穿过了松软的泥土，终于碰到了坚硬的岩石层。岩石一直存在，正如天海由于其自身结构将要面临的壁垒一样，与外部环境没有关联。但是中东呼吸综合征对船票销售的干扰，就像钻岩时遇上了瓢泼大雨，使钻孔作业难度陡增，并且将天海的结构性矛盾更加凸显出来。

天海的成功有几个亟待解决的课题。首先是品牌定位。新世纪号原先的船东精致游轮走的是精品路线，主要服务30岁到60岁的中产消费者，特别是30岁至40岁的时尚女性游客。精致游轮的格调是"现代奢华"。继承了精致游轮的班底，新世纪号一开始也走精品路线。范敏一心想打造轻奢型游轮，以便与皇家和歌诗达打差异化的定位战略。

观察和总结皇家加勒比与歌诗达在中国市场的得失，在品质和成本路线之间，天海最初选择前者，即被皇家证明成功的路线。在国际市场上，精致游轮的定位是比皇家更为精品或高端的，服务人员与游客的比例更高。在成熟的欧美游轮市场上已经形成了细分，精品游轮自有它的受众。实际上，由于客群和服务的差异，精品游轮的票价比现代游轮更高。

现代游轮和精品游轮相比，就像四五星酒店和精品酒店的异同。精品游轮的规模要比现代游轮小，硬件也比现代游轮更高端。现代游轮定位家庭、空巢老人和情侣市场，精品游轮则定位更小众的游轮市场，以更精致的服务和餐饮取胜。

而在中国市场，尚未出现现代游轮和精品游轮的细分市场。大众对游轮档次的评判标准，取决于硬件。消费者普遍认为拥有高大上硬件的游轮更高端，也愿意付出更高的价格。相对于硬件，服务是次要的。或者说，中国消费者普遍认为国际游轮公司服务好是题中应有之义，只有硬件是可识别的差异化标志。

新世纪号体量有限，不像大船那样，可以投入攀岩场、滑冰场、卡丁车场等大型娱乐设施。这就使得旅行社很难向用户介绍、吸引用户眼球。因此天海邮轮走的精品路线，却卖不出精品的价格。

由于消费者心理和产品错位，新世纪号的位置尴尬。

船票价格要提高，就需要建立正确的品牌联想，让消费者愿意付出更高的价格。在品牌打造上，天海曾经一度想打"中国人的游轮"这一情怀牌。

买下天海新世纪号后，团队为如何"中国化"费了不少心思。例如船上的装饰和布置以红色和金色为主色调，餐厅里青花瓷的图案融入桌椅和餐具的设计上，独具古典之美。但这只是外表上的中国特色，每个人的审美有差异，对中国化的视觉元素看法不尽相同。

唯有一样需求是南北兼通的，那就是"舌尖上的中国化"。天海新世纪号是最早提供老干妈辣椒酱的豪华游轮之一，让国人倍感亲切。西式餐厅一般都是方形餐桌，而新世纪号的餐厅增加了6人、8人和10人的大圆桌，迎合中国人围桌聚餐的习惯。船上的中餐也是费了心思，沪菜和粤菜兼备，在春节航次上甚至有年夜饭菜单，提供鱼唇、鲍鱼、椒盐虾、糯米饭等典型宴会菜。

船上另有几家收费餐厅备有中式餐饮。新世纪号上的"天海小馆"为游客端上蟹黄豆腐、金华火腿扒娃娃菜、脆皮炸猪颈肉等精致淮扬菜；"不夜城"食肆仿效大排档，游客可以吃到卤肉饭、虾饺、咖喱面等港台及东南亚的街边小吃，甚至还有自助小火锅这种热气腾腾的大众美食。"茉莉亭"是另一个富有中国情调的餐饮点，提供各种中式茶饮，偶尔会有民乐的现场演出。

在中国元素和国际体验上，天海一直在寻找一个平衡，只是这个平衡极难拿捏。

本土化的餐饮和娱乐会提升一部分、特别是年长游客的满意度。但是，中国化的体验并没有受到消费者的一致喜爱，"游客的凝视"理论中已经分析过，游客前往一个新的目的地是想要看到新鲜事物，所以他们拒绝"凝视"熟悉的日常。尤其对境外旅游经验不多的中国游客来说，更想要一个国际化的环境、新鲜的西式餐饮体验和娱乐节目。如果船上的氛围与家门口的购物中心一样，不会成为消费者选择游轮度假的主要动因，甚至有可能让猎奇的游客避而远之。从消费心理角度看，新世纪号为中国观众呈现的接地气中国话剧，在市面上话剧票价在200元至300元之间，而上海大剧院一场百老汇音乐剧的平均票价是600元，消费者更愿意为舶来品买单。

此外，有些消费者认为内资不如合资，合资不如外资。消费者的

新世纪号行政酒廊：定位"轻奢型"游轮

这种主观判断，可能会形成天海邮轮品牌的先天不足。天海高举的"中国第一家本土豪华游轮"的旗号，可能更增大了本身与精品游轮的鸿沟。

天海在产品定位上摸索了相当长的时间，最后抛弃了精品定位，也不再去刻意树立本土游轮的形象，落在了现代游轮的分层里。市场把天海推到了这个位置，也把新世纪号推进了更激烈、更残酷的竞争里。

2014年是游轮让人欣喜的发展之年，中国游轮共运营466航次，增长了15%；而2013年、2014年中国内地的游轮乘客人数年均增长率为79%，几乎是亚洲其他市场乘客人数的总和。天海在这个时候进入市场，本来应该是恰当的时机，但不可忽略的是，良好的态势也引来更强劲的竞争者，在2014年至2017年间，皇家加勒比和嘉年华等先后派遣大型游轮加码中国市场，其中皇家加勒比将16.8万吨的海洋量子号部署中国上海，随后超过总吨相当的诺唯真喜悦号、盛世公主号新船也相继入华，形成了上海滩三船争霸的局面。

2014年以中国为母港的游轮数量仅8艘，到了2016年年底变成18艘，数量翻了一倍有余，其中10万吨及以上的游轮就有8艘。夹在这些巨无霸中间，天海新世纪号毫无优势。

现代游轮是主流市场，船票可以因淡季旺季而在1000元到6000元之间浮动，可说是惊涛骇浪。这个领域是市场的红海，不是蓝海。

屋漏偏逢连夜雨，一方面是游轮供应量加大，一方面则受到中东呼吸综合征、台风及萨德的影响，游轮船票一路下滑。业内人士表示，2012年坐游轮去济州岛，3晚4天的行程均价是3600元，2018年同样的时间、同样的船、同样的房型去日本，4晚5天的行程2500元，中国游轮市场的船票价格降了30%至50%。

天海的分销渠道也不是建立合资企业之前想象的那么理想。以携程为后盾的分销渠道，理应是天海的"定海神针"，事实上携程也给予了天海强有力的支持，在携程首页上给天海专门开"天海邮轮"频道，点进去就能直达天海的页面和预订链接。要知道，在携程这个中国最大的OTA里，其他的游轮品牌只能落户在"游轮"总栏目中，与竞争对手挤在同一个频道，争夺排序，这个频道相当是大卖场，什么游轮品牌的航次都有，对流量导引和品牌建立来说，效果不言而喻。

在游轮的主页里，携程还一直为天海免费提供banner（横幅广告）位子，每个浏览者一眼就能看到。携程日均页面访问量为500万到600万，其他游轮品牌要登banner需要支付几百万人民币。除了为天海邮轮提供免费平台，携程也是天海销售的后盾，其他旅行社切舱后的剩余库存，原则上由携程游轮部门来包船和切舱。

但携程对天海的支持，也仅仅止步于此。作为一个以OTA为主业的企业，携程不能排挤掉其他的游轮品牌，专门卖天海产品。携程实行"BU"制，每个BU等同于一家自负盈亏的独立公司，携程的游轮部和天海邮轮实际上是两个单位。在销售上，携程虽然可以给天海提供比其他游轮公司更多的支持，但不可能无条件不计成本地强推。游轮自身的品牌非常重要，不仅要有渠道对商品的推力，还要有品牌对消费者的拉力。对携程来说，它更喜欢与皇家这样的强势品牌合作，品牌有拉力，产品有口碑。

尽管背靠携程这棵大树，天海还是要在渠道开发上自力更生。换言之，天海也需要和皇家、歌诗达一样与传统旅行社打交道，玩包船模式。

开拓渠道需要强势产品，上海、北京、广州这些一线市场已经被皇家加勒比、歌诗达和云顶集团三家游轮公司占据，瓜分了95%的大蛋糕，作为一家品牌尚未确立的新生游轮公司，天海只有新世纪号一条船，规模小、品牌新、产品名气不响，面对旅行社议价能力就很弱了。

退而求其次，天海转攻二线城市的旅行社。除了上海母港之外，新世纪号在青岛和舟山开拓航线，这主要是因为这些城市的旅行社渠道更容易打通，竞争远不如上海和北京激烈。

只是这些二线市场的船票更卖不上高价了。2017年国内游轮分销商有500至600家，分销渠道"窄而长"，层层代理、层层委托，大大减弱了游轮公司、包船商对下层渠道的控制力，甚至导致黄牛滋生，扰乱价格体系。二三线城市的状况更不容乐观，因为游轮渗透率低，产品不容易销售，以致旅行社早早就甩卖船舱，价格维持在较低的水平。

在二线母港城市打游击式的航线部署，移位成本高，运营挑战大，也不容易把产品做好。例如，分别在厦门和青岛布局航线，在厦门和青岛之间即使游轮不空放，票价也卖不高。同时厦门是福建口味，青岛是山东口味，而天海的餐饮主要是为苏、浙、沪口味打造的。

由于收入远不如预期，天海的业绩受到股东的质疑。与皇家加勒比自己在中国市场的业绩相比，更凸显出天海的不如人意。这种比较，不是苹果对苹果的比较，皇家已经进入中国市场多年，团队业已成形，而天海还在为没有销售总监的人选发愁。

皇家又有"亚洲巨无霸"和"来自未来的游轮"这样最受市场青睐的产品，在2013年至2015年期间，皇家在中国市场的业绩超越了美国。皇家的品牌、旅业关系和团队经过了5年的积累。而且也不是市场积累越久，业绩就一定越好。

没有比较就没有伤害。迈阿密和携程对天海的表现十分焦虑。

04. 外来的和尚好念经

2017年1月，天海邮轮迎来了新的CEO，在迈阿密游轮公司干了20多年的老兵，美国人凯恩·马斯卡特（Ken Muskat），被外派到上海工作。在业绩上毫无起色的艰难期，天海选择了换帅——就像国足踢不好比赛，就找个有资历的洋帅来带队一样，凯恩被委以重任，把天海拖出泥沼。

凯恩长得高大帅气，言谈热情而真诚，形象和谈吐相当让人有好感。他的履历也很辉煌，在皇家加勒比和MSC游轮工作多年，曾担任销售副总裁等管理职务，对游轮营销经验丰富。只是他对中国并无深入的了解，在社交网络上，他曾写过这个工作带给他的焦虑：

"我孤身一人，第一次来到中国，不会中文，然后我要马上执掌一家宣称为中国唯一本土品牌的、形势艰难的游轮。我一西方职业经理人，带领着一整个团队的中国员工，他们很多人的英语很流利，但也有一部分人不那么好。"

对凯恩来说，整个环境和条件是充满挑战的，中国市场的运作方式与迈阿密大相径庭，他发现"北美那套搬来中国完全不适用，一切必须从头开始"。尽管陌生的环境让他饱受文化差异的冲击，但他没有多少时间去慢慢学习和适应，临危上阵的统领，一上马就得打阵。

为了上到什么山唱什么山歌，尽快融入本地市场，凯恩让中国同事给他起了个乡土气浓郁的中国名字，"莫付生"，表明他要为振兴天海付出时间、精力和心血。

凯恩上任半年，销售总监就离职了。此后招聘的总监，也没撑过两个月，就离开了天海。实际上，短短两三年内，天海的销售总监已经走马灯般换了四任，却依旧不能达到公司的预期。营销团队的人才打造是一项旷日持久的工作，皇家加勒比在中国也是积累了很多年才形成一支有战斗力的团队。

凯恩心气儿虽高，但面对人才匮乏的陌生环境也是有心无力。和我不同，由于语言障碍，他还不能亲自上阵。

在打造销售团队的同时，他为天海做了许多开拓和改革。其中最有成效的，是大力开展商旅会奖（MICE）业务，为企业或非商业组织的团队建设、员工奖赏、客户招待、年度会议等提供场地和服务。作为游轮的细分市场之一，MICE在中国的客户群越来越壮大，这是因为游轮有丰富多彩的设施和聚会场所、充足的餐饮、舒适的住宿以及便于规划的封闭环境，还有免签的利好政策加持，比起陆上的度假村更加利于进行团体活动，性价比也更高。与酒店相比，游轮上举行会奖活动，餐饮和会议场所都是免费的。公司包船，一船都是同事，很有"百年修得同船渡"的团队归属感。

在凯恩上任这一年，天海MICE业务的宾客数量同比增长近20%，超过业内平均水平。天海新世纪号是一艘相当适合MICE的游轮，体量不大反而是优势，因为一般MICE团的规模在500人至800人左右，2000人的中型船能为这些客户提供专属区域、专门的餐饮定制等，带给他们"量身订造"的体验。2000人的体量也很适合中型公司的包船客户。

新世纪号被定位为"smart contemporary"（轻奢型游轮），关键词在于"smart"，即灵活性。这艘船不像国际大游轮那样有详细又硬性的条条框框要遵守，而是充分发挥了中型船的灵活性，对客户的要求全力以赴地满足，举例说，在大游轮里商业活动的logo一般不能太多，尤其不能盖过游轮品牌的logo，但新世纪号可以允许客户在船上较频密地摆放企业标志、横幅、广告立牌等。

为了顺应客户的活动安排，新世纪号可以调整

新世纪号处女航：顺风顺水停靠韩国济州

餐饮时间和娱乐表演的安排，甚至为客人提供专属餐饮。这在3000人至4000人的大游轮上，是不可能实现的。

从2015年到2018年5月，天海新世纪号走了200多个航次，其中服务的MICE客户总数超过100个。这个业务上的成功，为天海扳回了一局。

凯恩的另一个动作，是开拓华南的母港航线，把母港港口增加到5个，分别为上海、青岛、厦门、深圳和基隆。一般大游轮的航线会固定在一个或两个港口，例如量子号夏季走上海母港，冬季走香港母港，但新世纪号一直走的是"游击"路线，一艘船在多个港口执行季节性母港航线。

在大船的包围下夹缝求生，天海避开了竞争过于激烈的上海和天津，开发较小的港口，以及港口对应的二三线城市客源市场。2017年6月，天海世纪号在厦门首航，2000名宾客跟随天海新世纪号前往日本的宫古岛与那霸，度过5晚6天的游轮之旅；2017年11月，新世纪号在深圳蛇口太子湾游轮母港首航，执行13个秋冬航次。这些港口或客源规模不大，或码头不能停靠吨位太大的游轮，因此没有巨无霸前来竞争。对于新世纪号来说，最好的竞争方式就是避开竞争，寻找中型船的"蓝海"，兴许能打出自己的一片天地。

新世纪号也开拓了更多的目的地，包括越南的下龙湾、岘港，日本的佐世保、那霸，菲律宾的马尼拉、长滩岛等。部分目的地是大游轮无法停靠的，对消费者有一定的吸引力。例如菲律宾的长滩岛被誉为东南亚最美的海滩之一，如果乘搭飞机前往，要转机和搭乘一小时船，大半天的时间都耗在交通上。而新世纪号可以停在长滩岛的海面——虽然上岸的方式略为原生态，由于没有大码头，游客只能踩着海水走上岛屿。

从种种的努力看来，凯恩和团队已经绞尽脑汁地扭转形势，把新世纪号的短板尽力转换为优势，寻找可以突围的出路。"美国教练"希望把天海打造得更加国际化和规范化，在原有中文官网的基础上，开发了英文网站，并针对同业B2B开发了在线预订系统和同业培训系统。对旅行社付款拖欠的情况，他的态度也是非常强硬的"No Payment No Sail!"这些规范化的努力值得赞颂，但如果缺乏与当地深入沟通的能力，激进的改革反而会欲速则不达。

凯恩在中国经历了一个相当艰难的时期，他写道："当有人告诉我，这里是合约签署后才开始谈合同内容的，我会以为是个玩笑。但这不是玩笑。如果你能在中国工作两年，那你能在世界任何地方的职场生存。"

可以说，中国市场的复杂性、商业环境的特殊性、东亚政治的微妙难解、文化差异的壁垒，又没有他所期望的强大团队，让这位举目无亲、语言不通的美国人举步维艰。

在开拓较小港口和二三线市场的策略上，天海和其他本土游轮一样没有太大成效。2017年9月，同为本土游轮的中华泰山号发生了一个相当恶劣的停航事件，因为对二三线城市客源的误判，最终船票销售量不足总票量的三分之一，船方宁愿赔款也不愿开船，以致200名乘客到达防城港国际码头后，才知道航线取消。业内人士分析，二三线城市客人对游轮业很陌生，如果游轮产品没有进行足够的推广宣传，旅行社也不以游轮产品为主营业务的话，很可能不会花太多心思拉客。

开拓市场非一日之功，天海在这竞争"红海"里看到的是处处礁石。或许，天海要有足够时日的话，也能培育出自身的品牌、团队和市场，在竞争激烈的游轮业里找到自己的位置。只是资本给予天海的时间，不多了。

05. 天海触礁

2017年9月17日，天海邮轮遭遇了创建以来最大的运营危机。

这一天，天海世纪号原计划要执行一个上海—福冈—上海的4晚5天的航线，原定上午靠泊吴淞口码头，11点开始迎接登船的游客。中午时分，2000多名游客陆续抵达码头，却不见游轮的踪影。

游客被告知游轮还没靠岸，登船时间改为下午3点。此时游客已经感到不悦，只是谁都没想到，登船时间一改再改，拖到半夜11点多之后，新世纪号依然渺无影踪。最后船方宣布取消航线，游客愤怒至极。

这个事件对天海的品牌造成重大打击。2000多名游客的滞留带来了很多负面报道，游客的维权也时常见诸网络。停航的原因，是因为右舵出现故障，没通过上海港的安全监测，不予入港。

实际上，这不是新世纪号第一次遭遇右舵的故障。2016年8月30日，这艘船正执行上海—济州—福冈—佐世保—上海的6天5晚的行程时，航行至长江口海域突发故障，经多方商讨，游轮返港靠泊。

游轮回港的过程相当周折，由于受冷空气和第10号台风"狮子山"外围环流共同影响，长江口区海域涌浪非常大，引航员搭乘引航快艇，在剧烈颠簸中多次尝试，才登上了新世纪号。随后，游轮与巡逻艇、救助船、拖轮组成联合编队，在引航团队的引领下，安全驶过长江上海段的几大弯头处和困难航段，最终于当晚11点30分靠泊吴淞游轮码头。

这一次故障导致4个航次被取消，但对天海品牌的影响仍是可控的，而上海"9·17停航事件"的危机要严重得多，不只影响一个航次，而是完全打乱了该年剩下的所有航程。由于不能停靠上海，天海把9月21日、25日和29日三日的航次改往青岛出发；青岛随后也拒绝新世纪号靠港，游轮被迫再次转港到舟山。

临时停航、游轮转港、航线取消，这对才诞生三年不到的新世纪号，简直是灭顶之灾。天海无奈之下，只能把计划在2018年进行的干船坞（dry dock）检查提前，取消了10月和11月的7个航次，实施内部的装修和升级，然后把航线改往深圳母港。根据船级社的要求，每两年船都会进行干船坞，给船只做出水检查，维修封闭的船池。每次检测都会耗费数星期甚至一个月，游轮只能暂停营运，配合全面的检验与维修。

现在回看，这次的装修升级可称之为"最后一搏"。游轮做了相当全面的整修，在船体上，新世纪号做了外板局部水刀、油漆修补、侧推保养、驾驶区域设备升级。内部的舱房和设备也得以升级，观景酒廊左舷船艏区域改为会议室兼儿童游乐场，在船上开辟了美发沙龙，与国际连锁医美品牌合作，增加了美容区与药妆店的面积。新世纪号还对餐厅设施进行了翻新，在菜单设计中加入了更多粤菜元素。

整个检修和升级持续到2017年11月，当游轮出坞时，秋冬航季已经过半，从9月中旬到11月中旬，新世纪号辗转各地，只走了6个航次。

天海世纪号的财务报表自然不能让股东满意。从外部环境看，天海生不逢时，接连遭遇了中东呼吸综合征、萨德导弹事件的波及，游轮业整体大盘下滑，海洋量子号所经历的跌宕起伏，天海全部都体验了一遍。只是皇家加勒比有强劲的品牌和产品、优秀而经验丰富的营销团队，顺利闯过了低潮期。总部对中国团队的信任和支持这一点也至关重要，这是中国团队通过多年的努力和业绩赢得的。即便在"完美风暴"期，皇家中国市场表现下滑到历史最低点，相对于其他游轮公司，皇家在中国的表现仍然是最佳的。

而天海只有新世纪号一条旧船，在游轮业，规模化和高起点很重要，营销规模和船队越大，平均成本就更低，抗风险的能力也更强。反之，小船在遭遇大风浪时就很容易倾覆。

2017年第四季度，天海的结局已经被写好了。股东们通过商谈和协议，同意结束天海的运营。这个决定先是传达给了公司高层，在2018年到来之前，我得知了这个消息，而大部分的天海员工还毫不知情。

2018年1月，我受凯恩之邀，参加天海的年会。以往天海的活动我都未参与，但我已经知晓天海的命运，凯恩的邀请意味深长，而我又是天海与皇家合资的支持者，怀着恻隐之心，这个年会我破例参加了。

天海年会在虹桥国家会展中心附近的洲际酒店举行，包下了一整个酒吧。富丽堂皇的晚宴现场里尽是欢声笑语的天海员工们，经过几年的积累，这个团队已经增加到100多人，每个岗位都齐整了，天海只有一条船，这个规模的团队可说是阵容强大。

年会上范敏和凯恩照例感激和激励员工，范敏还和凯恩打趣，说他是游轮业最帅的CEO，员工唱歌跳舞，情绪高涨，没人看出一切即将结束的端倪。作为少数的知情者，我坐在士气高昂的员工之间，心有戚戚焉。

到了3月，一般的员工才获知天海即将结业。员工们普遍的反应是很惊愕，然后是不舍和不甘心。这家中国第一家本土豪华游轮公司，历尽那么多困难，却熬不过四个年头。

2018年3月29日，天海对外正式宣布：5月27日于上海港开启告别感恩航季，8月29日是最后航次，9月2日正式结束在中国市场的运营。截至最后一个航次，天海新世纪号在三年多的时间里总共运营

200多个航次，服务约50万宾客，母港遍及上海、厦门、青岛、深圳、舟山等，曾访问过日本、韩国、菲律宾、越南等国的30多个目的地港口。

天海邮轮拥有100余人的岸上团队和800余人的船上团队，结业之后部分员工被携程和皇家加勒比吸纳。在天海宣布结业的同时，途易游轮从皇家加勒比手下买下了新世纪号，装修一新，作为其英国子公司马雷拉游轮（Marella Cruises）船队的一员。途易游轮是皇家与途易50%-50%共同创立的合资企业，成立于2007年，主打德国市场，也是从二手船做起，逐渐加大规模，从不盈利状态做到盈利状态，在船队规模扩大到3条二手船后，开始订造新船Mein Schiff 1和2。

皇家和携程合资游轮想法最初也是受了皇家和途易合资游轮的启发和鼓舞。

天海邮轮创建时打着"中国人的游轮"的情怀牌，轰轰烈烈登上舞台，下场的时候也要不失风度，华丽谢幕。随着结业的宣布，天海把5月至9月的旺季航线打造为告别感恩航季，每个航次为登船游客提供免费的迎客香槟、特色甜点、纪念品以及船上消费优惠券；曾经登过新世纪号的熟客，通过天海邮轮官网与天海服务热线订票，还可打折。

在倒数第二个航次上，所有的天海员工都被邀请到船上，做最后的团聚和告别。在员工们的回忆里，这个旅程里有不舍和伤感，但更多的是感动。天海虽然没有成功，但仍是许多人进入游轮行业的平台，这家公司对本土游轮的运营做了一次不无意义的探索和试验，所有先驱者都是值得敬佩的。

告别晚会颇有壮士断腕的豪情。作为旅程的压轴，天海在船上举办了"金色回忆"晚会。全体的员工、旅行社和合作伙伴都盛装出席了。这个晚会是为了回顾、道别和感激，现场放映了一部纪录片，拍摄政府代表、协会代表、核心旅行社代表、船岸员工代表讲述自己和天海的故事，其中包括32次登船的客人、曾在船上求婚成功的客人等等，串联了天海运营的历程和里程碑事件。虽然时间不长，但新世纪号在这些人的人生里留下了深刻印记。

范敏和凯恩发表了离别感言后，给每一位岸边员工颁发证书、纪念品、纪念相册等。最后的高潮是合唱环节，当《朋友》的前奏响起时，一些员工眼眶润湿，场面感人至极。

CCYIA常务副会长兼秘书长郑炜航在"金色回忆"告别晚会里发表了以下的演说：

"多方面原因导致了中国游轮进入市场调整期，我认为很正常，任何一个产业都不可能一路高歌猛进的，培育一个新兴产业更需要耐心！毫无疑问，调整期之后中国依然是全球游轮最有成长力和发展空间的市场，没有之一。从全球看，从历史看，游轮从来都不是快利暴利行业，对于中国本土游轮经济，更需要多加培育，不能急功近利。未来会有更多资本挺进游轮，对于回报预期，请多给一点耐心！"

"天海"是个有益的尝试。游轮重资产，高投资，高回报，同时也伴随着高风险，第一个吃螃蟹的天海虽然以失败告终，但提供了有价值的思考。天海在2015年前两个月的售价曾达到预期，在遭遇一而再、再而三的韩国航线停摆之后，售价就再也没有复苏。初创游轮公司在形成规模经济之前，抗风险能力不同于成熟的公司。资本对中国市场需要有合理的预期，消费者崇尚舶来品的心理对本土品牌定位可能形成挑战，品牌定位与客源、渠道未必匹配，在激烈的市场竞争中打造游轮品牌需要做出的投入要有充分的思想准备。

2019年6月的一天，我在迈阿密约凯恩共进晚餐。他离开天海之后去了 MSC 做全球销售副总裁。回忆起中国的经历，他说："天海是我职场上一段独特、难忘的经历。这不是一段成功的经历，但它教会了我很多东西。我喜欢我的团队，喜欢上海。每年我都想回去一次。那个城市在我心中永远不会消逝。"

问起天海沉浮的原因，他叹了口气说："运力的剧增、韩国航线叫停、竞争加剧，分销瓶颈，加上天海自身的原因。天海有很多优势，也有很多弱势。我到中国有两年时间，一年的时间用于收拾残局，卷铺盖走人。生不逢时，也没有足够的时间转败为胜。"

说到在中国的经历哪一幕最难忘，他回忆道："最感人的一幕，是天海邮轮最后一个航次，在最后一批客人下船前的最后一顿早餐，餐厅厨师和服务生仍在兢兢业业、专心致志地为客人烹饪和服务，好像什么都没发生一样。"

就像在泰坦尼克沉没之前的那一刻，甲板上的乐队仍在全神贯注地演奏……

10 超量子飞跃
Quantum–Ultra leap

　　从2010年海洋神话号正式部署上海和天津母港算起，中国游轮业踩着崎岖走过10年。前面6年虽历尽坎坷，但却高歌猛进。2015-2016年的量子飞跃更是把国际游轮产业、华尔街和地方政府对中国游轮市场的预期推向巅峰。

　　从2017年起，在地缘政治、不可抗力、行业竞争因素的多重冲击下，年轻的中国游轮行业在风雨中飘摇。所有游轮公司在中国的收益都亮起了红灯。强强联合的天海合资邮轮公司倒闭出局。迎接诺唯真邮轮和公主邮轮两条新船的是难以抗拒的顶头风，船票和船票收益之低完全出乎意料。歌诗达在包船操作也遇到巨大问题，以至于中国团队几乎全部离职。皇家相对来说状况较好，但从2016年起从历史最高点是连续两年收益下滑。

　　所有人都在问，中国游轮业怎么了？中国游轮业何去何从？

01. 华尔街的疑问

在2017年至2018年两年间，在皇家、嘉年华和NCL每个季度的收益电话（earnings call）会议上，公司在中国市场的收益问题是被华尔街分析师问得最多的一个问题。

根据最保守的估计，中国有不低于美国总人口数的中产人群，其平均收入日益增长。除了现金收入，许多一线和二线城市的许多居民还拥有不止一处的房产，房价的飙升和人民币的升值，令中产阶级的财富迅速扩张，成为消费者信心指数和购买力的基石。每年每1000个美国人中有36人乘坐游轮，全美每年约有1200万人次的乘坐。用同样的市场渗透率推算，中国每年中产人群应当可以产生720万的游轮游客。同时随着中产人数的扩大，收入和财富水准的继续提高，中国超过美国而成为世界上最大的游轮市场被认为只是时间问题。事实上，中国已经成为世界上最大的出境游客源国，中国公民在境外的人均花费也是最高的。除去港澳游人数，2018年中国出境游人数为14972万人次，人均单次出境游花费为800美元。

2010年中国母港游轮游客人数为8万人次，仅用了不到6年的时间这个数字就达到300万人次。相比而言，美国在1970年游轮游客人次为50万，花了20年的时间才达到300万人次这个数字。

那两年在各种游轮峰会上，当游轮公司的大咖被与会者问到在2020年中国游轮市场将达到多大的规模时，最保守的估计是500万人次。

周边国家包括日本国土交通省为迎接500万这个数字开始大兴土木，建造游轮码头。2014年至2016年韩国也早已在仁川、釜山和济州完成了新游轮码头的建设，准备迎接大批中国游客的到来。

令美国华尔街分析家感到困惑和不解的是，号称庞大的中国游轮市场潜力到哪里去了？他们问：为什么游轮公司在中国市场投放的船舶体量只有北美的八分之一，中国市场就供大于求，而挺不住了呢？

在各种游轮峰会上被广为接受的一种说法，是分销渠道的瓶颈限制了市场潜力的发挥。在欧美市场，游轮公司可以直销，也可以通过零售旅行社分销。在中国，游轮公司直销受到出境游牌照的限制，只能通过旅行社分销，旅行社渠道以批发为主。也就是说，批发旅行社从游轮公司切舱或包船，然后再分销给自己的零售端和其他零售旅行社。很多时候，批发商还不是一步到位，需要通过下级旅行社继续批发，最后才到达零售端。中国式的批发模式是包船，这是在新兴的市场上，当消费者对游轮的认知度低，大多数旅行社不原意冒风险直接从游轮公司切舱，需要通过一种强有力的批发模式渗透市场。包船就是这样一种具有穿透力、能量巨大的批发模式，可以把批发商的积极性充分调动起来。包船旅行社拥有对每一个航次的独家批发和定价权，可以因此掌控中间渠道市场的价格，确保包船价和零售价差价形成的销售利润。相反，如果在一个航次上有两家或两家以上的切舱旅行社，大家都去争抢分销旅行社和零售旅行社，很可能就会在渠道市场价格战中将原来可以获得的利润消耗殆尽。

包船的另一个动因，是包船商可以从目的地免税店和地接社手中获得的游客购物的后返佣金。如果切舱旅行社过多，会影响组团社对后返的议价能力，从而降低后返的数目。包船可以控制批发旅行社的数量，保证他们的利益，从而调动他们的积极性。他们的盈利，也会转化为游轮公司的高收益。这就是为什么包船模式在历史上对中国游轮市场的发展起到了巨大的推动作用。

但是任何事情都是一个硬币两个侧面，与结构扁平的零售模式相比，批发模式的渠道是垂直狭长形，连接游轮公司舱位库存和终端消费者的渠道是长而窄，容易形成销售瓶颈，造成产品信息的流失。游轮不能直击零售端，只能通过批发商分销，就像不能直接给草坪浇水，而是要先往水池里注水，然后通过水池的出口给草坪浇灌。水池很快就注满了，不是因为草坪面积太小，而是因为水池出口不畅通。游轮销售的秘诀是提前开卖，这恰恰是批发渠道最不擅长的，一级一级代理往下走，等到开始在消费者市场上开卖时，已经没有销售期。游轮公司提前10个月开放下年航线，包船谈判花3个月，签合同、追定金2个月，包船旅行社产品包装和渠道营销2个月，到零售端最多剩下3个月就算不错了，有时只有1个月。

另外一种普遍的看法是母港游轮航线目的地的吸引力问题。由于游客假期的限制，和长航线的票价相对短航线票价较高，母港游轮以4晚或5晚的短途游轮为主。从上海出发的短航线只能到达韩国和日本九州地区，目的地较为单一。再加上东北亚政治事件的影响，日本和韩国航线几乎每两年叫停一次，目的地有限的问题更为突出，从而降低母港游轮的吸引力，还会影响到游轮的复购率。

但在目的地问题表象后面，还有更深层次的消费者口味变化的原因。麦肯锡的一份调研《迷思与真相：中国出境游市场深度观察》指出：访问名胜和购物曾经是中国公民出境游的两大出行目的（McKinsey China, 2018）。今天，充电以排解工作的压力和追求不同文化体验正在成为出国旅游的主要目的。去日本九州和韩国的短途游轮航线是游轮公司的主打产品，岸上游主要内容是购物和观光，在消费者口味日趋复杂的背景下，游客在目的地的多样化体验选择，是游轮公司亟需解决的新的课题。解决这个课题却又遇到分销瓶颈的挑战，因为短途游的运作从作为包船商的中国组团社，到目的地国家的地接社和免税店，已经形成了一套利益机制。在现有的模式下，游轮公司过分依赖批发商，对产品没有掌控。

第三个制约因素是游轮文化。游轮在欧美有 150 年的历史，在中国只有短短的 10 多年时间。我在 2018 年 9 月 *Travel Weekly* 上海游轮峰会上的主题演讲中，提出了过去 10 年的游轮消费大潮是由游轮消费主义 1.0 驱动的，这个时期的游轮需求是尝鲜式的，消费者是把游轮作为一个时尚品来消费的，尝试过程中和过后，与亲朋好友分享是重要的环节，从而彰显身份和品位。而在分享过程中，更重要的是引起别人的关注，而不是非常注重自我体验。消费者未必完全理解和接受游轮产品的内在价值，"从众效应" 发挥了非常大的作用。

尝鲜式需求，可能一次就够了，可能是昙花一现，很容易受到其他新型度假方式的冲击。事实上，相比 10 年前，消费者可以选择的度假方式剧增。曾几何时，与游轮度假竞争的主要是出国跟团游，如 10 天的欧洲 5 国游，或美加 7 日游。今天，各种名胜目的地、度假村、海岛游的休闲度假游，以家庭为单位的、以自由行为出游方式的层出不穷。

我提出游轮在中国的可持续发展需要经历一个从游轮消费 1.0（尝鲜式需求）到游轮消费 2.0 的过渡。在欧美游轮需求基本上是游轮消费 2.0，经历了 50 年的培育，游轮已经成为美国人的常规度假方式。区分游轮消费 1.0 和 2.0 的一个标准，是游轮复购率。在中国游轮复购率不到 20%，而欧美的复购率为 80%。

在中国培育游轮文化，就像培育咖啡文化、红酒文化，需要时间。从 20 世纪 80 年代的 "味道好极了" 的雀巢咖啡，到 1998 年进入中国的星巴克咖啡，再到今天在一线城市街头和商厦里如雨后春笋般的各种咖啡馆，咖啡的普及整整用了30多年时间。

02. 鸣金收兵

在经济学中，游轮和航空业一样属于"可竞争市场"（Contestable Market）。也就是说，虽然整个行业的进出壁垒高，但是，在区域市场的进出是自由的。游轮公司可以根据各区域市场相对利润率，每年调整船队的部署，将船舶从利润率较低的区域市

"中国游轮向何处去？"：2017年 *Travel Weekly* 中国邮轮峰会

场转移到利润率较高的区域市场，保证区域市场间平均利润率，或者更精确地说边际利润率相等，从而实现总利润的最大化。

在2016年至2018年的三年世界游轮大会上和无数次季度性收益电话会议上，所有游轮公司总裁、CEO、CFO都口径惊人的一致，坚持中国市场仍处于胚胎期，潜力是毋庸置疑的，都极力否认中国市场的业绩出现大问题。但是，从他们的实际行动来看，由于韩国航线的叫停，和其他更为深层次的结构问题，随着需求大潮不再与供给的增长同步，游轮公司的豪华巨轮在中国搁浅了。

2016年9月嘉年华宣布旗下德国品牌爱依达邮轮取消原定于2017年全年部署中国的计划，爱达贝拉号（Bella）转为部署欧洲地中海地区。嘉年华旗下的美国品牌嘉年华邮轮部署中国的计划也不再提及。

2017年5月，公主邮轮在盛世公主号的8月处女航开始的两个月之前，就宣布缩短这艘新船原定下年在上海的全年航季，2018年4月这艘为中国市场定制的新船离开上海去台湾运行夏季航线，然后在7月到8月回上海运行6个星期，于9月去澳大利亚、新西兰运行冬季航线。2019年盛世公主号在上海也只运行一个短暂的夏天航季，2020年公主邮轮将从中国市场撤离新船盛世公主号，改为部署钻石公主号。

相对来说，歌诗达邮轮要比公主邮轮更为坚韧不拔，维持其原定的船舶部署计划，2019年新下水的"威尼斯号"如期到达上海。2017年5月歌诗达从热那亚派人担任中国总裁，至此歌诗达中国区负责人三易其人，一支比皇家进入中国更早、积累了10多年经验的团队就在一夜之间消失了。

诺唯真在打胜中国这一仗的强烈愿望上，可以说是使出了浑身的解数，部署和量子号总吨一样大的新船，推出引人入胜的娱乐设施，虽然没有量子号的北极星、甲板跳伞、甲板冲浪、机器人酒吧、碰碰车，但是有量子没有的甲板赛车、甲板街心公园、银河系电竞，以及亮出 Haven（天堂）这张引以为傲的套房专区王牌，在餐饮方面雇用了一支180人的中餐厨师团队，在品质和花样上极力迎合本土游客。他们的目标是皇家有的诺唯真要有，皇家没有的诺唯真也要有。在团队打造上，不惜工本从皇家挖人，出场的营销团队几乎是清一色的皇家阵容，大大降低了学习成本，少走了很多弯路。在市场营销上动用了电视和户外最为昂贵但也是覆盖率最大的大众媒体，请台湾歌星和影星做教父。诺唯真也极其重视与旅业的关系，把中国会做游轮的、敢切大舱的旅行社老总请到迈阿密做客。诺唯真在中国市场最大的投资，是为中国市场量身定制的喜悦号，连船体外表都采用凤凰飞舞的彩绘。

在竭尽全力之后，新船喜悦号的年船票收益不如人意，船上的收益也让诺唯真大跌眼镜。总裁兼首席执行官弗兰克·德尔里奥抱怨在奢侈品上挥金如土的中国消费者对船上的二次消费不感兴趣。

2017年2月NCL宣布将于2019年在华部署第二条新船，声称"这将是这艘新船的最佳部署"。

几个月后，当韩国航线叫停，德尔里奥的语气多了几分不确定性：

"船有推进器和舵是有理由的。我们的目标是将船部署在最盈利的市场上，今天我们认为这个最盈利的市场是中国。韩国局势，我们相信，是暂时的颠簸，时间会告诉我们该怎样做。"

2018年2月德尔里奥宣布取消第二艘新船部署中国的计划，因为"中国市场需要更多时间吸收更多的运力"。但是，他在收益电话会议上，仍信誓旦旦地说喜悦号会坚守中国市场，之后就有谣传NCL要退出中国。

2018年7月谣传被证实，NCL宣布了一系列船舶部署计划的变更，喜悦号将于2019年4月离开中国，夏季部署阿拉斯加，冬季部署墨西哥水域，斥资5000万美元将下水不到两年的新船重新装修，增加SPA和健身中心的面积、减少免税店、缩小赌场、关闭茶吧，增开星巴克。重新装修后的喜悦号，将和极乐号（Bliss）的设施保持一致，成为两艘一样的Breakaway Plus系列游轮出现在阿拉斯加。

一年前，德尔里奥在喜悦号的命名仪式上动情地说："经过几年的精心设计，我的团队和我非常自豪和激动，终于可以呈现这艘世界上第一艘专为伟大的中国人民定制的、令人惊叹的游轮。"

一年后，NCL高管对媒体解释说：

"在游轮这个行业，特别当你不是行业里最大的公司，你没有100条船可以在世界上所有的区域都部署运力。我们在部署我们的运力时需要更机会主义一些。"

最初，诺唯真还说将以总吨75904的诺唯真之勇号（Norwegian Spirit）取代喜悦号，季节性地执行中国母港航线，这艘1999年下水的旧船需要维护升级，要等到2020年才进入中国。后来，诺唯真之勇号计划也不提了。

诺唯真喜悦号在2019年3月28日结束了最后一个中国母港航次。喜悦号离开时悄然无声，与2017年7月28日来到上海时的浩大声势形成鲜明的对比。

喜悦号离去的原因引起国内坊间的猜测，在网络上一篇"中国大妈吃垮国际游轮"的文章流传甚广，意思是中国消费者在游轮免费餐厅的过度消耗和浪费导致诺唯真巨亏。这个说法当然是不真实的，游轮公司在中国不赚钱，主要是收益没做好，而不是成本控制。皇家在中国经营了10年，餐标在游轮公司中是属于高的，从来也没有被消费者吃垮过。况且10年来我们也见证了游客素质的不断提高。

NCL和所有国际游轮公司一样对中国市场寄予厚望，这毕竟是个可以吸附巨大行业运力的市场，也是个可以显著改变业绩的市场。所以当中国市场迅速发展的时候，他们毫不怀疑他们的愿望成真。

但是，国际游轮产业没有预料到在这个潜力巨大的市场上竞争也异常地剧烈，东北亚的政治局势也异常地易变，消费者市场的潮涨潮落也比欧美市场更加变幻莫测。

国际游轮公司也低估了团队、渠道、品牌建设的难度。复制一流的硬件水准只需两年，但是，团队、渠道和品牌建设绝非一日之功。皇家团队确有个别员工跳槽到竞争对手那里，但真正起中流砥柱作用的、在10年时间里积累起来的中高层管理团队对皇家的忠诚不是轻易可以撼动的，也不是高薪就能左右的。

在渠道开发上，新进入市场的游轮公司也遭遇到了铜墙铁壁。他们进来的第一年也开始谈包船，但是最有实力、最会卖船票的旅行社一直在皇家手中。这些忠诚的旅行社目光长远，知道皇家加勒比已经在华耕耘十年，基础深厚，业绩优良肯定不会撤走。

当然，在中国需要的不仅仅是时间，还需要正确的策略，把握正确的时机和实施策略，抓住时机的所需要的执行力。

03. 绝地反击

在中国市场低迷期，皇家也和其他游轮公司一样下调了运力。

2017年9月，海洋水手号提前一个月结束夏季航季，离开天津去新加坡。第二年，水手号经过翻新部署得克萨斯的加尔维斯顿。

但是，皇家此举的目的不是放弃中国市场，而是给予中国团队在市场最困难的时期一个喘息的机会，进行分销渠道的转型。多年来，为了追求几何级数的增长，皇家不得不依赖包船模式。增长幅度越大，依赖程度越大。虽然皇家早就意识到包船模式并非长远之计，但是业务扩张的需求导致了渠道转型的延迟。回头看，没有当时的业务迅速扩张，可能也没有日后的市场地位和根基。结果是完美风来临时，皇家更经得起考验。

但是，皇家又是其成功的牺牲品。皇家的快速发展，招致更多的游轮公司进入中国市场，甚至复制皇家的商业模式。历史就是这样具有讽刺意味，也许存在的和发生过的就是合理的。

和其他游轮公司不一样的是，皇家更早发现问题，更早开始采取行动。

费恩早就提醒过中国团队包船模式的局限性，皇家在巴西市场有过类似的经历。

早在2013年，皇家就组建了中小客户团队，由陈靓挂帅，在华东市场开发中小的旅行社参与切舱，拓宽原本以包船商为主导的旅业渠道，为日后渠道的进一步拓展积累了成功的经验和失败的教训。但是，包船商主导的局面不是容易打破的。

从2014年起，皇家开始开发直销。为了解决资质问题，成立皇家在中国的独资公司——皇家加勒比游轮船务中国有限公司，公司经营范围允许向消费者直销船票。在海洋量子号到达上海之前，改版官方网站接受线上预订，并培训呼叫中心、设立标准流程接受线下预订。

2016年至2017年两年间，迈克频频来华亲自督战，出差频率几乎高达每月一次。

在电话会议中，迈克给中国团队打气：

"竞争加剧和韩国航线叫停同时发生，对我们在中国部署的五条船无疑是一次完美的风暴。我们不要气馁，要运用我们的勇气和智慧，将船安全驶离风暴。"

我永远不会忘记迈克无数次说过的那句名言：

"在市场疯狂的时候，我们要冷静；在市场冷静的时候，我们要疯狂。"

除了励志，迈克还帮助出了很多点子，敦促团队试验不同的想法，跑步前进。

2016年10月迈克派遣了营销总监劳拉（Laura Hodges）坐镇上海6个月，协助中国团队推行分销渠道的改革。

劳拉就像在美国电影里看到的、典型的职业精英，聪明、强势，她在皇家加勒比有20年的工作经验，担任过销售、市场、运营等领导职务。她把在美国成功的经验和模式运用到中国的实践中去。劳拉在上海期间取得了两大成果，一是建立了管理信息系统，作为市场分析和业务决策的科学依据。此前都是手工做报表，有了系统后所有报表的生成更加省力、快捷，内容丰富和分析性强。

另一个成果是建立促销机制。包船模式的症结是渠道不畅通，销售周期长。促销机制直击消费者，把产品和价格信息通过线上和线下渠道直接呈现在终端客户面前。

皇家的销售渠道出现了双轨制，即旅业渠道和直销渠道。旅业渠道仍以批发商为主，在大旅行社客户和中小旅行社客户之间平衡是个难点。大客户犹如参天大树，中小客户就好比小树苗。在大树的阴影下，小树苗终日不见阳光难以成长。但是，即使切除大树的部分枝叶，小树苗成长起来也需要时日，在这段过渡期大客户和中小客户的矛盾不好处理。

2017年4月，安吉·史蒂芬（Angie Stephen）接替6个月任期已满的劳拉。安吉在皇家加勒比有20年的工作经验，在北美市场担任过销售管理职务，包括全美大客户总监、业务开发、销售策略，有非常丰富的实战经验。安吉在上海待了12个月，主持了第二阶段的分销渠道改革，首创包船模式的皇家开始逐渐放弃包船模式，转而在一个航次上寻找多家旅行社来一起切舱。与此同时，直销也继续发展，出现了多渠道并举的良好局面。消费者可以选择旅行社，也可以通过皇家加勒比的呼叫中心、官网或微信预定船票。渠道彻底打开了，也被拓宽了，库存与消费者的距离缩短了。

包船模式意味着我们只和少数核心旅行社缔结深度合作，一个航次包给一家（整包船）或者包给两家旅行社（半包船）。中国旅行社是批零结合，在整包船或半包船的情形下，一家包船社零售端有限，其70%至80%以上的包船舱位走的是批发渠道。在众多旅行社切舱的情形下，每家旅行社切舱数是可控的，旅行社就会走利润率更高的零售渠道。所以，非包船的切舱模式有利于渠道从批发模式向零售模式的转变。

体量小，船舱容易卖完，亏损的可能性比较小。而且旅行社通常都有自己的门店和呼叫中心，体量小的话，旅行社自己就能消化舱位，不需要承包给下级代理。中间环节少了，利润自然更可观。与此同时，价格也稳定了，旅行社跟着皇家加勒比的促销节奏走，旅行社越早卖，利润越好；消费者越早买，价格越优惠。

2017年7月伯德·赫然德兹（Bert Hernandez）加盟中国团队，

他在皇家总部有15年的工作经验，担任过收益管理、公司战略规划、财务计划、航线规划等高层职务，加盟中国团队之前是精钻游轮（Azamara）的首席运营官，打理该品牌的商务和运营。他足智多谋，数据分析能力强，商务运作经验丰富，学习能力强，善于迅速抓住问题的实质。他继续推进商业模式的转型，并在中国办公室的精细化管理上下了很多功夫。伯德的一个优点是信任中国团队，极大地保留了原班人马，毕竟这是一支打造了10年、在市场上被证明是最强有力的团队，是皇家在中国最宝贵的资产。

这期间，除了分销渠道多元化，我们还做了航线的升级。除了四五晚的短航线我们开发了17条6晚及以上的精选长航线，停靠日本东京、大阪、神户、北海道，俄罗斯的海参崴，菲律宾北部的伊洛格斯等深受消费者青睐的亚洲目的地；在冬季，我们还有11条暖冬航线前往日本和菲律宾热带及亚热带目的地，满足游客冬季避寒出行的需求。这很大程度上缓解了目的地稀少的困局。

游轮公司都知道长航线能解锁新的目的地，为什么中国母港航线，长期以短航线为主？其中一个原因是长航线会影响旅行社从那几个港口城市的地接社的后返佣金，不受旅行社的欢迎。正是因为皇家率先做了分销渠道的多元化，摆脱了对少数旅行社的依赖，才有底气开拓长航线行程。

在转型过程中不是没有矛盾。渠道的变化，需要和旅行社建立新型的关系，改变销售团队原有的工作方式，也有做出必要的人事变动。团队中出现过不同意见、挫折、失意和不满，有辞职的，也有离职加入竞争对手的。

这段时期，我的工作重心一方面帮助迈阿密同事了解和掌握中国市场的实际情况，确保美国市场的最佳实践有选择的应用，保留中国

市场上经过实践证明是行之有效的模式和策略；一方面说服和团结中国团队的关键成员一起推进改革，用开放的心态接受新鲜事物。

2018年，皇家的业绩回升，接近历史最好水平，成为最先走出困境的国际游轮公司。

可以说，从2010年到2016年，皇家在中国是做大，从2017年到2019年，皇家在中国是做强。

04. 创新试验室

2016年9月，皇家加勒比迈阿密总部的创新试验室（Innovative Lab）。

这是皇家新造船部门所在地，所有皇家的新船，

包括世界上最大的游轮海洋交响号（Symphony of the Seas）、精致游轮的黑科技之船爱极号（Celebrity Edge）及未来10年皇家将会再创世界纪录的新船的创意和设计都在这里诞生。

2020年皇家加勒比战略发布会：皇家勒比中国区总裁伯德·赫然德兹和营销领导团队

　　创新试验室的神秘程度，就像二战期间德国人研制"超级坦克"的柏林试验室，和盟军在安大略省开发"冰制航母"的帕特里夏湖。游轮公司的新造船就像军备竞赛，虽然游轮是为消费者造福，但是在竞争中击败对手这一功效上是一样的。

　　2016年9月，部署中国的第三条新船的设计和制造开始启动。最初的方案是制造与量子号、赞

【1】继量子和赞礼以后，量子3号为海洋圣歌号，部署纽约和南安普敦。

礼号同一个系列的新船，称为量子4号[1]，计划于2019年下水后部署中国市场，与量子号、赞礼号形成量子系三重奏，分别执行从上海、天津和香港出发的母港航线。

中国市场的竞争如火如荼，NCL和公主邮轮已经宣布将于2017年在上海部署新船，其中NCL的新船是针对量子号设计的，我们观察到NCL在2015年至2016年期间曾多次派人上量子号和赞礼号观摩，显然要以后发优势在产品上压倒皇家。从市场情报中了解到，NCL将要为中国定制的两条新船属于Breakaway Plus系列，总顿位为16.8万，和量子号一样大，拥有量子号没有的套房专区Haven，并且声称在餐饮和娱乐设施上要超越量子。

为了确保在2019年投放中国市场时维持对竞品的优势，中国团队郑重建议对量子4号进行三个方面的升级，包括餐饮、客房和健身中心。

2016年年底，我专程赴迈阿密会见哈里·库洛夫瓦拉（Harri Kulovaara），皇家加勒比航运和新造船行政副总裁。哈里的领导力和眼光造就了"来自未来的游轮"海洋量子号，他主导了世界上最大游轮海洋绿洲号和海洋魅丽号的创意和设计。这位芬兰人加入皇家以后，让他的设计师才华崭露头角的，是皇家的"雄鹰工程"（Project Eagle），也就是20世纪90年代后期建造当时世界上最大的游轮——海洋航行者号。航行者号上皇家大道是他的突发奇想。

在皇家长达20多年的职业生涯中，哈里作为费恩的得力助手，是皇家新造船的总设计师。

在造型别致、现代和明亮的创意试验室的一间会议室里，墙上挂满了新船甲板布局图。哈里和他的团队静静地听取来自中国市场的诉求。

对公司来说，改动一个已有三条船下水的船系的设计是个不同寻常的举措。

所有属于同一系列的船原则上用的是同一蓝图，第一艘船下水后，后面的新船都基本沿用同一套图纸。设计具有规模经济效益，一个船系的船越多，单位设计成本越低。整个造船过程是从设计仅完成30%的时候就开始了，修改图纸意味着大动干戈，需要花费巨大的额外设计费用。变更或增添设施也会使建船成本剧增，因为需要和供应商重新谈合同。量子号造价10亿美元，额外的设计和建造费用会高出原成本的10%至20%，即多增加几亿美元是轻而易举的事情。时间也是个问题，概念设计必须在Design Freeze（设计封冻）之前完成，钢板切割开始后不能再动结构。

每条新船的设计团队通常由几位新造船部门包括领导人在内的皇家员工、五位左右的设计顾问，及来自十几家外聘专业游轮设计所的设计师组成。和其他游轮公司不同，皇家不是采用一家设计公司，而是每一部分选用不同的设计公司和个人，这可以确保皇家的新船设计凝聚世界上最优秀的人才，筛选出顶尖的设计公司或工作室来操刀。从设计开始到建造完成一条新船前后需耗时3年。3年期间十几位新造船部门的员工组成的项目团队，把他们的时间和精力全部用于这个项目，顾问用于项目的合同时间是他们个人工作时间的100%，外聘设计师的合同时间是他们个人时间的60%至75%。

但是皇家的设计方法需要非常复杂、精密和有效的协调系统。项目工作量大、时间紧，各部分设计同步进行，需要高度的项目管理技能、严丝合缝的跨层面团队合作的精神，才可能产生最前沿的设计和最杰出的创新。

新船设计是一个高精尖的技术过程，除了结构性部件和钢柱，皇家船上的所有部件都可以为船厂建造而修改和调整。从空间最大化技术到客流规律的考量，每一个细节都运用3D模拟、虚拟现实和实物模型进行测试，直到新船最后成型。设计和建造的串联工作方式，让设计师和工程师密切合作，将设计的可能性推到边界线，目标是为游客的度假创造最好的体验。

新船设计从概念创意开始，设计团队和来自各个部门的人员，包括市场、酒店、餐饮、娱乐、航运等部门，一起进行头脑风暴。概念确定以后由设计师通过CAD转化为几万张图纸，然后一步一步地迭代，每一关键节点，都会召开ECM会议，请集团和品牌总裁定夺。

我做好了费尽口舌的心理准备，甚至设想好了与新造船团队激辩的场景。在人们的一般印象中，工程技术人员是严谨和趋于保守的。哈里不苟言笑，据说他震怒的时候，员工都有点怕。

让我颇感意外，哈里的回应居然非常正面：

"这个房间里所有人的使命，就是要设计和建造世界上从未有过的、最富创意、以客人感受为核心的游轮。"哈里看了一眼周边的同事，继续说：

"这里没有任何人想重复前一年做过的事情，每年的工作都是关于创造新事物，做比过去做得更好的事情。如果我们不提升标杆，我们就没有发挥我们的运营潜能。"

哈里问我在量子4号的餐饮方面，中国团队的想法是什么？

"除了坚持国际美食的品种和品质，引进符合亚洲人口味的餐饮选择，"我对哈里说："我相信皇家的游轮在中国应当是个国际化的产品，中国游客上船是希望体验国际美食。但人的胃是最诚实的，或许也是身体里最忠诚的，从小到大吃惯的东西永远是最可口的。中国游客骨子里还是中国胃，要是不能提供让他们满足的美食，游客的度假体验是要打折扣的。他们需要尝试多样化和有品质的西餐，但在整个航程上他们还需要更正宗和多样的亚洲美食。"

这番话哈里听进去了，几年后他一再提起我说过的这段话。新造船团队要求中国市场提供消费者调研数据分析，并在此基础上提出革命性的餐饮新概念。

关于客房升级，中国团队的想法是，引进金卡套房专区，套房客人有自己独处的餐厅、酒廊、泳池。这是一个前所未有的突破，在皇家船队的每一条游轮上，客房分等级，但客房以外的公共区域，不管是套房、阳台房、海景房还是内舱房的客人，都是共享设施和不分等级的。

在跨洋班轮上，住上甲板的头等舱客人和住统舱的移民都有各自的公共场所。50年前，当游轮从交通运输方式转变成度假方式的时候，所有客人的公共区域都合二为一，不再区分等级。这里有理念因素，也有最大限度利用公共空间的考虑。关于套房专区的概念，主要是考虑亚洲客人对VIP服务和快速、专用通道的需求。套房专区的概念在其他游轮公司已经出现，在皇家的船队中还没有这样的先例。船越造越大，公共空间也越来越宽敞，另辟套房专区成为可能。

套房专区的想法得到了凯莉·龚莎勒兹（Kelly Gonzalez）的首肯，她是哈里手下分管设计的副总裁：

"套房专区对于皇家的老游客可能是个问题，他们已经习惯了现有的布局。但是，中国是个新市场，客人对游轮的概念尚未定型。既然有这个需求，我们不妨一试。"

在中国执行母港航次的游轮上，健身房和SPA的利用率不高。为了充分利用空间，中国团队建议引进中国消费者喜爱的医疗美容项目，与健身房和SPA区域结合起来，创建内容多样的健康会所。

从创收和客人的体验上考量，新造船团队认为这是一个不错的想法。

创新试验室会议开了整整两个小时。

会议结束后，我深感之前的担忧是没有必要的。新造船团队和中国团队拥有共同的理念。创新是他们的使命，他们巴不得有更多的想法、更多的质疑、更多的挑战、更多的行动，以便帮助他们不断地超越。

创新和不断进取是皇家的DNA。

05. 超量子系列

为了修改设计，量子4号钢板切割日期被推迟到2017年8月16日。

钢板切割是造船的第一道工序，标志着船舶建造正式动工。所有结构性的设计变动都必须在此之前完成。

2月份中国农历春节之前，中国团队在创新试验室呈现了消费者调研数据和餐饮方案，提出增加川菜馆、日本铁板烧和茶饮。在海洋量子号和海洋赞礼号上，皇家联手大董在船上开设了大董意境坊，为游客提供北京烤鸭和中式创意菜。大董走高端路线，我们希望能再多开设一家中菜馆。几经评估，我们认为川菜是不二之选。川菜价格相对亲民，热辣鲜香特别符合中国游客对醋畅淋漓吃一顿饭的期待。

新船做了一个重大的调整，把皇家大道上的意大利比萨店索伦托，移到了14楼的海岸厨房餐厅的位置。原来人气很旺的位置让给了川菜馆。我给餐馆取名为"川谷荟"。

在川菜馆旁边，原来迈克·杰纽因酒吧（Michael Genuine Pub）的位置开设茶馆。因为考虑到在上海成功的茶馆不多，后来改为茶饮和咖啡馆，取名"咖语茶道"。既有传统的纯茶，也有经典的咖啡，和介于两者之间的风靡上海和北京的新潮茶饮，如奶盖茶、珍珠奶茶、水果茶等，配之以新鲜烘焙的中西式点心。

日本铁板烧开在客流密集的自助餐厅旁，70个座席，是皇家船队里最大的铁板烧，占据原来青少年历奇中心的少年俱乐部。这也是考虑到中国游客跟西方游客的文化差异，十几岁的少年一般不会扎堆在一个房间里玩，少年俱乐部形同虚设，不如换成另一个有特色的餐饮场所。此外，在儿童戏水池和泳池边上，还增加了一个充满童趣的戏水餐厅，为玩得乐不思蜀的孩子供应汉堡、甜点和饮料。

4月份，套房社区的方案敲定，取名为"皇家府邸"，位于13层至16层最高层甲板，靠近船艏，凌驾于驾驶台之上，有36间"金卡套房"。除了可以在海上豪宅里与家人和挚爱享受美好的私密时光，金卡套房客人还可以去位于13层的专属自助餐厅、酒廊，也可以在专属的日光浴场消磨时光，玩泡泡浴。在16层甲板有一座安静又奢华的金卡餐厅，提供一日三餐的点餐现做精致餐饮。餐后可以步入户外的"金榭丽台"。这是位于船头最高处、面积为88平方米的日光露台，将全船最好的无敌海景尽收眼底。

6月份健康会所方案出炉，设施包括Elmins SPA、健身房、体检、医疗美容、发廊，英文名为Body and Mind。

在钢板切割后1年时间里，中国团队和迈阿密团队的合作重点是娱乐项目。船上娱乐是皇家的秘密武器，每条新船必须有新的亮点。

量子号的标志性娱乐设施是令人过目不忘的北极星，量子4号也必须有自己的标志性设施！

这个新的标志设施一定要足够的大和醒目，要像北极星那样，形成在视觉上的冲击！

新造船团队给了几个选择：水滑梯、甲板滑雪、球内蹦极。

我们一眼选中了球内蹦极。

这是个位于船艉的中空橘红色球体，鲜艳夺目，直径11米，跨越14层至16层甲板的高度，球内设

南极球：海洋光谱号标志性设施

有 4 个蹦极床，辅以 3 个好玩的 VR 游戏，Sugar Leap、Jump Rally、Bass Bouncer；游客戴上 VR 眼镜，在虚拟的华丽世界里游客能在跳跃和降落之间感受速度转换的快感。

这个设施的英文名字是 SkyPad，我们给它起了一个更响亮的中文名字——南极球。

这个名字也更有寓意，船艉的南极球和船艏的北极星遥相呼应，可以产生一个脑洞大开的诠释。如果北极和南极之间贯穿一条穿越地心的通道，在北极洞口释放一个自由落体可以观察到什么现象？

从地球的北极到南极，自由落体穿越地心，呈现的是周而复始的加速和减速过程：从北极的初始速度为零的状态，在地形引力的作用下逐渐加速，到达地心时速度达到最大值；然后又在地心引力的作用下，逐渐减速，到达南极时速度为零。接下来，又会重复上述方向相反的过程。

从北极到南极，再从南极到北极，永恒的自由落体穿越地心之旅，正是蹦极给予游客的加速和减速的体验。

根据中国团队的建议，量子 4 号的娱乐项目升级还包括取名为"明星时刻"的 KTV，此外，还在 Seaplex 增添了击剑、射箭和镭射对决，以及原有的篮球、排球、羽毛球、乒乓球等球类项目，再加上碰碰车，一起把这个海上最大的室内运动场打造成"万国体育馆"。

与新造船团队合作设计量子 4 号那两年时间，我每周都有电话会议，每三个月访问迈阿密一次。

2017 年 9 月我又来到迈阿密，此行的目的是和娱乐副总裁尼克·威尔约谈量子 4 号上 270 度景观厅的大秀。量子号上 270 度景观厅里的大秀《星海传奇》深受游客喜爱，但是有个问题是虽然舞蹈演员的表演、舞美、音乐、特效非常震撼，但观众看完秀以后对大秀的故事情节不甚了解。

走在总部1050大楼，我感觉气氛不对，好像将要发生什么不祥的事情，同事们心思都不在工作上，都在收拾桌面上和电脑里的文件，准备匆匆离去。

在加勒比海洋面上的一场强度高达5级的飓风，相当超强台风正以每小时322千米的时速穿越古巴，直扑佛罗里达州。幽默的美国人给这股凶残的飓风起了一个美丽的名字"艾玛"。佛罗里达州州长里克·斯科特宣布该州进入紧急状态，要求560万居民在9号午夜前撤离。

尼克的秘书告诉我，我和尼克的会议取消，他正在忙于在迈阿密演艺中心协助受训的几百名演员疏散。

这是美国史上最大规模的一次人口疏散，迈阿密人仓皇逃离，飞往美国各处，甚至去海外避难，留下一座空城。超市的货架被一扫而空，加油站售罄，从迈阿密延伸到沙瓦纳的公路大拥堵，犹如巨型停车场。

我住希尔顿酒店，前台经理告诉我，酒店在飓风来到之前要关闭，明天我得另寻住处。

新闻上都是飓风"艾玛"肆虐的报道，加勒比海地区饱受摧残，特克斯和凯科斯群岛被飓风扫成废墟的照片让人触目惊心。

我没酒店可住，也没法离开。飞离迈阿密的国内国际航班机票早就被争抢一空。正无计可施之时，总部酒店运营副总裁莱蒙·施海德（Raimund Gschaider）给我来电：

"公司安置两千名已经来不及疏散的员工和家属免费上海洋幻丽号（Enchantment of the Seas），躲避飓风。"

船驶离迈阿密，躲开飓风来袭的路线，我在位于古巴西面的洋面上漂了4晚5天，连绵厚重的古巴山岩挡住了摧枯拉朽的飓风。

尼克是个大忙人，一直在忙于为新船准备大秀，直到2018年2月我再次约到他。在他的办公室里，他兴奋地告诉我：

"我为量子4号皇家大剧院想好了两台大秀的创意，你一定会喜欢。"

尼克知道中国游客对歌舞大秀有着和西方游客不同的喜好，对经典的百老汇歌舞秀还没有完全接受，坐不住听大段的歌唱，更喜欢服装艳丽、变幻多姿的形体表演。四年前，原本计划在量子号上出演的是音乐剧《妈妈咪呀！》，时长3小时。我提出可否压缩到1个小时，选择最精华、最脍炙人口的唱段。版权持有方否定了这个建议，最后尼克根据我的提议，选择了类似红磨坊风格的《魅》（*Sequence and Feather*）。尼克继续说：

"一台大秀是《魅》的改版，但将更惊艳，我们将以29名颜值和身材一流的舞者演绎歌舞女郎的过去、今天和未来。这将是世界上除红磨坊以外最强大的康康舞的阵容。另一台重头戏，是《超人》的现代版，皇家原创的英雄人物的故事，配之以最震撼的声光特效，用60架无人机助舞。但是，270度的秀还没有着落。"

"我有个想法，可以以丝绸之路的历史为背景，编一台跟《星海传奇》风格类似，但是更为震撼的大秀。"

尼克回答说："好主意！"他一下子就意识到，这是一段中国客人熟悉、国际客人也感兴趣的历史，涉及东西方各国文化，是极佳的舞蹈、音乐和舞美素材。

我答应尼克，再去做点文献研究，给尼克的团队更多的灵感。

接下来的3个月，我利用周末的时间翻阅了大量的有关丝绸之路历史中英文文献。在阅读中，一条思路逐渐清晰地在脑中出现。

在西方的教科书中，世界历史从希腊文明到埃及文明、罗马帝国、基督教的欧洲、启蒙运动、文艺复兴、英国工业革命，最后到美国独立战争，是一部以欧美为世界中心的历史。但是，欧洲的崛起和哥伦布发现美洲大陆，是张骞"凿空西域"1500年之后才发生的事情。事实上，正是丝绸之路激发了哥伦布从西班牙出发横跨大西洋西行的念头，其目的是为了沿丝绸之路的相反方向登陆中国和印度。

东方，被分为远东、近东、中东，在近代历史中是荒蛮、不开化、落后和动乱滋生的地方，但是在两千年前，丝绸之路从这里诞生、蔓延、横贯欧亚大陆，将当时世界上最大的两个经济体，汉武帝统治下的中国和奥古斯特统治下的罗马帝国连接起来，形成人类历史上第一条全球化网络。

这是一部贸易和征服的史诗，丝绸之路被朝圣者、武士、游牧部落、商人无数次地走过，各国的产品在这里被买卖，理念在这里被交换和升华。

2018年6月，我回到迈阿密，在尼克的工作室为他和他的团队，做了一个PPT展示了源自希腊神话的创意[2]：

【2】 Frankopan, 1988.

很久很久以前，众神之王宙斯下令两只神鹰，一只从东方，一只从西方，飞往世界的中心，即欧亚大陆上丝绸之路的中点，为追求世界大同的人们指引方向……

会后，尼克立即重新召集《星海传奇》的原版创作人马开始《丝绸之路》的创作。

2018年6月23日，皇家加勒比在上海民生艺术码头举办了新船发布会。

更多的创新元素，不断的设施升级，使得量子4号不再属于量子系列，造价比量子号提升了25%，从原来的10亿美元增加到12.5亿美元。迈克批准为新船设立一个新的船系——"超量子系列"（Quantum Ultra），并将新船命名为"海洋光谱号"（Spectrum of the Seas）。

民生码头位于黄浦江下游南岸，东起洋泾港，西至民生路，南至滨江路，北连黄浦江，是上海港散粮、散糖的装卸专业码头，其中1、2号泊位建于1908年，3、4号泊位建于1924年。这个工业建筑群囊括了厂房、仓房、别墅、简仓等，其8万吨散粮简仓曾是亚洲最大的粮仓。宽敞的厂房、朴素的空间极具可塑性，尤其受到艺术展和时尚品牌的青睐，举办了不少富有创意的展览和活动。

此前皇家的发布会都选在会议中心或酒店，光谱号发布会的选址是很有颠覆性的。这正是我们要传达的信息，光谱号在量子系的基础上做了很多革新，势必会为人们带来惊喜和新鲜体验。现场布置了七彩斑斓的灯光，赤橙黄绿青蓝紫，象征着"光谱"的流光溢彩。

光耀与世，谱写超凡。超量子系列海洋光谱号第一次亮相的重要时刻到来。

迈克亲临现场，为媒体和旅业伙伴揭开海洋光谱号的面纱。南极球、"皇家府邸"套房区、3层挑高的主餐厅、川菜馆"川谷荟""咖语茶道"、明星时刻K歌房、镭射对决、Seaplex万国体育馆等设施第一次披露于世。

我在现场发表了《提升行业标杆，迎接超量子飞跃》的演讲，其

中有一段：

"大家都在期待中国能有一部反映游轮生活的电视剧。这部名叫《海洋之城》的26集电视剧已在本月杀青，并进入后期制作过程。剧中，游轮公司的市场总监有一句台词——'10年前，我想用游轮影响中国；10年后，我要让中国改变世界游轮业！'这句话看似有些狂妄，但琢磨一下却意味深长。

"制片人莉莉告诉我，这句话是有出处的。她说这是我多年前在媒体采访中说过的一句话。今天我要把这句话送给在座的旅业和媒体朋友，作为共勉：十年前，我们用游轮改变中国；十年后，我们用中国改变世界游轮业！"

现场掌声响彻会场，欢呼四起。这不是空喊口号，当中国团队深度参与设计的光谱号面世之时，我们已经在游轮业内跨出了一大步。

06、新目的地

皇家的做事风格历来是，一旦开始做某件事，就一定要把它做好。

皇家确定了走出市场困境的三大策略是，实现分销渠道转型、造新船刺激需求和提升目的地体验。在前两项取得进展的同时，公司同时马不停蹄地开发新的目的地和航线。

从2010年到2017年的8年间，皇家母港航线主要从上海、天津和香港出发，去日本、韩国、越南、菲律宾的4-5晚短途行程。日本停靠港主要是九州的福冈、长崎、熊本、鹿儿岛，韩国的停靠港是首尔（仁川）、釜山和济州，越南是下龙湾、胡志明市和岘港，菲律宾是马尼拉、维甘和长滩岛。

越南芽庄：龙山寺

短途行程特别适合以第一次坐游轮的客人为主的新兴市场，举家出行，亲朋好友结队而行，不需要太多的假期，票价也不高，又玩了游轮，又出了国。

岸上游以观光和购物为主要内容，这也是中国国门打开后，出境游游客的主要诉求。相比地面游而言，游轮的性价比和便捷性更容易满足大众游客出境游的需求。乘着这波出境游的大潮，游轮市场蓬勃发展。韩国的名牌手表、手提包和化妆品，日本优质药妆和日用品，迎合了中国消费者买买买的购物欲望。

如果说，20世纪70年代，美国游轮市场的腾飞

菲律宾吕宋：维甘古城

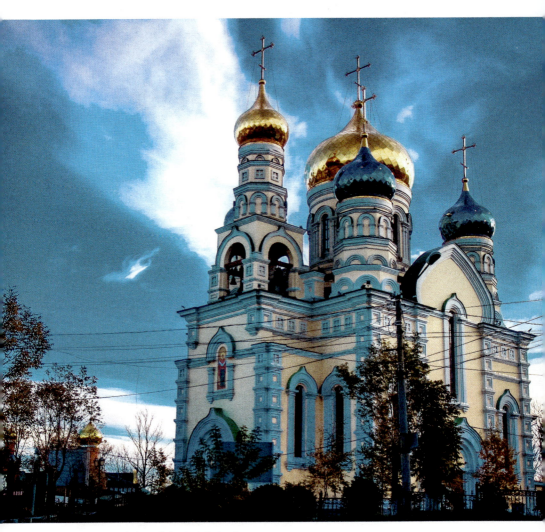

俄罗斯远东城市：符拉迪沃斯托科

是美国人对加勒比阳光和沙滩的狂热所致，那么，中国游轮市场在头几年的飞跃则是由中国人在一定程度上的购物欲望驱动的。

但是，如今消费者的兴趣和需求在悄悄地发生变化，在基本的购物需求得到满足后，消费者口味必然要上升到更高的层次。根据前面提到的麦肯希的调研结果，中国消费者出境游的购物消费需求在下降，对文化体验和休闲放松的需求在增加。

短途游的复购率也不高，对于已经做过游轮的客人来说，他们也希望看到更多样化的目的地选择。

正是出于这样的考虑，从2017年起，皇家加勒比开始力推7至8晚的长航线，停靠港包括日本的东京、大阪、神户、京都、北海道和俄罗斯的符拉迪沃斯托克。

7晚8天东京-大阪-神户

日	港口
1	上海
2	航海日
3	神户
4	大阪
5	东京
6	航海日
7	航海日
8	上海

8晚9天京都-符拉迪沃斯托克-福冈

日	港口
1	上海
2	航海日
3	航海日
4	符拉迪沃斯克
5	Cruising
6	京都（舞鹤）
7	福冈
8	Cruising
9	上海

7晚8天苏比克-伊罗戈斯-那霸

日	港口
1	香港
2	航海日
3	那霸
4	航海日
5	伊罗戈斯
6	苏比克
7	航海日
8	香港

多年来皇家一直想推销长航线，但长航线部署的成功需要分销渠道的支持。当批发模式占主导地位的时候，长航线的推销困难重重。消费者对长航线有兴趣，但渠道积极性不高，购物回扣是包船商的收入来源之一，长航线人均购物回扣不高。皇家直销的发展，推动了长

航线的销售，所以分销渠道的转型，帮助皇家恢复了对产品的掌控，航线的设计更符合消费者的需求。

7晚8天从上海出发停靠神户、大阪、东京的行程在市场上具有很大的吸引力，日本一直是中国出境游的首选国家之一，而这个行程又几乎涵盖了日本最热门的6个目的地观光，除了东京、大阪和神户，还可以在大阪和神户的停靠日选择去京都和奈良，从东京可以选择去横滨。一个行程可以同时领略现代和传统的日本，美食、观光、人文、亲子都可以光顾到。比起地面游，行李只要打开一次，不用赶飞机、住酒店，没有舟车劳顿的辛苦。既可以跟团游，也可以自由行。

神户是日本最早允许外国通商的口岸之一，自1868年起，就在东西文化交流中发挥了重要的作用，日本首个铁路隧道、咖啡厅、波子汽水、水族馆、高尔夫球场等等都载入了神户的发展史中。对游客而言，除了历史遗迹和城市面貌，神户有两个最大的吸引力，一是闻名世界的神户和牛，第二是离神户一小时车程的奈良古城。神户和牛油脂丰富、有着入口即化的奢侈口感，在国内几百克的和牛售价上千元人民币，而且因为入口禁令，国内很难尝到真正的日本和牛。在神户下船的游客，可以去名店品尝和牛烤肉，或者买一个和牛寿司来尝鲜。

奈良古称"平安京"，在8世纪曾是日本的政治文化中心。奈良公园是游客趋之若鹜的景点，坐拥全世界最大的木建筑东大寺，另外春日大社、兴福社也各有历史意义和建筑特性。而奈良公园最大的号召力，是一群群游荡在公园里的鹿。鹿在当地被视为神物，不能随便射杀，因此公园里都是自由自在的鹿群，等待游客喂食。樱花时节，千株樱花在公园绽放，是关西最有名的赏樱地点之一。

日本美食：怀食料理

很多人戏称大阪是"最不像日本的城市"，大阪人对清净、高冷和留白的日系美学似乎不太买账，城市的闹区密集又喧闹，各种夸张的招牌林立，在心斋桥尤其能感觉到这种高密度和高分贝的热闹气氛。580米长的心斋桥筋商店街拥有180家左右的店铺，但这片区域远不止一条商业街，而是与道顿堀、难波接壤，形成一个绵绵无尽的商店之海。在这一带能买到几乎所有的奢侈品牌、潮牌或大众品牌的商品。

日本三大名城之一的天守阁就坐落市中心的梅田区，巍峨宏伟，镶铜镀金，十分壮观。这座古城楼曾是德川幕府统治西日本时的大本营，外观5层，内部8层，高54.8米，里面除了保留城堡的建筑架构，还有模型与资料展览，展现丰臣秀吉和德川家康的辉煌历史。

从大阪花费一小时车程就能抵达京都，所以这个行程实际上涵盖了大阪和京都两座城市。这个日本最有韵味的城市在公元794年到1868年曾是日本天皇的居住地，这段时期正是中国的唐宋鼎盛时代，中日交往频繁，唐朝的文化和佛教在京都影响甚深，在建筑、器具、饮食还是礼仪上能看见古代中国的无数印迹。看唐朝就去京都。

京都的庙宇和神社有上千座，无论是著名的清水寺、金阁寺、银阁寺、南禅寺、平安神社，还是寻常陌巷里的小庙小社，都有各自的建筑特点和历史故事。京都在1994年登录为世界文化遗产，整个老城区的木房子和城市格局就很有美感和浏览价值，蕴藏其中的传统文化更吸引了无数游客。造纸、酿酒、插花、做和果子、学习抹茶，以及预订一个米其林三星的怀石料理，吃一顿日本最精致的应季之食，都是京都能给予游客的独一无二的体验。

符拉迪沃斯托克原名海参崴，在1860年连同乌苏里江以东的区域被清朝割让给俄罗斯，现在是俄罗斯远东最重要的城市，亦为俄罗斯海军第二大舰队太平洋舰队司令部所在地，总人口为60万人。

在符拉迪沃斯托克的金角湾，全长3公里的拉索块海大桥，犹如一道长虹。无论是驱车，还是漫步在中央广场，苏俄风情和异国情调都会让人流连忘返。在阿德米勒花园，你可以在凯旋门下，以纪念在日俄战争中阵亡将士的东正教堂为背景拍照。海参崴火车站西西伯利亚铁路东端的终点，在这里可以感受到精美古朴的贵族文化。

除了短航线、长航线，皇家正在着力开发的是暖冬航线，例如从上海去那霸和石垣岛的5晚6天航线。冲绳及其离岛属于亚热带，上海冬季的气温在4到12摄氏度，大陆性海洋性气候是湿冷的感觉，而在这个唐朝称之为琉球王国的地方，冬季平均气温在摄氏17到22摄

日本京都：金阁寺

5晚6天 那霸—石垣岛

日	港口
1	上海
2	航海日
3	那霸
4	石垣岛
5	航海日
6	上海

氏度。冲绳拥有亚洲最漂亮的沙滩和珊瑚礁。

位于石垣岛西北部的川平湾，海水颜色随着涨潮退潮和阳光强弱而变化，可在这里登玻璃船游览珊瑚礁，在米原海岸有热带鱼悠游的平浅海滩，乘坐水牛车可以横渡西表岛和由布岛之间400米的浅滩。

冲绳的离岛是水上运动的天堂，皮划艇航游及原始健行、溪降运动、呼吸管潜水等各种活动不胜枚举。美食也是冲绳的一大亮点，八重山料理、石垣和牛、石敢当店里的新鲜寿司和生鱼片、岛野菜沙

冲绳离岛

亚洲最好的珊瑚礁

琉球民间舞蹈

拉，引来无数饕餮前来尝鲜。

在2017年至2018年的两年间，皇家为母港航线开发了130条岸上游线路，已经从早期以购物为主、观光为辅的行程向人文体验、美食、历险、亲子、购物等满足不同需求的游客体验过渡。

07. 光谱的诞生

在世界的另一边，皇家加勒比将要部署中国的第三条新船超量子系列的海洋光谱号，正在德国迈尔船厂紧锣密鼓地建造中。

全球只有4家游轮造船厂，包括德国的迈尔（Meyer Werft）、欧洲的STX、意大利的芬坎蒂尼（Fincantieri）、日本的三菱重工。建造时间的长短，取决于船的大小，游轮的建造需要12至18个月的时间。

游轮使用材质轻的铝材和高强度的钢材建造，重量大的部件，如发动机、推进器和油舱都安装在船的下部。游轮看上去头重脚轻，实际上，船的重心很低，重量均匀分布，确保游轮的稳定性。航空业常用的强纤维塑料和碳纤维材料也被用来作为游轮的材质，以降低船体水线以上的重量。

游轮先在干船坞里建造船体，巨型起重机和船厂的工人配合起来先为游轮打好基础，确保结构水密，然后再安装上层建筑。很多上层建筑的部分都在远离船坞的区域按单元建造，然后再运到船坞在船体上拼装，这个过程与搭建乐高相似。

如果你把吸铁石放在舱房的内墙，你会发现游轮的客房是被磁化过的。磁性也是建船过程所必需的。舱房大都在船厂以外的工区按流水线建造，所有舱房内家具和管道都会事先安装到位，然后舱房被运到船坞利用船舱的磁性插入船体。

如果说，在创新实验室长达两年的设计工作是为光谱号注入品牌

DNA，在这个有200多年造船史的迈尔船厂造船则是为光谱选定代孕母亲。

2017年11月8日，龙骨铺设，船厂和船东正式见证行船动工。按照航运传统，在船中安装的一个模块下放置象征幸运的硬币。

2018年5月10日，长140米、宽41.5米、高11.7米的轮机房建造完毕，然后花了8个小时用液压千斤顶顶起来，通过浮筒化10天的时间运到船坞。轮机房重10800吨，相当于86个蓝鲸的重量。

2018年8月16日，重750吨的船桥运至船坞安装。

2019年2月20日，光谱号完成了船体最后一个重要的工程，两个吊舱式推进系统和螺旋桨安装到位。这一天，光谱号获得了动力，能以41兆瓦马力、134rpm的转速，实现每小时23.7节的航速，驶

光谱出坞：超量子系列第一艘游轮，造价12.5亿美元，像比萨斜塔一样高

向世界任何地方。

光谱在母体日长夜大，怀胎18个月，终于到了分娩的时刻。

六天后，光谱浮出船坞。船坞大门的缓缓开启声，就像婴儿呱呱坠地的哭声，光谱号神采奕奕地出现了，它和比萨斜塔一样高，与船坞顶部只差4米的间距。

干船坞内注水217000立方米，相当于86个标准奥运泳池的水量，一直到船坞里的水面与船坞门外河面持平，在两条9000马力的拖轮的拉拽下，光谱号浮出船坞。

在接下来的一个月时间里，光谱号停泊在迈尔船厂的舾装码头，进行烟囱涂层及进一步的舾装工作——安装北极星、南极球等。管路、舱房、厨房的铺设甚至艺术品的装饰，也在此阶段进行。

迈尔船厂的地理位置非常独特，它不直接通海，而是需要从内河被转运到北海。

3月20日，经过严格的系统测试，光谱号沿爱母斯河从船厂通过彭贝船闸，航向大海。它太大太重了，必须在河水有足够深度的时候，拆掉河上的桥，才能完成移送过程。

在两条拖轮的牵引和助推下，光谱号慢慢倒行，32公里的路它足足走了10个小时。过船闸的时候间距为零，它只能慢慢地蹭过去。

3天后，它抵达了不来梅港。在这里，皇家公司的代表、认证机构、美国海岸警卫队和船厂工程师对新船进行一系列的海上测试，包括航速、紧急刹车、耐力、操纵性能和海况适应性等项目。

光谱号的交付仪式，在4月11日举行。理查德·费恩和迈克·贝利专程前来参加仪式。

"交付日（delivery day）跟孩子诞生（英语里同为delivery）是一样的，我们在这里见证了光谱号生命的伊始。"迈克说。

皇家与迈尔船厂的代表齐聚光谱号上，进行船旗变更仪式，从这天起光谱正式进入皇家大家庭，它的出生证上父母那一栏写上了皇家加勒比的名字。

08. 深水航道之困

2019 年 4 月 16 日，我飞抵巴塞罗那，下榻巴塞罗那大教堂附近的 Colón Hotel Bacelona 酒店。此行的目的是迎接从不来梅港驶来的海洋光谱号。从这里它将开始它出生以后第一段长途旅程——长达 47 天的奥德赛之旅，穿越地中海、苏伊士运河、红海、印度洋、马六甲海峡、南海，最后抵达上海。

我计划从巴塞罗那上船，迪拜下船，在 17 天的航程里观察和体验新船的运营，将可能在海上运营时发生的问题反馈给酒店运营部门。

我到达巴塞罗那的时候接近午夜，休息一晚，第二天还有一整天的闲暇。位于伊比利亚半岛上的巴塞罗那是富有浪漫文艺和极具魅力的城市，鬼才达利的血液里奔流着她的美丽，安徒生称之为西班牙的巴黎，毕加索为之思泉奔涌，高迪与之毕生结缘。

但是，我没有兴致去造访景点。

在初夏的阳光下，我在哥特式、文艺复兴式、巴洛特式建筑混杂的街区里散步，心绪不宁。

我在等吴淞海事局的一个重要电话。

光谱号进出上海港要通过长江北槽深水航道，这是世界上最繁忙的水道，两船交会宽度不能超过 90 米。光谱号的宽度是 45.13 米，进出北槽的集装箱船的宽度在 44–48 米之间，超大散货船宽度更大，航道拥挤造成量子号的准点率只有 63%。

总部要求光谱号的准点率，必须保持在 95% 以上。

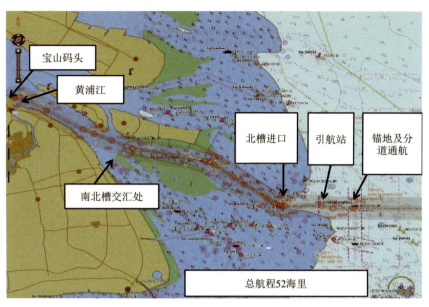

宝山码头

黄浦江

北槽进口

引航站

锚地及分道通航

南北槽交汇处

总航程52海里

北槽深水航道

上海政府部门早就开始着手解决航道拥挤问题。

从2016年12月起上海交通委自组织专家和相关部门，专题研究扩大超大型船舶航道交会宽度的可行性。

从吴淞口国际游轮驶往公海需要进出长江航道。航程52海里，需时5小时。长江口的崇明岛将长江分成南北两支水道：北支水道现日渐缩窄，河道淤浅，航运价值日减。长江口南支水道由长兴岛、横沙岛分隔为南港水道和北港水道。南港水道以九段沙为界又分为南、北槽水道，是游轮和货轮进出上海吴淞口游轮港、外高桥集装箱码头和长江内河港口的唯一航道。此为世界上数一数二的黄金水道，无数船舶穿梭往来，槽道拥挤。

南槽和北槽都有一段深水航道，水深各为7米和12.5米。豪华游轮和超大型集装箱船和散货船游轮都只能走北槽。从日本航行到长江锚地，经过编队后驶入长江，走的是北槽，离开时，走的也是北槽。这一段深水航道除去坡道，宽度为350米水深12.5米。2018年1月之前，按当局规定，大型游轮和大型集装箱船超宽交会的两船宽度总和，不能超过80米。

交会宽度研究在2017年年底结束，结论是游轮和集装箱船操纵性好，交会宽度可以提升到90米。这本来对量子号和超大型集装箱船都是好消息。但是，新规定又重新定义了交会船的宽度，之前游轮的宽度是按型宽计算，即水线宽度，但是航道拓宽到90米后，规定游轮的宽度按型宽加一侧驾驶桥的宽度计算，量子号的宽度由之前41.4米变成了45.13米。交会宽度的拓宽被船宽的扩大抵消。其结果是，量子号的准点率，并没有因为2018年1月出台的新交会宽度而有任何提高。

事实上，国外很多航道宽度在200米至300米之间，均可双向通行，没有船宽限制。但是，鉴于航道宽度的监管涉及安全和技术，短期难以形成共识。2018年2月，我在上海市副市长召开的一次促进入境游的会议上，提出游轮准点率的问题，请求政府考虑在超大型船舶在北槽交会时给予游轮优先通行的政策。

副市长和交通委副主任张林当场表态，要继续研究交会宽度问题，和支持游轮优先。

2018年10月，在宝山区政府和交通委的推动下，上海政府出台了《关于促进游轮产业发展的举措》，明确规定要实行游轮通行五优先原则。

在当月举行的亚太游轮大会50人论坛中，我再次呼吁解决游轮准点率的问题，引起海事局领导的重视。

但是，截至2019年5月，量子的准点率一直保持在原有的水平。总部对这个问题极其焦虑，因为准点率严重影响中外游客的体验。迈克与宝山区政府领导请求政府帮助改善营商环境，我也代表中国公司致函海事局，请求落实游轮优先政策。

在关键的时候，宝山政府援手相助，在苏平副区长的陪同下，我在出发去巴塞罗那的前一个星期拜访了海事局领导。

在巴塞罗那我的手机铃响了，那头是吴淞海事局领导的声音："刘博士，海事局对皇家的意见非常重视，责令我亲自抓准点率，确保游轮优先。"

我一屁股坐到了喷泉边的长椅上，如释重负。

两个星期后，海事局出台了《"国际游轮优先"工作职责及操作流程》。

平心而论，上海地方政府对游轮产业的支持和办事效率是令人感动的。

11

驶向蔚蓝
Sailing into Blue

自1375年以来，船在英语里一直是女性。牛津字典是这么说的。

劳氏船级社不以为然：船是商业资产而不是人物，既不是男人，也不是女人。

尽管如此，这一航运传统已经持续了600多年，很可能再持续600年，600年⋯⋯

船为什么不是女性？

当光谱号驶近巴塞罗那，映入众人眼帘的一瞬间，她分明就是一位风姿绰约的女性。款款而来，就像走红地毯的超级女星。惊鸿照影，激起码头上等候已久的人群的一阵骚动，伴随着无数架相机的闪光和快门声。

光谱拥有姐妹船特有的身材和气质，身穿乳白色上衣，搭配浅蓝色长裙，与她白皙的肤色和深蓝色的大海融为一体，用彩旗做她的头饰恰到好处，略施粉黛便是出水芙蓉。

01. 百年修得同船渡

在巴塞罗那跟我同时登船的，还有大约100个中国同胞，他们从北京、上海、成都、西藏等各地坐了十几个小时的飞机来到西班牙，就是为了要先睹为快，成为海洋光谱号的第一批游客。

启航的那天晚上，我在 Vintage 酒吧与一对"80后"年轻夫妇，龙涛和 En 聊天。

龙涛做基金管理的，赚了一些钱。妻子 En 大学在上海学的设计，毕业后一直在做电竞公司的产品创意。之所以叫 En，是因为天天沉浸在苹果电脑中，别人问什么也不抬头，只是"嗯"一声，所以就有了这个绰号。

他们性格活泼开朗，去过很多地方。龙涛是所谓"探索者"（explorers）那种类型的旅行者，喜欢去人们不常去的地方。夫妇俩每年两次国内、两次国外旅行，他们去过罗布泊，穿越过电影《七十七天》里的羌塘无人区，开突突摩卡带两个5岁的双胞胎男孩游遍斯里兰卡，驾车从圣地亚哥去墨西哥再折回美国……

上游轮，是第一次。他们长途跋涉后有些疲惫，但当他们望着远去的、在夜空中闪烁的高地圣家族大教堂的身影时，异常地激动。说起上游轮的缘由，龙涛说他在网上看到关于光谱号的报道，知道量子号是"来自未来的游轮"，让人充满遐想。那号称"超量子船系"的光谱号又会怎样？强烈的好奇心让龙涛上光谱的想法欲罢不能。

龙涛和 En 的感情经历很复杂，第一次见面彼此都觉得对方是那个对的人。但是，相爱以后，由于阴差阳错，过了七八年才走到一起。除了工作，旅游成了他们生活的主要内容。

对他们来说，人生就是旅程，旅程就是人生。

En 是典型的"游轮拒绝者"，从妈妈那里遗传来的基因，使得她很怕晕船。再说也听说过"中国大妈吃垮某国际游轮"的传说。

但是，En最后妥协了。过罗布泊无人区的那次，龙涛说服了另外8对年轻情侣开着9辆路虎浩浩荡荡闯戈壁滩。旅途越走越艰难，没有洗澡的可能，女人的头发都结起来了。最后，在一个十字路口，在选择继续前行和后退的抉择中，4对男女当场分手，另外4对旅行结束后一年内也成为陌生人。龙涛和En是唯一幸存的一对。En相信fate（缘份）。

龙涛和En异常的激动。46天的超量子奥德赛之旅，穿越地中海，过苏伊士运河，跨印度洋，飘马六甲海峡，历经罗马、那不勒斯、雅典、迪拜……

龙涛说，都是在小学地理教科书上读到的地名。

目的地之丰富，堪比人生。但是从未坐过游轮，最让他感到惊讶的是光谱号上的套房社区——皇家府邸。龙涛的探索旅行什么苦都能吃，但是在城市旅行中，他必须要住最好的酒店。皇家府邸是专为套房客人打造的集套房、餐厅、酒廊、泳池、亭台楼榭为一体的胜地。从设计、空间、奢华、服务、私密性、餐饮都是他要的水准。

En说，第一次坐游轮，感觉光谱号是不是游轮的游轮，娱乐活动之丰富超乎想象。回国以后要再坐一次光谱，带两个5岁的双胞胎儿子上船，住完美家庭套房。

光谱号驶入了连接地中海和红海的苏伊士运河。苏伊士运河在1869年通航，全长163公里、宽52米、深7.5米，是从欧洲通往印度洋和西太平洋最近的航道。这条运河在连通欧洲和非洲、亚洲发挥了重大作用，历史可以追溯到1789年，拿破仑率大军侵占埃及后，亲自带领工程师去寻找古运河旧址并进行实地测量，准备开凿一条直接

沟通红海和地中海的运河。但负责勘测的工程师计算错误，以为红海水位要比地中海高出 10 米，如果开凿运河，尼罗河三角洲将被红海海水淹没。开凿运河的事就暂时搁下了。

法国在拿破仑战败之后，为了重建法兰西帝国，所以重点向东方发展，打通苏伊士运河对法国意义更为重大。法国成立苏伊士运河公司，开始了开凿运河的作业，花费了 11 年才最终完成。

船在宽阔河道前行，运河西岸是布满绿色农田的尼罗河低洼三角洲，东岸是高低不平且干旱的西纳半岛。过了苏伊士运河后的第一站是约旦的亚喀巴，我在去佩特拉古城途中与袁先生和他太太结伴。

袁先生是退伍军人，他多才多艺，在部队时拉大提琴、吹小号，还忙里偷闲学医，后成为专职的内科医生，负责首长的保健工作。复原后，在河南和北京搞建筑项目设计。

虽然已届花甲之年，袁先生却非常活跃，拿到了游艇和帆船执照，两年工夫练就一手好字，并且决心要周游世界。这是他孩提时期的梦想，这次终于在光谱号上实现了。我们一路聊了中西方历史，非常投契。

这次的目的地佩特拉古城有两千多年的历史，唯一的入口是狭窄的山峡，最宽处约 7 米，最窄处仅能让一辆马车通过，全长 1.5 千米左右。进入峡谷，甬道回环曲折，险峻幽深。佩特拉整座古城高大雄伟的殿堂排布在周围山崖的岩壁上，门檐相间，殿宇重叠。标志性建筑，高达43米、宽30多米的卡兹尼宫是直接在红砂岩壁上开凿出来的。

佩特拉因其色彩而常常被称为"玫瑰之城"，实际上，这里的岩石不只呈红色，有的偏橘红、有的偏黄色。壮丽的景观吸引了很多好莱坞导演，斯皮尔伯格的《夺宝奇兵3》和《变形金刚2》都在此取景。回程中袁先生说，他原来宁愿在船上悠闲地吃喝休息，但"佩特拉古城自然与人工水乳交融的结合，真让人惊叹，这趟下船值了"。

袁先生属于"休闲者"（relaxers）那类旅行者。说到光谱号上的体验，他说太太把游轮作为唯一出国游的方式，先后上过航行者号、量子号、赞礼号，一直到这一次把刚退休的他拉上了光谱号。

川谷荟：光谱上的川菜料理

"我现在明白了,我爱人为什么爱上游轮,太适合我们这样年纪的人了。"在船上他享受了非常从容又惬意的时光,结交了很多朋友。

"我退休后的第一件事就是召开一个家庭会议。我对儿子媳妇说,我跟你妈辛苦了一辈子,现在到了该享受的时候。你们有困难,我们会支持。你们的孩子你们自己带或找保姆带,我和你妈要周游世界!"

袁先生和太太都是美食家,对船上的20多家餐饮选择赞不绝口。他们早餐去自助餐厅,中午去主餐厅,晚上特色餐厅一家一家地尝试,日式铁板烧、大董、Jamie Oliver、牛排馆、川谷荟、火锅等等都试了。袁先生说:

"原来就怕上船吃不惯,没想到选择那么多。"

我在自助餐厅的"好味面吧"几次遇到来自昆明的段女士,"50后"的她17岁去腾冲插队,吃了不少苦。后来知青回城,在工厂当了车工,凭着自己的努力,做了车间的统计员,最后评了统计师职称。

1996年退休后,成为中国公民出境游大军中的一员。段女士的"旅行者生涯",一步一步往上爬,非常典型。第一次出国,和女儿、嫂子、嫂子的女儿去了泰国,跟旅行团,上车睡觉、下车拍照,然后是买买买。2000年去了新加坡、马来西亚、香港、澳门,并绕第三国菲律宾去过台湾。旅行社不让说去过台湾,护照上没有盖戳。2005年,16天西欧10国游。年纪还轻,跑得动。2006年,去了俄罗斯和北欧各国。

终于不想再跑了。因为在瑞典看到了一艘巨型游轮,好大好大,和她一样年纪的外国银发老人,从豪华的游轮上下来,坐上豪华的大巴,不用提行李,不必赶飞机,她意识到这才是老人的旅游方式。

2013年,长期为段女士服务的昆明卓越旅行社,推荐她和她越来越壮大的驴友团上号称"亚洲巨无霸"——海洋航行者号。100多米的皇家大道，三层挑高的主餐厅，让她从此爱上了游轮。

2014年，卓越旅行社的总经理卓越，从德国迈尔船厂发回了正在建造中、并准备下水后部署上海的海洋量子号的照片。段女士被北极星的创意彻底震撼了。她立马订了量子号下一年5月23日从南安普顿出发的奥德赛之旅。当时，旅行社的小妹对段女士和她的旅游团成员说："叔叔阿姨，保重身体，明年上量子。"

段女士没有生小妹的气："我们驴友团的老张，去年说好了一起从欧洲走的交响号，可是今年3月'牺牲了'。"

皇家的船坐了不下5次。她说：我在神户上过一家游轮公司的船，房间小小的，不喜欢。也在上海上

光谱主餐厅："线性流"

过另外一条与量子硬件不相上下的船，也不喜欢，因为管理混乱。

有一次在新加坡坐航行者号，一位驴友说，太值了，吃住娱水准与船票价格比，皇家"不找钱"（昆明话不赚钱的意思）。段女士和她的驴友团，现在是旅游只坐船，坐船坐皇家。

在光谱号上，段女士说她看到了她喜欢的金碧辉煌的主餐厅，与航行者号不同的是，天花板垂下来的形似竖琴形状的艺术品。我告诉段女士，那个自旋的金色艺术品叫"线性流"（Linear Flow）。

我们在船上为100名中国游客举行了一次聚会，黄先生当场为100名同船的中国同胞写了一幅字：

我爱皇家
我是光谱首席体验家
我爱光谱
有幸修得百年同船渡

从亚喀巴出发，红海犹如果冻般清澈透明的海水尽收眼底。驶出红海，进入印度洋，绕过阿拉伯半岛，就抵达迪拜——我这趟旅程的终点，从那里我飞回上海，中国团队正在准备迎接光谱。

在下船的前一晚，我去看了《丝绸之路》的彩排。剧组一直在270度景观厅排演这出戏，计划在抵达上海才开始公演。尼克没有邀请我去看排练，因为戏剧组一边排练，一边修改，他想给我呈现最完美的状态。另一方面，我参与了这部剧的创意，于我《丝绸之路》就像自己的孩子一样，就像第一次去看女儿上台表演钢琴，心里是忐忑不安的。

270度景观厅已经座无虚席，看来中外游客都很期待这部戏。我找了个偏僻的角落坐下。演出开始,史诗般的音乐响起,我被剧情吸引进去……

很久很久以前,众神之王宙斯命令两只神鹰,一只从东方,一只从西方,飞往位于欧亚大陆的Omphalos,即世界的中心会合。

这个神圣的地方就是古丝绸之路的中央驿站,上下两千年无数骆驼商队、朝圣者、武士、传教士从这里经过。

代表东方的女主人公爱姬拥有神奇的魔力和坚韧毅力,她和代表西方的男主人公马可,在宙斯神鹰的指引下,沿丝绸之路追求人类大同的梦想。他们经历了戈壁风暴的狂袭,领略了仙境般的异域文化,见证了让世人顶礼膜拜的抽丝剥茧的工艺……

演出结束后,我走上前去向导演迭戈·奥伦戈(Diego Orengo)和编导玛丽-克莱尔·拉格斯(Marie-Claire Lagace)表示祝贺。他们看到我的突然出现,都很惊讶,听到我的赞许,更是喜出望外。

作为西方人,要吃透这个故事背景,把中国人熟知的故事,演绎给中国人看,还要音乐、舞蹈、舞美、特效打动中国人,是费了一番功夫。

我们紧紧地拥抱,彼此祝贺,松开时我注意到,玛丽-克莱尔的眼角闪烁着泪花。

02. 光耀与世

2019年6月3日,吴淞口国际游轮码头。

几千名中外媒体、旅业代表陆续登上游轮,一起见证光谱号的命名仪式和体验庆典首航。

走过为庆典精心布置的七彩缤纷的登船通道,从4层甲板登上游

270度景观厅大秀《丝绸之路》：西方对拨丝抽茧的技术顶膜礼拜

轮，往左是商店林立的皇家大道，川谷荟、咖语茶道、新潮流赫然入目，往右一眼可以望见新的主餐厅中高悬自旋形如竖琴般的金色艺术品。

仰头可见高10层的观光电梯，直通到14层的客房和泳池甲板，当玻璃电梯徐徐上升时，有恐高症的人会感到腿软。下午2点多，梳着脏辫儿的乐队在泳池边演奏充满节奏感的雷鬼音乐，甲板上弥漫着度假的悠闲气氛。

乘客们放下行李，就前往帆船自助餐厅吃午餐。扩大了的自助餐厅位子阔绰舒适，刚一落座，能说中英双语的服务员就过来殷勤服务，询问要什么饮料酒水。自助餐台上，大龙虾、帝王蟹、三文鱼和烤乳猪在橙黄的灯光下勾人食欲，新鲜的菠萝、哈密瓜、山竹、葡萄等水果琳琅满目，光谱号的自助餐规格有了升级，食材标准和烹调方式都更丰富精

细。颇受欢迎的是味好面吧，给游客现煮各种面条，配有各式的汤和浇头，柜台前总是排着一小队。

很多乘客一边享受美食，一边开始在皇家APP上预订南极球、北极星、甲板飞人等项目。这甚至比填饱肚子更迫切，因为太抢手了！在这个页面简洁的APP上，游客不但可以预订项目、为付费餐厅订座、查看每日活动信息，还可以当房卡刷、控制房内温度和灯光亮度等等，充分体现了前沿科技给予游客的便利。

在皇家剧场上，是另一番光景。盛大的命名仪式进入最后的筹备工作，工作人员在每个座位上放置了一份礼物，里面的某个"秘密武器"将点燃全场气氛。

光谱耀世：2019年6月3日经过47天的环绕半个地球的奥德赛之旅，超量子系列游轮抵达上海举行首航命名仪式下午4点30分，受邀参与命名仪式的嘉宾们陆续入场，很快剧院的红丝绒座椅上已经坐满了宾客。

仪式开始，舞台上硕大的幕布放映短片，一对男女在光谱号玩各种设施、享用丰盛的晚餐，诙谐有趣。当短片里两人翩翩起舞时，幕布落下，真人蓦然出现眼前，与十几名衣着华丽的歌舞演员表演了一段百老汇舞蹈。

皇家娱乐高级副总裁尼克·威尔是命名仪式的主持人，他的开场立刻让全场沸腾起来：

"女士们，先生们，让我们鼓掌欢迎皇家加勒比总裁和首席执行官迈克·贝利、亚洲区主席刘淄楠、中国区总裁伯德·赫南德兹入场！"

在苏格兰风笛乐队的引领下，我们踏着红地毯在欢呼声中走向贵宾席。

风笛乐队走上舞台摆好阵形，一位爱尔兰女风笛手走前一步，吹起了《奇异恩典》，全场立刻静谧下来，就像大海的涛声戛然而止，观众被这首感恩

海洋光谱号命名仪式——左：我向所有为皇家付出10年的人们致谢。右：迈克说："光谱号是对中国市场业绩的认可！"

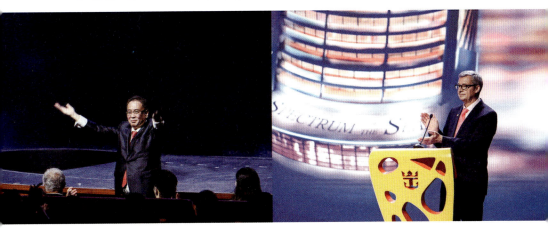

赞美、震撼心灵的经典名曲征服。

光谱首航庆典：
魅舞今昔

　　这是我坚持要策划公司选的一首曲子，我们要感谢所有的人让中国游轮行业的奇迹发生。正是因为他们的支持，皇家在2015年创造了量子飞跃，又在4年后的今天，创造了超量子飞跃。我在台上致辞时，在聚光灯下看不见台下每个人的脸，心里却满满的全部是他们：

　　我引以为自豪的团队、来自迈阿密总部的同事、船方员工、港口服务商、旅行社合作伙伴、媒体记者，还有世界上最支持游轮产业的中国政府官员，和所有多年来为游轮事业付出的人们！

　　神父为光谱号祈福之后，一群来自上海的少儿，用唱诗班的天籁之音演唱了《虫儿飞》，清纯的童声可爱又清新；*Show Girl*片段的表演中，身形曼妙的演员穿着银光闪闪的服饰载歌载舞，美轮美奂；《光谱侠》片段表演时，全场几乎是屏息静气，演出结合了高科技舞美，在"反派"演员低沉又具有爆发力的歌声中，一盏盏灯光被他"操控"到观众席的顶上，变幻多端。这两个歌舞剧都是光谱号的常驻剧目，单是几分钟的片段，就让观众看到了制作的精良、演员的卓越和视觉的创意。

当光谱被命名时，仪式达到高潮。舞台视频里出现了硕大的香槟瓶快速滑向直升机停机坪，摔向甲板，应声而裂。

观众打开手中的扇子，打开后呈半球形，熠熠发光。一时之间，1300多人的剧院里出现了上千座红灯笼，就像光谱，呈现出人眼可见的光线和色彩，姹紫嫣红，绚烂至极！

虽然早就知道这个结尾环节，在现场看见灯光亮起时，我心里还是涌起了一阵感动。从2009年到2019年，10年和团队的心血和付出，有获得回报的欣慰，也有凭着意志和热情支撑过去的艰难；在光谱号上的千盏灯光里，无数个回忆时刻同时绽放，然后逐渐熄灭，沉淀为人生最宝贵的历练。

03．绿洲5号

在2019年第二季度的收益电话会议上，皇家加勒比集团主席理查德·费恩说："虽然中国经济减速，光谱号第一个中国航季的业绩却非常出色。"

光谱号可以说是为皇家在中国的10年历史画上了一个圆满的句号。

真的如此吗？

皇家是永远不会满足的。

皇家已经马不停蹄地开始筹划未来。

有人预测：2030年之前中国的游轮将达到100艘。尽管国际游轮产业大幅下调了对中国市场的预期，但还是有人相信，总有一天中国会成为世界上最大的游轮市场。

计量经济学为人类提供了很多高端和前沿的预测技术，这些技术的原理都是用历史去预测未来，用已有的信息去预测未来的事件。但是人类的问题，就是知道得太少，任何预测技术都不能解决人类的无知。

中国市场会不会、什么时候超越美国？

这是个永远也搞不清楚的问题，直到有一天事实摆在我们面前。

重要的是我们对游轮产业的信念问题。

汽笛一响，黄金万两。游轮为造船厂、游轮公司、港口和旅行社带来利润，通过全产业链和乘数效应，为地方经济创造工作和收入。

游轮是城市的明信片，是国门开放的标志，有助于促进文化交流和创造民意的基础。

游轮带动消费，促进入境游。

游轮有助于提高文明水准。

……

还可以列出很多游轮的好处和价值，但是游轮最重要的价值和好处，是为消费者创造幸福感。人们经常忽略这一点，因为跟钱好像没有关系。可是，还有什么是比人的幸福更重要的东西？

当下严峻的现实，是中国游轮市场仍处在调整期。业内人士分析说：

【1】*Cruise Indus-
try News*, 2019.

"过多的供给，分销模式（包船）的局限性，临近的预订窗口、产品的同质化，是导致市场成长的障碍。"[1]

在调整期，皇家的策略是进攻，而不是防守，更不是撤退。

通过疏通分销渠道、造新船创造更好的游轮假期、提升目的地体验，加上市场宣传的持续投入，创造需求。

皇家产品差异化的策略就是为游客创造无可超越的度假体验。我们一百次、一千次地问我们自己：客人在我们的船上是不是真的非常快乐？中国游客的净客户推荐值（NPS）为90%，整体度假满意度（OVE）为95%。我们还是要一百零一次、一千零一次地问我们自己，客人在我们船上是不是真的很快乐，能不能更快乐？

在庆祝光谱首航的时候，皇家想好了下一步棋。

在2019年10月的亚太游轮大会上，迈克在全球行业领袖论坛上宣布：

皇家将于2021年7月在上海部署世界上最大的游轮——绿洲系列5号。

读者在本书第一章"制造'诺亚方舟'的产业"里读到的海洋绿洲号的故事，这不是作者故作玄虚、首尾呼应，皇家在中国10年的故事以绿洲开局，以绿洲结局，这是真实发生的故事。

从绿洲号下水的2009年至今，10年过去了，绿洲号依然保持着"世界最大游轮"的纪录。

游轮公司新船订单已经下到2027年，在未来的9年将有122艘新船下水，没有一条会破被绿洲号创下的"世界最大游轮"的纪录。

绿洲5号总吨22.8万吨，最大载客量6780人，7大社区，将是太平洋上人类制造的最大移动体。

回想起2009年中国媒体和旅业代表团第一次目击绿洲号的惊叹：

"人们的表情就像电影《侏罗纪公园》中的艾伦·格兰特博士看见恐龙，或许更像《独立日》里的陆战队航空兵上尉史蒂芬·希尔看见巨型外星母船降临城市上空。"

致谢
Dedication

　　在工作之余六个月内写作这本20万余字的书，也是一段人生的经历。我要感谢青萝文化公司董事长顾雪帮助我鼓起写作的勇气，一起策划本书的写作和出版，并让她的同事梓楠和瑞兰协助文字的编辑。

　　我要对下述人士一并致谢，他们在写作过程中为我提供素材、数据、图片，或提供修改意见。他们是李伟、程填、方立新、徐颖、冯俊、王睿之、李昂、王达、成佳、李敏佳、贲靖、王华、陈明旭、陈靓、高原、聂家晶、李利军、廖晨旭、童剑锋、范敏、孙卫国、王迟、陆明其、王友农、郑炜航、冯斌、寿晓渊、陈小兵、郑建平、曹曦、刘明华、骆彤、陈丽丽。因为本书追求事实和数字的准确性，没有他们的帮助，我不可能完成此书的写作。当然，如果书中有任何疏漏和谬误，责任完全由本人承担。

　　船长Nik Antalis和船长伍会民在本书的写作中提供了技术指导。

　　Arne Alexander Wilhelmsen和故宫博物院在提

供图片授权方面也提供了宝贵的支持。Tracy Quan
对写作注意事项也提供了指导和宝贵的历史素材。
Laura Hodges, Angie Stephan 和 Bert Hernandez 也对相
关章节内容的确认提供了帮助。

我的行政助理 Nayoung Kim 在她的工作范围之
外，为我的写作进行了大量的案头研究、资料和文
献收集工作。我很幸运能有这样得力和尽职的助手。

我很感激我的太太袁玲和女儿文怡对我的宽容、
理解和支持。这些年，由于我的"工作狂"属性，
她们受累不少。我的太太对书稿文字也提了不少有
益的意见，女人的直觉经常是对的。

我要感谢我的雇主，皇家加勒比游轮有限公司；
我的老板，Richard Fain 和 Michael Bailey。没有公司
提供的平台，就不会有这段让我感到非常值得的经
历。这是个伟大的公司，敢于梦想，追求卓越。我
钦佩公司领导层的远见和对中国市场的执着。

就内容和可读性而言，这是对业内和业外人士
都是值得一读的书，需要有好的出版社。由作家出
版社有限公司出版和发行此书，让我深感荣幸。在
此，向副总编颜慧和编辑宋辰辰致谢。

参考文献
References

Book

1. Cartwright, Roger. & Baird, Carolyn. (1999). The development and growth of the cruise industry. 225 Wildwood Avenue, Woburn. A division of Reed Educational and Professional Publishing Ltd.

2. Dickinson, B. & Vladimir, A. (2006). Selling the sea: an inside look at the cruise industry (2nd Ed). New Jersey: John Wiley & Sons, Inc, 235–238.

3. Flayhart, H William. (2005). Disaster at Sea: Shipwrecks, Storms, and Collisions on the Atlantic. W. W. Norton & Company

4. Garin, A Kristoffer. (2006). Devils on the Deep Blue Sea: The Dreams, Schemes, and Showdowns That Built America's Cruise-Ship Empires. Plume. Reprint edition.

5. Howarth, David & Howarth, Stephen & Mayle, Peter. (1994). The Story of P&O: the Peninsular and Oriental Steam Navigation Company. Orion Publishing Co；2nd edition.

6. Kolltveit, Bard. & Graham, Maxtone John. (1995). Under Crown and Anchor. On-board media, 777 Arthur Godfrey Road, Suite 300, Miami Beach, Florida 33140.

7. Mancini, Marc. (2003). Cruising: A Guide to the Cruise Line Industry. Cengage Learning. 5 Maxwell Driver, Clifton

Park, NY. Delmar Learning, A division of Thomson rights.

8. Mancini, Marc. (2010). The CLIA Guide to the Cruise industry. Delmar Cengage Learning. 1STedition.

9. Munsart, Craig. (2015). A cruise ship primer: History & Operations, Atglen, Pennsylvania: Schiffer Publishing Ltd.

10. Pelentay, Lori Berberian. (2013). How to Sell Cruises Step-by-Step: A Beginner's Guide to Becoming a "Cruise-Selling" Travel Agent. CreateSpace Independent Publishing Platform

11. Porter, E Michael. (1998). Competitive Strategy: Techniques for Analyzing Industries and Competitors. 1230 Avenue of the Americas New York, NY 10020. The free press.

12. Saunders, Aaron. (2013). Giant of the seas: The Ships that Transformed Modern Cruising. Barnsley, South Yorkshire: Seaforth Publishing.

13. Seth, Joshua. (2010). Cruise ship speaking: How to Build a Six Figure Speaking Business While Traveling the World For Free. New You Publishing

14. Simpson, Neil. (2010). Cruise Ship SOS: The Life-Saving Adventures of a Doctor at Sea. Hodder & Stoughton. Kindle Edition.

15. 英国皇家造船师学会 & 徐斐（译），2018年，玛丽皇后2号——邮轮建造关键技术，上海：上海交通大学出版社。

16. 金庸，1999年，神雕侠侣，北京：生活·读书·新知 三联书店。

17. 胡静，2013年，2013中国旅游业发展报告.北京：中国旅游出版社。

Journal

18. Araceli Wright Seaport Relations Port of Miami. (2001). Unctad monographs on port management. UNITED NATIONS. New York and Geneva. https://unctad.org/en/Docs/ship49417_en.pdf

19. Bengtsson, Ruby. (2014). Pricing methods and strategies in the cruise line industry, Uppsala University Campus Gotland. http://www.diva-portal.org/smash/get/diva2:731192/FULLTEXT02

20. Chapman, Bert. (2017). Geopolitical Implications of the Sino-Japanese East China

Sea Dispute for the U.S. Geopolitics, History, and International Relations. https://docs.lib.purdue.edu/cgi/viewcontent.cgi?article=1147&context=lib_fsdocs

21. Erkoc, Murat & Lakovou, T Eleftherios. & Spaulding, E Andre. (2004). Multi-stage onboard inventory management policies for food and beverage items in cruise liner operations. Department of Industrial Engineering, University of Miami, P.O. Box 248294, Coral Gables, FL 33124, United States.

22. Hatton, Mike. (2003). Redefining the relationships: The future of travel agencies and the global agency contract in a changing distribution system https://journals.sagepub.com/doi/pdf/10.1177/135676670401000201

23. Hoogkamer, Perez Lauren. (2013). Assessing and managing cruise ship tourism in historic port cities: Case study Charleston, South Carolina. Graduate School of Architecture, Planning and Preservation COLUMBIA UNIVERSITY. https://www.travelready.org/PDF%20Files/Travel%20-%20Assessing%20and%20Managing%20Cruise%20Ship%20Tourism.pdf

24. Hsieh, Chih Yun. An in-depth strategic analysis of Carnival Corporation & plc 2012-2016 https://www.academia.edu/RegisterToDownload#Download

25. Ide, Akira. (2014). The situation of Dark Tourism in Japan and Fukushima Daiichi Nuclear Power Station. International Conference on Humanities, Literature and Economics (ICHLE' 14) Jan. 1-2, 2014 Bangkok (Thailand). https://icehm.org/upload/8031ED0114025.pdf

26. Keller, Lane Kevin. (1993). Conceptualizing, Measuring, and Managing Customer-Based Brand Equity. Journal of Marketing. Vol. 57

27. Kwortnik Jr., Robert. (2006) Carnival Cruise Lines: Burnishing the Brand, Cornell University School of Hotel Administration, https://core. ac. uk / download / pdf / 145015734.pdf

28. Ladany, S. & Arbel, Avner. (1991) optimal cruise-liner passenger cabin pricing policy. European Journal of Operational Research. Elsevier Science Publishers

29. Liu, Xiaomeng. (2006). Customer Relationship Management in Asia/Pacific Cruise Industry. Business School. University of Nottingham. file:///C:/Users / 125456 / Downloads/CustomerRelationshipManagementinAsiaPacificCruiseIndustry.pdf

30. Liu, Chui-Hua & Tzeng, Gwo-Hshiung & Lee, Ming-Huei & Lin, Hui-Chun. (2011). Improving Sales Performance of Cruise Product in the Travel Agency. Department of Tourism & Hospitality, Kainan University, Taiwan. https://scholarworks. umass.edu/cgi/viewcontent.cgi?article=1631&context=ttra

31. Lieberman, W. (2012). Pricing in the Cruise Line Industry, Ozer & Phillips. https:// www.veritecsolutions.com/wp-content/uploads/2013/10/Cruise-Industry-Pricing-Chapter.pdf

32. Sull, N Donald N. (2005). "Why Good Companies Go Bad," Financial Times.

33. Suna, Xiaodong & Fenga, Xuegang & Gauri, K Dinesh. (2014). The cruise industry in China: Efforts, progress and challenges. School of Business, East China Normal University Shanghai, 200241, China. The Martin J. Whitman School of Management, Syracuse University, Syracuse, NY 13210, USA. https://ac. els-cdn. com / S0278431914000905 / 1-s2.0-S0278431914000905-main. pdf? _tid=1a8ab8f3-2790-4923-a2d2-c7b3f6218c9e&acdnat=1550718469_ 2306150c5ea72ea0a1ab3ea7e1425b8d

34. Shi, Miaoqing & Liu, Bin. (2018) Joint Decision on Ordering and Pricing of Cruise Tourism Supply Chain with Competing Newsboy-Type Retailers. School of Economics and Management, Shanghai Maritime University, Shanghai 201306, China file:///C:/Users/125456/Downloads/3516785.pdf

35. Selby, David. Revenue Management in the Cruising Industry https://www.goodfellowpublishers.com/free_files/Chapter%2011-8b15eca9b6cb6087e4615244df9538 32.pdf

36. Vogel, P Michael. (2009). The economics of US cruise companies' European brand strategies. Tourism Economics, 2009, 15 (4), 735-751

37. Wu, Lihui & Hayashi, Haruo. (2013). The impact of the Great East Japan Earthquake on Inbound Tourism Demand in Japan. Kyoto University. http://www.drs.dpri. kyoto-u.ac.jp/hayashi/isss/0193_isss_j_19_2013_wu_etal.pdf

38. 陈锦 . (2016). 论我国旅行社现状及发展趋势 https://wenku.baidu.com/view/ d9522a0a9b89680202d825bd.html

39. 第8章 旅行社行业的发展趋势 https://wenku.baidu.com/view/be8c5bd2ba1aa811

4531d93d.html?from=search

40. 皇家加勒比海洋神话号天津港千人首航仪式媒体传播方案 https://wenku.bai-du.com/view/b027c0d3c1c708a1284a4440.html

41. 海洋神话号资料归纳 https://wenku.baidu.com/view/92b2ce97daef5ef7ba0d3c40.html

42. 王亚庆 . (2017).《旅行社管理模拟实验》期末论文 . https://wenku.baidu.com/view/628a3208f011f18583d049649b6648d7c1c70823.html?from=search

43. 许冬梅 . （2010）. 浅析中外旅行社业发展趋势 . China Hi-Tech Enterprises. Cumulatively, NO.142, NO.7.2010

Link, Article

44. Carnival to launch new multimillion-dollar AD campaign Design designed to convey product enhancements. (2004). https://boards.cruisecritic.com/topic/92953-carnival-to-launch-new-multimillion-dollar-ad-campaign-to-convey-product-enhancements/

45. Carnival Lines Adds to Its Cruise Ship Empire. http://articles.latimes.com/print/1988-09-01/business/fi-4502_1_carnival-s-cruise-line

46. Carnival to go global with Princess Merger. Travel Weekly. https://www.travelweekly.com/Cruise-Travel/Carnival-to-go-global-with-Princess-merger

47. China Objects to THAAD, South Korea's Tourism, Imports Suffer. (2017). Voa news. https://www.voanews.com/a/china-objects-to-thaad-south-korea-tourism/3788460.html

48. Costa. Baidu. https://baike.baidu.com/item/%E6%AD%8C%E8%AF%97%E8%BE%BE%E9%82%AE%E8%BD%AE/782618?fr=aladdin

49. Costa marks a decade of cruising in China. (2016). Seatrade. http://www.seatrade-cruise.com/news/news-headlines/costa-cruises-marks-a-decade-of-cruising-in-china.html

50. Costa Serena debuts in China；fourth ship added for 2016. (2015). Seatrade. http://www.seatrade-cruise.com/news/news-headlines/costa-serena-debuts-in-china-fourth-ship-added-for-2016.html

51. Cruise Lines Cancel South Korea Calls Due to Outbreak. (2015). Cruise Critic. https://www.cruisecritic.com/news/news.cfm?ID=6404

52. From Song Of Norway To Symphony Of The Seas – The Evolution of Royal Caribbean's Ships. Fred Cruises. http://www.fredcruises.co.uk/blog/from-song-of-norway-to-symphony-of-the-seas-the-evolution-of-royal-caribbeans-ships

53. Interview with Micky Arison, Chairman of Carnival Corporation. Caribbean Journal. https://www.caribjournal.com/2013/12/17/interview-with-micky-arison-chairman-of-carnival-corporation/

54. INTERNATIONAL BUSINESS；P&O Princess Rejects Carnival's Higher Bid. The New York Times. https://www.nytimes.com/2002/01/22/business/international-business-p-o-princess-rejects-carnival-s-higher-bid.html

55. International Cruise Lines to Cut China Capacity in 2018. (2017). Jing Travel. https://jingtravel.com/international-cruise-companies-to-cut-china-capacity-in-2018/

56. In the Hot Seat: Micky Arison. Travel Weekly. https://www.travelweekly.com/In-the-Hot-Seat/In-the-Hot-Seat-Micky-Arison

57. Jay Pritzker. Wikipedia. https://en.wikipedia.org/wiki/Jay_Pritzker

58. Japan's 2011 Earthquake, Tsunami and Nuclear Disaster. (2019). The Balance. https://www.thebalance.com/japan-s-2011-earthquake-tsunami-and-nuclear-disaster-3305662

59. MERS Outbreak Scare: Major Cruises Halt Calls to South Korea. (2015). Kemplon Engineering. http://www.kemplon.com/mers-outbreak-scare-major-cruises-halt-calls-to-south-korea/

60. Miami cruise line services holding BV IPO. Nasdaq. https://www.nasdaq.com/markets/ipos/company/miami-cruiseline-services-holdings-i-b-v-66835-2849

61. Micky Arison. Wikipedia. https://en.wikipedia.org/wiki/Micky_Arison

62. Micky Arison tells what inspired the building of Queen Mary 2. Seatrade Cruise. http://www.seatrade-cruise.com/news/news-headlines/micky-arison-tells-what-inspired-the-building-of-queen-mary-2.html

63. New Cruise Terminal 18 Passes Inspection. (2009). Port Everglades. http://www.porteverglades.net/articles/post/new-cruise-terminal-18-passes-inspection/

64. Oasis of the Seas. Wikipedia. https://en.m.wikipedia.org/wiki/Oasis_of_the_Seas

65. Partner to Buy Cruise Line, Thwarting Carnival's Offer. Los Angeles Times. http://articles.latimes.com/1988-10-06/business/fi-4482_1_cruise-carnival-lines

66. .P&O Princess Rejects Carnival Bid, Reaffirms Royal Caribbean Merger. The Wall Street Journal. https://www.wsj.com/articles/SB10085311669684222760

67. Richard Fain. Cruise Review. March 2003, 2008, 2018

68. Rising Tensions: The Impact of the China-Japan Territorial Dispute. (2012). Wharton, University of Pennsylvania. http://knowledge.wharton.upenn.edu/article/rising-tensions-the-impact-of-the-china-japan-territorial-dispute/

69. Royal Caribbean Is Seeing Its China Business Perk Up. (2018). Skift. https://skift.com/2018/08/02/royal-caribbean-is-seeing-its-china-business-perk-up/

70. Royal Caribbean Drops South Korea Calls amid MERS Outbreak. World Maritime News. https://worldmaritimenews. com / archives / 163597 / royal-caribbean-drops-south-korea-calls-amid-mers-outbreak/

71. Royal Caribbean cuts South Korean sites from China cruises. (2017). Reuters. https://www.reuters.com/article/us-southkorea-china-cruises-idUSKBN16G148

72. Royal Caribbean feeling impact of China-Japan territorial dispute. (2013). Skift. https://skift. com / 2013 / 02 / 05 / royal-caribbean-feeling-impact-of-china-japan-territorial-dispute/

73. Royal Caribbean Kid's Programs and Adventure Ocean. Icruise. https://www.icruise.com/cruise-lines/royal-caribbean-kids-program.html

74. Sailing into headwinds. (2014). The Economist. https://www.economist.com/business/2014/01/11/sailing-into-headwinds

75. Song of Norway. Song of Norway cruise ship sold for scrap metal. Royal Caribbean International Blog. https://www.royalcaribbeanblog.com/category/category/song-of-norway

76. SIPG. Port Shanghai. http://www. portshanghai. com. cn / jtwbs / xinwen / 2011-4 / 1303373063809.html

77. Six things to know about Royal Caribbean's Adventure Ocean. Royal Caribbean Blog https://www.royalcaribbeanblog.com/2017/09/25/six-things-know-about-roy-

al-caribbeans-adventure-ocean

78. Travel Agency. Wikipedia. https://en.wikipedia.org/wiki/Travel_agency

79. Tom Pritzker. Wikipedia. https://en.wikipedia.org/wiki/Thomas_Pritzker

80. Tom Pritzker. Royal Caribbean Corporate site. http://www.rclcorporate.com/leader-ship/thomas-j-pritzker/

81. Tom Pritzker. Travel weekly. https://www.travelweekly.com/Arnie-Weissmann/Tom-Pritzker-interview

82. 2015 年台风命名表 https://wenku.baidu.com/view/af594e5a915f804d2a16c108.html

83. 2015 年台风次数、时间和名称. https://zhidao.baidu.com/question/985244864398142099.html

84. 2016 年中国旅行社行业发展现状及未来发展趋势预测 http://www.chyxx.com/industry/201604/410685.html

85. 安利心印宝岛万人行 https://baike.baidu.com/item/%E5%AE%89%E5%88%A9%E5%BF%83%E5%8D%B0%E5%AE%9D%E5%B2%9B%E4%B8%87%E4%BA%BA%E8%A1%8C/6499158?fr=aladdin

86. 凯撒夏季邮轮"海洋神话号"天津首航 http://cats.org.cn/xinwen/huiyuan/16798

87. 凯悦如家强强联手共创合资公司 深掘中高端酒店市场潜力 http://www.travel-weekly-china.com/73449?utm_source=enews&utm_medium=edaily&utm_campaign=TWCedaily

88. 当邮轮遇到台风,三招搞定! https://baijiahao.baidu.com/s?id=1614106911457812834&wfr=spider&for=pc

89. 歌诗达浪漫号邮轮. Costa Romantica. Baidu Baike. https://baike.baidu.com/item/%E6%AD%8C%E8%AF%97%E8%BE%BE%E6%B5%AA%E6%BC%AB%E5%8F%B7%E9%82%AE%E8%BD%AE/871882

90. 歌诗达经典号邮轮 https://baike.baidu.com/item/%E6%AD%8C%E8%AF%97%E8%BE%BE%E7%BB%8F%E5%85%B8%E5%8F%B7%E9%82%AE%E8%BD%AE/3889884?fr=aladdin

91. 歌诗达"经典号"邮轮首航. (2009). Sohu. http://travel.sohu.com/20090429/

n263682972.shtml

92. 规模最大大陆观光团今天抵台 . CCTV. http://news.cctv.com/china/20080211/101098.shtml

93. 豪华游轮"海洋神话号"开启 2010 上海航线 http://www.gov.cn/jrzg/2010-03/18/content_1559287.htm

94. 海洋上的时光皇家加勒比邮轮海洋神话号游记 http://www.mafengwo.cn/i/1033140.html?static_url=true

95. "海洋神话号" 首度开启天津母港航线 . (2010). Sina. http://travel.sina.com.cn/world/p/2010-07-31/2329140530.shtml

96. "海洋神话号" 情人节首航上海 http://news.sina.com.cn/o/2009-02-15/125015165546s.shtml

97. 海洋神话号 https://baike.baidu.com / item/% E6%B5%B7%E6%B4%8B%E7%A5%9E%E8%AF%9D%E5%8F%B7/3545705

98. 海洋神话号航游记 http://you.ctrip.com/travels/shanghai2/1336378.html

99. 海洋神话号来厦首航 厦门下月启动国际邮轮游 https://www.52fuqing.com/NewsShow-78281.html

100. 海洋神话号豪华游轮大众点评 http://www.dianping.com/shop/5224678/review_all

101. 海洋神话号盛装起航 外国乐队现场献艺加油助阵 http://news.enorth.com.cn/system/2012/07/02/009559835.shtml

102. "海洋神话号" 2012 上海航季启动 http://www.fashiontrenddigest.com/d/9861.shtml

103. 海洋航行者号 . Voyager of the seas. Baidu Baike. https://baike.baidu.com/item/%E6%B5%B7%E6%B4%8B%E8%88%AA%E8%A1%8C%E8%80%85%E5%8F%B7

104. 海上水手号邮轮 . Mariner of the seas. Baidu Baike. https://baike.baidu.com/item/% E6%B5%B7%E4%B8%8A% E6%B0%B4%E6%89%8B% E5%8F%B7%E9%82%AE%E8%BD%AE

105. 海洋量子号因台风更改行程 邮轮到底是乘船玩还是乘船去玩 http://sh.east-day.com/m/20150824/u1a8851969_K26520.html

106. 海洋绿洲号有多高 https://zhidao.baidu.com/question/2266568907034718548.
html?entrytime=1551263121584&word=%E7%BB%BF%E6%B4%B2%E5%8F%
B7%E7%9A%84%E9%AB%98%E5%BA%A6&ms=1&rid=12325474054476409
622

107. 海洋绿洲号 Oasis of the seas http://m.66cruises.com/ship_21_js.html

108. 海洋迎风号 https://baike.baidu.com/item/%E6%B5%B7%E6%B4%8B%
E8%BF%8E%E9%A3%8E%E5%8F%B7/3594185

109. 皇家加勒比海游轮公司 https://wiki.mbalib.com/wiki/%E5%8A%A0%E5%8B%
92%E6%AF%94%E6%B5%B7%E6%B8%B8%E8%BD%AE%E5%85%AC%
E5%8F%B8?from=groupmessage&isappinstalled=0

110. 皇家加勒比国际游轮"海洋神话号"启动香港航季 http://www.chinanews.com/
ga/2011/05-09/3026357.shtml

111. 加勒比邮轮(游轮)海洋神话号首航——上海出发日韩1岁5岁宝宝亲子游自
由行 https://www.libaclub.com/reply_7343_5278879_47078_1.htm

112. 解读:2018年有多少钱在国内算中产?2018年中产阶级的标准 http://m.chi-
nairn.com/news/20180423/14185430.shtml

113. 建发国旅"海洋神话号"2016年包船系列航次启航 http://www.xmfish.com/
detail.php?id=149663

114. 今天海洋神话号首航三亚 http://blog.fang.com/22253570/2957388/articledetail.
htm

115. 利比里亚皇家加勒比游轮公司上海代表处 http://company.zhaopin.com/
CC161095318.htm

116. 美国中产阶级的9条标准! http://m.kdnet.net/share-12498314.html?sfrom=
clubclick

117. 美国豪华邮轮"海洋迎风号"首次停靠中国三亚(组图)-新闻频道-和讯网
http://news.hexun.com/2008-02-20/103847400.html

118. 你知道中产阶级的标准究竟是什么吗? https://baijiahao.baidu.com/s?id=
1610553735715161314&wfr=spider&for=pc&isFailFlag=1

119. 跪了!2018杭州新中产阶级标准出炉,别说你又拖后腿了 https://baijiahao.
baidu.com/s?id=1597031748971645452&wfr=spider&for=pc

120. 上海港．Shanghai port．Baidu Baike．https://baike. baidu. com / item/%
E4%B8%8A%E6%B5%B7%E6%B8%AF

121. 上海国际客运中心邮轮四船同靠客流再创纪录．(2011) http://news.163.com/
11/0620/17/770PTCFD00014AEE.html

122. 神秘中国母港最大豪华邮轮"海洋神话"．(2010)．个人图书馆．http://
www.360doc.com/content/10/0321/19/14381_19682546.shtml

123. 台风灿鸿．Baidu Baike．https://baike. baidu. com / item/% E5%8F%
B0%E9%A3%8E%E7%81%BF%E9%B8%BF/17988977?fr=aladdin

124. 台风对邮轮会有什么影响 http://m.sohu.com/a/243212854_621569

125. 台风 https://wapbaike. baidu. com / item/% e5%8f% b0%e9%a3%8e / 17003? fr=
kg_general&ms=1&rid=11115871780142385983

126. 台风伴随的1st邮轮之旅-2015.7.8歌诗达赛琳娜号 https://www.tapotiexie.com/
Mobile/index.php/Mobile/content/id/930

127. 探访成龙等名人的水上豪宅 http://blog. sina. cn / dpool / blog / s / blog_
758a248901013y95.html

128. 通讯：豪华游轮"驶近"中国．(2008)．中国新闻网．http://news.hexun.com/
2008-04-04/105011250.html

129. 天津港迎来"海洋神话号" 感受奢华之旅 http://tjtv. enorth. com.cn/system/
2010/08/02/004900666.shtml

130. 迈阿密 https://wapbaike.baidu.com/item/%e8%bf%88%e9%98%bf%e5%af%86/
454739? fromtitle=Miami&fromid=11300102&fr=aladdin&ms=1&rid=106906143
97537863304

131. 我国母港出发的最大游轮将取消所有在日行程 http://m.mayi.com/all_sengl/t_
232769/

132. 亚太区最大型豪华游轮"海洋迎风号"首航上海_网易新闻 http://news.163.
com/08/0403/17/48KF5C5M000120GU.html

133. 邮轮因台风变航程该不该赔偿：国际惯例PK旅游法 http://m.sohu.com/n/
420174979/

134. 游轮遇台风漂5天究竟怎么回事?始末及原因公开背后真相引人咋舌 http://
m.e23.cn/redian/2018-07-24/2018072400278.html

135. 邮轮常识：天气会对邮轮旅行造成什么样的影响 https://baijiahao.baidu.com/s?id=1575793141989358&wfr=spider&for=pc&isFailFlag=1

136. 一篇微缩的当代游轮发展史-皇家加勒比游轮公司 https://lt.cjdby.net/thread-1385153-1-1.html

137. 在"海洋神话号"的日子————邮轮假期系列之完结篇 http://go.ly.com/youji/2011004.html

138. 众信旅游—皇家加勒比"海洋神话号"天津首航之旅启程仪式 http://bbs.tian-ya.cn/post-843-16817-1.shtml

139. 中产阶级 https://wapbaike.baidu.com/item/%e4%b8%ad%e4%ba%a7%e9%98%b6%e7%ba%a7/61166?fr=aladdin&ms=1&rid=6609137185143950238

140. 中产阶级的划分标准 https://zhidao.baidu.com/question/2141450712487723108.html?entrytime=1551602082903&word=%E4%B8%AD%E4%BA%A7%E9%98%B6%E7%BA%

（京权）图字：01-2019-5837

图书在版编目（CIP）数据

大洋上的绿洲：中国游轮这10年 / 刘淄楠著 . -- 北京：
作家出版社，2019.9

ISBN 978-7-5212-0689-0

Ⅰ．①大… Ⅱ．①刘… Ⅲ．①纪实文学 – 中国 – 当代
Ⅳ．①I25

中国版本图书馆CIP数据核字（2019）第185764号

大洋上的绿洲：中国游轮这10年

作　　者：刘淄楠
策　　划：顾　雪
责任编辑：宋辰辰
装帧设计：意匠文化·丁奔亮
出版发行：作家出版社有限公司
社　　址：北京农展馆南里10号　　　邮　　编：100125
电话传真：86-10-65067186（发行中心及邮购部）
　　　　　86-10-65004079（总编室）
E-mail:zuojia@zuojia.net.cn
http://www.zuojiachubanshe.com
印　　刷：北京盛通印刷股份有限公司
成品尺寸：152×230
字　　数：330千
印　　张：28.5
版　　次：2019年9月第1版
印　　次：2019年9月第1次印刷
ISBN 978-7-5212-0689-0
定　　价：98.00元